UM RIO MUITO FRIO

MICHAEL KORYTA

UM RIO MUITO FRIO

tradução de
Carlos Duarte e Anna Duarte

EDITORA RECORD
RIO DE JANEIRO • SÃO PAULO
2012

CIP-BRASIL. CATALOGAÇÃO NA FONTE
SINDICATO NACIONAL DOS EDITORES DE LIVROS, RJ

Koryta, Michael
K87r Um rio muito frio / Michael Koryta; tradução de Carlos Duarte e Anna Duarte. – Rio de Janeiro: Record, 2012.

Tradução de: So cold the river
ISBN 978-85-01-09166-6

1. Ficção americana. I. Duarte, Carlos. II. Título.

12-0864 CDD: 813
CDU: 821.111(73)-3

TÍTULO ORIGINAL EM INGLÊS:
So cold the river

Texto revisado segundo o novo Acordo Ortográfico da Língua Portuguesa.

Editoração eletrônica: Abreu's System

Direitos exclusivos de publicação em língua portuguesa somente para o Brasil adquiridos pela
EDITORA RECORD LTDA.
Rua Argentina, 171 – Rio de Janeiro, RJ – 20921-380 – Tel.: 2585-2000,
que se reserva a propriedade literária desta tradução.

Impresso no Brasil

ISBN 978-85-01-09166-6

Seja um leitor preferencial Record.
Cadastre-se e receba informações sobre nossos lançamentos e nossas promoções.

Atendimento e venda direta ao leitor:
mdireto@record.com.br ou (21) 2585-2002.

Para Christine, que não me deixou desistir deste livro

Primeira Parte

O CURANDEIRO DOS MALES

1

VOCÊS PROCURARAM OS ARTEFATOS que refletiam a ambição deles. Foi o que o professor de sociologia disse aos calouros no dia do seminário, e Eric Shaw gostou tanto da frase que a escreveu num caderno que logo seria esquecido e descartado. *Os artefatos que refletiam a ambição deles.* Estudar esses artefatos seria o único meio de realmente entender povos que há muito partiram deste mundo. Objetos comuns corriam o risco de ser supervalorizados, revestidos de uma importância exagerada. Era essencial descobrir as peças que indicassem as ambições e as aspirações — aquelas exauridas pelas esperanças e pelos sonhos. A essência do coração de alguém está nos seus objetos de desejo. Não importava se esses foram atingidos ou não; o importante era saber quais eram eles.

Aquela frase voltou à memória de Eric quase duas décadas depois, enquanto ele editava um vídeo para ser exibido durante a cerimônia fúnebre de uma mulher. *Retratos de uma vida* era o nome que dava àquele tipo de montagem, numa tentativa de conferir alguma credibilidade ao que, no fundo, não passava de um show de slides em louvor a uma pessoa em especial. Houvera um tempo em que nem Eric nem ninguém que o conhecia acreditava que ele exerceria esse tipo de atividade. Na verdade, ele ainda tinha dificuldade em acreditar. Às vezes a gente vive toda uma vida sem nunca compreender direito como fomos parar lá. Mas que droga.

Se ainda fosse um jovem recém-formado em cinema, poderia ter se convencido de que isso era apenas parte da luta de um artista, uma maneira de pagar as contas antes de surgir a grande oportunidade. Mas, na realidade, Eric tinha se formado, com honra, *12 anos* antes. E fazia pelo menos dois desde que se mudara para Chicago, na tentativa de escapar do enorme fracasso sofrido em Los Angeles.

No auge de sua vida profissional, aos 30 anos, quando estava sempre envolvido em trabalhos de grande porte, a mídia o alçara a um dos maiores diretores do mundo. Agora, Eric fazia apenas vídeos de formaturas, casamentos, aniversários e comemorações de bodas. E cerimônias fúnebres. Muitas cerimônias fúnebres. Que, de alguma forma, se tornaram seu nicho. Um ramo desses se mantinha no boca a boca, e o boca a boca apontava Eric como aparentemente um especialista em filmar funerais. Na maior parte das vezes, os clientes ficavam satisfeitos com os vídeos, mas quem comparecia aos funerais e assistia às homenagens audiovisuais saía em grande emoção. Talvez, em algum nível do inconsciente, Eric se sentisse mais motivado quando se tratava de prestar homenagem aos mortos. Havia uma carga imensa de responsabilidade nisso. Verdade seja dita, ele ficava mais instintivo quando preparava um vídeo para uma cerimônia fúnebre do que para qualquer outro tipo de evento. Parecia movido por uma espécie de inspiração, um sentido extra e inato que o guiava quase sempre pelo caminho certo.

Naquele dia mesmo, do lado de fora de um salão onde uma cerimônia fúnebre estava prestes a começar, Eric foi tomado por um sentimento premonitório incomum. Passara todo o dia anterior — 15 horas seguidas — preparando esse vídeo, numa correria desenfreada para que ficasse pronto e pudesse ser exibido à família da mulher de 44 anos morta em um acidente de carro na Dan Ryan Expressway. Os parentes lhe entregaram álbuns de fotografias, recortes e lembranças, e ele começou o trabalho organizando as imagens e criando uma trilha sonora. Reproduziu alguns dos retratos e mesclou-os com vídeos caseiros da família. Editou tudo com uma música e tentou fazer com que aquilo ganhasse vida. Em geral, os presentes nos enterros soluçavam um pouco, às vezes riam, e sempre murmuravam e balançavam a cabeça, concordando com as passagens que remetiam a momentos esquecidos e recordações valiosas. Depois, cumprimentavam Eric e, maravilhados, agradeciam por sua sensibilidade ao trazer para o presente as lembranças mais significativas de seus entes queridos.

Nem sempre ele assistia às cerimônias, mas a família de Eve Harrelson lhe pedira isso. Ele concordou, satisfeito. Queria ver a reação das pessoas a esse trabalho específico.

Tudo começara no dia anterior, em seu apartamento em Dearborn, quando se sentara no chão, as costas apoiadas no sofá e a coleção de objetos pessoais de Eve Harrelson espalhada à sua volta, e começara a separar, estudar e selecionar o material a ser usado. Num determinado momento desse processo, aquela velha frase voltou-lhe à mente, *os artefatos que refletiam a ambição deles*, e novamente pensou em seu apelo intrínseco. Então, motivado pela frase, voltou à pilha de fotografias em busca de alguma pista sobre os sonhos de Eve Harrelson.

As fotografias eram repetitivas, na verdade — todos faziam poses com enormes sorrisos ou então se esforçavam muito para parecerem naturais ou indiferentes. Aliás, a coleção inteira era insossa. A família preferia fotos a vídeos, o que não era um bom começo. Os vídeos continham movimento, voz e alma. Era sempre possível criar o mesmo espírito a partir de imagens estáticas porém seria certamente mais difícil, sobretudo porque os álbuns dos Harrelson não ajudavam.

Tinha pensado em fazer com que os filhos de Eve fossem o foco principal da apresentação — uma opção ousada, mas ele achou que funcionaria bem. Afinal, os filhos eram o legado dela, e, portanto, uma garantia de impressionar a família e os amigos. Mas, enquanto começava a formar uma pilha com as fotografias espalhadas, de repente, estancou diante da imagem de um pequeno chalé vermelho. Não havia ninguém na foto, só o chalé, pontudo como uma letra A e pintado de vermelho. As janelas estavam na penumbra e não era possível ver seu interior. Pinheiros alinhados cercavam o chalé por ambos os lados, mas a fotografia fora tirada de tal forma que não permitia nenhuma indicação do que mais havia ao redor. Observando com mais atenção, Eric ficou convencido de que a construção ficava defronte a um lago. Não havia nada que sugerisse isso, mas ainda assim ele tinha certeza. Era de frente a um lago, e, se a visão pudesse ser expandida, seria possível enxergar, além dos pinheiros, as folhas de outras árvores coloridas pelo outono e seu reflexo na superfície das águas agitadas pelo vento.

Aquele lugar tinha sido importante na vida de Eve Harrelson. De um significado profundo. Quanto mais olhava a fotografia, mais forte se tornava sua convicção. Sentiu um arrepio ir dos braços à nuca e pensou: *Ela dormiu com alguém aqui. E não foi com o marido.*

Era uma ideia louca. Recolocou a foto de volta na pilha e continuou vendo as outras. Depois de ter olhado algumas centenas delas, constatou que só havia uma do chalé. Era evidente que aquele lugar não fora tão especial assim na vida dela; não se fotografa uma única vez um lugar do qual guardamos recordações preciosas.

Após nove horas de frustração, já que nada naquele projeto parecia se encaixar como ele queria, lá estava Eric outra vez com a foto do chalé nas mãos e com a mesma certeza na mente. Aquele era, sim, um lugar especial; sagrado. E, então, ele a incluiu, a imagem solitária de uma construção vazia que, depois de ser trabalhada com o resto do material, deu-lhe uma sensação de unidade ao resultado final, como se aquela fotografia fosse a âncora que daria estabilidade à apresentação.

Agora era o momento de passar o vídeo. A família assistiria pela primeira vez, e, embora Eric estivesse curioso — sempre queria saber o que seus clientes achavam de seu trabalho —, no fundo ele sentia que aquele vídeo resumia-se numa única imagem.

Entrou na sala dez minutos antes do início da cerimônia e se sentou ao lado do aparelho de DVD e do projetor. Graças a um comprimido de tranquilizante e de analgésico, sentia-se calmo e descontraído. Convencera seu novo médico de que precisava daqueles medicamentos por causa do estresse emocional em que se encontrava desde que Claire o abandonara, mas a verdade é que os tomava toda vez que ia apresentar um trabalho. Nervosismo profissional, era como se justificava. O fato é que não sentia esse nervosismo no passado, quando fazia cinema de verdade. Era o sempre presente sentimento de fracasso que tornava os remédios necessários, o toque frio da vergonha.

Blake, o marido de Eve Harrelson, um homem carrancudo que usava óculos bifocais e tinha uma vasta cabeleira negra, foi o primeiro a subir no púlpito. Os dois filhos se sentaram na primeira fila. Eric tentou não prestar atenção neles. Nunca se sentia à vontade quando havia crianças numa exibição de um trabalho como aquele.

Blake Harrelson disse algumas palavras de agradecimento às pessoas que estavam ali e anunciou que a cerimônia começaria com um breve filme em homenagem a sua mulher. Não mencionou Eric, sequer o indicou; apenas fez sinal para que o homem ao lado do interruptor apagasse as luzes.

Hora do show, pensou Eric. O salão escureceu e ele apertou o play do aparelho de DVD. O projetor já tinha sido focalizado e ajustado, e a tela foi tomada por uma foto de Eve com os filhos. A abertura mostrava apenas situações alegres — isso era de praxe para eventos pesados como aquele — e a música de acompanhamento provocou, de imediato, alguns sorrisos discretos. Entre os CDs que a família lhe entregara, Eric encontrara uma gravação de um recital em que Eve, ao piano, tentava acompanhar a música cantada pela filha, já desde o início fora do tempo e piorando a cada compasso. Da metade em diante, só se ouviam as duas tentando não cair na risada.

Esse trecho durou poucos minutos e foi entrecortado por risadas e lágrimas, bem como por abraços carinhosos e palavras de consolo sussurradas. Eric ficou ali parado em silêncio, agradecendo mentalmente à química dos calmantes que circulava em sua corrente sanguínea e que dava uma tranquilidade invejável. Se houvesse uma pressão mais forte do que observar um grupo de luto assistindo a um vídeo póstumo feito por ele, não conseguia imaginar qual seria. Não, espere um pouco, conseguia sim: era fazer um filme de verdade. Essa fora sempre uma pressão imensa, também. Tão grande que ele acabara não suportando.

A foto do chalé surgia aos seis minutos e dez segundos do filme, cuja duração total era de nove minutos. A maioria das imagens permanecia na tela por cerca de cinco segundos, mas Eric tinha dado o dobro do tempo ao chalé. Era por isso que estava tão curioso para ver a reação das pessoas.

A música mudou de uma canção do Queen — a banda preferida de Eve Harrelson — para Ryan Adams fazendo um cover de "Wonderwall", do Oasis, poucos segundos antes de surgir na tela o chalé. A família dera a Eric um CD com a versão original dessa banda, outra grande favorita de Eve, mas ele a substituíra pela de Adams na edição final. Era mais lenta, mais nostálgica, mais melancólica. Tinha que ser essa.

Durante os primeiros segundos, ele não conseguiu detectar nenhuma reação. Observou a expressão do rosto das pessoas sem notar nenhum interesse maior, apenas olhares neutros e, em alguns casos, confusão. Então, pouco antes de surgir uma nova imagem, seus olhos recaíram sobre uma mulher loura de preto sentada na ponta da terceira fileira. Ela se virou de costas, procurando por ele, mas estava ofuscada pela forte luz do projetor. Alguma coisa naquele olhar fez com que Eric se afastasse do ângulo de visão dela e se escondesse na penumbra. A imagem mudou, a música também, e ela continuava a procurá-lo. Então o homem ao seu lado disse alguma coisa, tocou-a no braço e ela relutantemente voltou a encarar a tela à sua frente. Eric soltou a respiração e sentiu novamente o arrepio na nuca. Ele não enlouquecera, afinal. Havia algo significativo naquela imagem.

Mal prestou atenção no resto do vídeo. Quando acabou, desconectou rapidamente o equipamento e juntou suas coisas para ir embora. Jamais fizera isso antes — sempre esperava, de forma respeitosa, que a cerimônia terminasse e ia falar com a família —, mas naquele dia só queria sair dali, voltar ao ar livre e à luz do sol, ficar longe daquela mulher de preto e de olhar penetrante.

Escapuliu pelas portas duplas com o projetor nas mãos, e ia em direção ao saguão que precedia a saída quando ouviu uma voz atrás de si:

— Por que você usou aquela foto?

Era ela. A loura de preto. Virou-se para encará-la. Mais uma vez sentiu-se fuzilado pelos seus olhos, que, agora podia ver, eram de um azul profundo.

— A do chalé?

— Sim. Por que a usou?

Ele umedeceu os lábios e passou o projetor para a outra mão.

— Não sei bem por quê.

— Por favor, não minta para mim. Quem foi que mandou você usá-la?

— Ninguém.

— Quero saber quem foi que mandou você usá-la! — Sua voz era quase um sibilo.

— Ninguém me falou nada sobre aquela fotografia. Até achei que as pessoas me achariam louco por tê-la selecionado. Afinal, é só uma casa.

— Se é só uma casa — disse ela —, por que você a incluiu no vídeo?

Eric percebeu que a mulher era a irmã mais nova de Eve Harrelson. Seu nome era Alyssa Bradford, e ela aparecia em muitas das fotos que ele usara. Lá dentro do salão, alguém ainda prestava uma homenagem a Eve, mas Alyssa não parecia minimamente interessada. Toda a sua atenção estava voltada para ele.

— Me pareceu um lugar especial — disse ele. — Não posso lhe dar uma explicação melhor que essa. Eu tenho esse tipo de intuição às vezes, só isso. Era a única foto da casa e não tinha ninguém na imagem. Achei incomum. Quanto mais eu olhava... não sei, pensei que encaixava. Desculpe se isso a ofendeu.

— Não, não é isso.

Fez-se um breve silêncio. Ambos permaneceram parados de pé ali, do lado de fora do salão, enquanto a cerimônia continuava lá dentro.

— Que lugar era aquele? — perguntou Eric. — E por que você foi a única pessoa que reagiu ao vê-lo?

Ela olhou para trás como se quisesse ter certeza de que as portas estavam fechadas.

— Minha irmã teve um amante — disse ela baixinho. Eric sentiu um frio no peito. — Só eu sei disso. Pelo menos foi o que Eve me disse. Ele tinha sido namorado dela nos tempos da faculdade, e numa época em que ela e Blake não estavam bem... Blake é um filho da mãe. Nunca vou perdoar-lhe por algumas coisas que fez, e acho mesmo que ela deveria tê-lo deixado. Mas nossos pais eram divorciados, e foi um divórcio horrível para nós, e imagino que ela não quisesse fazer o mesmo com seus filhos.

Esse tipo de revelação não era algo tão raro. O próprio Eric tinha crescido numa família em que todos participavam da vida de todos, mais do que recomenda a prudência. O luto fazia com que as pessoas tivessem o ímpeto de exteriorizar os segredos dos mortos, e era mais fácil contá-los para estranhos, algumas vezes. Ou talvez sempre.

— O chalé fica em Michigan — disse ela. — À beira de um laguinho na Península Superior. Ela passou uma semana lá com esse homem, depois voltou e nunca mais o viu. Voltou pelas crianças. Sabe, os filhos eram tudo para ela. Mas ela o amava. Sei que sim.

O que Eric poderia responder? Ele passou o projetor de uma mão para outra e permaneceu calado.

— Ela não guardou nenhuma foto dele — disse Alyssa Bradford, agora com os olhos marejados de lágrimas. — Rasgou os álbuns dos tempos da faculdade e queimou todas as fotos em que ele aparecia. Não por raiva, mas porque precisava fazer isso para manter o casamento. Eu estava com Eve quando ela as queimou, e a vi guardando apenas esta, justamente por não ter ninguém na imagem. Desde então era tudo que ela tinha como recordação dele.

— Eu só achei que encaixava — repetiu Eric.

— E aquela música — insistiu a mulher, com um olhar penetrante, após secar as lágrimas. — Como é possível você ter escolhido logo aquela música?

Eles fizeram amor ao som daquela música, pensou, *talvez a primeira vez, ou, se não, com certeza a melhor noite, a que ela recordou por mais tempo, até o momento anterior a sua morte. Eles fizeram amor ao som desta música, ele pegou seu cabelo e ela inclinou a cabeça para trás e gemeu no ouvido dele, e depois que terminaram, ficaram deitados juntos, ouvindo o vento bater no chalé vermelho-escuro. Estava quente e ventava muito, e eles acharam que logo iria chover. Tinham certeza disso.*

A mulher não parava de encará-lo. Ela era a única pessoa viva que sabia da aventura de sua irmã falecida, daquela única semana no chalé. Ou, ao menos, a única pessoa viva além do amante. E de Eric. Ele a fitou e levantou os ombros, como se pedisse desculpas.

— Eu só achei que era a música apropriada, só isso. Sempre tento fazer com que a trilha sonora combine com o clima da imagem. Quanto ao resto, a sensação estranha porém absoluta da importância da música, não podia ser outra coisa senão um truque da mente. Qualquer outro conceito seria absurdo. Totalmente absurdo.

Em todo projeto ele fazia isso. Aquilo tudo era verdadeiro.

A irmã de Eve Harrelson lhe entregou uma nota de 100 dólares antes de retornar à cerimônia, uma nova onda de lágrimas assomando em seus olhos. Eric ficou sem saber se o dinheiro era uma gorjeta ou uma forma de comprar seu silêncio, mas nada perguntou. Depois de guardar todo o equipamento no carro, sentou-se ao volante do Acura MDX (que Claire comprara e pagara), tirou a nota de 100 do bolso e a transferiu para a carteira, tentando ignorar o tremor em suas mãos.

2

NÃO ERA A PRIMEIRA vez. Com o passar dos anos, Eric se acostumara à força inexplicável que o impelia de encontro a uma visão específica. Esse era um dos motivos pelos quais seus melhores trabalhos haviam sido parte de projetos históricos. Seu último filme digno de nota tinha sido um drama histórico para a HBO sobre o êxodo dos índios Nez Perce em 1877, uma história trágica e incrível com a qual ele se sentiu conectado desde o início. Os indígenas foram encurralados nas montanhas Bear Paw, ao norte de Montana, após andarem 2.400 quilômetros. Pararam em um terreno que ficava a apenas 65 quilômetros da fronteira com o Canadá, onde tentavam desesperadamente chegar. Um grupo de historiadores que acompanhava as filmagens dedicou incontáveis horas à história, acreditando ter um senso de direção indispensável para encontrar as principais locações. A equipe de filmagem gastou cerca de seis horas preparando os equipamentos, e estava quase pronta para filmar quando Eric subiu numa colina e olhou o vale abaixo. Era um vale menor e visualmente menos interessante. Nevava um pouco e o sol ameaçava perder a batalha para as nuvens. Ali, ao olhar para o pequeno vale enquanto os últimos raios de luz desapareciam, ele soube que havia sido naquele ponto que a cena real acontecera. Lá tinha estado Joseph, chefe dos Nez Perce, seguido por cerca de setecentas pessoas cansadas e famintas, das quais menos de duzentas eram guerreiras. E também o general William Tecumseh Sherman e 2 *mil* soldados americanos fortemente armados e prontos para a batalha.

Depois de passar alguns minutos no topo da colina, Eric voltou e envolveu-se numa discussão acalorada, pedindo que a equipe desarmasse a locação, pegasse os equipamentos e fosse fazer a filmagem no vale menor. O diretor era Douglass Wainberg, um judeu baixinho que insistia em usar chapéu de caubói durante toda a execução do projeto e que, embora tivesse muitos defeitos, dava imenso crédito à sensibilidade de um talento. E finalmente cedeu à proposta de Eric quando ele se pôs a criticar a luz e as linhas do horizonte, uma desculpa esfarrapada, é verdade — a única razão pela qual queria a transferência era porque sabia que estavam no lugar errado — e em função disso gastaram a maior parte do dia remontando as luzes e a câmera no local certo. Um dos historiadores criou caso com a decisão tomada, alegando que seria triste ver a exatidão histórica sacrificada por problemas na iluminação, mas Eric o ignorou, certo de que ele estava equivocado. Os Nez Perce jamais tinham estado naquele maldito vale que eles haviam escolhido.

Essa fora a sua mais forte intuição de uma tomada, até se deparar com a foto do chalé vermelho. E suas intuições sempre lhe pareceram próximas demais da ilusão, algo que sumiria no momento em que você tentasse prendê-lo na mente.

A irmã de Eve Harrelson telefonou para Eric uma semana após a cerimônia, mais ou menos quando já começava a sorrir, com certa autopiedade pelo modo com que sua criatividade simplesmente se extinguira.

— Espero que não deixe aquele nosso... encontro estranho na cerimônia de Eve impedi-lo de trabalhar comigo. — Essas foram as primeiras palavras de Alyssa Bradford ao se verem um dia após sua ligação.

Estavam sentados no pátio externo de um café na Michigan Avenue e ela tinha duas sacolas de compras em ambos os lados da cadeira, que continham pelo menos uns 200 dólares em roupas, desenhadas cuidadosamente para parecerem informais, em cada bolsa. A mulher cheirava a dinheiro, e Eric não fazia ideia de sua origem. Uma das coisas que conseguira apurar sobre os Harrelson é que eles eram, na melhor das hipóteses, uma família de classe média. Estava claro que, com o casamento, Alyssa subira na vida.

— Lógico que não — disse ele. — Entendo sua reação.

— Eu te liguei por causa da qualidade do seu filme — disse ela. — Você conseguiu um encadeamento perfeito, e a música... Tudo maravilhoso. Todos que estavam lá ficaram tocados. *Todos.*

— Fico feliz em saber.

— Seu trabalho despertou algo em mim. Algo que posso fazer por meu marido. Meu sogro, Campbell Bradford, está com a saúde muito debilitada, e imagino que esteja bem perto do fim. Mas é um homem extraordinário, tem uma história de vida fantástica. Depois de ver o seu vídeo, pensei: *Isso seria perfeito.* Retratar a vida dele seria uma homenagem maravilhosa, algo que a família dele poderia guardar para sempre.

— Bem, fico feliz por ter causado uma impressão tão favorável. Depois de ter visto aquele vídeo, você já deve ter uma boa ideia do que vou precisar, então...

Ele parou de falar quando a mulher levantou a mão.

— Não quero nada semelhante ao que você fez. Na verdade, minha intenção é contratar os seus serviços por um longo período. Gostaria de mandá-lo a outro lugar.

— Outro lugar?

— Se você tiver interesse. Pelo que sei, você tem experiência em projetos maiores.

Experiência em projetos maiores. Ele a olhou com um sorriso acanhado e assentiu, com tanta vergonha que quase caiu da cadeira.

— Fiz muitos trabalhos em cinema — disse. Essa era sempre uma frase difícil de falar.

— Foi o que pensei. Li sobre você na internet e fiquei surpresa ao saber que estava de volta a Chicago.

A calçada o atraía para fora dali, parecia gritar: *Levanta, tira a bunda da cadeira, cai fora daí, dessa sessão de desrespeito. Você já foi um dos grandes. Grande e pronto para ser* o maior de todos. *Lembra?*

— Imagino que tenha voltado por causa de algum problema de família — sugeriu Alyssa Bradford.

— Sim — disse ele.

Na verdade, fora uma decisão de família, tendo sido constatado que sua carreira implodira e que estava na hora de voltar para casa.

— Bem, o meu também é um assunto de família. A biografia do meu sogro é extraordinária. Ele saiu de casa ainda adolescente, veio para

Chicago durante a Depressão e se tornou um homem muito bem-sucedido. *Extremamente* bem-sucedido. Sua fortuna hoje é de mais de 200 milhões de dólares. Mas ele cresceu discretamente. Até bem pouco tempo, ninguém na família sabia exatamente qual era o valor dessa fortuna. Sabíamos que ele era rico, mas não *tão* rico. Então, ele adoeceu, as discussões legais começaram e descobrimos tudo. Entende agora por que eu gostaria de ver contada a sua história de vida?

— Como foi que ele ganhou tanto dinheiro?

— Investimentos. Ações, transações diversas, títulos, imóveis e o que mais você imaginar. O que ele tocava virava ouro.

— Entendo.

Por algum motivo, Eric estava com dificuldade de encará-la. Aquele seu olhar, aqueles olhos azuis intensos, lembrava-o de quando ela o abordara na cerimônia fúnebre.

— A cidade onde ele nasceu, e para a qual pretendo mandar você, fica no sul de Indiana. É um lugarzinho estranho, mas bonito. Já ouviu falar em French Lick?

— Onde nasceu Larry Bird, o grande jogador de basquete — respondeu ele.

Ela riu e balançou a cabeça em sinal de concordância.

— É o que sempre falam, mas durante algum tempo foi um dos melhores lugares do mundo para se descansar. Na verdade, há duas cidades lá, West Baden e French Lick, que ficam lado a lado. Cada uma tem um hotel que vai te deixar de queixo caído. Especialmente o de West Baden. Não se parece com qualquer coisa que eu já tenha visto, e foi construído no meio do nada, nesta minúscula cidade do interior.

— E você quer que eu vá para lá?

— Sim, é isso que espero. É a terra natal de meu sogro. Lá ele nasceu e cresceu, na época em que aquele lugar vibrava com a visita de pessoas ilustres como Franklin D. Roosevelt e Al Capone. Foi isso o que ele viu na infância. Eu estive nas cidades pela primeira vez no ano passado, depois de ler a notícia de que os hotéis tinham sido restaurados. Fiquei só um dia, mas foi o suficiente para ver que o lugar é simplesmente surreal.

— Você quer um vídeo sobre a história de French Lick ou da vida do seu sogro ou...

— Um pouco de tudo. Estou disposta a pagar sua estada lá por duas semanas, e depois gaste o tempo que for preciso na finalização do trabalho ao voltar para cá.

— Duas semanas me parece muito tempo. Isso sem mencionar os custos.

— Discordo. Meu sogro nunca falou muito sobre sua infância ou sua família. Falava apenas sobre o lugar, sobre as histórias da cidade, as mudanças que ela sofreu ao longo do tempo, mas nada sobre a própria vida. Tudo o que sabemos é que ele fugiu de casa quando ainda era adolescente. Foi quando cortou relações com a família.

— Se é assim — disse Eric —, talvez ele não aprecie nem um pouco ter a história de sua família retratada num vídeo.

— Talvez você tenha razão. Mas isso não é para ele... É para o meu marido e o resto da família.

— É claro que o trabalho me interessa — disse Eric —, mas ainda assim acho duas semanas um tanto...

— Ah, esqueci de lhe dizer. Vou lhe pagar 20 mil dólares pelo produto final. E 5 mil adiantados.

Foi até engraçado que o seu primeiro impulso tenha sido o de achar o valor inexpressivo. Sua mente ainda se baseava em orçamentos de filmes de verdade. Em seguida, porém, reconsiderou e percebeu que a quantia seria metade do que ele conseguira ganhar durante todo o ano anterior. E 20 mil mais do que ganhara dois anos antes. Fechou a boca quando estava prestes a falar *Não sei se poderei dedicar tanto tempo assim*, inclinou-se na cadeira e ergueu as sobrancelhas para Alyssa.

— Não vejo como recusar.

— Excelente. Assim que você conhecer a cidade e os hotéis e aprender um pouco da história do local, acho que descobrirá como o projeto tem a ver com você. É perfeito para alguém com o seu talento.

— Meu talento.

Ela hesitou, pela primeira vez demonstrando uma reação que não foi de total segurança.

— Você sabe o que eu quero dizer. Seu talento de resgatar coisas que já se foram e trazê-las de volta à vida.

Eric falou:

— Gostaria de entrevistar seu sogro. Para algo dessa grandeza, as entrevistas são importantes.

Ela assentiu, mas seu sorriso perdeu a força.

— Entendo, mas não sei o quanto você vai conseguir extrair dele. Está com 95 anos e com a saúde muito ruim. É difícil para ele manter uma conversa.

— Às vezes uma só frase faz uma enorme diferença. Se forem as palavras certas, o som certo... pode causar um impacto.

— Então vou marcar uma hora para sua visita. Sei que você gosta de ter fotos e objetos da família, portanto trouxe algo aqui que lhe pode ser útil.

Alyssa procurou na bolsa e tirou de dentro dela uma garrafa de vidro de quase 30 centímetros. A bolsa ficara em cima da mesa, exposta ao sol, mas a garrafa estava surpreendentemente fria quando ele a pegou. Era de vidro verde com uma gravação que dizia: *Água Plutão — O Remédio da América.*

— Veja o fundo — disse Alyssa.

Ele virou a garrafa de cabeça para baixo e encontrou outra gravação. Era a imagem de um demônio com chifres, rabo bifurcado e uma espada embainhada. Uma das mãos estava erguida, como num aceno. A palavra *Plutão* estava entalhada abaixo da figura.

— O que é isso?

— Água mineral. Foi o que tornou a cidade famosa, o que fez com que os hotéis fossem construídos e o que levou pessoas do mundo inteiro a ir lá.

A peça tinha uma rolha presa por um arame e dentro havia um líquido turvo, cor de areia.

— E tinha gente que bebia esta coisa? — perguntou Eric.

— Bebiam direto da garrafa, sim, mas também havia balneários e fontes, onde as pessoas se banhavam para curar diversos males físicos, como se acreditava. Esse era o grande negócio dos hotéis. Pessoas de todas as partes do mundo se hospedavam nesses resorts para se submeterem aos efeitos milagrosos que lhes eram prometidos.

Eric passou o polegar sobre a figura gravada no fundo da garrafa, enquanto observava o sedimento subir ou assentar outra vez, conforme o movimento que fazia com o vidro.

— Não é uma garrafa linda? — disse Alyssa. — Foi a única coisa que encontrei relacionada à cidade natal do meu sogro. Acho fantástico que ele a tenha guardado por todos estes anos. Deve ter uns 80 anos. Talvez até mais.

— E por que o diabo?

— Esse aí é Plutão, a versão romana de Hades. O deus do mundo inferior.

— Um emblema estranho para uma empresa escolher.

— Bem, a água mineral vinha de fontes subterrâneas. Imagino que seja daí que tenha vindo a inspiração para o nome. Bom, até que esse diabinho tem uma expressão feliz, não?

Isso era verdade. Ele era alegre e receptivo. Já a água dentro da garrafa tinha um aspecto bem diferente. Algo naquela estranha cor e nos finos flocos de sedimento fez o estômago de Eric revirar. Ele colocou a garrafa em cima da mesa e a deslizou na direção dela.

— Não, fique com ela por enquanto — disse Alyssa. — Quero que a leve com você. Veja se encontra alguém que possa lhe dizer a idade exata dela.

Na verdade, Eric não queria de jeito nenhum ficar com a garrafa, mas acabou tendo que aceitá-la quando Alyssa a empurrou em sua direção. Segurando-a, ele percebeu o frio penetrante que vinha de seu interior.

— O que você tem dentro da bolsa, gelo seco?

— Essa garrafa mantém sempre essa mesma temperatura — disse ela. — Não entendo por quê. Será por causa do conteúdo mineral? Ou será pelo vidro, que é muito velho?

Ele guardou a garrafa na maleta e se serviu de mais café. Enquanto ela preenchia o cheque de 5 mil, ele pressionou a palma da mão em torno da caneca para esquentá-la, e permaneceu assim até Alyssa destacar o cheque e entregá-lo a ele.

3

Aquele era o tipo de história que pedia para ser contada, e, com aqueles dois hotéis ermos e extravagantes numa área tão interiorana, ganhava um forte componente. Cenário perfeito para um filme. Talvez aquilo pudesse não se limitar aos Bradford. Talvez, se ele fizesse tudo certo, aquilo lhe abrisse algumas portas que haviam sido batidas na sua cara quando estava em Los Angeles.

Antes mesmo de colocar os pés na cidade, Eric rapidamente desenvolveu uma espécie de medo possessivo pelo lugar, uma paranoia de que alguém chegaria lá primeiro e roubaria sua ideia. Nas primeiras pesquisas que fez, descobriu um número incontável de tramas a serem exploradas. Ricos e pobres, criminosos e políticos, a explosão de um trem e a consequente morte de seus passageiros, Lei Seca e os efeitos do Crash da bolsa de Nova York — tudo isso fez com que essas bizarras cidadezinhas perdessem seu referencial. Elas eram um microcosmo, uma parte da história da América. Era a chance de fazer algo importante de novo.

Alyssa ligou três dias depois de se encontrarem, para dizer que ele poderia se hospedar no West Baden Springs na primeira sexta-feira de maio. Isso seria dali a apenas uma semana, e na quinta-feira ele teria sua primeira — e talvez única, dependendo da saúde do homem — chance de conversar com Campbell Bradford. Alyssa advertiu-o de que seu sogro não estava bem e que talvez não conseguisse se comunicar. Ele iria tentar mesmo assim.

À noite, Claire ligou. Quando viu o número do telefone dela no identificador de chamadas, foi tomado por um sentimento de alívio e gratidão. Já fazia uma semana que não se falavam, e cada dia que passava sem sua presença parecia mais longo e penoso. Porém, ela falou:

— Só estou ligando para saber como você está.

Isso foi o suficiente para acabar com qualquer emoção positiva. Ligando para saber como ele estava? Como se ele pretendesse se matar, ou coisa parecida, só porque não estavam mais juntos, porque não conseguia viver sem ela?

Ele foi lacônico, falou rápido sobre o pai dela e conduziu logo a conversa ao seu final, como um cão tocando uma boiada pela porteira. Quando Claire pediu para que ele ligasse dali a alguns dias, Eric respondeu que não contasse com isso.

— Vou ficar fora da cidade por um tempo — disse ele. — Algumas semanas, talvez um mês.

— Férias? — perguntou ela depois de um momento de silêncio.

— Trabalho.

— E vai para onde?

— Indiana — ele respondeu, entre dentes.

— Que exótico.

— É uma história incrível, pode acreditar. Histórias como essa nem sempre surgem de Maui ou de Manhattan.

— Eu estava só brincando. Sobre o que é a história?

— Talvez eu explique mais tarde. Tenho um monte de coisas para fazer, Claire.

— Está bem. — Sua voz soou triste, o que o agradou. — Bem, desejo que tudo corra bem para você, o que quer que aconteça.

Ele lançou o punho fechado em direção à parede, mas parou no último minuto, e sua mão tocou a superfície lisa, de leve, sem se machucar. Que se danem as esperanças dela, os votos de sucesso e as bênçãos.

— Tenho certeza de que será assim — disse ele. — Estou com um ótimo pressentimento. Parece que as coisas voltaram a dar certo para mim, afinal.

Aquela fora uma cortada cruel, e ele sentiu pelo frio *Até logo, Eric,* e pelo clique do telefone desligando, que acertara um golpe certeiro. Pousou o fone no gancho e foi até a cozinha, servindo-se de dois dedos de uísque. Não, que diabos, quatro dedos. Colocou um cubo de gelo no copo. *Se suavizarmos a bebida com água, a quantidade não será mais nenhum problema, certo?* Voltando para a sala, procurou entre seus DVDs algo para se distrair. Algum de seus velhos favoritos, como Houston ou Peckinpah. É, Peckinpah seria bom. Cenas sangrentas e chocantes. Na verdade, parecia perfeito para uma noite como aquela.

Assistiu a *Sob o domínio do medo*, tomou outro uísque, tentou dormir, não conseguiu e logo estava de volta ao computador, pesquisando um pouco mais. Descobriu diversas referências ao nome Campbell Bradford — embora parecesse que, em circunstâncias formais, ele se referia a si mesmo como C. L. Bradford —, mas todas elas estavam relacionadas a atividades filantrópicas. Para um homem de tamanha fortuna, ele levou uma vida bastante tranquila. Eric conseguiu apenas encontrar um pequeno parágrafo biográfico na internet, além de várias listas o mencionando como doador para as mais diversas causas. Essas contribuições eram de uma variedade muito grande. De fato, grande demais para que Eric pudesse ter uma ideia sobre quem era Bradford. Entretanto, estava óbvio que ele tinha uma predileção por políticos liberais e artistas, sobretudo músicos. Fez doações vultosas para orquestras de vários lugares, porém Eric notou que todas eram pequenas ou de áreas rurais — com nomes como Filarmônica do Condado de Hendricks — e jamais uma orquestra sinfônica de prestígio fora agraciada por ele. Talvez pensasse — e, sem dúvida, seria uma boa justificativa — que as grandes orquestras tinham recursos maiores.

Depois de passar por um elevado número de páginas sem encontrar nada que o interessasse, Eric refez a pesquisa, digitando a palavra Campbell juntamente com "West Baden", mas não conseguiu nenhum resultado. Tentou de novo, dessa vez com as palavras "French Lick", e ficou surpreso por encontrar três páginas. Um olhar mais atento, contudo, revelou que as três eram praticamente a mesma coisa: um pedido de informações acerca de Campbell e um punhado de outras pessoas, feito por um estudante da Universidade de Indiana chamado Kellen Cage. Ele explicava que estava fazendo uma pesquisa sobre a história do local para a sua tese, e esperava conseguir informações sobre alguns cidadãos — particularmente Campbell Bradford e Shadrach Hunter. O último nome não significava nada para Eric. Havia um endereço de e-mail na página, e Eric lhe escreveu, procurando estabelecer um contato. Se o rapaz estava intrigado com Campbell, significava que ele já ouvira algumas histórias sobre o milionário, o que o colocava na frente de Eric. E, por sinal, também dos Bradford.

Depois de procurar exaustivamente tudo o que era possível sobre Campbell, voltou à pesquisa sobre a Água Plutão e logo descobriu propagandas antigas que teriam que ser incluídas no filme. Elas eram sensacionais. Aparentemente a Água Plutão curava qualquer coisa. Alcoolismo, asma, obesidade, paralisia, acnes, urticária, gripe, insônia, malária e doenças venéreas faziam parte da lista. Depois descobriu-se que o produto não passava de um laxante. Entretanto, mesmo depois desse fato vir à tona, a companhia continuou a ganhar milhões pelas garrafas que vendia sob o charmoso slogan: *Quando a natureza falha, Plutão resolve.*

Os próprios anúncios eram marcantes, imagens perfeitas de uma época, um lugar e suas pessoas. Mulheres de vestidos rodados, homens de terno e aquele diabinho risonho sempre presente. Eric se interessou principalmente por um que mostrava um homem diante de uma bacia e um espelho. Na ilustração, ele encarava seu reflexo com uma expressão de mais puro horror, enquanto o texto ao lado dizia: *O que há de errado comigo?*

Eric levantou-se, planejando tomar mais uma dose de uísque, mas mudou de ideia. Talvez porque o quarto começara a rodar um pouco à sua volta, ou talvez porque acabara de ler a palavra *alcoolismo* na lista. Não queria chegar perto demais daquele abismo.

Mas estava de pé, e sentia que queria alguma coisa.

Era a Água Plutão. Foi até a sala, abriu sua maleta e pegou a garrafa. Continuava fria. *Estranhamente* fria, na verdade. Como uma garrafa d'água podia ficar tanto tempo num lugar e nunca equiparar sua temperatura à temperatura ambiente? Ele não lera nada sobre essa característica em suas pesquisas.

— Poção milagrosa que cura doenças — disse, deslizando o polegar sobre as gravações. A água parecia abominável, mas milhões de garrafas foram consumidas através dos anos. Tinha que ser segura. Água mineral não estragava, certo? Mas, pensando melhor, qualquer coisa não estragaria depois de tanto tempo?

Só tinha uma maneira de saber, mas é claro que ele não faria isso.

Por que não?

Em primeiro lugar, porque a água podia deixá-lo doente, ou até envenená-lo, e ele cairia morto no chão da sala com apenas uma gota.

Você sabe que isso é impossível. Essa água é natural, saiu de uma fonte, e não de um laboratório químico.

Mas existem outras razões. Sua educação ou seu profissionalismo não o deixariam violar um objeto que, sabe-se lá por qual motivo, o velho guardara intacto por tantos anos.

Tem uma tampa. Você pode abrir a garrafa, provar um gole e colocar a rolha de volta no lugar. Quem iria descobrir?

Sentia-se como um menino diante do armário de bebidas, decidindo se deveria provar ou não o álcool pela primeira vez. Se bebesse um pouco e completasse o restante com água — ou talvez com suco de maçã, para ficar da mesma cor — ninguém jamais ficaria sabendo. Afinal, qual era o seu problema? Era só uma garrafa velha de água mineral. Por que queria tanto saber qual era o gosto? Com certeza, teria gosto de merda.

Está com medo. Por alguma razão, você está com medo, seu covarde.

Era verdade. Ele percebeu isso pelo tempo que ficara ali, de pé, olhando fixamente a garrafa. Não apenas era verdade, como também era patético, e só havia uma maneira de eliminar o medo. Forçou os arames velhos e liberou a rolha. Era uma coisa terrível de se fazer — provavelmente, ao abrir o item, reduziu seu valor pela metade, e ele nem sequer era seu —, mas, depois dos uísques, daquela conversa horrível com Claire e da constatação de que inexplicavelmente ele estava com medo da garrafa, já não se importava mais. Queria apenas prová-la um pouco.

A água tinha cheiro de enxofre e Eric sentiu certa repulsa ao erguer a garrafa para tomar um gole. Ele mal podia aguentar o cheiro daquilo; como tantas pessoas conseguiam bebê-la?

O gargalo tocou seus lábios. Inclinou-o e seu conteúdo molhou a boca, indo até à garganta.

E Eric engasgou.

Caiu de joelhos e vomitou no tapete. Aquela coisa tinha o pior gosto que jamais provara, um gosto podre, de morte.

Pousou a garrafa no chão, vomitou de novo e respirou fundo pelo nariz. Sentiu, mais uma vez, ânsia de vômito e, de alguma forma, sabia que essa seria pior do que as outras. Correu para o banheiro, mas um jato saiu violentamente de sua boca no meio do caminho. O uísque ardia em sua garganta e queimava suas narinas, e ele lutou para chegar o mais rápido possível ao vaso sanitário. Lá, se debruçou e esvaziou o estômago. Sentia suas têmporas latejando e sua visão se turvando com as lágrimas resultantes da força terrível que fazia para se livrar de tudo aquilo.

A próxima ânsia foi ainda pior, uma dor violenta em seu estômago, como se alguém torcesse uma toalha molhada dentro de sua barriga até as fibras se romperem. Quando terminou, estava caído com o rosto no chão, o ladrilho frio tocando sua pele.

Demorou uma hora para que saísse do banheiro. Uma hora para que se sentisse forte o bastante para se levantar. Pegou um esfregão, um balde e um desinfetante em spray para começar a trabalhar na limpeza. Quando terminou com o banheiro, voltou para a sala, evitando olhar o relógio que marcava 4 horas da madrugada — muito além do horário em que pessoas decentes iam dormir — e pegou a garrafa da Água Plutão. O cheiro voltou a se espalhar e ele trincou os dentes para recolocar a tampa no gargalo, prendendo a respiração até largá-la de volta em sua maleta.

Poção milagrosa que cura doenças, uma ova!

4

No dia seguinte, Eric tomou um digestivo, bebeu aproximadamente três litros de chá gelado e esperou até anoitecer para comer alguma coisa, e não se permitiu consumir mais do que uma cerveja ou um copo de vinho naquela noite.

Não tinha outros trabalhos em andamento, a não ser o projeto de Bradford, então passou o resto da semana pesquisando e comprando novos equipamentos, considerando gastar boa parte do adiantamento de Alyssa Bradford na aquisição de uma nova câmera. Queria algo melhor em parte pelo aumento da qualidade de seu trabalho, mas também porque poderia parar de usar a câmera que o pai de Claire lhe dera de presente, quando as coisas desandaram em Los Angeles e ele precisou se mudar com a mulher para Chicago. Aquele filho da mãe pretensioso. O último romance dele fora lançado esta semana. Com certeza Eric não o leria, mas leria qualquer crítica que falasse mal da obra.

Não conversou mais com Claire antes de seu encontro com Campbell Bradford. Na manhã seguinte ao último telefonema, acordou com uma dor de cabeça que ainda perduraria por algumas horas, e se arrependeu de não ter lhe contado mais sobre o projeto. Ela teria se interessado e teria ouvido. Uma coisa boa sobre Claire é que ela sempre era toda ouvidos.

Mas não ligou para ela, e ela tampouco o fez. Todo dia ele verificava o identificador de chamadas, e esse ritual acabou se tornando algo enlouquecedor — ela era sua *esposa*, e lá estava ele, checando ansiosamente se houve uma ligação dela em uma máquina.

Sua esposa.

Na noite em que faria a entrevista com Campbell Bradford, parou no apartamento para reunir seu equipamento de filmagem. Lá viu que a luz da secretária eletrônica piscava. Imaginou que talvez Claire tivesse ligado e, em seguida, odiou a si mesmo por ainda ter esperanças. Não quis nem ver de quem era a mensagem, ignorando a máquina e pegando sua câmera, seu tripé e sua maleta. Quando abriu a mala para guardar o gravador — era sempre bom ter um áudio reserva — viu a garrafa esverdeada e se sentiu nauseado. Pensou em retirá-la dali, mas logo depois mudou de ideia. Talvez a mostrasse ao velho Campbell para ver como ele reagiria.

Alyssa Bradford lhe disse para chegar ao hospital por volta das 19 horas. Dirigiu-se até o local o mais depressa que pôde, acelerando os passos enquanto o estojo da câmera batia em sua perna. Ele odiava hospitais, sempre os detestou. Quando encontrou o quarto — 712 —, descobriu que a porta estava fechada. Bateu de leve com os nós dos dedos.

— Olá? — falou ele. Depois, empurrou um pouco a porta e enfiou a cabeça pela fresta. — Senhor Bradford?

O quarto tinha duas camas, mas apenas uma estava ocupada. O homem deitado nela virou-se e encarou Eric, um dos lados de seu rosto iluminado por uma pequena lâmpada fluorescente que ficava acima do móvel. Exceto por aquela fraca luz, o quarto estava às escuras. O lençol cobria o paciente até o pescoço e seu rosto era abatido e esquelético, com profundos olhos azuis que denunciavam sua doença muito mais do que o fato de ele estar em um quarto de hospital. A pele flácida pendia do queixo, que já fora rígido e quadrado, e, embora as mãos que repousavam sobre o lençol fossem finas e delicadas, eram também grandes e outrora teriam sido poderosas.

— Senhor Bradford? — repetiu Eric, e o homem pareceu assentir. — Sua nora me disse que lhe informou sobre a minha vinda. — Ele contornou a cama e pegou uma cadeira de plástico. — Espero não ter chegado numa hora ruim.

Nenhuma resposta. Nem mesmo uma palavra ou um piscar de pálpebras. Porém o olhar o acompanhava.

— Imagino que Alyssa tenha lhe contado o que eu vim fazer, não? — Eric pegou logo o estojo da câmera, na tentativa de apressar a filmagem, pois a expressão indiferente do homem era perturbadora.

— Queria ouvir algumas histórias sobre o senhor — falou, enquanto montava a câmera. — Sua nora me disse que o senhor tem ótimos casos.

A respiração de Campbell Bradford ia e vinha num ruído quase inaudível, e, quando Eric percebeu esse som, sentiu vontade de correr para fora do quarto, arrependido por ter forçado Alyssa a marcar a entrevista. Aquele homem estava morrendo. Não tinha meses de vida, ou mesmo semanas. A morte estava próxima. Ele podia ouvi-la na respiração agonizante dele.

Há poucos anos, Eric estivera na presença de uma pessoa velha e doente como aquela e ficara muito triste. Agora, sentia medo. O tempo corria muito rápido. Em breve, ele mesmo estaria naquela cama.

— Vou deixar que o senhor fale à vontade, e, quando quiser que eu vá embora, é só anunciar que eu me mando — disse, enquanto armava o tripé e fixava a câmera. Quando deu uma nova olhada em Campbell, viu novamente o mesmo rosto vazio e pensou: *Bem, isso não vai demorar muito.* O homem não conseguiria conversar com ele, afinal. Eric retirou o protetor da lente da câmera e colocou o olho no visor para ajustar o foco. Então, sentiu suas últimas palavras morrerem na garganta, como que pressionadas de volta por um punho gelado e amedrontador. Pelo visor, Campbell Bradford o encarava de uma forma completamente diferente, os olhos azuis firmes, penetrantes e extraordinariamente alertas. Eram os olhos de um homem jovem, de um forte.

Eric levantou a cabeça devagar, afastou-se da câmera e olhou o paciente que jazia sobre a cama. Sentiu outra vez o punho gelado se abrir e tocar seu peito com os dedos trêmulos.

O rosto de Campbell Bradford não se modificara. Os olhos continuavam vazios, indiferentes. Eric vislumbrou a porta, arrependido agora de tê-la fechado.

— O senhor vai falar comigo? — perguntou.

Um leve piscar de olhos, outra respiração ruidosa, e nada mais.

Eric defrontou-o e pensou: *Muito bem, vamos tentar de novo*, e voltou a olhá-lo pela lente do visor. E lá estava Campbell, ainda na cama, ainda com os olhos azuis fixos e alertas, que em nada se pareciam com aqueles que o cineasta acabara de ver pelo lado de fora da câmera.

Teve vontade de encará-lo a olho nu novamente, mas manteve-se atrás da câmera. Deu crédito a Paul Porter — ele podia ser um babaca, mas lhe deu uma ótima câmera. Era incrível como ela avivava os olhos de Campbell Bradford.

— O senhor conversará comigo agora? — perguntou Eric através da câmera.

— Sim — respondeu Bradford, com a voz clara e firme.

Com o susto, o cineasta deu um solavanco com a cabeça, bateu com o joelho no tripé e quase o derrubou. Campbell o olhava de volta, o rosto inexpressivo.

— Ótimo — disse Eric, firmando a câmera e encarando o outro. — Por onde quer começar? O que gostaria de contar?

Nada.

O que diabos era aquilo? Aquele velho desgraçado só falava quando Eric o olhava pela câmera. Esperou um pouco, e Campbell permaneceu em silêncio. Ele cerrou os lábios, suspirou impaciente e sacudiu a cabeça. *Muito bem, vovô, vamos tentar mais uma vez.* Colocou o olho no visor e disse:

— Gostaria de lhe perguntar sobre sua infância. Tudo bem?

— Na verdade, não tenho muito a dizer — respondeu o milionário. A aparência de seu rosto não se alterou através da filmagem, a pele ainda se mostrava flácida e macilenta, a doença ainda era clara. De fato, nada mudara, *exceto* o olhar. Pela primeira vez, Eric considerou a hipótese de que o velho estava de gozação com ele, e que aquela aparência vazia era apenas uma encenação.

— Posso lhe perguntar sobre outro assunto então?

— Sim. — A voz era bastante clara, mas não jovial. Era a voz de um homem idoso, a voz de um homem doente.

— O senhor só vai falar comigo quando eu o olhar pela câmera?

Campbell Bradford sorriu.

— Esse é um senso de humor perverso — disse Eric.

Retirou os olhos do visor e a expressão do velho voltou a ficar vazia. Eric riu.

— Ok, vou entrar na brincadeira. — Mexeu na câmera para abrir na tela lateral do visor, pois assim poderia ver o que a câmera filmava sem ter que ficar com o olho enfiado no pequeno visor. — Por que não quer falar comigo sobre a sua infância?

— Porque não há muito a dizer.

O velho era bom naquela brincadeira. Seguia a conversa sempre que Eric baixava os olhos para a telinha e parava assim que ele os erguia. Que figura.

— Então, me conte sobre a cidade. West Baden, não é?

— Lindo lugar — disse Campbell, e dessa vez sua voz parecia cansada.

— O senhor morava perto do hotel? — falou Eric, e dessa vez esperou bastante por uma resposta. Olhava diretamente para Campbell, esperando o homem abrir o bico. E, como isso não aconteceu, Eric retornou a olhar pela câmera. Somente então o moribundo respondeu:

— Certamente.

Porra, o velho não ia desistir nunca?

— Quanto tempo o senhor morou lá? — perguntou Eric pela telinha da câmera.

— Pouco tempo. — Finalmente, Campbell parecia cansado, e o cineasta perguntou se não fora aquela brincadeira a responsável por lhe tirar as forças.

Talvez se mostrasse a garrafa. Dizer-lhe o gosto que aquela merda tinha, ver se podia arrancar um sorriso ou qualquer outra resposta mais profunda dele. Eric tirou a garrafa da maleta e, por Deus, ela ainda estava gelada.

— Alyssa me deu isso — disse, colocando-a nas mãos do velho. Pela primeira vez, a expressão dele mudou, mesmo quando o jovem encarou-o de modo normal, sem o intermédio da câmera, e pôde perceber tensão e nervosismo.

— Você não devia estar com ela — falou.

— Desculpe, mas foi sua nora quem a trouxe para mim.

Os dedos quebradiços e compridos de Campbell se abriram, largaram o objeto e apertaram o braço de Eric com uma força surpreendente.

— Estava tão frio — falou.

— A garrafa? É, eu sei. Coisa estranha.

— Não! — Os olhos de Campbell estavam arregalados agora, cheios de emoção, e a brincadeira fora esquecida.

— O quê?

— Não estou falando da garrafa.

— Bem, eu achei que ela estava muito fria quando a toquei...

Não estou falando da garrafa.

Eric perguntou:

— O que, então? Do que o senhor está falando?

— Tão frio.

— O que estava muito frio?

— O rio.

— De que rio o senhor está falando?

— Ele estava tão frio.

Eric quis tecer outro comentário sobre o senso de humor de Bradford e parabenizá-lo por aquela brincadeira criativa e enervante, mas não conseguiu fazer com que as palavras saíssem de sua boca ou sequer formular uma frase — porque encarava o rosto do homem e não acreditava que qualquer escola de teatro poderia produzir um talento como aquele. Ele não estava fingindo. Estava perdido em alguma lembrança congelada. Uma memória que o aterrorizava.

— Um rio tão frio — repetiu Campbell Bradford, com a voz sussurrante enquanto deitava a cabeça de volta ao travesseiro. — Um rio tão frio.

— Qual rio? Não estou entendendo o que o senhor está falando.

Nenhuma resposta.

Eric falou:

— Senhor Bradford? Desculpe por ter trazido a garrafa.

Silêncio. O incrível trabalho de rosto inexpressivo que ele mostrara antes não era nada em comparação ao que via nesse momento.

— Senhor Bradford, eu gostaria de conversar com o senhor sobre a sua vida. Se não quer falar sobre West Baden ou sobre a sua infância, tudo bem. Vamos falar sobre a sua carreira. Sobre seus filhos.

Porém, parecia que não tinha mais jeito. O velho estava silencioso como uma pedra. Gozação ou não, Eric não ia ficar esperando a noite toda. Permaneceu no quarto por outros cinco minutos, fez novas perguntas e não teve qualquer resposta.

— Tudo bem — falou, enquanto retirava a câmera do tripé. — Achei que o senhor estava brincando comigo e espero que esteja agora também. Sinto muito se o incomodei.

Essa frase provocou um olhar indiferente. Quando Eric pegou a garrafa jogada na cama e colocou-a de volta em sua maleta, Campbell seguiu seu movimento com os olhos, mas permaneceu calado.

— Certo — disse Eric. — Passar bem, senhor Bradford.

Ele saiu do hospital, voltou ao apartamento, abriu uma cerveja e encostou-se na geladeira enquanto bebia, colocando a garrafa contra a testa entre um gole e outro. Que cara estranho. Que noite estranha.

Aquele era o tipo de história que no passado dividiria com Claire, e esse pensamento o lembrou da mensagem na secretária eletrônica que ele ainda não checara. Talvez fosse dela. *Se Deus quiser* seria dela, pois tudo que ele queria era uma desculpa para falar com ela.

Mas, quando ouviu a mensagem, não era a voz de Claire.

— Oi, Eric, espero que consiga pegar esse recado antes de sair. Aqui é Alyssa Bradford e estou ligando para dizer que não precisa perder seu tempo indo até o hospital hoje à noite. Meu sogro piorou muito na última semana. Estive lá ontem mesmo e ele não conseguiu falar coisa alguma, apenas me encarava fixamente. Os médicos me informaram que ele não fala nada desde segunda-feira. Sinto muito, mas não vai dar em nada entrevistá-lo. Gostaria que você tivesse tido a chance de conversar com Campbell. Ele tinha um senso de humor fantástico. Acho que a última vez que falou, foi para dizer à enfermeira que precisava de uma roupa nova. Ele era assim. Se aquelas foram realmente suas últimas palavras, pelo menos foram engraçadas.

Por fim, desejou-lhe sorte em West Baden e desligou. Eric terminou a bebida num longo gole e deletou a mensagem.

— Sinto em dizer, Alyssa — falou alto —, mas aquelas não foram as últimas palavras dele.

5

A PRIMEIRA SEXTA-FEIRA DE maio começou com 32°C e todas as pessoas com quem Anne McKinney comentou sobre o calor vindouro sacudiram suas cabeças com incredulidade. Anne, é claro, previra a chegada desse tempo seis semanas antes, quando a primavera começara prematuramente. Durante a terceira semana de março, a temperatura era de aproximadamente 16°C e, enquanto o pessoal na TV se ocupava em pesquisar os acidentes meteorológicos para saber se ia esfriar ainda mais, Anne já sabia, pelo quarto dia da semana, que isso não iria acontecer. Não se se levasse em consideração o que sempre ocorreu em Indiana nas primaveras anteriores, com aquelas guinadas violentas de 22°C num dia e -1°C no outro.

Não, neste ano a primavera veio para ficar, e o inverno não podia fazer nada quanto a isso, exceto um pouco de chuva e vento durante a noite. Por cinco dias de abril, a temperatura ficou em 27°C e a chuva que caiu foi serena e benéfica. Agora, a cidade inteira estava coberta de flores, tudo estava verde, exuberante e alegre. O terreno em volta do hotel estava particularmente espetacular. Sempre fora, é claro — havia jardineiros se alternando em turnos para cuidar dele —, mas Anne vira 86 primaveras em West Baden, lembrava-se muito bem de pelo menos oitenta delas, e aquela estava tão bonita como qualquer uma das outras.

E também tão quente quanto elas.

Ela não poderia evitar as conversas sobre o tempo, mesmo se desejasse. Aquela era a sua identidade local, a única coisa que a maioria das pessoas pensava em falar ao encontrá-la. Às vezes, o tema surgia por acaso; em outras, havia um verdadeiro interesse pelo assunto e pela resposta e, quase sempre, a pergunta era feita entre sorrisos e piscadelas. Algumas pessoas achavam curiosa essa fascinação que ela tinha pelo clima, com aquela sua casa na montanha cheia de barômetros, termômetros, cata-ventos e sinos eólicos. Anne não se incomodava com isso. Cada qual com seu gosto, era o que sempre dizia. Sabia bem o que estava por vir, afinal.

Verdade seja dita, havia momentos em que pensava que ela jamais a veria: a verdadeira tempestade, aquela com que sonhava desde menina. Nos últimos anos, se permitira ser menos obsessiva, declinara um pouco seu interesse. Mas ainda mantinha os registros diários, é claro, e ainda sabia de todas as mudanças das correntes do ar, porém agora era mais por observação do que expectativa.

Entretanto, nesta primeira sexta-feira de maio, fazia 32ºC e o ar estava tão quieto que era como se o vento não tivesse nada para fazer ali e resolveu procurar trabalho em outro lugar. O barômetro marcava 30.08, e não indicava nenhuma mudança para as próximas horas. Apenas calor, céu azul e nenhum vento, a umidade do verão ainda por vir, aqueles 32ºC mais toleráveis do que em julho.

Todos os sinais indicavam paz, mas Anne não acreditou em nenhum deles.

Foi para o hotel de West Baden às 15 horas e sentou-se numa das luxuosas poltronas de veludo próximas do bar, a fim de saborear seu coquetel vespertino. Brian, o garçom, deu uma piscadela para um dos colegas enquanto preparava a bebida da senhora, como se ela não soubesse que ele colocava apenas um pouquinho de gim na água tônica dela, antes de espremer a lima. Um pouquinho de álcool era tudo o que precisava naqueles dias. Que diabos, ela tinha 86 anos. O que aquele rapaz achou que ela fora fazer ali, encher a cara até cair?

Não, aquilo tudo era só rotina. Um ritual de agradecimento pela sua boa saúde, algo surpreendente para a idade que tinha. Ainda subia os degraus da entrada do hotel sem precisar de bengala, andador ou do braço de um estranho. Caminhava sob a cúpula, sentava-se e saboreava sua bebida. O dia em que não pudesse mais fazer isso, bem, então podiam fechar a tampa de seu caixão.

Não havia uma só alma no mundo que conseguiria entender por que Anne ia todo dia observar o movimento do hotel. No dia em que ele finalmente reabriu, ela caminhou até a rotunda sob o domo de vidro e chorou sem parar. Teve que se acomodar numa poltrona, e as pessoas sorriam de uma maneira simpática ao ver uma mulher idosa tendo um momento típico da idade. Não conseguiram entender o que aquilo significava de verdade, não sabiam como aquele lugar era quando ela era menina. Fora o local mais incrível que imaginava existir em todo o mundo.

Durante muitos anos, permanecera em ruínas. Décadas, de fato. Anne andava pela cidade diariamente e encarava aquelas pedras desmoronadas e o mármore rachado. E, a cada olhar diário, uma pequena parte dela sofria uma morte triste e angustiante.

Entretanto, ela jamais perdeu a esperança. Aquele lugar era especial, e ela sabia que o hotel não continuaria abandonado para sempre. A volta dele, assim como a grande tempestade, era algo em que acreditava piamente. Possuía o que podemos chamar de fé.

E sua fé fora recompensada. Bill Cook, esse era o nome. Um nome bastante comum, pensou ela, mas que fez alguns bilhões de dólares com uma empresa médica em Bloomington e depois foi até lá, não somente para ver o que precisava ser feito, mas também com os recursos para *fazê-lo*.

Mas agora os dois estavam de volta, o hotel West Baden Springs e o French Lick Springs Resort, ambos com seus edifícios que pareciam deslocados no vale, como um par de girafas numa exposição canina, e, embora ela nunca tenha gostado do cassino, que imitava uma embarcação fluvial, e que fora construído para atrair mais pessoas, compreendia o seu propósito. A parte mais estranha dessa história toda era que o cassino nem era um barco de verdade. Era somente um prédio com um fosso em volta, entretanto isso, evidentemente, foi suficiente para agradar às autoridades, que não permitiam cassinos no estado, com a exceção de barcos-cassinos. Qualquer um poderia imaginar a qualidade dos cérebros presentes na Assembleia Legislativa, homens e mulheres que foram enganados por um prédio que se fazia de barco somente porque alguém cavou um fosso em volta dele e o encheu de água, mas Anne já vivera o suficiente para ainda ter alguma esperança dos governantes mudarem.

Até onde ela se importava, eles podiam até chamar aquela coisa de espaçonave, desde que permitissem a volta dos hotéis.

Ela viveu o suficiente para ver aquilo. Era algo especial, e lhe renovou a fé na tempestade. Ela surgiria, algum dia, uma nuvem negra e furiosa, e, embora não soubesse que papel interpretaria em tal situação, sabia que era importante estar preparada. Uma parte dela desejava a tempestade; outra, a temia. Por mais que os amasse — aqueles raios brilhantes e os ventos lamuriosos — também os temia. Eles arrebatavam os poderes dos homens e zombavam deles.

Naquele dia, o hotel abrigava uma convenção qualquer e o lugar estava cheio. Vozes e gargalhadas ecoavam por todo canto e passos faziam barulho no piso do parquete. Todo aquele movimento a tranquilizava como uma mão amiga no ombro. Pediu mais um drinque a Brian e sorriu ao vê-lo encher o copo com nada além de água tônica e gelo antes de adicionar a fatia de lima. Ele conhecia as regras. Anne estava lá pelos sons e pela vista, não pela bebida.

Bebeu a água tônica devagar e, ao esvaziar o copo, o barulho e o burburinho agradáveis, somados ao veludo macio da poltrona, estavam lhe dando sono. Dessa forma, sentiu que era hora de ir. Se cochilasse ali, começaria a parecer muito menos charmosa para as pessoas que trabalhavam no hotel. Agora, com seu gim diário, seu sorriso e algumas piadas sarcásticas, ela tinha se transformado numa espécie de tesouro local. Era valorizada e apreciada, até mesmo entre os mais jovens. Gostava daquela situação e sabia muito bem que ela poderia desaparecer por um simples cochilo.

Levantou-se cuidadosamente para não aumentar ainda mais a dor na base da coluna, dor esta que por sinal não teria caso não pudesse mais andar. Deu alguns dólares a Brian — *Obrigado, senhora McKinney, tenha um bom dia e nos vemos de novo amanhã* — e saiu do bar, caminhando pela rotunda. Parou no meio e olhou para a cúpula, com o sol brilhante que iluminava seu interior, respirou fundo e agradeceu a Deus por mais uma tarde como aquela. Elas eram preciosas. Muito preciosas.

Do lado de fora, na escadaria, teve uma surpresa — um pouco de vento viera recebê-la. Era o primeiro que sentia desde que o dia começara. Nada tão notável, apenas um sopro suave, como uma brisa que ainda não tinha certeza de si própria, mas que, assim mesmo, marcava presença. Ela ficou parada no último degrau, observou a agitação dos arbustos e das folhas e concluiu que o vento estava vindo do sudoeste. Interessante. Não esperava nenhuma mudança naquele dia. O ar continuava quente, talvez até tivesse ido além dos 32°C, mas achou que podia detectar uma certa friagem no vento, quase como se ele tivesse trazido a baixa temperatura dentro do calor. Pouca, é verdade, porém ainda lá, apesar de tudo.

Foi para casa e fez algumas leituras, tentando prever os movimentos seguintes. Tudo o que sabia agora é que havia algo no ar. Algo que estava a caminho.

6

A VIAGEM DE CARRO demorou seis horas. O último terço foi muito mais agradável do que os dois primeiros. Abandonar o perímetro urbano e entrar no estado de Indiana foi um verdadeiro pesadelo, entretanto Eric acabou recompensado por uma estrada deserta, indo de Chicago até Indianápolis. Ao sul de Indiana, entretanto, as coisas começaram a mudar. As planícies se transformaram em montanhas e os vastíssimos campos ficaram, cada vez mais, cobertos de árvores — até mesmo a estrada, sempre retilínea, começou a apresentar curvas. Ele parou para almoçar em Bloomington, fazendo um pequeno desvio para entrar na cidade e ver o campus Bloomington, da Universidade Indiana, que sempre fora muito elogiado por sua beleza. E não se decepcionou. Comeu um hambúrguer e bebeu uma cerveja num lugar chamado Nick's, uma cerveja de fabricação local chamada Upland Wheat. Em Roma, faça como os romanos, certo? Mas a bebida acabou se revelando tão boa quanto as que ele já havia experimentado, despertando um certo desejo de se esticar ao sol e relaxar um pouco. Porém, ainda tinha um longo caminho a percorrer, então decidiu tomar apenas aquela garrafa, voltou para o seu Acura e se dirigiu ao sul.

Após Bloomington, foi na direção de Bedford. Em uma cidade chamada Mitchell, a estrada se estreitou, perdendo uma das pistas, e o asfalto começou a subir e descer como se tivesse esculpido as montanhas. Tudo era verde, exuberante e vivo, e de vez em quando passavam carretas carregadas de calcário recém-tirado das pedreiras. Não havia muitas casas ao longo desse estreito caminho, mas, se Eric ganhasse um dólar por cada uma que tivesse uma cesta de basquete no jardim ou na garagem, seria um homem rico ao chegar em Paoli.

Pelo mapa, ele viu que Paoli era perto do seu destino. Assim que conseguiu descobrir a estrada certa a seguir — uma seta pintada no muro de um prédio indicava o caminho para French Lick —, acelerou um pouco mais, ansioso por chegar logo.

Uma dor constante na sua nuca, que começara ao norte de Indianápolis e diminuíra um pouco depois da cerveja, voltava agora numa pulsação tão violenta que o fazia gemer uma vez ou outra. Ele tinha analgésicos na maleta e teria que tomar um assim que chegasse ao hotel. Esperava que a paisagem ficasse mais exótica ao se aproximar de West Baden e French Lick, mas continuava vendo o mesmo panorama rural. Passou por uma cerca branca que parecia se prolongar por 1,5 quilômetro — odiaria ter que pintar aquela coisa — e nada mais lhe chamou a atenção. Em seguida, começou a vislumbrar alguns prédios e uma placa lhe informou que acabara de chegar a West Baden. Nesse momento, ele pensou: *Só pode ser brincadeira.*

Pois não havia nada ali. Um conjunto de prédios velhos, um churrasquinho de rua e só. Então desacelerou quando seu olhar se desviou da estrada além da montanha à direita, e sua respiração foi ficando mais curta enquanto a velocidade diminuía.

Lá estava o hotel. E Alyssa Bradford usou a palavra certa para descrevê-lo, porque somente uma palavra chegava perto do que se via: *surreal.* O lugar fazia jus a ela, simplesmente. Torres levemente amareladas ladeavam uma cúpula colossal, e o resto da estrutura se prolongava até o chão, centenas de janelas visíveis entre as pedras. Parecia mais um castelo do que um hotel, algo que pertencia à Europa e não àquele vilarejo rural.

Uma buzina soou atrás dele e Eric percebeu que quase estacionara no meio da rua. Acelerou novamente, na direção de dois arcos rochosos que guardavam uma longa e curva via pavimentada com tijolos e que levava ao hotel. *West Baden Springs — A Carlsbad da América*, diziam os arcos. Na pesquisa que fez, ele descobriu que Carlsbad era uma famosa estação de águas europeia.

Aquele lugar despertou-lhe uma vontade urgente de pegar a câmera e filmar tudo que pudesse na mesma hora, como se o local fosse desaparecer em breve.

Não tinha certeza se a estrada de tijolos o levaria à entrada do hotel e por isso passou pelos arcos de pedra à procura do estacionamento. Quando viu, já estava em French Lick. Sair de uma cidade e entrar na outra era apenas uma questão de andar meia dúzia de quadras. As cidades eram separadas, mas pareciam ser um lugar só, e a única razão de não terem se unido com o passar dos anos era os hotéis. French Lick e West Baden sempre foram rivais, e muitos cidadãos dali simplesmente se referiam ao lugar como Springs Valley.

Passou pelo French Lick Springs Resort, que mantinha a mesma grandiosidade do seu "colega" em West Baden, mas não a magia. A arquitetura era mais tradicional, era tudo. Um prédio de bom aspecto e mais nada. O hotel de West Baden, com sua cúpula e suas torres, impressionava mais. Thomas Taggart, o proprietário do French Lick Springs Resort, era um rival ferrenho de Lee Sinclair, o dono do hotel de West Baden — tanto nos negócios quanto na política, pois Taggart era um dos líderes do partido Democrata no estado e Sinclair, um republicano igualmente poderoso. Por décadas, os dois lutaram pela supremacia no vale e, embora o hotel de Sinclair possa ter ganhado este duelo, Taggart lucrou milhões de dólares com sua Água Plutão, enquanto Sinclair, com sua Água Sprudel — basicamente o mesmo produto — não foi para a frente, sendo forçado a vendê-la a seu adversário.

Eric contornou o cassino e continuou pela via, procurando a entrada do hotel West Baden. O estacionamento ficava localizado em um canto ao lado e acima do hotel. Ele estacionou, tirou sua bagagem do carro e foi caminhando para a porta, a atenção voltada para tudo o que o cercava. Um córrego, rodeado por árvores floridas, canteiros e gramados verde-esmeralda, cortava a propriedade. O cheiro da grama recém-aparada impregnava o ar, e algo nesse aroma o desviou da entrada do estacionamento para a frente do prédio. Colocou suas coisas sobre os degraus, inspirou fundo e olhou para baixo, para a longa estrada de tijolos.

— Que lugar — falou em voz alta, porém suavemente, e se surpreendeu ao ouvir alguém responder:

— Espere até ver o interior.

Virou-se para encarar uma senhora idosa descendo os degraus em sua direção. Ela parecia ter pelo menos oitenta anos, mas tinha passos firmes e andava com maquiagem e cheia de joias, carregando um livro debaixo do braço.

— Mal posso esperar — disse ele, enquanto se afastava para lhe dar passagem. — Na verdade, estou curioso há um tempo.

— Sei como é — falou ela. — E não se preocupe, não irá se decepcionar.

Ele pegou suas malas, subiu os degraus, atravessou as portas e chegou ao átrio. Após uns 6 metros, teve que largar novamente sua bagagem no chão — não que ela estivesse pesada, mas porque era necessário ter muito autocontrole para entrar lá.

A cúpula era três vezes mais larga do que esperava, e duas vezes mais alta, um globo de vidro colossal, suspenso apenas por uma armação branca de aço. O projeto era engenhoso para a época da construção — e ainda o era atualmente. Harrison Albright, o arquiteto responsável pelo domo, bolou a estrutura de finas vigas — semelhantes às de um guarda-chuva — para sustentá-lo. Entretanto, ele previu que as mudanças de temperatura fariam a cúpula se expandir e contrair numa taxa diferente do resto do prédio — receita certeira para um desastre, cujo colapso ocasionaria uma chuva de vidro em quem estivesse abaixo e humilharia seu criador. Albright solucionou esse problema apoiando as vigas em rolamentos, que permitiam a expansão e retração da cúpula a uma velocidade menor do que o prédio. Ele teve essa ideia em 1901, por Deus!

A cúpula tinha aproximadamente 930 metros quadrados de vidro. Mais do que qualquer outra construção erguida naquela época, superando até mesmo o Palácio de Cristal de Londres. Uma coisa era ler detalhes como esse na internet, e outra era vê-los ao vivo. Uma história que Eric lera foi que, quando removeram os suportes sob o domo, muitos espectadores — entre eles o próprio Sinclair — não tinham certeza se aguentaria sem desabar. Como resposta, Albright insistiu em escalar o teto e permanecer no topo do globo até que o último andaime fosse retirado. Ele estava seguro de seus cálculos, mesmo que ninguém mais estivesse.

O átrio se estendia sob a cúpula, com seu piso brilhante, seus tapetes, seus vasos de samambaias e muitos ornamentos de ouro. O piso original fora restaurado — 12 *milhões* de peças de mármore formavam um mosaico feito a mão — e combinava com a cor das paredes, dos tapetes e de qualquer outra coisa que estivesse ali. Eric já vira restaurações impressionantes, mas nada que desse tanta atenção aos detalhes.

Alguns dos quartos tinham sacadas com vista para o átrio, e ele desejou que Alyssa Bradford tivesse lhe reservado um desses. Queria descansar numa delas, à noite, saboreando um drinque enquanto observava o lugar se acalmando. *Talvez até visse alguns fantasmas*, pensou, sorrindo.

O hotel despertava esse tipo de sentimento. Primeiro por ter tudo em altíssima qualidade, completamente deslocada para um lugar como aquele, no meio do nada, e depois por ter sido construído a partir de um projeto incrível e com um trabalho de restauração tão cuidadoso e perfeito que entrar no prédio era como sair de um século e pisar em outro.

Afastou-se um pouco da bagagem e se deslocou mais para o centro do átrio, inclinando a cabeça para trás com a intenção de ter uma visão melhor do globo de vidro. Ao fazê-lo, a enxaqueca, que fora momentaneamente esquecida, voltou com toda a intensidade na parte posterior de seus olhos, uma agonia cortante e intensa. Ele espremeu as pálpebras e chegou a lacrimejar, cobrindo o rosto com as mãos. Péssima ideia, olhar a claridade dessa maneira. A luz sempre faz com que uma dor de cabeça aumente.

Voltou para perto de suas malas e levou-as ao balcão da recepção, onde foi fazer o check-in. Obteve o cartão-chave da porta de seu quarto — número 418 — subiu e guardou suas coisas. O cômodo refletia tudo o que vira no hotel — excessivamente decorado, luxuoso, lembranças de tempos passados. E tinha a sacada. Alyssa Bradford acertara em cheio.

Porém, não conseguiu apreciar direito o local, pois a dor de cabeça estava incomodando-o muito. Abriu a maleta, pegou o frasco de analgésico, deixou cair três comprimidos na palma da mão, foi até o banheiro, encheu um copo com água e tomou-os de uma vez só.

Aquilo deveria ajudar. Um drinque também poderia ser útil. Queria sentar-se no bar sob a cúpula, e saborear sua bebida bem devagar. Dar um tempo até os comprimidos fazerem efeito e, então, pegar sua câmera e começar o trabalho.

Josiah Bradford mal acendera seu cigarro, e Amos virou a esquina, nervoso, e mandou-o apagar aquela coisa. Deu uma última tragada e o amassou sob o sapato, enquanto Amos reclamava:

— Quantas vezes tenho que lhe dizer que não fumamos em serviço, Josiah? Você acha que meus hóspedes gostarão de vir aqui, aproveitar um belo dia no jardim, e serem recebidos pela fumaça do cigarro dos meus funcionários? Eu juro, já lhe falamos isso mais de cem vezes, filho, mas para você não significa nada.

Josiah engoliu sua resposta, desviando da pança do outro para jogar o cigarro no lixo. Pegou seu cortador de grama, ligou-o com um gesto bastante teatral e apertou o acelerador ao máximo, para que fizesse bastante barulho e abafasse a voz do seu superior. Que merda, era só um cigarro, e não uma bomba atômica. Amos devia enfiar alguma tolerância naquela cabeça oca.

Josiah desceu a ladeira de tijolos, aparando pedaços do canteiro que nem precisavam ser aparados, mantendo-se de costas para Amos até ouvir o som do motor do jipe Gator ser ligado e se afastar. Então, largou o acelerador da máquina, virou-se a tempo de olhar Amos saindo naquele carrinho estúpido, e deu um cuspe em sua direção. Não chegou nem perto do alvo, mas o que vale é a intenção.

Estava quente demais para o mês de maio. Os braços e a parte de trás do pescoço dele estavam bronzeados desde meados de abril e, neste momento, podia sentir o suor que molhava sua camisa e grudava seus cabelos na nuca. Houve um tempo, não tão longe assim, que se queixava de frio. Agora, queria que o outono viesse o mais rápido possível.

Trabalhou ao longo da ladeira de tijolos até os arcos de pedra e o prédio velho que um dia fora uma agência bancária. Então, atravessou para o outro lado e fez uma pausa antes de começar o caminho de volta, enquanto olhava para o trabalho que ainda teria que fazer. E também encarava aquele maldito hotel.

Ah, um dia até gostara dele! Ficara animado, como todo mundo, quando começaram a espalhar que o local ia ser restaurado e que o cassino iria funcionar novamente. Empregos à beça, era o que diziam. Bem, lá estava ele, empregado, com calos nas mãos e torrado de tanto sol. Que sorte.

Os resorts deveriam ser um grande negócio para o pessoal da terra. Possibilitar um — qual foi mesmo a palavra que aquele político usou? — *boom*, é isso, um desenvolvimento estrondoso. Merda nenhuma.

A única coisa que esses hotéis possibilitavam, até onde Josiah podia ver, era chateação. Os ricaços voltaram a frequentar a cidade, como fizeram há muito tempo, e de repente você se dá conta do lugar que ocupa nesse mundo. Nada melhor para isso do que ver a sua velha caminhonete Ford de 15 anos esperando o sinal abrir ao lado de uma Mercedes com placa de Massachusetts. Ou de comprar cervejas em embalagens econômicas com trinta latas e observar alguém de terno Armani sacando uma nota de vinte para pagar um martíni e saindo sem esperar pelo troco.

Falaram que tudo isso iria alavancar a economia local, e estavam certos. Em comparação, Josiah ganhava 8 mil dólares por ano ou mais do que antes da restauração. Mas recebia esse dinheiro para aparar canteiros na frente de pessoas que ganhavam 80 mil a mais do que ele. Oito milhões a mais. E, pior que o dinheiro, era o anonimato — gente indo e vindo diante de você, sem nem mesmo perceber sua presença.

Isso o irritava. Esse sentimento vinha quase desde o dia em que as portas do hotel se abriram, e ele pôde ver toda aquela decoração dourada e brilhante na primeira vez em que entrou no cassino, com uma nota de dez dólares amassada na mão, tudo o que ele podia apostar naquele momento. A família de Josiah Bradford estava presente naquele vale há gerações. Houve um tempo, quando os resorts prosperavam devido à Lei Seca, que ela era poderosa. Destacada e conhecida. De alguma forma, ver o lugar voltar à vida enquanto ele manejava um cortador de grama parecia mais do que errado — parecia intolerável.

Caramba, não fazia nem um mês que aquele garoto negro da Universidade de Indiana foi até a casa de Josiah, no seu Porsche Cayenne que cheirava a dinheiro, e disse que queria conversar sobre o seu bisavô, Campbell, o homem que um dia controlou todo o vale. É verdade que ele fugiu e abandonou a família, levando consigo todo o dinheiro que possuíam — e, segundo algumas histórias, com dinheiro que eles não possuíam também —, mas, naquela época, ele foi o homem mais poderoso a passar por debaixo daquela maldita cúpula. Ele era uma figura influente, uma espécie de eminência parda, do tipo que se faz com punhos e colhões de ferro, o único tipo que Josiah conseguia respeitar. O legado de Campbell era vergonhoso, mas Josiah sempre sentiu alguma espécie de orgulho por ele. Então, esse estudante negro apareceu, todo cheio de pompa e grana, querendo falar das histórias e colocar sua própria versão da família Bradford no papel. Josiah o colocou para correr para fora de sua casa e não ouviu mais falar dele, embora visse seu carro de vez em quando, uma porcaria de um jipe com motor de 450 cavalos, a coisa mais idiota que ele já vira. Setenta e tantos mil dólares de burrice.

Mas cada insulto era o combustível que mantinha o fogo aceso. Era o que Josiah dizia a si mesmo todo dia, o que o mantinha ali, tendo seus cigarros apagados antes mesmo de poder fumá-los, falando sim senhor e não senhor para aquela baleia do Amos. Porém, não iria durar para sempre. Pode apostar que não. Um dia ele voltaria a andar por aquela cidade de merda para provocar agitação, e depois entrar no cassino e colocar alguns milhares de dólares na mesa, olhar em volta entediado ao ganhar e surpreso ao perder, e ter toda aquela gente aos seus pés.

Você tinha que ter ambição. Josiah sabia disso desde que abandonou o ensino médio, que iria crescer acima daquela bosta toda. *Não precisava* da escola, e pronto. Sempre tirava 10 ou 9 em tudo, com exceção de um 7,5 em química quando desistiu daquilo. Mas o que ele poderia fazer? Ganhar uma bolsa de estudos, ir para a Universidade de Indiana ou para Purdue e obter uma porcaria de um diploma que só lhe daria uma casa de quatro quartos hipotecada em trinta anos e um Volvo financiado? Ora, por favor. O que tinha em mente era muito maior do que isso, e não precisava de estudo para consegui-lo. Só precisava ter a fome da ambição. E Josiah Bradford a tinha de sobra. *Fogo na barriga*, era como seu pai chamava isso antes de encher a cara e se chocar contra uma árvore no seu Trans Am, em algum lugar na rodovia US 50 de Bedford, morrendo antes mesmo que Josiah tivesse o prazer de conhecê-lo.

Melhor acreditar que era fogo. Queimava cada vez mais à medida que o tempo passava, mas ele não era idiota, sabia que precisava ter um pouco de paciência para esperar pela oportunidade certa.

O incômodo barulho do motor do Gator o despertou de seu devaneio. Abaixou a cabeça, ligou novamente o cortador de grama e deixou que o sol queimasse suas costas enquanto fazia, devagar, o caminho de volta pela alameda de tijolos para o hotel.

O nome Bradford já significara alguma coisa nesta cidade.

E voltaria a sê-lo.

7

Havia uma garçonete no bar que Eric achou parecida com Claire: ar gracioso, cabelos pretos brilhantes e sorriso fácil. Por causa disso, decidiu não prolongar muito o seu drinque. Pediu outra cerveja e foi para o quarto, tirou os sapatos e deitou-se na cama, com a intenção de descansar por alguns minutos. Ficou óbvio que a viagem e a bebida foram suficientes para produzir um sono pesado, pois, quando voltou a abrir os olhos, o relógio na cabeceira mostrava que já haviam passado quase duas horas, uns bons trinta minutos depois das 5 horas da tarde. Hora de trabalhar.

Levantou-se entre resmungos, ainda meio sonolento, equilibrou-se em pé e foi buscar a maleta. Nela havia um bloco onde rascunhara as prioridades desse projeto. Tudo o que tinha programado para hoje era se encontrar com o estudante que postara o tópico sobre Campbell na internet, mas também queria filmar o máximo que pudesse.

Dentro da maleta, encontrou, além do bloco, a garrafa de Água Plutão, e se lembrou que precisava descobrir mais sobre ela e, se possível, a idade que tinha.

Ao retirar a garrafa da maleta, Eric poderia jurar que ela estava ainda mais fria do que da última vez que a tocara, em Chicago. Sempre estivera fria, mas agora parecia recém-saída da geladeira. Era difícil de acreditar, considerando a última experiência que teve com ela, mas, de alguma forma, a bebida parecia quase tentadora. Quase refrescante.

— De jeito nenhum — disse ele ao pensar em dar outro gole. Jamais colocaria aquilo no estômago de novo. Não dá para saber o que havia de errado com ela. Aquela coisa poderia até matá-lo.

Entretanto, abriu a tampa mais uma vez. Aproximou o nariz do gargalo e inspirou o ar, preparando-se para ter o estômago revirado por aquele cheiro horrível.

Mas não o sentiu. Talvez algo muito fraco, mas nada comparado ao fedor da última vez. Na verdade, seu cheiro agora era suave, doce. Muito estranho. Deve ter liberado todo o cheiro ruim da primeira vez em que fora aberta. Pode ser que se fazia assim antigamente, deixavam a água em repouso antes de bebê-la.

Ah, diabos, pensou, *vá em frente e pelo menos molhe a língua.*

Derramou umas poucas gotas na mão em concha, levou-a até perto do rosto e colocou a ponta da língua em contato com ela, esperando pelo pior.

Não era tão ruim. Apenas um gosto adocicado, praticamente imperceptível. Talvez tivesse mesmo que respirar. Mas não tinha coragem de engoli-la novamente. De jeito nenhum.

Recolocou a tampa e saiu do quarto.

Naquela primeira tarde seria melhor somente dar um giro por lá. Começou com umas tomadas da cúpula, do átrio e do resto esplendoroso do interior, e, em seguida, foi para fora, explorar as redondezas. Havia um punhado de prédios rochosos — bonitos, porém pequenos — que outrora abrigavam as fontes de água mineral. Um chafariz se destacava no centro do jardim, e Eric descobriu um pequeno cemitério no topo do morro, com vista para a cúpula. Fez algumas gravações experimentais do terreno ao filmar o hotel através das lápides, e ficou satisfeito com o resultado. Aquele local tinha que fazer parte do que quer que viesse a ser o filme — sempre que fosse possível filmar alguma coisa grande com lápides em primeiro plano era obrigatório incluir na obra.

Ele desceu a montanha, impressionado pelo calor que fazia naquela primeira semana de maio, sua camisa quase colada nas costas e sua testa molhada de suor. Foi até o fim da alameda de tijolos — passando por um homem ainda mais suado, que segurava um cortador de grama e que lhe devolveu o cumprimento com um olhar extremamente mal-humorado —, posicionou-se sob os arcos de pedra e filmou o hotel. O sol ainda estava alto e fazia a cúpula brilhar. Achou que seria perfeito se pudesse pegar um pôr do sol no ângulo certo, uma bota de fogo mergulhando sobre os lampiões antigos justamente na hora em que estes se acendessem.

Não havia falta de opções e ângulos por lá; o lugar oferecia um potencial visual tão grande como Eric jamais vira em qualquer outro. Fez alguns planos, do lado exterior, a partir dos arcos, com um lento zoom que subia a alameda de tijolos devagar, na tentativa de criar o efeito de uma caminhada até o hotel. Em seguida, voltou ao carro e foi para French Lick. Era possível ir a pé, se não tivesse que carregar o equipamento sob aquele sol abrasador.

Uma vez dentro, teve que dar um pouco mais de crédito ao hotel de French Lick — era realmente incrível à sua maneira. Pareceria extraordinário numa pequena cidade como essa não fosse por seu irmão maior estrada acima. Ao entrar, Eric sentiu certa pena de Thomas Taggart. Ele construíra um hotel fantástico só para acabar tendo sua beleza ofuscada por outro meio quilômetro adiante. Mas é assim que as coisas são, sempre tem alguém com algo um pouco melhor que você.

Filmou o hotel e o cassino de forma aleatória, e acabou parando para beber outra cerveja num bar do subsolo, onde as paredes eram enfeitadas com chaves elétricas antigas. Enfim, a bebida estava gelada e a iluminação era suave, o que aliviou sua dor de cabeça. Não tinha certeza de qual era a causa dela. Ele nunca fora dado a dores de cabeça, mas esta danadinha persistiu pelo dia todo. Pode ser que estivesse para ficar doente.

Jantou no bufê do cassino calmamente, não tendo nada para fazer até as 9 horas, quando deveria se encontrar com o estudante. O rapaz dissera a Eric que viria de Bloomington naquela noite, e assim eles combinaram de se encontrar mais tarde para um drinque no bar do hotel. Não trocaram outras informações nos e-mails e, portanto, Eric não fazia ideia de quão útil o garoto poderia ser.

Quando voltou para o lado de fora, o terreno estava banhado por enormes sombras e o sol desaparecia por detrás das montanhas cobertas de árvores. Havia uma estrada secundária que ligava os dois hotéis e o cassino, usada pelos jogadores para irem de um lugar ao outro. Foi por esse caminho que voltou. À sua frente ia um velho Chevy Blazer com o silencioso furado; à esquerda, o declive das montanhas cheio de árvores alinhadas; e à direita, um vale baixo com trilhos de trem. Quatro veados pastavam no vale, olhando curiosos e sem medo para os carros que passavam. Ele dirigia com os vidros abertos e o braço apoiado na porta, o pensamento em Claire, sem prestar atenção nenhuma no entorno, até ver as folhas.

Elas estavam bem à direita, num campo pequeno que ficava entre os trilhos do trem e um córrego. Um amontoado de folhas que ficaram sob a neve no inverno, aguentaram as chuvas da primavera e cozinharam sob o sol fora de estação, até se unirem e ficarem como um pergaminho. Ele afastou os olhos da estrada, enquanto a Blazer à sua frente estalava e rugia. Desviou para o lado, colocou o pé no freio, virou a direção e fez com que o Acura parasse no acostamento, observando.

As folhas giravam em círculo, elevando-se alguns metros do chão, mas se mantinham unidas, num redemoinho perfeito. Era o tipo de coisa que podia ser vista em Chicago, onde os ventos sopravam desse modo entre os prédios, encurralados por toneladas de concreto e aço, forçados a se comportar de maneira incomum. Porém, aqui, ao ar livre, onde o ar parecia se movimentar apenas do oeste e sem nada para mudar sua direção, aquele círculo era estranho. Até o próprio vento parecia inconstante ao conferir uma instabilidade àquelas folhas dançantes e giratórias. Sim, a palavra era aquela: *instabilidade*.

Deixou o motor em ponto morto, abriu a porta e saiu. Com o vento, sentiu a camisa colar ao redor do corpo e viu uma nuvem de poeira quente levantar-se da estrada, que entrou por suas narinas e trouxe um cheiro que lhe lembrou o trabalho que fazia nas férias da faculdade: transportar areia em carrinhos de mão para uma construtora do Missouri. Deixou o carro ligado e saiu da estrada, ouvindo o sinal sonoro que indicava que a porta ficara aberta. Andou até a pequena encosta coberta de grama alta no lado oposto. Daí foi até os trilhos e parou. Fixou seu olhar naquelas folhas.

Agora, o redemoinho estava mais forte e atraía mais folhas. Já tinha pelo menos 2,5 metros de altura e 1,5 metro de diâmetro no topo e talvez 30 centímetros na base. Girava em sentido horário, com o movimento ora ascendente, ora descendente, mas sempre num círculo perfeito.

Por um momento, ficou completamente fascinado pelo espetáculo, a respiração presa e os olhos esbugalhados, e então sua cabeça voltou a raciocinar e disse: *Vá pegar a câmera, idiota.*

Correu para o Acura e tirou a câmera e o tripé da mala, certo de que, quando virasse para a frente, as folhas teriam caído no chão e o momento fantástico teria terminado. Mas, não. Elas continuavam a girar, e ele subiu a encosta de cascalho onde ficavam os trilhos. Colocou a câmera no tripé e começou a filmar.

Para filmar aquilo, queria o menor zoom possível e a lente grande angular, para captar aquele estranho momento. A luz era pouca na penumbra do crepúsculo, mas ainda assim era suficiente. Por trás do redemoinho de folhas, os veados ficaram parados na beira da linha das árvores e o observavam. Ele permaneceu com o olho no visor durante alguns segundos até que os bichos levantaram as orelhas e, em saltos rápidos, desapareceram entre as árvores, um atrás do outro, silenciosamente. Depois que o último deles sumiu, Eric começou a perceber um ruído, inicialmente baixo, mas que aumentava de volume com muita rapidez. O vento fazia parte desse som — tinha mais vento em seus ouvidos do que no ar. Forte e vibrante. Acima, havia algo a mais no ápice do som. Leve e agudo. Um violino.

Agora, surgia um terceiro som, mais baixo do que o do violino e o do vento, e, de pronto, Eric pensou se tratar das cordas de um violoncelo ou de um contrabaixo. Porém, o som foi aumentando e pôde-se perceber que não era causado por um instrumento musical, mas por alguma máquina; era o som de engrenagens que pulsavam em ritmo constante. O som de violino aumentou até se tornar um guincho frenético, e desapareceu como que por encanto; o vento cessou e as folhas despencaram do ar e se espalharam pelo chão, com uma delas voando através da grama e se pressionando contra a perna de Eric.

O som de motor estava mais alto do que nunca e cada vez mais próximo. O cineasta tirou os olhos da câmera, olhou para os trilhos da ferrovia e viu a nuvem: uma massa turva, escura e pesada no horizonte, que se aproximava muito depressa. Ele permaneceu parado no meio dos trilhos, observando-a, sentindo o calor do sol diminuindo em sua nuca, mas não vendo outra coisa senão a escuridão à frente, até que as nuvens se separaram e, do centro delas, surgiu um trem.

Era uma locomotiva, e a nuvem escura e maligna saía de sua chaminé, parecendo cobras grossas de vapor negro. Um apito soou e Eric sentiu uma vibração sob os pés, os trilhos tremeram sob a aproximação daquela massa, e o cascalho solto começou a se agitar.

O trem se movia mais rápido do que qualquer outra coisa que Eric já vira e ele estava de pé, exatamente no seu caminho. Foi para o lado, prendeu a ponta do sapato num dos trilhos, tropeçou e quase caiu enquanto levantava o tripé, indo parar onde as folhas agora repousavam. Quando a locomotiva passou por ele feito um trovão, teve que levantar o braço para proteger o rosto. Então, um novo apito rasgou o ar e ele viu que os vagões de carga não tinham uma cor definida, eram todos pretos ou cinzentos, com exceção de um vagão branco com o logotipo da Água Plutão em vermelho. A porta desse carro estava aberta e um homem vinha pendurado nele, com os pés dentro do vagão e o resto do corpo de fora, seu peso sustentado apenas pela mão que segurava a porta. Ele usava um terno fora de moda, com colete e um chapéu-coco. Quando o vagão se aproximou, ele olhou para Eric, sorriu e levantou o chapéu. Pareceu um gesto de agradecimento. Seus olhos castanho-escuros tinham uma aparência líquida, cintilante, e o cineasta percebeu que ele estava de pé sobre a água, e um pouco dela transbordava, brilhante, na escuridão que envolvia o trem.

Então, o veículo se foi, o último vagão de uso privativo dos ferroviários foi usado como arremate. A nuvem que o acompanhava sumiu e Eric ficou ali, com o olhar vago, para o céu, para o nada. Pela estrada, veio um carro que teve de passar pela contramão para desviar do Acura, e a mulher que o dirigia olhou curiosa para Eric, mas não diminuiu a marcha e continuou em direção ao West Baden Springs, no vácuo deixado pelo trem que ela com certeza não vira passar.

8

A SENSAÇÃO ATERRORIZANTE QUE tomou conta de Eric não se comparava a nada que tivesse experimentado antes. A realidade e o mundo que conhecia se desmembraram, e cada um foi para um lado, numa velocidade incrível. Claramente vira o trem, sentira o cheiro de seu calor e a terra tremer. Aquilo fora real, que diabos!

E agora havia desaparecido. Sumiu no ar da tarde, como uma aparição, e ele estava certo de que a mulher que acabara de passar não vira nada daquilo. E não havia qualquer vestígio de fumaça no céu.

Até mesmo o vento parou. Esse pensamento trouxe de volta à sua mente o redemoinho. Ele voltou para a câmera e abriu a telinha do visor. As folhas foram reais. Tinha filmado aquele negócio.

Apertou o botão para rebobinar a fita e, em seguida, o play. Adiantou as sequências do que filmara no cassino até chegar àquele campo sombrio, aos trilhos e ao...

Céu vazio.

Não havia folhas no ar em seu filme. Nada além dos trilhos, das árvores e da grama alta balançando ao vento.

Voltou até as filmagens do cassino, e passou novamente o filme inteiro, prestando total atenção à telinha. Mais uma vez, não viu o redemoinho de folhas.

— Que merda — falou, ainda com o olhar na tela. — Merda, você está cheia de merda...

— Achei que uma câmera nunca mentia. — Eric ouviu alguém comentar acima dele. Levantou a cabeça e se deparou com um jovem negro o observando. Ele estacionara atrás do Acura, mas Eric, que estivera com o olho grudado nas imagens da câmera que o chamava de mentiroso, não notara que o rapaz saíra do carro e ficara ali o observando.

— Não tenho certeza — disse ele —, mas acho que eu estava a caminho de encontrar você.

O cineasta inclinou a cabeça e olhou o rapaz com mais atenção. Ele era alto, com talvez 1,90m, a pele muito escura, o cabelo curto e os ombros largos. Vestia jeans e uma camisa branca abotoada que usava para fora da calça.

— Kellen Cage? — falou Eric. Aquele não era o tipo de figura que esperava estar às voltas com uma tese sobre a história de uma cidade do interior de Indiana.

— Ah, então você é Eric.

— Como conseguiu descobrir?

— No seu e-mail você disse que iria trabalhar com uma filmagem. Não sou detetive, mas imagino que não haja muita gente por aí com uma câmera como a sua.

— É verdade.

— O que você estava filmando? — perguntou Cage, enquanto examinava o cenário em volta.

— Ah, nada. Apenas a paisagem.

— Verdade? Bem, é melhor você estacionar em outro lugar, cara, ou pelo menos fechar a porta do carro. Alguém vai acabar arrancando-a se continuar aberta daquele jeito.

Kellen Cage descera o morro e, agora, parecia ainda mais jovem. Devia ter uns 25 ou 26 anos no máximo. Sua altura também ficara mais evidente. Eric não era baixinho, tinha 1,80m e pesava 80 quilos antes de sair de Los Angeles, mas Kellen Cage era mais alto, mais forte e mais musculoso, o que o fazia sentir-se quase como um anão.

— Então, qual é o problema com a sua câmera? — disse Cage, quando viu que Eric não responderia à pergunta anterior.

— Nada, não há problema algum.

— Você estava dando-lhe um sermão sem motivos. — Ele inclinara a cabeça, e estudava Eric com um olhar cético. O cineasta não respondeu e continuou a remover a câmera do tripé, para depois guardá-la em seu estojo.

— Então, que tipo de filme você está fazendo? — perguntou Kellen Cage.

— Oh, não é importante, nada que valha a pena conversar, mas que me dá algum dinheiro e que pode me fazer ganhar mais algum. E você, o que anda fazendo?

Ele lutava para guardar a câmera devido ao tremor de suas mãos e esperava que Cage não tivesse notado.

— Já faz alguns meses que venho aqui — disse Cage. — Na batalha de terminar minha tese de doutorado em Indiana. Depois, tenho a intenção de publicá-la. Venho a este lugar em busca de inspiração, cara. Há muito material aqui. Detestaria desperdiçá-lo.

— Seu foco de pesquisa é o hotel?

— Não. Toda a questão histórica deste lugar gira em torno dos hotéis, em Taggart e em Sinclair, mas há uma parte da história que envolve os negros também. Joe Louis vinha para cá muitas vezes e costumava treinar aqui antes de lutas importantes, pois achava que as fontes possuíam alguma espécie de poder mágico. Jurou que jamais perdeu uma luta depois de passar um tempo aqui. Entretanto, não ficava no hotel — permanecia num lugar chamado Waddy, que era só para negros. Por sinal, esse local mantinha um time de beisebol formado por porteiros, cozinheiros e zeladores dos hotéis. Essa gente aproveitava a presença dos jogadores profissionais que vinham para cá treinar durante a primavera para disputar algumas partidas. Dizia-se que jogavam tão bem que chegaram até a vencer os Pirates uma vez. Os times negros daqui estavam preparados e jogariam bem contra qualquer outra equipe de qualquer lugar.

Eric finalmente conseguiu colocar a câmera no estojo. Demorou alguns segundos para perceber que Kellen Cage parara de falar e esperava uma reação de sua parte.

— Eu li alguma coisa sobre Louis — disse Eric. — Mas não sabia sobre os times de beisebol.

— Ah, existe uma infinidade de coisas admiráveis por aqui, mas sempre menciono primeiramente os esportes. A maior parte do meu trabalho é focado no hotel Waddy. É importante que os grandes hotéis tenham sido restaurados. Mas quero me assegurar de que o Waddy não cairá no esquecimento.

Eric posicionou o estojo da câmera no ombro e foi pegar o tripé. Deixou-o cair, e quase soltou a câmera quando abaixou para pegá-lo. Kellen Cage foi mais rápido e pegou o tripé antes dele.

— Quer ir ao hotel e tomar aquele drinque como combinamos? — disse ele. — Sem querer ofender, cara, mas acho que você está *precisando* de um.

— Sim — respondeu Eric. — Eu definitivamente preciso de um drinque.

9

ELE NÃO SUBIU AO apartamento para guardar a câmera. Em vez disso, decidiu ficar com ela até a conversa acabar. No meio da travessia do átrio, Kellen fazia comentários sobre o horário do bar, mas Eric divagava, mal prestando atenção.

Não pense muito nisso, Eric, como fez com a gravação de Harrelson. Ou como fez no vale de Bear Paw. Na verdade, essas não são boas comparações. Pode ter havido algum tipo de atração naqueles casos. Alguma intuição. Mas isto agora? Aquele trem estava só na sua cabeça, meu amigo. Nada mais.

Eric estava até aliviado por estar com Kellen Cage ao seu lado. Cage lhe prometia algo valioso — uma distração. Falar com ele, tomar alguns drinques e esquecer de tudo. Esquecer o tremor nas entranhas e esta sensação tola e sinistra.

— O que vai tomar? — perguntou Cage assim que chegaram ao bar.

— Um Grey Goose com gelo e limão.

Cage virou-se e falou com o barman, enquanto Eric ia se sentar numa banqueta. Olhou para o átrio e respirou fundo. Só precisava relaxar um pouco. O que aconteceu, bem, não era nada, mesmo. Nem valia a pena analisar. Melhor esquecer.

— Então, fico muito feliz em saber que você está interessado em Campbell Bradford — disse Kellen — porque ele é uma das maiores incógnitas que tenho. Simplesmente desapareceu depois que saiu da cidade.

— Mas fez uma fortuna depois de se mandar — falou Eric. — Quem me contratou foi sua nora. Ela disse que a fortuna dele vale 200 milhões ou algo assim.

— Você quer dizer *valia*? — falou Kellen. — Não deve ter mais. Tinha. Ele tem que estar morto.

— Não, mas falta pouco.

Kellen inclinou a cabeça para trás e ergueu as sobrancelhas numa expressão atônita.

— Ele está vivo?

— Estava quando eu saí de Chicago.

O estudante sacudiu a cabeça.

— Impossível. Não pode ser o mesmo Campbell.

Eric estranhou.

— A nora dele me contou que o homem cresceu aqui e fugiu de casa quando ainda era rapaz.

— O Campbell Bradford que conheço também abandonou esta cidade. Mas já era adulto, e deixou aqui a mulher e o filho. E nasceu em 1892, ou seja, teria uns 116 anos agora, certo? Não dá para ser tão velho assim, não é?

— Ele tem 95 anos.

— Então, não é a mesma pessoa.

— Podem ser dois homens com o mesmo nome. Quem sabe o meu Campbell Bradford é filho do seu?

— Ele tinha um filho chamado William que permaneceu na cidade. — O rosto de Kellen mostrou certo desapontamento. — Diabos, você não vai poder me ajudar. Estamos falando de dois homens diferentes.

— Mas devem ter alguma relação — falou Eric. — Um nome igual numa cidade pequena como esta? Devem ter algum parentesco.

Kellen pegou seu drinque e disse:

— O Campbell que conheço era sinistro.

— Como assim?

— Houve um tempo, nos anos 1920, em que este lugar era o paraíso dos jogadores. Rolava muito dinheiro e também muitas dívidas, e Campbell Bradford era o homem que mantinha o equilíbrio entre credores e devedores.

— Pela força?

— Isso mesmo. Era ele quem peitava e cobrava os devedores. Todos tinham *pavor* dele. Era o mal em pessoa. A história na qual estou interessado, ou seja, onde a história dele se cruza com o meu projeto, é que há uma lenda que diz que ele assassinou Shadrach Hunter depois da quebra da bolsa em 1929, no momento em que a cidade parou. É inacreditável como este lugar se esvaziou depois da Terça-Feira Negra. Num dia, isto aqui era um dos maiores resorts de elite e, no ano seguinte, estava vazio e caminhava para se tornar uma ruína. Uma mudança muito rápida, sabe?

— Quem era Shadrach Hunter?

— Era ele quem dirigia o cassino dos negros — disse Kellen. — Sim, existia um negócio desse. Começou como uma pequena roda de jogadores de pôquer num quarto sujo dos fundos e cresceu. Havia muitos negros que trabalhavam nos hotéis, mas não podiam jogar neles, e por isso iam para os dados e as cartas no cassino de Shadrach. Depois de algum tempo, entretanto, a coisa cresceu. Campbell Bradford ajudava no controle da jogatina dos brancos em todo o vale — trabalhava com Ed Ballard, o proprietário deste hotel. Só que Campbell era mais sujo que Ballard, que por sua vez estava longe de ser honesto — mas não tinha nada a ver com a jogatina de Shadrach. Segundo a lenda, Shadrach era avarento e cobrava sempre algum dinheiro de cada jogo e o acumulava. Carregava sempre um revólver na cintura e só andava na companhia de dois guarda-costas gigantescos.

"Bem, depois que a bolsa quebrou e a cidade fechou, o dinheiro sumiu. Nesse meio-tempo, Shadrach Hunter foi assassinado e Campbell Bradford desapareceu, abandonando sua família sem deixar um tostão. — Kellen abriu as mãos. — É assim que a lenda se desenrola. Sei de muitas histórias, mas conheço poucos fatos. Esperava que você pudesse me fornecer alguns."

— Tudo o que tenho é um velho milionário moribundo em Chicago com o mesmo nome.

— É possível que seja a mesma pessoa?

— Ele é velho, mas não tem 116 anos.

— Bem, amanhã vou colocá-lo em contato com um homem chamado Edgar Hastings — avisou Kellen. — Estou interessado em saber o que ele irá lhe dizer. Ele conhecia a família, e é uma das últimas pessoas vivas que se lembra com clareza de Campbell Bradford. Campbell tem um bisneto aqui também, mas eu não o procuraria.

O rapaz deu um sorriso seco, e Eric perguntou:

— Por quê?

— Ele é meio grosseiro. Edgar me alertou e disse que seria melhor não o procurar, mas ignorei seu conselho e fui até a casa dele. Não demorou dois minutos para ele me expulsar de lá. Atirou uma garrafa de cerveja no meu carro quando eu saía de lá.

— Quanta gentileza.

— Muito hospitaleiro, sem dúvida. Mas tenho certeza de que ele será tão útil para você quanto foi para mim. Então, Edgar é tudo que tenho a oferecer.

— Tudo bem.

— Como foi que você entrou nessa? — perguntou Kellen. — Sempre quis ser cineasta ou foi um hobby que acabou virando profissão ou...?

Ele deixou a voz escorregar até o fim e ficou à espera de uma resposta. A pergunta fora feita inocentemente, mas Eric sentiu que a raiva o estava consumindo. Teve vontade de gritar: *Eu era um cineasta e, se não tivesse tido algumas dificuldades ou se uns poucos babacas não tivessem surgido no meu caminho, você estaria me pedindo um autógrafo neste exato momento.*

— Formei-me em cinema — respondeu ele com um esforço enorme para voltar à tranquilidade. — Depois, fui para a Califórnia e trabalhei lá por uns tempos. Fiz direção de fotografia em algumas produções.

— Alguma coisa que eu conheça?

Sim, coisas que ele conhecia. Mas, se lhe dissesse os nomes, a pergunta seguinte seria inevitável: *E em que filmes tem trabalhado agora?* E qual seria sua resposta? *Por que, quer dizer que não viu o vídeo que fiz do casamento dos Anderson? Ou o da cerimônia fúnebre de Harrelson? Em que planeta você esteve, cara?*

— Provavelmente não — respondeu. — Não aguentei ficar lá e voltei para Chicago, onde comecei meu próprio negócio.

Kellen assentiu.

— Direção de fotografia: o que isso significa, na realidade?

— Você dirige os câmeras e a equipe de iluminação. O diretor é quem manda num filme como um todo, é óbvio, mas o diretor de fotografia é quem cuida das imagens.

— Fazendo as que o diretor quer?

Eric deu um pequeno sorriso.

— Fazendo as que ele precisa. Às vezes, elas coincidem com o desejo do diretor, mas nem sempre.

Kellen demonstrava grande interesse, mas Eric não queria ir mais profundamente nessa conversa, e então disfarçou:

— Sabe, de fato eu gostaria de fazer algumas tomadas aqui — disse, só para mudar o foco.

— Neste local há muito material para uma filmagem — falou Kellen. — Veja só aquela lareira.

Eric virou a cabeça e olhou para a lareira que ficava perto do bar. Ela, como o resto do hotel, era linda e enorme. A frente fora construída com pedras do rio, com um mural pintado acima da fachada. Ele mostrava águas azuis e campos verdes exuberantes, o hotel ao fundo, do lado esquerdo, atrás de uma castanheira. No canto superior direito, assentado sobre uma cascata, via-se Sprudel — o companheiro do Plutão de French Lick, o deus das profundezas. Parecia mais um gnomo do que um demônio, mas foi o suficiente para fazer com que Eric se lembrasse do trem, o que lhe deu arrepios. Ele *vira* o trem. Não tinha qualquer dúvida disso. Então, o que diabos aquilo significava? Que estava ficando louco?

— Houve um tempo em que colocavam troncos de 4 metros dentro dela para que fossem queimados — falou Kellen. — Imagine. É como cortar um poste pelo meio e colocá-lo na lareira. Você devia filmá-la.

Eric concordou, pegou a câmera, mas não a colocou no tripé. Em vez disso, apoiou-a no ombro, ligou-a, focalizou o mural e observou quando a figura de Sprudel ocupou todo o espaço da lente.

Um homem de smoking tocava um piano de cauda grande, não muito distante do bar. Eric se voltou para filmá-lo, e o pianista, quando o viu, olhou na direção da câmera e piscou. Por algum motivo, esse gesto aparentemente ingênuo fez com que Eric perdesse o foco, abaixasse e desligasse a câmera, para em seguida colocá-la de volta no estojo. Quando endireitou o corpo, sentiu certa tontura enquanto pontos de luz flutuavam defronte de seus olhos ao olhar as garrafas nas prateleiras do bar.

— Foi rápido — falou Kellen.

— As luzes não estão boas — murmurou Eric pegando seu drinque. Deu um longo gole e piscou várias vezes, na esperança de que a visão voltasse ao seu estado normal. Mas não voltou.

O tamanho da rotunda o oprimia e lhe provocava uma sensação estranha de vertigem, embora ele estivesse equilibrado sobre uma base sólida, onde sentia os pés firmes se apoiarem no chão. O problema é que o lugar era muito aberto e muito grande. Ele e Kellen estavam parados na extremidade do bar, que chegava até o átrio, e do outro lado o balcão continuava numa pequena área fechada revestida de lambris de madeira com uma iluminação suave. De repente, sentiu urgência de ir para lá. Para dentro de um espaço menor e mais escuro.

Mas Kellen Cage continua a falar sobre o hotel Waddy e seu time de negros da Liga de Beisebol, chamado de Plutões. Eric colocou uma das mãos em cima do balcão e um pé na barra de metal abaixo para se firmar, e deu outro gole no seu Grey Goose. Deixe o homem falar, não se assuste. Não há nada estranho aqui. Está tudo bem.

Sua boca estava seca apesar do drinque, e a voz de Kellen Cage parecia vir de muito longe e provocava um certo eco. As luzes do átrio aumentaram gradativamente — devagar, porém de forma perceptível —, como se alguém estivesse no controle e girasse o botão para regular sua intensidade. A dor de cabeça voltou com um leve latejar na base do crânio, e aquele bufê enorme começou a lhe revirar o estômago.

Apoiou-se no balcão com as duas mãos, inclinando o corpo sobre o frio tampo de granito. Estava prestes a interromper Kellen Cage para lhe dizer que precisava ir para o lado de fora tomar um pouco de ar fresco, quando um novo som substituiu o estranho eco das conversas à sua volta. Música, uma melodia clara, pura e bonita. Cordas. Um violoncelo ao fundo, talvez, mas no primeiro plano um violino que tocava a música mais doce que Eric jamais ouvira. Era um som suave, uma carícia, e ele sentiu o ar preso saindo de seus pulmões, a dor de cabeça melhorar e o estômago aquietar-se. O violoncelo tocava uma nota grave, longa, mas o violino cobriu-o com uma nota mais alta, exuberante. Eric ficou entusiasmado por tanta beleza e girou o pescoço para descobrir a fonte daquele som. Tinha que ser ao vivo, ele tinha experiência com todo o tipo de equipamento de gravação e sabia que ainda não inventaram nada capaz de reproduzir com tamanha fidelidade o som de um instrumento.

O átrio estava vazio, com exceção de poucas pessoas em algumas poltronas, nenhuma banda à vista, além do pianista. Ele se virou para vê-lo novamente, quando a música do violino diminuiu de volume e a melodia a tornou suave e melancólica. O pianista mantinha sua cabeça inclinada, e suas mãos deslizavam sobre as teclas, em total desarmonia com o som das cordas. Mas a sonoridade do violino saía do piano. Não havia dúvida quanto a isso. A coisa acontecia a menos de 10 metros, e Eric tinha um ótimo ouvido e uma visão melhor ainda. Estava convicto de que a música do violino saía por baixo da tampa da cauda do piano.

— Você gosta mesmo de música, hein? — falou Kellen Cage.

Eric ainda encarava o piano, com a esperança de que surgisse algo que mostrasse que ele estava errado, mas nada surgiu — o instrumento, de alguma maneira, estava tocando uma melodia de cordas. A melodia de cordas mais bonita que ele já ouvira. Mas o movimento das mãos do músico não combinava com o tempo da composição. Elas não tocavam o que se ouvia.

— Que música é esta? — perguntou, a voz quase um sussurro.

— Como? — disse Cage, aproximando-se e exalando um forte cheiro de colônia.

— Qual é o nome dessa música?

Kellen Cage afastou-se e olhou Eric de forma curiosa, dando um sorriso amarelo.

— Você está brincando comigo? É aquela música do filme *Casablanca*. Todo mundo a conhece. "As Time Goes By".

Mas não era isso que Eric escutava. Porém, ao observar o ritmo da peça pelos movimentos das mãos do pianista, viu que o estudante estava certo.

— Estou falando da música do violino — disse Eric.

— Violino? — disse Kellen, e de repente o smoking do pianista desaparecera. Fora substituído por um terno amarrotado e um chapéu-coco, e, se Kellen disse mais alguma coisa, Eric não ouviu. Grudou os olhos no músico, cujo rosto estava escondido debaixo do chapéu. Perto dele, a uma distância de 1,5 metro, viu um rapaz magro de pé com um violino no ombro e os olhos completamente fechados. Vestia roupas que não eram do seu tamanho: os braços ossudos saíam das mangas e as calças muito curtas deixavam suas meias expostas. O cabelo louro não era cortado há semanas. No chão, aos seus pés, estava aberto o estojo do violino, e dentro dele, algumas notas e moedas.

Por instantes, eles continuaram tocando aquele dueto suave, o rapaz sempre de olhos fechados. De súbito, o pianista levantou a cabeça, encarou Eric e deu um largo sorriso. Quando o fez, a linda melodia de cordas fragmentou-se novamente num frenesi violento de notas aterrorizantes.

O cineasta abriu a mão e largou seu copo, que bateu na beirada do balcão e se espatifou no chão, espalhando cacos em todas as direções. No instante em que o vidro se quebrou, a música sumiu, com uma nota cortada ao meio, como se alguém tivesse arrancado o fio da tomada. Com ela, foi-se também o rapaz do violino, e o homem com o chapéu-coco foi substituído pelo pianista, que franziu a testa, mas não parou de tocar. Baixou a cabeça outra vez e Eric ouviu a canção, "You must remember this, a kiss is just a kiss..."

"As Time Goes By." Famosa após o filme *Casablanca*. Kellen estava certo, todo mundo a conhecia.

— Oh, precisaremos de um lenço se você quiser terminar esse drinque — disse o barman com um sorriso jocoso. Eric sentiu a mão de Kellen sobre o braço, uma pegada forte.

— Está tudo bem? Eric? Você está bem?

Agora sim. Pelo menos, num certo nível. Já em outro...

— Você se incomoda se formos a outro lugar? — perguntou Eric. — Deve haver outro local onde possamos beber alguma coisa que não seja aqui.

Kellen Cage o observou intrigado, mas assentiu, bebeu o resto do seu drinque e largou o braço de Eric.

— Com certeza. Há outros lugares.

Eric sentiu-se melhor assim que saíram. Estava um tempo agradável, devia ser pouco mais de 8 horas da noite, e o sol levara a umidade embora e deixara o exterior com um ar fresco e agradável, temperado com uma brisa leve.

— Você não parecia estar bem lá dentro — disse Kellen, enquanto davam a volta no prédio para chegar ao estacionamento.

— Fiquei um pouco tonto.

— Que conversa era aquela sobre violinos?

— Não era nada, só estava meio confuso.

A única ação sensata a tomar seria cumprimentar Kellen, dizer-lhe que o papo fora ótimo, voltar ao seu quarto e dormir. Entretanto, algo parecia empurrá-lo adiante, rumo a outro lugar. Queria ficar longe do hotel.

— Vamos para o cassino? — perguntou Kellen ao se aproximarem do estacionamento.

Eric sacudiu a cabeça.

— Não, prefiro ir para algum lugar — *sem tantas luzes* — mais tranquilo, menor.

O estudante apertou os lábios, pensativo.

— Para ser franco, não há muitas opções por aqui. Entretanto, há um pequeno bar lá em cima na estrada. Chama-se Rooster's. Já almocei lá algumas vezes. Tem uma mulher bastante simpática atrás do balcão, pelo menos.

— Ótimo.

Kellen levantou a mão, apertou um botão em seu chaveiro e as lanternas do carro piscaram. Era um Porsche Cayenne preto que parecia ser novinho em folha.

— Devem pagar melhor aos estudantes do que pagavam no meu tempo — disse Eric.

— Nada disso, comprei-o com meus próprios investimentos. Acertei na mosca.

— Ah, com certeza.

Kellen sorriu.

— Ainda vou encontrar um branco que acredite em mim.

— É só uma questão de tempo! — disse Eric enquanto dava a volta, abria a porta e sentava no banco de couro do carona. — Mas é um carro muito bom, apesar de tudo.

— Meu irmão me deu de presente — disse Kellen. — No meu aniversário de 25 anos.

Eric arregalou os olhos.

— É um belíssimo presente. O que seu irmão faz na vida?

— Já vou lhe mostrar — falou Kellen, e não disse mais nada enquanto ligava o motor e saía do estacionamento. Eric também não perguntou. Em uma outra noite, talvez ficasse mais curioso. Mas agora, tudo o que desejava era descansar a cabeça no encosto do assento, fechar os olhos e acreditar que, quando eles se abrissem de novo, as únicas coisas que veriam seriam deste mundo.

10

Naquela noite, Josiah Bradford teria apreciado a solidão, sentado na sua varanda com os pés para cima, acompanhado apenas de algumas latas de cerveja, enquanto esperava o calor diminuir, e as dores dos músculos, cansados depois de um dia de trabalho, se acalmarem. Entretanto, Danny Hastings mudou seu destino, como costumava fazer às sextas-feiras, e, quando deu por si, estava longe da varanda e no meio do cassino.

Danny talvez fosse o filho da mãe mais idiota a andar sobre duas patas, mas, ainda tinha mais cérebro do que dinheiro. Apesar disso, toda semana ia ao cassino. Era o tipo de idiota que achava que estava a um puxão de alavanca do caça-níquel para se transformar num milionário, só faltava adivinhar a combinação certa para voar de primeira classe para a França.

Fracassado de merda, diria Josiah.

Podia ter ficado em casa, é claro, mas, quando Danny o chamou, não conseguiu dizer não. Sua negativa não teria nada a ver com Danny ou com o cassino, e sim com o fato de estar com o humor pior do que o normal, após ter trabalhado sob um sol escaldante, evitado Amos o tempo inteiro e observado os hóspedes que chegavam ao hotel para o fim de semana. Uma distração seria uma boa pedida. Josiah já conhecia seus humores muito bem, via-os se aproximando como nuvens negras de tempestade e, sempre que podia, ficava fora do caminho delas. Entretanto, havia momentos em que elas surgiam no horizonte e ele nem se incomodava, deixava que viessem e se abatessem sobre ele. Nessas ocasiões, Deus ajudasse quem surgisse no seu caminho.

Ele estava mesmo era a fim, como sempre, de dar uma boa trepada. Isso era conveniente, porque as mulheres bebiam mais nas noites dos finais de semana — uma circunstância em seu favor. Ele e Danny chegaram ao cassino por volta das 8 horas da noite. Josiah tomou alguns copos de Bourbon e observou Danny perder as 40 pratas que tinha — dinheiro que deveria ter durado até o pagamento, na próxima quinta-feira — e depois ir até o caixa automático e sacar 50 dólares do último cartão de crédito que um banco teve a tolice de lhe dar. Josiah, então, levantou-se da mesa de carteado, pediu mais um drinque e foi beber com uns velhos amigos, que estavam perto do bar, enquanto esperava Danny ser depenado mais essa vez.

Por volta de 10 horas da noite, quando passou pelas mesas de carteado para ir ao banheiro, viu Danny barganhando com o crupiê 2 dólares em fichas que ainda tinha. Josiah não pôde fazer nada além de sacudir a cabeça ao ver a cena. Idiota estúpido.

Josiah mijou, voltou e olhou em volta pelo salão. Mais uma vez, sentiu o peso da raiva, principalmente por não ter conseguido encontrar nenhuma mulher. Entretanto, lá estavam mais de dez ao seu redor, sem dúvida, todas grudadas nos braços de seus homens, vadias ricas que vieram passar o fim de semana com seus namorados. Nem se dignariam a olhar para Josiah, mas olhariam através dele, como sempre faziam os hóspedes do hotel. Tinha gente — como Danny Hastings — que não se importava com esse tipo de coisa, e que levava uma vida anônima como se fizesse parte da sua própria pele. Mas não Josiah. Ele não era o tipo de homem que tolerava ser um qualquer. Foi isso que percebeu enquanto observava os homens que frequentavam o cassino, indivíduos que controlavam qualquer um que viesse com eles. Não queria seu maldito dinheiro, nem suas mulheres vagabundas ou seus amigos puxa-sacos. O que queria — merecia — era o papel. As pessoas davam atenção àqueles babacas e tratavam Josiah como se fosse peça de decoração.

Que fossem todos à merda. Tomaria mais um drinque e iria embora.

Estava a meio caminho do bar quando ouviu um grito — um berro rebelde que parecia vir da garganta de uma garotinha ou do guincho de um porco — algo que fez com que se arrepiasse da cabeça aos pés, não por ter se assustado, mas sim porque sabia sua origem — Danny.

Ele ganhara.

De onde ficavam as máquinas caça-níqueis vinha o som de sinos e carrilhões. Josiah observava com atenção, sentindo a mesma inveja que os outros jogadores, enquanto caminhava até lá.

— *Josiah!* Josiah, onde você está? Venha ver!

Danny gritava seu nome, embora ele estivesse a apenas cinco passos de distância.

— *Josiah!*

— Cale a boca, estou bem aqui. — Encostou-se no ombro de Danny para ver a tela da máquina. O caça-níquel ainda zumbia e estalava, com o fim de atrair uma nova multidão de idiotas que iria direto a outros trituradores de lixo brilhantes nos quais pudesse colocar seu dinheiro. Demorou um segundo para perceber o que a tela mostrava — $ 2.500.

— Viu, Josiah? Dois mil e quinhentos! — Danny soltou outro berro e deu um tapinha nas costas de Josiah, que teve que se segurar para não derrubá-lo no chão.

— Coloquei apenas 1 dólar. Um dólar só, acredita? Senti que estava com alguma sorte no carteado, com exceção da última mão, e achei que valia a pena tentar.

Com exceção da última mão. Brilhante. Quantos babacas falidos disseram a mesma coisa?

— Perdi todo o meu dinheiro, mas sabia que estava com sorte, entendeu? Não tinha mais do que 2 dólares e só joguei um deles aqui. Dei um puxão na alavanca e ganhei, dei outro e ganhei, de novo, e então dei o terceiro.

Alguma loura idiota estava batendo palmas para ele e tentava chamar a atenção de outras. Danny virou-se, olhou-a com um sorrisinho e ergueu as mãos sobre a cabeça, como se fosse um campeão de boxe. Caramba, como era feio! Josiah não conhecia ninguém mais feio do que ele. Raça horrorosa, de cabelo vermelho. As mulheres até podiam ser ruivas, mas os homens? Coisa nojenta.

Além disso, Danny já estava inchado de tanta cerveja, sardento e todo suado. Olhar para ele agora estava perto do insuportável. Ainda mais com ele dançando em volta do salão com as mãos acima da cabeça, e tudo isso por causa de 2.500 dólares! Até o próximo fim de semana, ele devolveria ao cassino até o último centavo desse dinheiro, e continuaria a falar daquilo como se fosse um grande feito.

— É o seguinte, garota — falou Danny para a loura que batia palmas, enquanto apertava o botão e esperava a máquina imprimir o vale. — Bebidas por minha conta pelo resto da noite.

— É melhor garantir — disse Josiah, se aproximando e dando um tapinha no ombro do colega. — Vá lá, troque este vale, e então vá para o bar e gaste o dinheiro.

— Eu sempre disse, *sempre* disse! — gritava Danny, com a voz pastosa de bebida e excitação. — Falei que, um dia, o nome Danny Hastings se tornaria um anônimo de sucesso!

Um anônimo de sucesso. Incrível que ele falou isso, e nem foi de propósito.

— É isso aí — disse Josiah, e Danny apenas sorriu e lhe deu outro tapa no ombro, sem entender por que o resto da plateia urrava e dava gargalhadas.

— Como disse, vá lá e troque este vale. Estarei no bar — falou Josiah.

Danny saiu dali gaguejando de tanto entusiasmo. Josiah esperou que ele fosse até o caixa antes de dar a volta nas máquinas caça-níqueis e sair do cassino.

Encontrou seu Ford Ranger no estacionamento, ligou o motor e dirigiu para longe do cassino, fazendo uma parada momentânea na 56, sem saber qual caminho seguir. Não tinha a menor condição, com o humor que estava, de ficar sentado pelo resto da noite vendo Danny agir com seu comportamento estúpido. Talvez, se estivesse um pouco mais bêbado, até permanecesse lá. Mas ele continuava sóbrio e furioso. Podia voltar para casa, porém, que ficava nas montanhas, entre Orangeville e Orleans, e sair da cidade agora soava como covardia, como uma tentativa de fuga do próprio mau humor. Não, vá para outro bar.

Na segunda-feira — diabos, talvez até no domingo — sentiria remorso por ter saído daquela maneira. Sobretudo porque Danny era idiota o bastante para passar a noite pagando rodadas para todo mundo, e também porque o idiota realmente queria que Josiah estivesse por perto para compartilhar a boa sorte inesperada. No entanto, naquele momento, ele não suportaria a situação de nenhuma maneira. Eram apenas 2.500 dólares, mas tinham caído nas mãos gordas e suadas de Danny e não nas de Josiah.

Estava na saída do estacionamento com o pé no freio, esperando uma brecha pela qual escapar. Não prestava nenhuma atenção aos carros, até ver um Porsche Cayenne preto passar feito uma flecha.

Aquele estudante filho da mãe ainda estava na cidade. O automóvel o enervou, e teve vontade de pisar fundo no acelerador do Ranger para atingi-lo na traseira e ver suas lanternas explodirem. De fato, entrou na estrada atrás dele e acelerou até o máximo que seus pneus carecas permitiam, mas depois se sentiu idiota por ter feito isso. Dar uma arrancada na frente do cassino numa sexta-feira à noite era quase como gritar num megafone para que um policial viesse prendê-lo.

Diminuiu a velocidade, mas continuou atrás do Porsche, seguindo-o rua acima até abandonarem a cidade. Pensou: *Caramba, vai ser difícil ultrapassar esse garoto,* mas viu que ele fez sinal para entrar no Rooster's e esperou-o diminuir a marcha e entrar no estacionamento do bar. Era a provocação que precisava naquela noite — um moleque rico indo em um bar local, como se fosse uma porcaria de atração turística. Olhar os caipiras do local, talvez tirar umas fotos. Fazer mais perguntas sobre a família de Josiah.

Entrou no estacionamento e viu a porta do motorista do Porsche se abrir, e aquele rapaz enorme, do tamanho da merda de um celeiro, saiu. Josiah o mantinha iluminado pelos faróis e podia ver claramente seus ombros e peito musculosos. Mas havia alguém com ele desta vez. O outro era um cara branco, de cabelo curto e uma daquelas barbas de três dias usadas para dar a impressão de um ar informal, indiferente. Mais velho que o negro, mas não tão velho que você pudesse sentir pena se tivesse que bater nele.

Entraram no bar, e Josiah desligou o motor e apagou os faróis. Passara o dia todo procurando uma briga e, agora, finalmente ia conseguir. Pelo tamanho do garoto negro, era óbvio que ela ia ser das boas. Ninguém mais comentaria sobre Danny Hastings e seus 2.500 dólares depois que Josiah acabasse com eles.

11

Aquele boteco caindo aos pedaços para onde Kellen levou Eric tinha um sinal de neon com um galo, mas nenhum nome. Talvez o lugar nem fosse chamado Rooster's. Ou pode ser que só quisessem que o neon desse uma iluminada no local. Dentro do bar era acolhedor — antigo, porém limpo. Várias pessoas estavam sentadas nos reservados ao longo de uma parede e mais umas seis estavam sentadas em volta do balcão. Num dos cantos, dois caras jogavam dardos.

— Você de novo! — exclamou a garçonete loura ao ver Kellen. — Espere um instante, deixe eu me lembrar. Humm... Começa com K. Kelvin?

— Kellen.

— Droga! Devia ter me lembrado. Mas, também, você não aparece por aqui há algum tempo, então a culpa é sua.

— Não vamos brigar por isso — disse ele, e pediu um chope suave. Eric levantou dois dedos para embarcar na escolha dele. Achou que não seria uma boa ideia abusar da bebida durante o resto da noite, do jeito que sua mente estava brincando com ele.

— Se precisarem de algo mais, é só gritar Becky — disse a mulher, ao colocar os dois copos no balcão.

Kellen assentiu.

— Pode deixar. Agora, será que você pode ligar o canal TNT naquela televisão?

Becky pegou o controle remoto, mas ele não funcionou. Então, largou-o e ficou na ponta dos pés para alcançar a TV. Belas pernas, belo bronzeado. Talvez tivesse uns 45 anos. Dez anos mais velha do que Claire. Claire tinha ótimas pernas...

— Pronto — disse Kellen. — Muito obrigado.

Ele tinha feito este pedido pois queria assistir a um jogo de basquete, Timberwolves contra os Lakers. Eric não gostava do último time. Às vezes, ia às partidas para acompanhar um produtor amigo, que considerava o ginásio um ótimo local para fazer negócios, passando o tempo inteiro de costas para a quadra, observando as tribunas para ver se encontrava alguém importante. Eric, que já fora um grande fã de basquete — sobretudo de basquete universitário — detestava o aspecto hollywoodiano dos jogos dos Lakers, com Jack Nicholson na primeira fila usando seus malditos óculos escuros e gritando com os juízes, além de outras estrelas que apareciam em busca de um pouquinho mais de fama, frequentando somente os jogos que seriam transmitidos em rede nacional.

— Você queria saber o que meu irmão fazia, não? — falou Kellen, ao mesmo tempo em que apontava para a tela. — Camisa quarenta do time de Minnesota.

— Sério? — disse Eric.

— Não estou brincando. Estava gravando este jogo, não gosto de perder nenhum, mas fazer o quê?

Eric viu o jogador quarenta e reparou, na mesma hora, a semelhança. Ele era apenas um pouco mais alto e mais magro que Kellen, não tão musculoso, mas as formas da cabeça e o rosto eram bem parecidos.

— Qual é o nome dele?

— Darnell.

— Mais novo ou mais velho do que você?

Kellen hesitou um instante. Seus olhos se desviaram antes de falar com a voz ainda mais suave:

— Três anos mais novo.

Enquanto eles assistiam à televisão, a bola parou nas mãos de Darnell Cage. Ele recuou rápido até a linha de três pontos, fingiu que ia atirar a bola na direção da cesta e partiu para a linha de faltas e aí, sim, arremessou. Mas ela bateu no aro e quicou para fora.

— Vamos D, vamos — falou Kellen. — Pegue a bola e enterre.

Os times foram de um lado para o outro sem que Cage tocasse na bola. Então, os Lakers marcaram, e o time de Minnesota fez uma substituição que não trouxe nenhum resultado, mandou a bola para a lateral e começou a trabalhar no limite da quadra. Faltavam oito segundos para o término da jogada quando a bola voltou às mãos de Darnell, pela esquerda da quadra e Kellen riu. Uma risada baixa, quase insincera.

— Agora, eles estão encrencados — disse ele.

Darnell Cage encarou o jogador da defesa do Lakers, segurou a bola na altura da cintura e se inclinou para frente.

— Cruzamento a caminho — disse Kellen.

Darnell Cage inclinou o ombro, tentando facilitar o drible, jogou a bola no chão, moveu-se para a esquerda e girou para a direita, mas o defensor o seguiu, não sendo enganado por essa jogada. Então, o número quarenta fez o cruzamento, com um lance por entre as pernas, fingiu que voltava pela esquerda, mas avançou com duas passadas, antes de se erguer no ar e finalizar tudo isso com uma tremenda enterrada, que levou a arquibancada ao delírio.

— Uau — disse Eric.

Kellen estava rindo.

— Ele é o melhor no ataque pela esquerda, meu amigo. Darnell é canhoto e você pode lhe dar alguma dificuldade se obrigá-lo a jogar pela direita, mas, se ele conseguir desequilibrá-lo pela esquerda, é o fim. Ele é muito rápido, passa por você e nada pode ser feito, a não ser ficar olhando.

Kellen virou-se para encarar Eric, mas seus olhos foram levados mais além e ele franziu a testa.

— Isso só pode ser brincadeira.

— O que foi?

— Você não queria encontrar um parente de Campbell Bradford? Do *meu* Campbell? Ele está ali, na mesa de sinuca. Foi ele quem jogou a garrafa de cerveja em mim. Seu nome é Josiah.

Eric se virou e deu de cara com os olhos negros de um rapaz de cabelo castanho desgrenhado e uma camisa polo preta ao lado da mesa de sinuca.

— Pelo jeito, ele se lembra bem de você — falou Eric.

— É. Nunca mais vou lhe perguntar sobre sua árvore genealógica.

— Não consigo acreditar que ele está aqui.

— É uma cidade pequena — disse Kellen. — Não há muitos bares.

Porém, Eric não acreditou na coincidência.

— Olha lá — disse Kellen voltando à TV. — Lá vai meu irmão, o talentoso da família.

— Um irmão na NBA e o outro fazendo doutorado? — falou Eric. — O que os outros irmãos fazem, são astronautas?

Kellen sorriu.

— Somos só nós dois.

Agora, havia alguém junto deles, parado de pé com o olhar fixo em Kellen. Josiah Bradford. Ele nem olhou para Eric, mas Kellen percebeu bem a ameaça de sua presença. Entretanto, não se virou para encará-lo, apenas continuou a assistir ao jogo. Depois de um tempo, Josiah Bradford estendeu a mão sobre o balcão, pegou o controle remoto e apertou o botão para mudar de canal. Ficou exasperado quando nada aconteceu.

— Becky, eu quero mudar de canal — gritou. — E me traz uma Budweiser.

— Os rapazes estão assistindo ao jogo — respondeu ela, sem olhar para trás. — Venha aqui. Mude você mesmo de canal.

O homem olhou para Kellen.

— Você não se importa, não é?

— Como vai, Josiah? — falou Kellen, finalmente lhe dirigindo o olhar. — Já faz algum tempo que não nos víamos.

Ele não respondeu, só ficou ali parado, encarando Kellen. Becky pareceu sentir a tensão crescente ao colocar a lata de cerveja dele sobre o balcão, e resolveu ir para perto de Kellen e Eric, para bater um papo e esfriar os ânimos.

— Vocês conhecem aquela do velho cuja mulher fez com que ele parasse de beber, proibindo-o de ir ao seu bar predileto? — falou ela.

— Posso mudar de canal? — disse Josiah. — Eles não vão se incomodar, nem um pouco.

— Daqui a um minuto, talvez — disse Becky sem sequer encará-lo e continuando com a piada. — Bem, a mulher conseguiu fazer com que ele parasse de beber, mas teve que sair da cidade durante alguns dias, para visitar a irmã. Mas deixou-o com instruções claras: nem *pense* em ir ao bar, querido.

— Eu não aguentaria uma mulher dessas por muito tempo — falou Josiah, afastando-se do balcão. Ao fazê-lo, seu ombro deu um esbarrão forte no de Kellen. Forte demais para ter sido acidental.

— Preste atenção, Josiah — avisou Becky na mesma hora. Kellen apenas o olhou sem proferir uma palavra ou mudar sua tranquila expressão.

— Ah, ele é muito forte, nem se machucou — disse Josiah. — Você não é forte?

Por instantes, Kellen o olhou e concluiu:

— Sou. — E, em seguida, voltou-se para Becky. — Vamos ouvir o resto da piada.

Josiah pareceu desapontado.

— Certo — respondeu Becky. — Então, o velho pensa: como ela iria saber? Na primeira noite que ficou sozinho, vai para a rua. O botequim ficava a apenas um quarteirão. Foi até lá para tomar algumas, e depois mais outras, e mais outras depois dessas. No fim da noite, a bebida subiu-lhe à cabeça e o salão começou a rodar. Decidiu que era melhor voltar para casa. Levanta-se para pagar a conta, mas quase cai de cara no chão, tendo que se segurar no balcão para continuar de pé. Entrega o dinheiro, dá alguns passos e, bum!, beija o piso. Foi uma guerra para se levantar e só assim percebe que bebeu demais. Ainda bem que sua mulher não iria saber. Engatinha até a porta, levanta-se, sai e cai outra vez.

Kellen estava sorrindo, mas Eric mantinha o olhar sobre Josiah. Aquele esbarrão não indicava coisas boas.

— O velho teve que engatinhar até sua casa — continuava Becky. — E cai de bunda na cama. Na manhã seguinte, quase não acorda quando o telefone toca. Era a esposa. Começa a gritar por ele ter ido beber, o que lhe fez perguntar: "Como foi que você soube?" E ela teve que rir. "O dono do bar ligou para o meu celular e disse que você esqueceu sua cadeira de rodas lá de novo."

Kellen e Eric riram mais do que a piada merecia, e Josiah permaneceu em silêncio. Esperou até que eles parassem com as gargalhadas e disse:

— Também conheço uma piada.

Ninguém reagiu. Nem mesmo Becky. Eric não gostara do tom de voz dele, e girou a banqueta do bar para encará-lo, tirando o pé do apoio.

— Um grupo de velhos amigos está num bar, bebendo — falou Josiah. — Aparece um urso gigante no estacionamento, procurando por comida. Abre a porta com uma patada e entra. A merda está no ventilador, agora, e os caras correm com o urso atrás, aos urros, quebrando as mesas, as cadeiras e tudo o que aparece na frente. Ele quebra o bar inteiro, abre a porta com outra patada e se manda.

Fez uma pausa, deu um gole longo e dramático na cerveja.

— Os caras bêbados ficam de pé, se limpam e um deles comenta com o companheiro ao lado: "Porra. É só colocar um casaco de peles num preto que ele age como se fosse o dono do bar."

Eric levantou-se do banco e Becky gritou:

— Josiah, cale essa boca, seu idiota. — Enquanto ele sorria e olhava na direção de Kellen.

— Some daqui — falou Becky. — *Agora.*

Josiah olhou de relance para Eric e voltou a olhar para Kellen.

— O quê? Não gostou da minha piada?

Eric deu um passo para longe do banco, com a certeza de que uma briga iria começar. Entretanto, Kellen tomou a dianteira e levantou a mão pacificadora.

— Foi ótima — falou. — Estamos todos contando piadas, certo? Apenas nos divertindo.

O rosto de Josiah mostrou nojo e desapontamento. Tomou outro gole.

— Ah, gostou da piada? Bem, sei de outras do mesmo tipo. Talvez aprecie-as também.

— Deixe que eu conte uma primeiro — falou Kellen.

Josiah esperou, os pés afastados e as mãos na cintura.

— Conhece aquela do trabalhador braçal com o pau duro que colidiu com a parede? — disse o estudante. Fez uma pausa, e terminou: — Quebrou o nariz.

Josiah deu o primeiro soco, mas Eric se jogou em cima dele, desequilibrando-o e evitando que o soco atingisse a cabeça de Kellen. O cineasta arremessou-o contra o balcão e preparou-se para dar um soco certeiro naquele filho da puta. Mas não conseguiu. Levou uma joelhada na virilha, perdendo todo o fôlego, e sentindo a dor se espalhando pelo abdômen e também pelo peito. Deu um passo para trás e conseguiu evitar o punho de Josiah, mas foi atingido pelo braço. Um golpe acertou seu nariz, que lançou um pouco de sangue nos lábios e no queixo de Eric, enquanto Josiah errava outro soco, agora com a mão escorregadia de sangue. Tudo isso acontecia enquanto Becky gritava por trás do balcão e Kellen Cage descia em silêncio de seu banco.

Josiah pareceu ter perdido o interesse em Eric, virou de costas e se voltou para Kellen com um riso debochado no rosto, e o instigou:

— Vamos nessa, rapaz.

Kellen o atingiu. Um soco de esquerda, que mais pareceu o bote de uma cobra do que um golpe. A cabeça de Josiah pendeu para trás enquanto Kellen desferiu um novo soco e mais outro, desta vez na barriga.

Os joelhos de Josiah se dobraram e ele caiu no chão, mas aguentou o que muitos não suportariam e se preparou para brigar mais, enquanto Kellen o esperava em silêncio e Eric se endireitava com algum esforço. Becky atirou com uma espingarda que fez um barulho ensurdecedor.

Todos pararam. Somente então Eric percebeu que dois homens haviam levantado de um dos reservados e avançavam na direção de Josiah. Quando estavam perto dele, pararam.

— Você prefere esperar a polícia? — disse Becky, a voz suave e firme, enquanto segurava sua Remington calibre 12 sobre o balcão. — Por mim, está ótimo. Em todo caso, Josiah, acho melhor você dar logo o fora daqui.

Ele a encarou com desdém e olhou pelo resto do salão, mas não encontrou ninguém que pudesse apoiá-lo. Tornou os olhos de volta para Kellen e disse:

— Terminaremos isso mais tarde.

— Se fizer isso — falou um dos homens de pé ao seu lado —, ele fará com que você engula os próprios dentes, Josiah. Ouça o conselho da moça e ponha sua bunda a salvo do lado de fora.

Josiah passou por Eric, encarando Kellen por um tempo, antes de se encaminhar para a porta. Abriu-a com um chute da sua bota e foi embora enquanto ela batia contra a parede e voltava novamente ao lugar. O sangue de Eric pingava no chão.

12

De volta ao Porsche, depois de esperar o nariz de Eric parar de sangrar, tomar uma última cerveja e tranquilizar Becky de que não responsabilizariam o bar pela briga, foi que Kellen olhou para ele.

— Sinto muito pelo que aconteceu. Aquele idiota não representa a experiência que tenho tido nessa cidade.

— Não devia tê-lo feito vir até um lugar como esse.

— Não, meu amigo, é isso que estou dizendo: o problema não é o *lugar*. Já vim muitas vezes aqui antes. Na verdade, já frequento esta cidade há bastante tempo, e é a primeira vez que vejo uma coisa dessas. Que, aliás, estava além de qualquer expectativa.

— Mesmo?

Kellen concordou, enquanto ligava o motor.

— Na realidade, esse incidente é parte da história racista do estado. O primeiro hotel daqui foi construído por um cara chamado William Bowles. Ele foi julgado por traição, pois se envolvera com um negócio chamado de Cavaleiros do Círculo Dourado, uma organização a favor dos Confederados e precursora da Ku Klux Klan. Ele era um homem de bom coração, apesar de ter sido indiciado por grandes roubos. Entretanto, era inocente de muitas acusações. Mas, no tempo em que este local estava no auge, os negros não podiam se hospedar nos hotéis. Nem Joe Louis pôde ficar num deles. O turismo daqui, hoje em dia, usa o nome dele o tempo todo e se gaba dele ter sido um visitante frequente, mas o fato é que ele sempre se hospedou no Waddy.

Saíram do estacionamento, Kellen gesticulando e segurando o volante com apenas uma das mãos.

— Então, quando cheguei aqui, querendo escrever a história dos negros deste lugar, talvez já tivesse um sabor amargo na boca pelo que eu sabia desse passado. Entretanto, durante o tempo em que fiquei na cidade, as pessoas sempre se mostraram demasiadamente amistosas, com a exceção desse nosso amigo, o Sr. Bradford. Ele deve ser *o último* da linhagem do Campbell que procuro. Espero que você esteja certo e atrás de outro cara. Porque Josiah não vai ajudá-lo.

— É, eu diria que não — disse Eric. — Mas você tem que concordar que o meu Bradford deve ser parente dele.

— Eu sei. E é por isso que quero saber o que Edgar Hastings tem a nos dizer. Ele é a única pessoa que encontrei nesta cidade que tem lembranças vívidas de Campbell. Mas acontece que ele também é uma espécie de padrasto de Josiah, portanto é melhor não mencionarmos o que aconteceu no bar. Você estará livre amanhã se eu conseguir marcar um encontro com ele?

— Claro. — Eric tocava seu rosto com as pontas dos dedos, avaliando os estragos. Os lábios estariam um pouco inchados pela manhã, mas, se colocasse uma cerveja gelada sobre eles, teriam um aspecto melhor.

— Nunca ouvi falar de nenhum outro Campbell Bradford — disse Kellen. — É estranho.

— Vamos tirar isso a limpo — falou Eric, pensando que a coisa *menos* estranha daquele dia era a confusão sobre a identidade do homem. Com certeza, não era páreo para o trem negro, as folhas ou o homem de chapéu-coco.

Kellen o deixou com um aperto de mão e a promessa de que contataria Edgar Hastings no dia seguinte. Eric estava com medo de entrar no hotel sozinho, e tinha um desejo infantil de correr de volta para o estacionamento e acenar para que Kellen parasse, perguntando se ele gostaria de mais um drinque. *Fique comigo mais uns vinte minutos, companheiro, para que eu olhe em volta e tenha certeza de que esse é um hotel comum e não o de* O iluminado.

Por alguma razão, ao se lembrar do romance de Stephen King que retratou uma história de terror passada num hotel, conseguiu esboçar um sorriso ao atravessar o átrio e olhar ao redor. Sim, Kubrick teria salivado com a possibilidade de filmar naquele local. O lugar tinha tudo o que um diretor gostaria — beleza, grandiosidade, tamanho, história e — pelo que Eric percebeu nesta noite — uma dose gigantesca de pavor horripilante.

— Não poderia exigir nada melhor — falou num sussurro. O hotel estava bem silencioso agora, com apenas um punhado de pessoas no bar. O pianista fora embora e o instrumento estava coberto. Não viu nada fora do comum, não ouviu nada fora do comum. O local parecia normal outra vez.

Subiu para seu quarto, onde acendeu todas as luzes, mas apagou-as em seguida, quando a claridade desencadeou novamente aquela dor de cabeça infernal. Já passava das 23 horas. O dia mais estranho da sua vida estava quase no fim. Sentiu uma vontade irresistível de ligar para Claire, contar-lhe tudo com todos os estranhos e assustadores detalhes, e ouvir as respostas dela. Não, que se dane a ligação para ela, queria mesmo era conversar com ela cara a cara, vê-la em seu quarto. E que se dane a vontade de falar com Claire, queria possuí-la ali mesmo, naquela cama esplêndida. Queria tirar os jeans daquelas pernas longas e senti-las encaixadas nele pela curva de sua bunda, como sempre faziam.

Caramba, como sentia falta dela. Sentia isso da mesma maneira que os velhos sentem artrite nos ossos, uma agonia persistente que aumenta a cada dia, a cada hora, a cada minuto.

Eles se conheceram numa delicatéssen em Evaston, quando ela estava no primeiro ano da faculdade de direito na Universidade Nortwestern. Ele estava apenas de passagem, voltando de uma visita que fizera a um amigo, no verão, antes de se mudar para Los Angeles. Ele acabara de comer um sanduíche e sentava-se numa mesa para ler jornal, quase indo embora, quando ela entrou com uma amiga e se sentou do outro lado do salão. Ele a observou cruzando o cômodo — havia algo no seu jeito de andar que o deixou de queixo caído, encarando-a de boca aberta — e ela o olhou com um pequeno sorriso, que não passou de um gesto estranho de educação forçada, em resposta ao inesperado contato visual.

Passou vinte minutos com os olhos fixos no jornal, mas não conseguiria se lembrar de uma única palavra que estivesse nele. Grudou os olhos em suas páginas apenas para evitar encarar a moça, mas lançava olhares em sua direção a cada oportunidade, vendo-a falar, rir e comer uma salada Caesar, e gesticulando com o garfo que tinha pedaços de alface grudados na ponta. Ela o encarou, flagrou-o olhando algumas vezes e, para terminar, lhe devolveu outro sorriso. Entretanto, as duas moças comiam muito depressa e já estavam quase no fim, se aprontando para sair, sem que ele tivesse lhe dito uma única palavra. Queria tanto lhe falar alguma coisa. Não era inseguro com as mulheres, não tinha dificuldade em marcar encontros, mas abordar uma mulher estranha numa delicatéssen numa terça-feira no horário do almoço era muito diferente do que fazer isso num bar numa sexta-feira à noite. E com a amiga dela ali, uma barreira extra de olhares e risos iria surgir.

Então, a amiga se levantou e foi ao banheiro. Era o destino, pensou Eric, tinha que ser o destino, pois a amiga era a última desculpa que ele dera a si mesmo e ela saíra. Colocou o jornal de lado e foi até a mesa daquela garota de cabelos escuros, sorriso sardônico e olhar distraído.

— Meu nome é Eric, e adoraria lhe pagar um drinque — disse ele.

Que frase espetacular e original. Ela o olhou durante alguns segundos em silêncio e falou:

— Estamos numa delicatéssen. Não servem bebidas alcoólicas aqui.

Ao que ele respondeu:

— Bem, então que tal uma limonada?

Tomaram a limonada e naquela mesma noite o drinque, e no dia seguinte deram o primeiro beijo, e, 15 meses depois desse primeiro encontro, o casamento e a lua de mel.

— Merda — disse ele deitado na cama de um quarto de hotel em Indiana, a algumas centenas de quilômetros de Claire. Sentou-se e estendeu a mão em busca do controle remoto, procurando alguma distração. *Não deixe que o sentimento comece. Não deixe que esses pensamentos acabem coroando o dia que você acabou de passar.*

Encontrou o controle remoto, recostou-se outra vez na cama, chutou os sapatos para longe e voltou a olhar para a TV. Ao fazê-lo, seus olhos encontraram a garrafa da Água Plutão na mesa. Franziu a testa, contrariado. Levantou-se e foi até ela. Aquela maldita garrafa estava suada, coberta por gotas de umidade, formando um anel molhado embaixo.

Quando a segurou, viu que ela estava ainda mais fria do que da última vez. Como isso era possível? E, ainda por cima, como era possível que a coisa ficasse tão molhada, como uma caneca de cerveja gelada exposta ao sol? Será que estava vazando? Correu o dedo pelo gargalo, molhou-o com aquela umidade e, em seguida, levou o dedo ao nariz, e depois aos lábios. Sentiu aquele mesmo gosto adocicado, quase como mel. Nada parecido com o terrível gosto de podre que o derrubara dias antes.

Só podia ser por causa da bebida que tomara antes, certo? Não foi isso que disse para si mesmo? Abriu a tampa mais uma vez e sentiu um cheiro com toque de mel. Não parecia com o cheiro de nada que ele conhecia.

— Nem pense nisso — falou em voz alta, ao olhar o líquido dentro da garrafa. Já lera o suficiente sobre a água mineral para entender que se tratava de uma coisa poderosa, mas nada do que lera explicava esse comportamento, sobretudo como conseguia se conservar gelada, sem falar em seu cheiro e gosto.

Ainda havia uma fábrica da Água Plutão na cidade, do outro lado do French Lick Springs Resort. Amanhã, ele iria lá procurando algumas informações. Entretanto, aquela seria a prioridade número dois, se as visões permanecessem. Nesse caso, telefonar para um médico seria a primeira providência do dia.

O rapaz negro dera a Josiah algo para lembrar-se dele: um olho esquerdo que já estava roxo quando chegou em casa e avaliou seu estado no espelho. Depois, teria que buscar uma lata de cerveja gelada para colocar encostada na órbita, que queimava de raiva e vergonha.

Foi ele quem sofreu o único dano visível do encontro — o que era a maior merda de todas. Ele deveria ter dado uma surra naquele negro. Em vez disso, nem conseguiu desferir um soco de verdade. Josiah já perdera uma ou duas brigas, mas jamais deixara de causar algum estrago.

Merda, ele nem mesmo conseguiu dar o melhor insulto. A frase sobre o nariz de Josiah era melhor do que aquela piada racista idiota. O engraçado é que Josiah nem sequer era preconceituoso. Tudo bem, talvez pudesse ser considerado como tal. Aliás, poderia ser considerado qualquer coisa que estivesse ligada a mau humor e rancor. Ele não se importava se você fosse branco, preto ou latino, ou o que for. Desde criança, percebera que o mundo era desrespeitoso, e ninguém o desrespeitava mais do que Josiah Bradford.

Ele costumava ter alguma paciência. Tinha feito um bom trabalho esperando, atravessando cada dia convencido de que deixaria sua marca e de que nada era melhor do que esperar a hora certa. Entretanto, hoje, perdera completamente a paciência, que fora arrancada de sua alma por alguma força invisível, como a da lua que ocasiona as marés na praia. Começara com o calor, aumentara com Amos e desaparecera por completo quando o merdinha do Danny Hastings ganhou 2.500 dólares no caça-níquel e saiu aos gritos, fazendo tanta arruaça que atraiu uma multidão que o olhava como se ele fosse alguém especial.

Não, Josiah Bradford já não tinha mais nenhuma paciência. E algo lhe dissera, naquela noite úmida e negra, que não a recuperaria tão cedo.

Ao pegar outra cerveja, percebeu que ainda tinha o sangue do cara branco em suas mãos. Uma mancha grande de sangue seco, cor de ferrugem. Foi até a pia e abriu a água quente, esfregou suas mãos com sabão e colocou-as sob a água para lavá-las.

Mas uma coisa estranha aconteceu — a água foi esfriando. À medida que tentava limpar a mão, a água ia ficando mais gelada, até levar todo o sangue pelo ralo, num redemoinho rosado. Logo o último vestígio de sangue desapareceu e a água voltou a sair quente da torneira. Foi uma coisa rápida, uma transformação instantânea.

— Canos velhos — murmurou Josiah. Era claro que o encanamento, assim como o restante da casa, estava se transformando em merda.

E, em seguida, lavou as mãos pela segunda vez.

Anne McKinney acordou às 2 horas da manhã, sentou-se na cama e piscou os olhos na escuridão, com a respiração rápida e o peito apertado. *Ataque cardíaco*, pensou. *Oitenta e seis anos de boa saúde e agora a morte vem lhe roubar a vida, como um ladrão.*

Mas a respiração voltou ao normal e, quando colocou a palma da mão sobre o seio esquerdo, sentiu o coração batendo devagar e firme. Ergueu-se sobre os travesseiros, recuou quando suas costas reclamaram de dor, e somente depois colocou os pés no chão frio de tábuas, firmando as mãos na cama para poder se levantar. Em público, Anne andava com as mãos tão livres quanto podia, mas em casa a coisa era diferente. Tinha que ser mais cuidadosa, porque morava sozinha desde que um infarto levara Harold, em março de 1992, no meio daquele jogo dos

Duke contra os Hoosiers, em que os juízes roubaram tanto que o seu pobre coração não conseguiu aguentar. Aquilo fora há quase vinte anos e desde então, ninguém, a não ser Anne, passou uma noite naquela casa. Ela sabia que passaria um bom tempo até que alguém a encontrasse, caso acontecesse algo.

No início, o quarto fora depósito de muitas coisas, ou pelo menos essa era a ideia original. Fora muito usado para as crianças brincarem e por Harold, que guardava ali as bugigangas que Anne não toleraria ver na sala. Ela permaneceu no quarto antigo até os 81 anos, mas aquela subida e descida diária das escadas acabou por cansá-la. Na época, não admitiu — a teimosia era a sua característica mais arraigada —, preferindo falar para si mesma que era chegada a hora de fazer uma reforma na casa e, com os diabos, poderia até mudar-se para a parte debaixo, só para variar um pouco. Agora, já fazia mais de um mês que ela não ia ao segundo andar.

Ficou de pé, a mão firme na mesinha ao lado da cama, preparando as pernas para o trabalho, aquecendo-as por alguns segundos. Como um carro que precisa aquecer o motor no frio, é assim que devia encarar a situação. Não que o carro estivesse *acabado* só porque reclamava um pouco numa manhã de inverno — era simplesmente porque precisava de um tempinho para se esquentar. Com isso, funcionaria tão bem como sempre. Ou perto disso. Mas funcionaria. Esse era o principal. Ainda funcionaria.

O tampo da mesinha estava vazio, exceto pelas coisas de que mais precisava: suas pílulas (colocadas nas sete divisões dos sete dias da semana da sua caixinha de remédios), a cestinha de vime onde guardava a correspondência e que, em geral, estava vazia (ninguém escrevia muito para ela hoje em dia) e um de seus rádios de previsão do tempo. Este não era nada além de um painel de leitura; o equipamento de radioamador propriamente dito ficava no porão. Havia ocasiões em que desejava tê-lo no pavimento superior, mais à mão, não obstante evitava pensar muito a respeito. O radioamador de ondas curtas precisava ficar no lugar mais protegido de tempestades da casa, e este lugar era o porão, com suas paredes de concreto e apenas duas janelinhas no alto da parede oeste, bem ao nível do chão. Quando uma grande tempestade desabava, o porão era o local onde o equipamento de rádio (e a moradora) teria que estar.

Há décadas Anne era meteorologista amadora, trabalho que ela levava muito a sério. Todos os medidores do mundo não adiantariam nada se as condições atmosféricas não pudessem ser interpretadas e retransmitidas, e durante as maiores tempestades os telefones ficavam mudos. O rádio no porão tinha quase trinta anos, mas ainda funcionava perfeitamente bem. Era um R. L. Drake TR-7 fabricado pela primeira — e melhor — empresa que já trabalhou com transmissores de radioamadores. Harold o comprou para ela, instalou uma antena poderosa e a ensinou a mexer nele. Ele nunca fora do tipo que achava que máquinas e eletrônicos estivessem além da capacidade de compreensão das mulheres, qualidade rara num homem daquela época. Não demorou muito e ela já manejava o Drake melhor do que ele.

Sentiu as pernas formigando com a circulação do sangue, então tirou a mão do criado-mudo e foi até a porta. O luar deixava um facho de luz branca nas tábuas do assoalho, como um caminho aberto na escuridão, e ela o seguiu, do quarto até a sala, e depois até a porta da frente, chegando, por fim, na varanda. Ainda se perguntava por que acordara tão cedo e por que estava ali andando sem rumo. Foi quando ouviu a melodia dos sinos, mais alta e mais forte do que à tarde, e descobriu o que a tirara da cama: o vento.

Ele crescera enquanto ela dormia, ainda soprando do sudoeste, porém agora mais firme, mais vigoroso. O vento readquirira sua confiança.

Arrastando os pés até o fim da varanda e apoiando-se no corrimão, ela respirou fundo, sorvendo o ar para dentro de seu corpo trêmulo. Lá, havia um barômetro — ela tinha um barômetro em cada aposento da casa — e ele marcava 30.16. Uma certa elevação desde a tarde daquele dia.

Essa alteração não fazia sentido. Ou talvez fizesse. Ontem, suas leituras lhe disseram que o dia seria quente e com a pressão normal. Mas, o que seu cérebro lhe disse, um cérebro bem vivido em seus 86 anos de estudo e experiência, foi que já estava *excessivamente* quente e parado por muito tempo.

Então, talvez fizesse todo o sentido. Ela só não sabia o que aconteceria a seguir. O vento soprara inesperadamente, o que era ótimo, mas o que estaria programado para depois dele?

13

O SOL ENTROU CEDO em seu quarto, e já veio quente. Eric acordou, apertou os olhos contra a luz, sentiu o calor no rosto e, antes mesmo de estar completamente desperto, percebeu que a dor de cabeça estava de volta.

Também voltara, como uns demônios, uma turma de motociclistas que atravessava a cidade com um barulho infernal. Ele gemeu, cobrindo os olhos com as mãos. Com as pontas dos dedos, massageou as têmporas. Essa dor de cabeça era tão ruim quanto qualquer ressaca que já tivera antes — o problema é que não viera de uma ressaca.

Levantou-se, pegou um copo d'água e engoliu três analgésicos, sem acreditar muito que iriam funcionar — os que ele tomou no dia anterior não resultaram em nada— e foi tomar um banho no escuro. A luz parecia ser um problema. Ao sair do banheiro, manteve as lâmpadas apagadas e as cortinas fechadas. Vestiu um jeans e uma camisa safári cáqui de manga curta. Era a sua camisa da sorte. Ele a usara uma noite no México, onde rodavam um faroeste que foi um fracasso de bilheteria, apesar do roteiro brilhante, do elenco incrível e dele ter feito uma de suas melhores filmagens naquele dia. O diretor era um homem tranquilo, e estava mais interessado em supervisionar toda a produção do que interferir no trabalho do cinegrafista. Esses eram os diretores com quem Eric adorava trabalhar, pessoas que acreditavam no que você fazia e o deixavam em paz. Coisa que ele não viu muito em Hollywood, sobretudo depois de quebrar o nariz de Davis Vassar.

Vassar foi o homem mais importante com quem Eric trabalhou — e também o homem que lhe deu a certeza de que seria o *último* grande nome com o qual trabalharia. No princípio, se deram muito bem. Eric gostava muito do projeto, um filme de suspense sobre uma caroneira que presencia a execução de um jornalista. O roteiro era ótimo, emocionante, e, no dia em que Eric foi contratado, comprou quatro garrafas de champanhe e foi com Claire para uma linda pousada perto de Napa, onde transaram cinco vezes nas primeiras 12 horas. Sexo fogoso, alegre, divertido e intenso. Sexo com gosto de vitória.

Depois desse dia, nunca fizeram nada parecido.

Havia diretores exigentes e diretores como Davis Vassar. Ele usava os cineastas que contratava apenas para descarregar seus gritos em cima deles, que avisavam ao resto do elenco que quem mandava ali era o diretor. Talento não significava nada para ele, e muito menos capacidade profissional. Eric se segurou durante um mês até a primeira explosão de raiva do diretor com ele, e dois dias depois, seu punho encontrou o rosto de Vassar, uma garçonete gritou, e ali ficou marcado o início da derrocada da carreira de Eric Shaw em Hollywood.

Temperamento, temperamento, temperamento. Era preciso controlar o temperamento.

O dia em que tudo começou a ruir ficou marcado em sua memória para sempre. Eric chegara ao escritório da produtora para uma reunião com Vassar e dois outros encarregados da produção. Estavam numa sala cuja vista dava para Wilshire, e Vassar fez com que os três esperassem vinte minutos até aparecer. Havia uma mesa de café com tampo de vidro no centro da sala e, quando ele finalmente chegou, todo cheio de si, jogou-se em uma das poltronas de couro negro e apoiou os pés sobre a mesa. Bateu seus calcanhares no vidro, algo totalmente desnecessário, cuja mensagem era: Eu Sou Simplesmente o Máximo.

Conversaram durante uma hora e Eric não se lembrava do que fora dito. Vassar era praticamente um personagem, cuja imagem — os sapatos pretos brilhantes sobre o tampo de vidro — não sairia jamais da mente dele. Encarava aqueles sapatos, ouvia e observava os produtores humilhados e encolhidos de medo por Vassar e pensava: *Isso é besteira. Eles estão ouvindo você por causa do seu maldito nome, não por causa do seu talento. Apenas porque você deu sorte algumas vezes, e pegou carona numa ótima interpretação de alguém que foi indicado ao Oscar. Você nem mesmo leu o roteiro, não tem a menor ideia de como a história deve ser contada. Eu tenho. Era eu quem deveria estar na direção deste filme, não você, mas não tenho a sua fama. E por isso tenho que ficar aqui calado, enquanto vejo você colocar os pés sobre a mesa de outra pessoa, e olhar a tela do seu BlackBerry de dois em dois minutos, só para nos lembrar o quanto você é importante.*

Conseguiu sair da reunião em paz. Mas não conseguiu terminar o filme da mesma forma.

— E foi assim — falou para si mesmo — que você acabou em Indiana. Bom trabalho.

Ele podia jogar esses pensamentos para longe, mas não a dor de cabeça. Comida poderia ajudar nisso ou, pelo menos, um café forte. Saiu do quarto, desceu as escadas e chegou mais uma vez ao átrio. Deu uns vinte passos até ver um raio de luz atravessar a cúpula. Parou, girou nos calcanhares, trincou os dentes e voltou pelo corredor escuro que circundava o salão. Foi até uma das salas de jantar, sentou-se numa mesa e pediu uma omelete e um café. Rápido com o café, por favor.

Bebeu duas xícaras e não sentiu nenhuma melhora, deu três garfadas na omelete, mas desistiu. Jogou algum dinheiro sobre a mesa e voltou para o quarto. Aquilo era ruim. Enxaquecas súbitas, com dores cegantes... eram um mau presságio. Eric sabia o suficiente para entender esse fato, e as possibilidades o amedrontavam. Tumor ou coágulo no cérebro, câncer, aneurisma, derrame e ataque cardíaco.

Tinha que ligar para o Dr. Sharp, em Chicago. Era a única coisa a fazer.

Ligou do celular. Quando ouviu a resposta automática de uma máquina do outro lado da linha foi que se lembrou que era sábado e seria impossível contatar o bom Dr. Sharp. O consultório dele ficava fechado nos finais de semana e a mensagem sugeria que o paciente fosse a um hospital se suas condições fossem graves.

Pare ele pareciam bastante graves, embora fosse também apenas uma dor de cabeça. Não se vai à emergência de um hospital só por causa disso. E, de qualquer forma, onde é que havia um hospital por aqui?

Não teve certeza se olhou a garrafa de Água Plutão porque pensou nela, ou se pensou nela porque a olhou. A ordem lógica não estava clara, mas, de algum modo, se viu com os olhos grudados no recipiente enquanto pensava: *Afinal, por que não?* Servia para curar dores de cabeça também, não é? Tinha certeza de ter visto isso na lista de males que a água se gabava de curar. Tudo bem que quase todas as doenças do início do século XX faziam parte daquela lista, mas a água não podia ter conquistado aquela reputação toda sendo apenas um placebo. Tinha que ajudar em *alguns* problemas.

Ele foi até a mesa e se aproximou da garrafa mas parou sua mão a uns 15 centímetros dela, inclinou a cabeça e a observou. Agora, ela estava envolta num revestimento fosco. Parecia que estava...

Congelada. Puta que pariu, estava congelada. Raspou um pouco de gelo com o polegar, como fazia no vidro da janela nas manhãs de inverno de Chicago.

— Ainda vou descobrir o que acontece com você — falou.

Não iria descobrir nada se continuasse ali no quarto, inerte, sentado no chão, mascando comprimidos como se fossem balas. Então, por que não dar à água uma última chance?

Abriu a tampa e, hesitante, tomou um pequeno gole.

Não era ruim. Se tanto, o gosto de enxofre desaparecera e um sabor adocicado o substituíra. Tomou um bom gole, cujo gosto o levou a tomar um segundo e, depois, um terceiro, o líquido descendo suave por sua garganta, como néctar. Teve que se esforçar para parar e, quando colocou a garrafa de volta sobre a mesa, viu que havia bebido mais da metade de seu conteúdo — o mesmo líquido que o fizera vomitar em Chicago com apenas algumas gotas.

O sabor podia ter melhorado, mas ainda não fazia efeito algum. A dor de cabeça latejava e a turma de motociclistas continuava a dar voltas pela cidade, apostando corridas.

Bom, a Água Plutão não iria resolver o problema. Foi uma ideia idiota, mas ele apostaria em qualquer ideia idiota se isso lhe desse alguma garantia de que iria passar um dia melhor.

Voltou a se deitar, colocou a cabeça sob os travesseiros e ficou assim por algum tempo. Talvez o melhor fosse procurar mesmo um hospital. Seria loucura não fazê-lo. Se Claire estivesse aqui, não pensariam duas vezes e já estariam dentro do carro, subindo aquelas estradas do interior, à procura da placa azul alusiva aos serviços de saúde. Ela era uma guerreira. E também o protegia. Iria defendê-lo até o fim.

Bem, quase até o fim. Ficara ao seu lado, passara por todas as dificuldades com ele na Califórnia, mas quando voltaram para Chicago, lar da sua família e dos seus comentários críticos, a determinação dela foi por água abaixo. Começaram os questionamentos, as perguntas sobre o que ele iria fazer dali para a frente — tudo bem que desistisse do cinema, mas qual trabalho ele gostaria de ter no futuro? Ele precisava de tempo para pensar, só isso, mas ela não tinha muito. Não o muito tempo...

Devagar, seus pensamentos se afastaram de Claire e depois, sem pressa alguma, retirou os travesseiros e levantou a cabeça. Sentado, inclinou o pescoço de lado como se tentasse prestar atenção a algum barulho distante.

— Está passando — disse.

A maldita dor de cabeça estava passando. Ainda a sentia, mas os motociclistas já haviam tomado a estrada que subia a montanha e que os levaria para fora da cidade.

14

ELE NÃO ACREDITOU LOGO de cara, ou talvez não quisesse acreditar. Foi até à sacada, sentou-se e ficou contemplando o átrio por 15 minutos, enquanto a dor de cabeça se despedia devagar, até acabar por completo. *Não*, pensou, *não pode ter passado. Foi você que se adaptou à luminosidade.*

Então, foi para fora do hotel e caminhou pelo jardim por meia hora, em plena luz do sol, certo que a dor voltaria. Mas não voltou. A Água Plutão tinha dado resultado, com grande rapidez e eficiência.

Tinha que descobrir o que havia naquela coisa. E por que deixara de ser fabricada com o passar dos anos, se era um produto inacreditavelmente bom? Será que quem a tomava desenvolvia uma tolerância? A água possuía algum efeito colateral? Tinha que haver alguma circunstância, porque algo que teve o poder de neutralizar uma enxaqueca como aquela estaria valendo bilhões hoje em dia.

A pesquisa sobre a Água Plutão seria a prioridade do dia, decidiu na volta para o hotel. Subiu até seu quarto com um humor maravilhoso e cheio de energia. Mas, antes disso, precisava ligar para Alyssa Bradford.

Levou o telefone para a sacada, de onde podia ver, lá embaixo, um grupo de estudantes do ensino médio numa excursão ouvindo a fala arrastada de um caipira que lhes contava a história do hotel. Eric podia captar alguns pedaços do seu discurso — *O primeiro hotel West Baden foi destruído em um incêndio, e Lee Sinclair teve a determinação de substituí-lo por algo incrível... Construíram este lugar em apenas um ano, numa época em que não existiam os modernos equipamentos de construção... Se vocês colocarem as placas de vidro daquela cúpula lado a lado, formarão uma tira de 40 centímetros de largura por quase 5 quilômetros de comprimento* — até que encontrou o número do telefone dela e ligou.

— Então, Eric, o que achou? — disse ela. — Espantoso, não?

— Com certeza — respondeu ele. Agora que estava livre da dor de cabeça e das visões enganosas, podia reconsiderar e se dizer satisfeito por estar ali. — Mesmo vendo fotos, o hotel conseguiu me deixar sem fôlego. Ele parece tão fora do contexto.

— É isso mesmo! Esse hotel parece pertencer à Áustria, e não a Indiana. Já teve alguma sorte de encontrar algo sobre meu sogro?

— Apenas que há uma divergência quanto à idade dele — respondeu Eric. — Há alguma possibilidade de ele ter 116 anos?

— O quê? — disse ela, rindo. — Não, não há a menor possibilidade disso. Como foi que chegou a essa conclusão?

Ele contou a ela sobre o primeiro dia que teve na cidade — pelo menos, sobre o resultado da pesquisa que obteve. Não sentiu necessidade de mencionar o trem ou os violinos em sua cabeça. Tinha que ter cuidado com sua reputação profissional. Detestaria perder todos aqueles vídeos de casamentos devido a rumores sobre sua sanidade.

— Campbell Bradford não é um nome comum — disse ela. — Este outro deve ser algum parente dele.

— Era o que estava pensando — falou Eric —, mas meu contato daqui assegura que o Campbell que conhecia abandonou sua família em 1925. Deixou um filho chamado William, que viveu e morreu na cidade.

— Não sei o que dizer — respondeu ela —, apenas que ele não pode ser o meu sogro. Esta pessoa de quem você falou é muito mais velha.

— Certo. Seu sogro poderia ser o filho que este homem teve depois de ter ido embora, mas...

— Meu sogro cresceu na cidade.

— Sim. Além disso, pode ser que tenha encontrado um primo seu. Mas não penso que seja o tipo de pessoa que você convidaria para uma reunião em família.

Então, contou a ela sobre Josiah e a briga com Kellen Cage.

— Faço votos que ele *não* seja da família — disse ela. — Mas, se você descobrir que é um parente afastado, vá em frente e não o coloque no filme.

— Não se preocupe, não o procurarei mais.

— Já passou algum tempo com a garrafa? — perguntou Alyssa.

— Como assim, passar algum tempo?

— Você sabe, já descobriu algo sobre ela?

— Não — respondeu Eric. — Ainda não.

É claro que passara algum tempo com ela, mas não desejava revelar aquele tipo de pesquisa.

— Parece que seu sogro não gostou de vê-la quando a mostrei para ele no hospital.

— O quê? Você esteve no hospital?

— Sim. Só recebi sua mensagem na quinta-feira à noite. Fui vê-lo durante o anoitecer e tentei conversar com ele. Ele ficou nervoso quando lhe mostrei a garrafa, e por isso fui embora.

Fez-se um momento de silêncio, e então ela falou:

— Eric... Os médicos nos disseram que ele não fala nada desde segunda-feira. Não consegue se comunicar com a família, e eles acham que não poderá mais fazê-lo. Sua mente já foi embora, só o corpo ainda permanece vivo.

— Bem, ele falou comigo. Mostrou até senso de humor, tentou brincar comigo.

No momento em que falou aquilo, sentiu um véu de frieza se fechando à sua volta.

— Brincou? Não posso acreditar. E você filmou isso?

— Sim — disse ele. Ou, pelo menos, tentou dizer.

— E como foi?

— Devo ter isso gravado — respondeu. — Acho que sim.

— Isso seria muito especial para nós. Não posso acreditar. Você falou que foi na quinta-feira à noite. Isso foi três dias depois que ele deixou de falar.

— Sinto muito em saber disso — disse ele. — Detesto interrompê-la, Alyssa, mas tenho que ir agora. Tenho que... uma de minhas fontes está ligando. Por isso, preciso...

— Claro, vá. Mantenha-me informada e aproveite sua estada.

— Vou me esforçar ao máximo — disse ele, e desligou. Lá embaixo, o guia da excursão continuava com sua fala arrastada. Os estudantes pareciam ter uns 16 anos, a clássica idade do "fico-entediado-com-tudo", mas estavam calados e olhavam para todos os lados de uma só vez, abismados. Eric entendia por quê. Aquele lugar era capaz de prender a atenção de qualquer um.

Levantou-se devagar, entrou no quarto e retirou a câmera do estojo. Ela usava pequenos discos de DVD e ele colocara um virgem quando começara a filmar, no dia anterior. O que estava na câmera na ocasião era o que continha a visita que fizera a Campbell Bradford. Tirou da câmera o DVD que gravara em West Baden e colocou de novo o da visita a Bradford. Respirou fundo e encarou o teto.

— Ele falou, e isto vai estar aqui — disse. — Vai estar aqui.

Apertou o botão play.

Lá estava Campbell Bradford, deitado na sua maca. O rosto era igual ao que Eric se lembrava — emaciado, cansado e sem cor. Sem qualquer brilho nos olhos, mas aquilo durou apenas um segundo. Eric aumentou o volume do áudio e ouviu a própria voz.

O senhor vai conversar comigo?

Na tela, Campbell Bradford piscou devagar e respirou num chiado.

Vai conversar comigo?

Foi aí que ele respondeu, não foi? Eric olhara pelo visor antes de fazer a pergunta, e Bradford respondera pela primeira vez.

Mas, agora, ao ver o filme de novo, nada aconteceu. Bradford permanecia em silêncio. Certo, talvez Eric estivesse no ponto errado do DVD. Talvez tivesse falado um pouco mais, antes do velho embarcar na brincadeira.

Sua própria voz continuou:

Ótimo. Por onde quer começar? O que gostaria de contar?

Ah, merda. Agora ele estava respondendo a Bradford? Tinha que ser. Entretanto, na tela, o velho não proferira uma única palavra, sequer levantara a cabeça ou movera os lábios.

Posso lhe perguntar sobre outro assunto então?

Pausa. Nenhuma resposta dele.

O senhor só vai falar comigo quando eu o olhar pela câmera?

Em sua memória, com a maior clareza, Eric se lembrava que nesse ponto o velho sorrira. Na tela, sua boca nem tremeu.

Este é um senso de humor perverso.

— Não, não, não — falou Eric. — Ele estava falando. Ele estava *falando*.

Mas não estava. Não dissera uma palavra, não movera um músculo. E, no fundo, podia-se ouvir a voz gaguejada de Eric levando adiante um diálogo com ninguém. Como um... maluco.

— Não estou maluco — disse. — Não estou. Você falou, velho, você falou comigo, tenho certeza. Só não sei por que esta porra de câmera não mostra!

Estava quase aos gritos, embora entre dentes. Levantou-se com a câmera nas mãos e com o olho grudado na telinha. Pôde ver a si mesmo na tela com a garrafa verde nas mãos. Foi quando Campbell ficou nervoso, moveu-se, agarrou Eric pelo braço e começou a falar sobre o rio.

O quê?

Bem, eu achei que ela estava muito fria quando a toquei...

A voz de Eric foi cortada do áudio e ele se lembrou que Campbell o interrompera, mas não da maneira que estava gravado. Em vez disso, parecia que ele parara de falar no meio da frase. E o homem na cama do hospital não se movera ou proferira uma palavra.

O que, então? Do que o senhor está falando?

— Ele falou sobre o rio — disse Eric. — Sobre o rio frio.

Mas não houve conversa. Só Eric falou. O velho respondeu, segundo a câmera, em completo silêncio.

De que rio o senhor está falando?

Qual rio? Não estou entendendo o que o senhor está dizendo.

Senhor Bradford? Desculpe por ter lhe trazido a garrafa.

Senhor Bradford, eu gostaria de conversar com o senhor sobre a sua vida. Se não quer falar sobre West Baden ou sobre a sua infância, tudo bem. Vamos então falar sobre a sua carreira. Sobre seus filhos.

Só se ouvia a voz de Eric, nem uma palavra sussurrada por Campbell Bradford. O vídeo acabava aí. A gravação terminara e Eric permaneceu parado de pé, naquele quarto de hotel com a câmera na mão, enquanto insistia em olhar uma telinha toda azul.

Loucura, Eric ouviu dentro de sua cabeça. *Você está ficando louco. Verdadeiramente, literalmente fora de si. Ver coisas que não existem é uma coisa, mas manter uma conversa com miragens, companheiro, é algo que só acontece com quem é...*

— Eu não imaginei isso, porra — disse Eric. — Não imaginei nada disso. Tudo foi real, e não sei por que esta droga não mostra isso.

Ele voltou o DVD, reproduziu uma parte dele outra vez, viu a mesma coisa que vira antes e seu coração disparou.

— Merda — disse. — Aconteceu e a câmera estava ligada. Então, por que foi que não gravou, porra? Por que não gravou?

O vídeo continuava a passar e só se ouvia a voz de Eric.

— Vá se foder — disse para a câmera, com a voz trêmula. — É você. A culpa é *sua*.

Tinha que ser isso — a câmera. Só podia ser. Mas se ela não estava... quebrada, então o quê? Esta câmera era *maldita*. Porque Eric sabia que teve uma conversa com Campbell Bradford, sabia disso com a certeza de que sabia o próprio nome, e sabia que vira o trem e o redemoinho das folhas ontem à noite e, mesmo assim, tudo o que presenciara não ficara gravado, o que não lhe dava nenhuma opção senão pensar que esta câmera de merda estava infectada, era malévola, demoníaca...

Ergueu-a acima da cabeça, e a arremessou contra a beirada da mesa. Uma rachadura surgiu no invólucro de proteção, mas o resto permaneceu intacto. Era robusta, bem construída. Valeu mesmo, Paul. Levantou-a e bateu outra vez com ela. E outra vez.

Agora, estava aos berros, e não eram palavras, mas sim sons guturais enquanto erguia a câmera e batia, erguia e batia, erguia e batia.

Só parou quando a armação ficou reduzida a cacos e o tapete coberto de pedaços de plástico. Então, se abaixou, com a respiração ofegante, e deu um chute nos destroços, que foram parar na outra extremidade do quarto, após deixar um rastro de peças soltas pelo caminho.

— Pronto — falou baixinho. Caiu na cama com a cabeça entre as mãos e seu peito se ergueu num suspiro profundo.

Segunda Parte

OS TRENS NOTURNOS

15

HAVIA 11 LATAS DE cerveja na geladeira quando Josiah chegou em casa na sexta-feira à noite, e ele bebeu nove delas antes de cair no sono em algum momento entre as horas silenciosas que antecedem a madrugada. Dormiu na varanda, pois a última coisa de que se lembra foi o vento começando a soprar, e mesmo achando que seria melhor ir para dentro, o sono induzido pelo álcool foi mais forte e o derrubou com suas mãos pesadas.

E muitos sonhos vieram com isso.

No primeiro, ele estava na cidade, numa rua estranha, cercado de edifícios desconhecidos. Tudo era cinzento, como em uma fotografia antiga, e o vento que soprava entre as esquinas de concreto enchia seus olhos de poeira. O pó era tão doloroso que o obrigou a recuar e virar de costas, e ao fazer isso percebeu que os carros estacionados ao longo da rua eram todos antigos com os faróis do tamanho de pratos de sopa e estribos largos.

Não havia ninguém nas calçadas, ninguém à vista, mas, apesar disso, ele teve a sensação de que o lugar era do tipo agitado, com muito movimento. Um barulho poderoso e insistente contribuía para essa impressão, e então ouviu o barulho de um apito de vapor mais alto do que tudo e soube que tinha um trem por perto. Virou de costas mais uma vez, para o vento e a poeira, e viu a locomotiva se aproximando pela calçada em sua direção. Recuou alguns passos quando ela passou fazendo um imenso ruído, que deixou o ar ainda mais empoeirado, a sujeira entrando em seus olhos enquanto colava suas roupas ao corpo. As enormes rodas de metal tocavam a calçada diretamente, sem trilhos sob elas, arrancando a fina camada de concreto, e Josiah percebeu que a poeira vinha dali.

Levantou as mãos para proteger o rosto, quando ouviu o trem diminuir de velocidade e percebeu que os vagões começaram a tomar forma: portas corrugadas, escadas de ferro e pares de fechos como punhos de aço. Tudo era cinzento, nada naquele mundo tinha cor. Então, ele se voltou para a esquerda, observou a longa linha de vagões que ainda estavam por vir e percebeu um que era vermelho e branco. A cor vermelha tinha a forma de um demônio, com a cauda pontuda e um tridente nas mãos, e a palavra *Plutão* encontrava-se escrita acima; tudo isso pintado na lateral de um vagão de carga imaculadamente branco. Quando esse carro se aproximou, ele pôde ver um homem projetado para fora da porta, segurando com apenas uma mão, e acenando com a outra. Acenando para Josiah. O homem não lhe era familiar, mas, mesmo assim, de alguma forma, Josiah o conhecia muito bem.

O trem vinha muito devagar agora, e Josiah se aproximou quando o vagão Plutão se aproximou. O homem nele usava um terno marrom amarrotado e polainas esfarrapadas sobre os sapatos velhos, um chapéu-coco posto de lado sobre uma densa cabeleira negra. Estava sorridente quando o apito soou como um grito, e o trem estremeceu e parou.

— Está na hora de seguir em frente — falou o homem. Ele estava pendurado no vagão de carga justamente acima de Josiah, que quase podia tocá-lo.

Josiah perguntou sobre o que ele estava falando.

O homem repetiu:

— É hora de seguir em frente. — Tirou o chapéu e acenou para a locomotiva. — Não vai ficar parado aqui para sempre. É melhor se apressar.

Josiah perguntou para onde iam.

— Para o sul — respondeu o homem. — Para casa.

Josiah admitiu que não se importaria de ir para casa, pois não conhecia aquele lugar e nem gostava muito dele. Mas como teria certeza de que o trem o levaria para lá? Sua casa ficava num lugar chamado French Lick, em Indiana.

— Esta é a linha de Monon — falou o homem. — A linha de *Indiana*. Claro que estamos indo para French Lick. E para West Baden também. É melhor entrar logo.

Josiah disse se lembrar que a linha de Monon não estava em uso há mais de quarenta anos. O homem sorriu enquanto colocava o chapéu de volta na cabeça e o apito soava.

— Pode até ser — respondeu. — Mas, se há outro jeito de ir para casa, eu não conheço.

Ele fez um movimento então, e voltou para dentro do vagão de carga. Algo respingou para fora e Josiah viu que agora o homem estava de pé sobre a água, que ensopava seus sapatos e suas polainas esfarrapadas.

— É melhor seguirmos em frente — falou o homem de novo. O trem começou a se mover, e a água que saía do vagão molhava a calçada. — Eu lhe falei, não ficamos parados aqui para sempre.

Josiah perguntou se o homem tinha certeza de que estavam indo para onde ele queria.

— Sim — respondeu o homem. — Estamos indo para casa para pegar o que é seu, Josiah.

O trem se moveu e Josiah começou a andar atrás dele, aumentando o ritmo em seguida para passadas maiores, e logo tudo isso virou uma corrida que lhe deixou sem fôlego. Chegou bem perto do trem, mas a força dos vagões que passavam fez com que ele rodopiasse e tropeçasse. De repente, aquele sonho acabou e ele emendou em outro.

Desta vez, ele se viu num campo aberto. Um campo dourado de trigo, que se curvava ao vento e que estava vermelho ao pôr do sol. As sombras se estendiam até o lado oposto do campo, onde havia uma fileira de árvores sobre as quais despontava a poderosa cúpula do hotel West Baden Springs. Era hora de se preparar e começar o trabalho. Josiah sabia disso, e sabia também que tinha que se apressar, porque aquele campo era enorme e o vento que soprava forte dificultava ainda mais a sua caminhada.

Inclinou-se contra a ventania e caminhou com determinação, mas o sol se punha com muita rapidez e a lua se elevava ao lado dele exatamente na mesma velocidade, como alguém puxando a corrente de um relógio de parede. Num instante, o dia ficou escuro e pesado. A cúpula do hotel resplandecia sob o luar e o vento ficou frio, muito frio, e Josiah parecia não ter saído do lugar, tendo tanto campo de trigo à sua frente quanto havia antes de começar a andar. Quando a escuridão aumentou, conseguiu distinguir um homem na fileira de árvores. Era o mesmo homem que vira no trem, com seu chapéu-coco e as mãos enfiadas nos bolsos da calça. Balançava a cabeça na direção de Josiah. Parecia insatisfeito com ele. Insatisfeito e zangado.

O segundo sonho desapareceu, e foi substituído pelo calor, um desconfortável calor atroz que, em um momento, acordou Josiah. Quando abriu os olhos, viu que o sol brilhava alto, e se refletia no para-brisa da caminhonete direto no seu rosto.

Levantou-se entre resmungos, tropeçou, agarrou-se no corrimão da varanda e sentiu a velha pintura dele descascando sob a palma de sua mão. Sentiu o rosto latejar e só então lembrou-se da noite anterior, do homem com sua barba por fazer e do negro com o soco de esquerda certeiro e rápido. Tateou em volta do olho com a ponta dos dedos e, pelo toque, percebeu como devia estar. A raiva foi tamanha que se apossou dele e o fez dormir.

A cerveja deixara sua boca seca, mas não sentia dores no estômago ou na cabeça. Raios, ele se sentia bem. Levara um soco no olho, tomara um porre e dormira sentado numa cadeira de plástico, mas, de alguma forma, sentia-se bem. Sentia-se forte.

O telefone começou a tocar. Ele entrou, atendeu e ouviu a voz de Danny.

— Josiah, onde diabos você se meteu ontem à noite?

— Não estava muito a fim de ficar lá. Precisava dormir.

— Mentira. Soube que você foi até o Rooster's e levou uma porrada na cara de um...

— Não se preocupe com isso — disse Josiah. — Escute, já acabou com as comemorações dos 2.500?

— Foi isso que te deixou chateado, a minha sorte? Foi isso? Merda, Josiah.

— Não foi nada disso. Só perguntei se você ainda se sentia o maioral cheio da grana?

— Só estou contente. Levei um tranco depois, perdi uns 800, mas ainda tenho mais de 1.500. A noite não foi nada má.

— É, não foi. Mas foi suficientemente boa? Você tem tudo o que precisa?

— Como assim?

Josiah voltou-se e olhou pela janela, para aquele dia ensolarado.

— Chegou a hora de fazermos dinheiro de verdade, Danny. Chegou a hora.

16

Uma hora depois de Eric ter visto o vídeo, ainda continuava com um olhar incrédulo, encarando o que restara da sua câmera, tentando entender o que diabos estava acontecendo, quando o seu celular tocou.

Era Claire. Ela ligou, mesmo Eric tendo dito que não poderia atendê-la por algumas semanas. Segurou o celular na mão, mas não atendeu. Não podia falar com ela agora, não no estado em que se encontrava. Um minuto depois de parar de tocar, ele foi checar se ela deixara alguma mensagem. O som da voz dela quebrou algo dentro dele, fez com que seus ombros caíssem e seus olhos se fechassem.

— Sei que você está em Indiana — disse ela —, mas só queria saber como anda. Estava pensando em você... Pode me ligar de volta, se quiser. Se não tiver vontade, eu entendo. Só queria saber se você estava bem.

Uma semana atrás ele teria ficado furioso. *Saber como eu estou? Saber se eu estou bem? Só porque você não está aqui eu não deveria estar bem?* Entretanto, hoje, sentado no chão daquele quarto de hotel e cercado por cacos da câmera, não poderia deixar de responder. Ligou de volta.

Ela atendeu ao primeiro toque.

— Oi? — disse ele.

— Oi. Recebeu minha mensagem?

— Sim.

Silêncio.

— Bem, não queria incomodar. Foi só porque, na verdade, você não falou para onde estava indo e nem quando voltaria, então...

— Tudo bem. Eu deveria ter explicado melhor. Desculpe.

Ela ficou quieta por alguns segundos, como se essa frase a tivesse surpreendido. E provavelmente a surpreendeu.

— Está tudo bem com você? — perguntou ela. — Parece um pouco distante.

— Eu tenho estado... Claire, estou tendo visões.

— Como assim, você está...

— Vendo coisas que não fazem parte da realidade — respondeu ele, e sentiu algo grosso no fundo de sua garganta.

Fez-se o silêncio e ele se preparou para o desprezo e a gozação. Mas, em vez disso, ouviu a porta sendo fechada e um barulho metálico que ele conhecia muito bem — ela jogou a chave do carro na travessa de cerâmica que ficava ao lado da porta. Claire ia sair, mas decidira ficar.

— Fale-me mais sobre isso — disse ela.

Ele falou durante cerca de vinte minutos, deu mais detalhes do que pretendia, lembrou cada palavra dita por Campbell Bradford sobre o rio frio, descreveu o trem, o cascalho que vibrara sob seus pés e a tempestade furiosa que veio em seguida. Ela ouviu tudo em silêncio.

— Sei o que você vai dizer — disse ele, ao acabar de falar sobre o homem no vagão de carga. — Mas não é bebida, não são comprimidos, não é...

— Acredito em você.

Ele hesitou.

— O quê?

— Acredito que não seja bebida ou os comprimidos — respondeu ela. — Porque isso já aconteceu uma vez. Você já teve visões como essas antes.

— Não como essas. Você está se referindo àquela vez nas montanhas, mas...

— Essa foi uma, mas houve outras. Lembra do Infiniti?

Aquilo o fez parar. Merda, como foi que se esquecera do Infiniti? Talvez porque queria esquecer.

Eles estavam à procura de um carro novo para Claire, ainda na Califórnia, quando as coisas iam bem e as ofertas de trabalho choviam. Então foram a um revendedor Infiniti para experimentar um cupê G35 que ela gostara. O carro era novo em folha, e ela não queria gastar todo aquele dinheiro, mas Eric se sentia cheio de si e poderoso, e disse que dinheiro não era problema. Dessa forma, saíram com o carro — os dois iam na frente e um revendedor gordo, com mãos afeminadas, estava sentado no banco de trás tagarelando sem parar sobre as características incríveis e infindáveis do carro: navegação, controle preciso do ar-condicionado, assentos aquecidos, tratamento para os pés, massagens tranquilizantes, uma mão mecânica que saía por baixo do painel e coçava o seu saco se você quisesse. A voz dele começou a irritar Eric, mas era Claire quem estava na direção, e, afinal, o carro era para ela, e assim ele recostou-se no banco e fechou os olhos por um momento.

Ele jurou, horas depois, ter ouvido o som de metal rasgando. Acreditava nisso piamente. Escutara o barulho de metal se dilacerando, o som agonizante de carro contra carro, algo que pertencia apenas a ferro-velho ou a locais de desastres. Então, deu um pulo no banco do carro, abriu os olhos e viu o para-brisa quebrado, com rachaduras semelhantes a uma teia de aranha. Virou-se para Claire e viu sangue escorrendo da sua testa e sobre os seus lábios e queixo, e o pescoço pendendo para o lado direito, sem vida.

Soltou uma espécie de arfada ou grunhido ou grito. Claire freou e olhou para ele, enquanto o cara no banco de trás finalmente ficara quieto. Eric piscou os olhos e a estrada rodopiou ao seu redor mas, em seguida, focou o olhar e constatou que todos estavam bem, o carro estava intacto, o para-brisa, perfeito, o rosto de Claire, suave e bronzeado e sem uma mancha de sangue.

A desculpa que arranjou na hora — algo como distúrbio alimentar — satisfez ao vendedor, mas não a Claire, e, quando os dois voltavam ao estacionamento, ela o colocou contra a parede e perguntou o que tinha de errado. Eric disse apenas: *Nem pense em* comprar *este carro*. Não falou mais do que isso, nem pôde descrever o jeito que ficara o rosto dela naquela visão terrível.

Cinco dias depois, Claire trouxe para casa um exemplar do *Times*, enquanto ele tomava café na cozinha, e o largou na frente dele. Apontou para um artigo que falava sobre a filha de um executivo da indústria fonográfica que batera com seu Infiniti G35 novinho contra um poste a 110 por hora. O carro era vermelho e fora comprado no Martin Infiniti, a mesma revendedora na qual tinham estado. Diante disso, Eric finalmente contou tudo, contou-lhe o que ela já sabia. Então, tentou convencê-la de que podia ser outro carro do mesmo modelo e cor.

— Na verdade, já tinha esquecido disso — disse ele agora. — Mas nem mesmo isso chega perto do que tenho visto ultimamente, Claire. A conversa com o velho, o trem... pareceram muito reais. Durante aqueles momentos, eram absolutamente reais.

— Porém, naquela ocasião você sofreu um fenômeno parapsico...

— Ah, pare, não quero ouvir essa palavra.

— Naquela ocasião você teve *visões estranhas*. Melhorou? Visões que pareceram reais também. Conseguiu relacionar objetos ou lugares com coisas que aconteceram ou que iriam acontecer. Então, por que não acreditar que o que está acontecendo agora é algo parecido?

— Porque é muito mais intenso...

— E essas experiências vieram através de um contato externo — disse ela. — Você bebeu a água, Eric. Você a ingeriu.

— A água.

— Claro. Não acha que pode ser ela que está causando essas reações?

Na verdade, suspeitei da câmera que seu pai me deu. Tive até que acabar com ela. O que essa reação tem de lógica?

— Nem tive tempo para levar essa possibilidade em consideração — disse ele. — Mas a visita que fiz ao velho no hospital aconteceu dias depois de provar a água pela primeira vez. Parece tempo demais para uma droga permanecer no seu organismo.

— Não é uma droga, Eric. É *você*.

— O quê?

— Você está conectado a isso, do mesmo modo que esteve ligado a outras coisas antes. O carro, o velho acampamento indígena nas montanhas, coisas como essas. E não me surpreendo ao ouvir você falando que essa experiência parece mais forte, mais intensa, porque as anteriores eram apenas coisas para as quais você *olhou*. Dessa vez, você ingeriu.

Alongaram a conversa por mais algum tempo, e foi incrível como ele se sentiu melhor depois do fim do telefonema. Claire não apenas aceitara sua versão sobre o que acontecera, como também lhe trouxera lembranças que as confirmaram. São novamente. Como era bom estar de volta.

Sentiu uma pontada de vergonha pela maneira com que despejou tudo em cima dela, e o jeito como ela o escutou. Depois de toda a frieza recente, ele se voltou a ela num momento de necessidade e Claire permitiu que fizesse isso.

Eric percebeu que aquela fora a conversa mais longa que tiveram desde a separação. A mais longa, de fato, que não envolvera discussões, gritos dele ou choro dela. Mais uma vez falaram como companheiros. Quase como marido e mulher.

Aquilo não mudava nada, é claro. Mas ela estava lá quando ele precisou, o que não era pouca coisa. Não mesmo.

Lá quando sua presença era importante: assim era Claire. Sempre e eternamente, aquela era Claire. Até o retorno para Chicago, até ele não ter qualquer trabalho ou perspectiva. E aí, onde ela estava?

Lá. Na sua casa. E você foi embora e nunca mais voltou. Mas ela ainda está lá, está lá e você foi quem a abandonou...

Dane-se. Um telefonema não consertava um casamento, mas fora bom conversar com ela e ele se sentia bem melhor do que estava antes. Abalado, porém aliviado. Era como quando se sente depois de ter tido uma dor de estômago — instável, porém satisfeito por ela ter acabado.

A água fazia sentido. Ela fornecia alguns elementos lógicos para o que parecia, há uma hora, completamente ilógico. E aterrorizante.

Tudo bem, então. Hora de encarar o dia. Tinha pesquisas a fazer e concluiu que seria uma ótima ideia começar pela água mineral. Não havia mais razão alguma para ficar no quarto, encolhido e questionando a própria sanidade. As dores de cabeça tinham desaparecido por enquanto. Era melhor ir à luta. Pena ele não ter mais a câmera que precisava para realizar seu trabalho.

Mas quebrá-la tinha sido um alívio. Observar sua destruição, vê-la se despedaçar contra a beirada da mesa, ver outra coisa pagando o preço pela sua própria dor, pelo seu próprio medo. Sim senhor, aquilo foi muito bom.

Tentou imaginar como Claire reagiria àquele gesto. Algo lhe disse que ela não se surpreenderia.

A empresa Plutão ficava num prédio comprido, de pedras cor de manteiga. Do lado de fora, havia dois reservatórios enormes e uma fila de janelas antigas, cada uma delas formada por mais ou menos quarenta pedaços de vidro, e algumas estavam abertas para deixar o ar circular. A entrada levou Eric até um lance de escada, e no topo ele encontrou o escritório. Entrou e explicou o que desejava a uma moça bonita de cabelos castanhos, sentada atrás de uma mesa.

— Se deseja conversar sobre a história da empresa, a melhor sugestão que lhe dou é ir ao hotel — disse ela.

— Estou interessado na história sim, mas também quero saber sobre a água. Coisas como sua composição e para o que serve.

— Para o que serve?

— Vi algumas das propagandas antigas, que diziam que ela era capaz de curar quase tudo.

— Só há uma coisa que a água sempre curou... — Ela esperou pela pergunta, *o que é?* Como não veio, inclinou-se na direção dele e falou: — Ela o faz cagar, senhor. É só. A Água Plutão não é nada senão um laxante.

Ele sorriu.

— Isso eu percebi, mas o que estou tentando fazer é descobrir algo sobre a lenda que a envolve, o folclore.

— Novamente, não poderemos lhe responder. A única coisa que temos em comum com a empresa original é o nome. Não produzimos mais aquela água.

— O que produzem, então?

— Produtos de limpeza — respondeu a mulher. — Coisas como água sanitária. — Então, sorriu e acrescentou: — Bem, suponho que tenha alguma coisa em comum, afinal. Limpeza, certo? Porque a água antiga servia para limpar o seu...

— Entendi — respondeu ele. — Ótimo, muito obrigado pelas informações.

No fundo da sala, havia uma mulher mais velha sentada a outra mesa, que prestara atenção à conversa, com olhos curiosos que o fitavam por cima dos óculos. Quando ele se virou com a intenção de ir embora, ela falou.

— Se deseja saber sobre o mito daquela água, deveria procurar por Anne McKinney.

Ele parou na porta.

— Ela é historiadora?

— Não. É apenas uma moradora local com mais de 80 anos, mas que tem uma cabeça melhor do que a maioria das pessoas e uma memória que dá de dez a zero em qualquer um. O pai dela trabalhava na antiga av. Plutão. Ela irá responder a qualquer pergunta que o senhor possa pensar e a muitas outras que não pensou.

— Parece perfeito. Onde posso encontrá-la?

— Bem, siga pelo Larry Bird Boulevard, a rua onde estamos, vá até o topo da montanha e continue até sair da cidade. Lá encontrará a casa dela. É uma bela casa azul de dois andares, uma varanda grande, alguns cata-ventos no jardim e sinos de ventos por toda a varanda. Termômetros e barômetros também. Não tem como errar.

Eric ergueu as sobrancelhas de curiosidade.

— A velha Anne está à espera de uma tempestade — falou a senhora de cabelos grisalhos.

— Entendo. Será que ela vai ficar aborrecida se eu chegar assim de supetão, ou devo ligar para ela primeiro?

— Acho que ela não vai se importar, mas, se não quiser ir à casa dela, o senhor pode ir até o hotel West Baden Springs por volta das 2 horas da tarde. Ela sempre vai para o bar do hotel, tomar um drinque.

— Um drinque? Achei que tivesse dito que ela tinha 80 e muitos anos, não?

— Isso mesmo — disse a senhora grisalha, com um sorriso.

17

DE TARDE, O BARÔMETRO mostrou que a pressão estava em 30.20, um pouco mais alta do que pela manhã. A temperatura era de 27ºC, mas Anne achou que hoje não seria tão quente quanto o dia anterior, devido a uma brisa leve e algumas nuvens que sopravam do sudoeste. Eram nuvens ralas, não de tempestade. Pelo menos ainda não.

Passou a manhã lavando roupa. Nesses novos tempos, lavar roupa não era mais uma tarefa que durava muitas horas, mas as máquinas de lavar e de secar ficavam no porão, e aqueles degraus estreitos de madeira já começavam a lhe trazer problemas. Ela podia usá-los, sem dúvida, só que um pouquinho mais devagar. O mesmo se aplicava a muitas outras coisas que fazia hoje em dia. Todas não deixavam de ser feitas, porém só um pouquinho mais devagar.

Por volta das 11 horas, já lavara toda a roupa. Preparou um chá gelado e foi para a varanda com o jornal. Ela nem se lembrava mais há quanto tempo assinava o *New York Times*. Era importante saber o que acontecia no mundo, e a última vez que confiara na TV foi também a última vez em que Murrow* apareceu nela.

Ao meio-dia, verificou a temperatura, a direção e a velocidade do vento, a pressão atmosférica e anotou os dados em seu caderno. Tinha anotações das cinco leituras diárias que fazia há mais de seis décadas.

---

* Provável referência a Edward R. Murrow, jornalista americano famoso por ter sido um dos pioneiros do noticiário na televisão. (*N. dos T.*)

Dariam um registro interessante, se alguém se importasse com seu trabalho. Ela suspeitava que não haveria muita gente.

Seus hábitos de predizer o tempo tinham raízes na infância. E no medo. Quando era menina, ficava aterrorizada durante as tempestades e se escondia debaixo da cama ou no armário assim que os trovões e os raios começavam. Seu pai achava aquilo divertido — ela ainda se lembrava da risadinha baixa e suave dele quando vinha tirá-la de debaixo da cama —, mas sua mãe achava que algo tinha que ser feito a esse respeito e encontrou um livro infantil sobre tempestades, com ilustrações de nuvens escuras e carregadas, tornados e mares revoltos. Anne tinha 7 anos quando ganhou a obra. Um ano depois, a capa tinha soltado devido ao intenso manuseio de sua leitura.

— Você não deve ficar com medo delas, porque isso não vai fazer diferença — dizia a mãe. — Não fará com que parem, não lhe trará nenhuma segurança. Respeite as chuvas e tente entendê-las. Quanto mais as compreender, menos medo terá.

Então, Anne voltava para o livro mais uma vez e se obrigava a ficar na janela quando uma tempestade se formava, observando as árvores vergarem e as folhas voarem pelo ar enquanto a chuva fustigava a casa e batia nos vidros. Resolveu pesquisar na biblioteca, onde encontrou mais livros e continuou a estudar o assunto. Se fosse numa época mais recente, provavelmente faria o curso de meteorologista na Universidade de Purdue. Mas, naquele tempo, as coisas não eram assim. Ela tinha um namorado e casou-se logo que terminou a escola; veio a guerra e ele foi enviado para o exterior. Ela teve que arranjar um emprego e depois o marido voltou e de repente eles tinham filhos para criar. Filhos que ela mesma já enterrara, a pior coisa que um ser humano pode enfrentar. A filha se foi aos 30, vítima de câncer, e o filho, aos 49, morto por um derrame. Nenhum dos dois lhe deu netos.

Pensava no filho quando avistou pela primeira vez o carro se aproximando devagar pela estrada, lembrando do dia em que ele caíra daquela mesma varanda sobre um vaso de plantas no jardim e fraturou o pulso. Tinha só 5 anos na época e tentava ficar de pé sobre o corrimão, querendo impressionar sua irmã. Meu Deus, como o menino chorou. O carro parou em frente à entrada da casa, e seus pensamentos deixaram o passado e ela se levantou. O vento soprou um pouco mais forte quando o carro estacionou, os sinos de vento da varanda tocaram e um pouco da poeira do assoalho de madeira levantou. Ela o varria duas vezes por dia, mas a poeira do mundo nunca se acabava.

O visitante saiu do carro, um homem com cabelo curto, cuja cor ficava entre o castanho e o louro. Precisava fazer a barba, mas parecia bem limpo.

— Anne McKinney? Informaram-me sobre a senhora em French Lick — disse ele ao fechar a porta do carro e ir em direção aos degraus da varanda, assim que ela o convidou a entrar. — Estou interessado na Água Plutão. Na velha história, no mito. Talvez a senhora possa me ajudar com isso?

— Ah, posso sim. No dia em que eu não tiver mais vontade de contar velhas histórias, é melhor chamar o coveiro, pelo menos para bater com sua pá na minha cabeça. Entretanto, antes preciso fazer uma ressalva. Quando eu começar a falar, é melhor que você se acomode confortavelmente. Sou conhecida por não parar de tagarelar.

Ele sorriu. Era um sorriso bonito, caloroso e sincero.

— Madame, tenho muito interesse e todo o tempo do mundo.

— Então, suba e se sente.

Ele subiu os degraus e estendeu-lhe a mão.

— Meu nome é Eric Shaw. Sou de Chicago.

— Ah, Chicago. Sempre amei aquela cidade. Faz anos que não vou lá. Mas me lembro de andar algumas vezes no trem de Monon. Na verdade, foi em Chicago que eu e meu marido passamos a lua de mel. Foi na primavera de 1939. Eu tinha 18 anos.

— Quando foi que o Monon parou de fazer essa viagem?

— O trem encerrou todas as suas viagens em 1973.

Há 35 anos. Ela não levava datas muito em conta, mas falou duas e ambas soavam muito longínquas. De fato, lembrava-se bem do dia em que o Monon fizera sua última viagem. Ela e Harold foram até a ponte de Greene County para vê-lo passar e receber acenos de despedida por todo lugar. Ninguém sabia muito bem para o que acenavam, para o que davam adeus. Talvez para uma Era. Um mundo.

— Cada um dos hotéis daqui tinha a própria estação de trem — disse ela. — Hoje em dia isso é difícil de acreditar, não? Mas já estou mudando de assunto, e isso antes mesmo de começarmos. O que você quer saber sobre a Água Plutão?

Ele se sentou na cadeira, de frente a ela, pegou um daqueles gravadorezinhos e lhe dirigiu um olhar cheio de perguntas.

— Ah, claro, se você quiser me ouvir falando uma segunda vez sobre essas coisas, não faça cerimônia.

— Obrigado. Eu me pergunto se a senhora seria capaz de me falar sobre os efeitos... mais incomuns da água.

— Incomuns?

— Sei que as pessoas acabaram percebendo que ela não passava de um laxante, mas a água tinha a fama de ser muito mais do que isso.

Ela sorriu.

— Realmente, era muito mais do que isso. Durante um tempo, a Água Plutão foi conhecida por servir para qualquer coisa, menos colocar um homem na lua. A resposta mais popular para sua pergunta é que as pessoas ficaram mais espertas à medida que os anos passaram, e aprenderam mais sobre ciência e saúde, e descobriram que aquelas qualidades medicinais não passavam de uma propaganda enganosa. Mas a companhia sobreviveu ainda por umas boas décadas, porém privilegiando a ação laxante da água, classificando-a como o melhor laxante do mundo. Então, as pessoas também viram que não era bem assim ou encontraram um produto melhor, e a Água Plutão tornou-se ultrapassada. Foi rapidamente esquecida, até desaparecer por completo.

— A senhora mencionou que essa é a resposta popular — disse Eric Shaw. — Existe alguma outra?

Isso fez com que ela sorrisse de novo, enquanto imaginava como seu pai reagiria àquele homem, caso ainda estivesse vivo. Porque, a esta altura, ele já teria se levantado da cadeira, tirado o cachimbo da boca e gesticulado, como se com isso pudesse reforçar seu argumento. Tudo o que aquele pobre homem desejava era uma plateia para ouvi-lo divagar sobre suas teorias em relação à Água Plutão.

— Bem, na verdade, já escutei versões diferentes — disse ela. — Meu pai trabalhava na companhia, entende? E, pela maneira que contava, a água mudou com o passar dos anos. No início, era engarrafada fresca, direto da fonte, e o que se bebia basicamente era o que saía da mina. O problema que tiveram que enfrentar foi que a água estragava. Tentaram colocá-la dentro de barris e tonéis, mas ela passava da validade muito rápido. E ficava imprópria para ser consumida. Isso não era nenhum problema, até que perceberam que podiam ganhar bastante dinheiro exportando-a. Então, tiveram que encontrar uma boa solução para a dificuldade de conservação.

— Pasteurização?

— Mais ou menos. Ferviam a água para livrá-la de alguns gases e adicionavam dois tipos diferentes de sal para torná-la mais resistente à deterioração. Depois de bolarem esse processo, passaram a engarrafá-la e exportá-la para o mundo todo.

Eric Shaw assentiu, porém não disse uma palavra, esperando que ela se aprofundasse mais. Anne estava gostando. Hoje em dia, as pessoas eram muito impacientes, sempre tinham pressa.

— A companhia, e as pessoas que trabalhavam nela juraram que nada mudava na água depois dela ser fervida e de receber os sais.

— Mas seu pai não concordou com isso — disse ele, e a velha riu.

— Ele suspeitou que o processo de preservação mudava os efeitos que a bebida podia produzir.

— E a senhora não acreditou nele.

— Eu talvez quisesse acreditar que a água fresca da fonte tinha mais efeitos do que aquela coisa engarrafada que exportavam. Isso não é verdadeiro para a maioria das coisas? O tomate da sua horta não tem um gosto diferente daquele que você compra no mercado?

— Claro.

— Ele também achava que a Água Plutão natural era especial e tinha poderes espantosos, mas que havia certas fontes por aqui que iam mais além. Este lugar está cheio de outras fontes minerais, algumas grandes, outras menores, mas são muitas.

— A senhora já ouviu algum rumor que a água causasse alucinações?

Ao ouvir aquilo, ela arregalou os olhos e sacudiu a cabeça.

— Não, nunca.

Ele tentou esconder seu desapontamento com a resposta, assentiu e rapidamente fez uma nova pergunta.

— E quanto à temperatura? Eu... ouvi dizer que ela sempre permanecia extraordinariamente fria. Que havia alguma... reação química, acho, e que se alguém deixasse as garrafas expostas a um ambiente aquecido, elas permaneceriam frias, até mesmo um pouco congeladas.

— Bem — disse Anne — não sei de onde você está tirando suas histórias, mas elas parecem fantasiosas. Jamais ouvi nada disso.

Ele ficou em silêncio por instantes, preocupado, como se estivesse em busca de algo.

— Mas a senhora tinha a água que fora preservada ou fortificada, certo?

— Sim.

— E se fosse a água fresca, engarrafada antes de passar por aquele processo?

— Teria que ser água de antes de 1893, acho — disse ela. — Na verdade, não posso falar muito sobre isso, pois nunca ouvi nada sobre uma temperatura fria, fora do comum.

— O que aconteceria se a senhora bebesse a Água Plutão que não foi processada?

— Bem, como falei, depois de certo tempo, ela perdia a validade.

— E se mesmo assim alguém a bebesse?

— Se alguém tivesse a coragem de colocar aquilo garganta abaixo — disse Anne — acredito realmente que poderia ser fatal.

Aquilo pareceu abalá-lo. Lambeu os lábios e olhou o piso da varanda com cara de quem estava enjoado. Ela franziu a testa ao ver sua reação, sem saber o que pensar de todas aquelas perguntas, e sobre o que aquilo tudo significava.

— Você se incomoda de me dizer em o que exatamente está trabalhando?

— Na história de uma família.

— De alguém que trabalhou na Plutão?

— Não, mas estou tentando reunir tanta história quanto possível. O resultado de meu trabalho será um filme, mas hoje estou apenas num levantamento preliminar.

— Quem encheu sua cabeça com essas histórias sobre a água?

— Um velho em Chicago — disse ele, e antes que ela pudesse tecer qualquer comentário indagou: — Escute, há algum rio por aqui?

— Rio? Bem, não aqui, na cidade. Mas há um riacho.

— Mas me falaram de um rio.

— O rio White não fica muito longe. Tem também o rio Lost.

O vento soprou mais forte e fez soar os sinos de vento, um som que nunca cansava Anne. Ela virou a cabeça e olhou além de Eric Shaw, para o jardim onde giravam as pás de seus cata-ventos. E elas giravam bem, ao sabor da brisa. Entretanto, nenhum sinal de tempestade, nada além de sol e nuvens brancas. Era estranho o vento soprar dessa maneira, sem uma tempestade...

— O rio Lost?

A pergunta dele fez com que a mente da velha voltasse. Era um pouco embaraçoso ser pega assim distraída, mas aquele vento fora estranho e chamara a atenção dela.

— Sim, desculpe. Estava ouvindo os sinos de vento. Ele é chamado rio Lost porque uma grande parte dele é subterrânea. Mais de 32 quilômetros, se não me engano. Aparece aqui e ali e desaparece outra vez.

— Isso é fantástico — falou Eric Shaw, e Anne sorriu.

— Tudo o que foi usado na construção destas cidades veio do subsolo. Eu ando por estes hotéis e penso que, na verdade, eles não existiriam se não fosse pela água que borbulha do subsolo daqui. Se você não acha que existe um toque de mágica em tudo isso, bem, não sei o que posso lhe dizer.

— Era isso que eles pretendiam representar com Plutão, certo?

— Sim. Ele é a versão romana de Hades, que não tem uma conotação muito boa para muitas pessoas, mas há uma diferença entre o Inferno e o Mundo Inferior da mitologia. Meu pai estudou um pouco esse assunto. Do jeito que ele entendeu, Plutão não era o demônio. Era o deus das riquezas encontradas nas profundezas da terra. Foi por isso que deram esse nome à companhia, sabe? Uma coisa que meu pai sempre achou curiosa é que todos os mitos apresentam Plutão como aquele que cuida dos mortos nas margens do rio Estige antes deles fazerem a travessia para serem julgados. Assim, Plutão era, de fato, um hospedeiro. E o que foi que se seguiu à água nesta cidade?

Ela abriu os braços e fez um gesto expansivo que parecia dirigido para além do vale onde morava, indo até o vale das fontes.

— Hospedarias. Hotéis lindos e incríveis.

Ela riu, dobrou os braços e repousou as mãos de volta no colo.

— Meu pai deve ter pensado muito sobre essas coisas.

Permaneceram em silêncio por um tempo. Seu visitante parecia ter algo mais na cabeça e ela estava contente por estar ali sentada, vendo os cata-ventos que giravam e o cantar dos sinos de vento.

— A senhora falou que conhecia muito essa água — disse ele, por fim. — Acha que conseguiria reconhecer uma garrafa se eu a trouxesse para cá? Será que poderia me dizer de que época seria?

— Com certeza. Na verdade, tenho algumas delas lá em cima, com rótulos que mostram os anos de fabricação. Talvez possa encontrar outra igual à sua. Onde você está hospedado? No French Lick ou no West Baden?

— No West Baden.

— Irei lá esta tarde para tomar um drinque. Se estiver por perto com sua garrafa de Água Plutão, pode trazê-la para que eu a analise. Estarei lá em meia hora, mais ou menos.

Aquilo pareceu agradá-lo, mas ele ficou inseguro durante os últimos segundos, com um ar que denotava preocupação. Ela imaginava o que poderia ser. Talvez ele tivesse a intenção de usar algumas dessas bobagens no filme, alucinações, garrafas misteriosas e coisas assim. Bem, eram raros os contadores de histórias que se mantinham na realidade. Mas ela achou que ele encontraria uma maneira de se sair bem.

Eric agradeceu, entrou no carro e desceu a montanha enquanto ela permaneceu na varanda com as mãos no colo. Ele viera e acendera lembranças num dia em que elas já estavam aquecidas. Mais cedo, fora invadida pelas recordações do filho Henry e daquela queda que levara na varanda. Então, este tal de Shaw chegou e disse que era de Chicago, e sua mente pulou da varanda para o trem de passageiros. Harold deu a ela o assento junto à janela, e ficaram de mãos dadas enquanto viam passar a paisagem do campo e ouviam o ruído suave e monótono das rodas nos trilhos, *clack-clack-clack-clack*. Ajudou-a a se levantar quando o trem chegou a Chicago, abraçou-a e a beijou intensamente. Alguém no trem assobiou e ela ficou tão vermelha quanto o vagão que os levou.

Primavera de 1939, foi o que ela disse a Eric Shaw. Primavera de 1939.

Ela queria correr atrás do carro, tirar o garoto de dentro dele e gritar: "Sim, foi na primavera de 1939, mas também foi *ontem*. Foi *uma hora atrás*, entendeu? Eu acabei de fazer aquela viagem, acabei de provar daqueles lábios e acabei de ouvir aquele assobio."

Naquele dia, o trem pareceu mais veloz do que nunca, uma velocidade estonteante. Havia automóveis de corrida que eram mais rápidos do que o trem, embora aviões fossem mais velozes do que carros, e foguetes, mais rápidos ainda do que aviões. Porém, o que ganhava de todos eles era a velocidade do tempo, com seus dias, meses e anos. Sim, anos. Passavam mais depressa do que qualquer coisa que o homem tinha a capacidade de inventar. Corriam tão rápido que havia momentos em que enganavam a gente e davam a sensação de que iam mais devagar. Haveria algum truque mais cruel do que este?

No dia em que Henry caiu do corrimão da varanda e quebrou o pulso, ela o tomou nos braços, subiu os degraus e o levou para dentro de casa antes de chamar o médico. Fez isso com facilidade, sem nem mesmo pensar no que estava fazendo. Hoje em dia, entretanto, ela descia um degrau de cada vez e arrastava a cesta de roupa suja atrás de si, agarrada ao corrimão.

Levantou-se e procurou as chaves do carro, pronta para ir ao hotel, um lugar que o tempo esquecera um pouco, mas depois se lembrou e o devolveu a ela.

18

ACREDITO REALMENTE QUE PODERIA *ser fatal.*

Merda, essa era uma afirmação encorajadora. Eric já passava pelo estacionamento do cassino e pela velha fábrica da Água Plutão, quando deu uma freada tão brusca que o carro atrás dele buzinou e desviou-se a tempo de evitar uma colisão. O motorista gritou alguma coisa quando o ultrapassou e seguiu adiante, mas Eric nem se virou. Em vez disso, encostou devagar o carro no acostamento, parou e ficou olhando através da janela.

Parado ali, num pequeno segmento de trilhos bem no meio da cidade, estava um vagão de carga branco, com um diabo Plutão avermelhado pintado na lateral. Conforme indicava a placa, aquele era o Museu Ferroviário de French Lick e, até onde Eric percebeu, ele consistia apenas num velho barracão com um punhado de vagões caindo aos pedaços. Somente um deles chamou sua atenção.

Desligou o motor e desceu do carro. Seria bom dar uma olhada. O vento soprou forte sobre ele, quente e pesado, enquanto ele caminhava até a velha estação. Ao entrar, um velho com um boné de maquinista e óculos bifocais o observou.

— Seja bem-vindo!

— Olá — disse Eric. — Sim, por favor... Bem, eu gostaria de...

— Sim?

— Qual é a história do vagão da Água Plutão?

— É um diabinho bem simpático, não? — disse o homem, e riu enquanto Eric sentia uma onda de alívio. O vagão era real.

— Certamente — disse Eric. — O senhor sabe quantos anos tem?

— Ah, talvez uns 50. Não é um dos originais.

— Certo. Importa-se que eu dê uma olhada?

— Sem problema, pode ir. Se quiser, pode até entrar nele, mas tenha cuidado. Estes vagões são mais altos do que parecem e você poderá levar um tombo. Diga, quer dar uma volta de trem? Temos um que sobe do vale até aqui, puxado por uma velha locomotiva, exatamente como nos velhos dias.

— Puxado por uma locomotiva? — repetiu Eric. — Costumam fazer essa viagem de noite?

— Não, sinto muito. Só durante o dia. A próxima viagem será daqui a quarenta minutos. Quer comprar um bilhete?

— Acho que não. Na verdade, não gosto muito de trens.

O velho o olhou como se Eric tivesse chamado sua filha de vagabunda.

— É que tive péssimas experiências com eles recentemente, só por causa disso — disse Eric. — Muito obrigado.

Fechou a porta e se enfurnou dentro do vagão da Água Plutão, que estava um forno. A porta já estava entreaberta, mas foi difícil empurrá-la o suficiente para que pudesse entrar. O tamanho dele era impressionante — eles não pareciam tão grandes quando vistos de dentro de um carro em movimento. Devia ter uns 3,5 metros de altura e os engates de aço em cada uma das extremidades pareciam invulneráveis, como se alguém pudesse bater neles o dia inteiro com uma marreta e nenhum dano seria causado.

Em cada extremidade do vagão havia uma escada, assim como alguns degraus de aço na parte da frente. Ele se esticou, agarrou um deles, inclinou-se e somente então viu as manchas. Manchas brilhantes nas pedras sob o carro.

Marcas de água.

Enquanto as examinava, outra gota d'água caiu na pedra, e ele viu que viera de dentro do vagão. Ao examinar o interior, entretanto, não viu nada além de poeira seca no chão.

Agarrou com força o degrau da escada e ergueu-se, colocando o pé esquerdo para o lado e para cima. Durante um minuto, permaneceu ali pendurado, na tentativa de enxergar o que havia dentro do vagão escuro. Acabou percebendo que seria melhor entrar.

Lá dentro, estava muito quente e o ar cheirava a ferrugem. O vagão parecia maior por dentro do que por fora, e seu fim estava perdido na escuridão. As paredes de aço corrugado pareciam absorver a luz, mantendo-a concentrada apenas na pequena abertura central.

O piso sob seus pés estava seco, mas podia agora ouvir o barulho da água, um suave som de pingar. Deu um passo hesitante, para fora da luz, e sentiu a umidade penetrar nos sapatos, nas meias e encontrar sua pele.

Abaixou-se e tateou o chão. Meteu a mão numa camada de água, de uns três centímetros, fria.

Deu outro passo, este em direção ao som da água pingando num ritmo constante. A água cobria o piso das partes escuras do vagão, e ele queria voltar à parte seca e iluminada, mas continuava — contra a sua vontade — adiante, como se estivesse sendo puxado para dentro da parte escura.

Estava a uns três metros da porta e continuava se movendo, quando a figura tomou forma.

Estava no fundo do vagão, perdida na escuridão, exceto pelo contorno distinto de um chapéu-coco.

Eric parou, a água em seus pés como um riacho gelado, e, ao olhar a profundidade do restante do vagão, viu a forma da figura ficando mais nítida, primeiro os ombros e, em seguida, o tronco. O homem estava sentado na água, com as costas encostadas na parede e os joelhos levantados. Ele batia com a ponta do sapato de forma ritmada na água que lhe chegava quase até os tornozelos.

— Uma elegia — disse — é uma canção para os mortos.

Eric não conseguia falar. Não apenas por estar com medo ou assombrado, mas também por uma causa física, uma limitação que ele não entendeu e contra a qual não podia fazer nada. Não era nada além de um espectador naquele vagão. Estava ali apenas para ver. E ouvir.

— Quase não a ouço — falou o homem. A voz era como o sussurro de uma lixa. — E você?

A música do violino voltara, suave como uma brisa, como se não pudesse penetrar nas paredes do vagão.

— Faz muito tempo que espero voltar para casa — disse o homem. — A viagem está mais longa do que eu gostaria.

Eric não conseguia ver seu rosto. Não via nada além da sua forma.

— As pessoas daqui parecem ter esquecido — disse o homem —, mas este é o *meu* vale. Foi outrora. E voltará a ser.

A voz dele parecia ganhar força, e as formas de sua roupa eram agora perceptíveis, como também o nariz, a boca e as órbitas oculares escuras.

— Não resta nada além de um pequeno vestígio do meu sangue — disse —, porém, é o suficiente. É o suficiente.

Então, o homem mergulhou as mãos na água, criando duas ondas suaves e se ergueu do chão. Sua silhueta ondulou enquanto ficava de pé, como se ele fosse um reflexo da água sacudida pelo vento. Nesse instante, algo desligado no cérebro de Eric conectou-se outra vez. E ele entendeu que tinha que sair dali.

Deu meia-volta e foi aos tropeços até a faixa de luz que indicava a porta. Escorregou no chão molhado, mas conseguiu se reequilibrar e bateu contra a parede, que identificou apenas pelo tato. Saiu da água, pisou na parte seca do piso, colocou a mão na lateral da porta, passou um ombro por ela e arremessou o corpo para a luz.

Seu pé ficou preso, e ele estava livre, porém caindo, arremessado de bunda no chão pedregoso e empoeirado.

— O que foi que eu lhe disse? — gritou alguém. Eric olhou, para cima e viu o velho com o boné de maquinista parado ao lado da porta do galpão, sacudindo a cabeça e demonstrando desaprovação. — Falei para tomar cuidado na hora de sair!

Eric não respondeu, apenas levantou-se e sacudiu a poeira da calça jeans enquanto se afastava de vagão. Deu alguns poucos passos antes de se virar novamente para o vagão. Alguns segundos depois, deu meia-volta, ajoelhou-se diante do carro e olhou o chão por debaixo da porta.

As marcas de água tinham desaparecido. As pedras estavam limpas e secas sob o sol.

— Você se machucou? — gritou o homem e Eric o ignorou mais uma vez. Segurou a beirada da porta do vagão, enfiou o ombro pela abertura e forçou para alargá-la. Abriu-a por completo enquanto o homem gritava para que tivesse mais cuidado com o vagão. Deu um passo e olhou lá dentro.

Agora, o sol iluminava o interior do carro e não havia nada lá dentro, nem homem nem água. Eric se inclinou para examinar a extremidade oposta e encarar o vazio. Então, abaixou-se, pegou uma pedra pequena, atirou-a para dentro e ouviu sua batida seca contra o chão de madeira.

O vento soprou mais forte em suas costas e criou um rodamoinho de poeira em torno do vagão. Ouviu-se um assobio alto e agudo, que se espalhou por todo o carro, como se ele tivesse ficado durante um bom tempo trabalhando na questão da porta e agora estivesse satisfeito por alguém tê-la escancarado.

19

Assim que entrou no carro, ligou para Alyssa Bradford, sentado diante do ar-condicionado no máximo e com as saídas do ar gelado direto no rosto. O velho do museu ferroviário continuava encostado ao portal e o olhava com curiosidade.

— Alyssa, tenho umas perguntas que esqueci de fazer — disse Eric assim que ela atendeu. — A garrafa d'água que você me deu... pode me dizer alguma coisa sobre ela?

Ela ficou quieta por instantes e, em seguida, respondeu:

— Na verdade, não. Foi por isso que eu quis que você...

— Eu entendi o que queria. Mas preciso de uma pequena ajuda. Esse foi o único objeto que você levou para mim daquela primeira vez. Não me deu fotografias, nem um álbum de recortes, só a garrafa. Estou me perguntando por que você a julgou especial.

Seu olhar estava voltado para o diabinho sorridente no vagão.

— É estranho — disse ela afinal. — Você não acha que é estranho? Como ela se conserva gelada, o jeito que ela... não sei, *sua sensação*. Há alguma coisa estranha por trás disso. E é a única coisa — de fato, a *única* coisa — que ele conservou da infância. Meu marido me contou que ele a guardava numa gaveta trancada de seu criado-mudo, e que a garrafa era uma lembrança da infância dele e que ninguém tinha permissão de tocá-la. Como pode ver, por algum motivo, ela significava muito para ele. É por causa disso que estou tão curiosa.

— Sim — disse Eric. — Também estou curioso.

— Quando falei com você na cerimônia fúnebre de Eve — disse ela — vi como intuiu a importância daquela fotografia e percebi que devia lhe dar a garrafa. Achei que você poderia ver alguma coisa, sentir alguma coisa.

A maldita fotografia foi o verdadeiro motivo de ela tê-lo contratado e o mandado para cá. Devia ter sacado isso logo de cara, mas preferiu acreditar no elogio barato que ela lhe fez ao dizer que ficara impressionada com o filme. Claire não teria sido tão tola assim.

— Acho que tenho que conversar com seu marido — disse ele.

— O quê? Por quê?

— Porque ele é o parente do velho Bradford, Alyssa. É a família dele, e preciso lhe perguntar o que realmente sabe sobre o pai. O que ele ouviu, o que pensa sobre o assunto. Tenho que perguntar...

— Eric, o objetivo principal disso tudo é que o filme seja uma surpresa para o meu marido e para a família.

Não me importo foram as palavras que vieram à garganta de Eric, mas tinha que minimizar seu nervosismo, pois estava a ponto de gritar que havia algo de muito errado com Campbell Bradford. Porém, uma vez que enveredasse por esse caminho, iria rolar ladeira abaixo mais depressa do que podia controlar, e histórias de trens fantasmas e espíritos que sussurravam viriam à tona, e sua reputação em Chicago seria esmagada da mesma forma que em Hollywood.

— Gostaria de lhe pedir para repensar isso — disse ele. — Acho que vou ter que descobrir um pouco mais através dele para fazer algum progresso.

— Vou considerar essa proposta — disse ela num tom de voz que deixava claro que não iria. — Mas estou de saída agora e tenho que ir.

— Só mais uma coisa, Alyssa.

— O que é?

— Por acaso seu sogro tocava violino?

— Sim, e muito bem. Era autodidata. Presumo, então, que já teve a sorte de descobrir algo sobre ele, afinal.

— É, já aprendi algumas coisas sobre ele, sim — disse Eric.

— Acho incrível que tenha descoberto logo *isso*, porque ele detestava tocar na frente de outras pessoas.

— Verdade?

— Sim. Até onde sei, só tocava quando estava sozinho, e com a porta fechada. Falaram-me que ficava inibido diante de uma plateia e não gostava de ser visto enquanto tocava. Mas tocava divinamente bem. E havia certo talento nisso... talvez por nunca tê-lo visto tocar e só ouvi-lo era possível perceber que havia algo pungente em seu som.

Ele dirigiu de volta ao hotel e deixou o Acura na sombra debaixo de uma das poucas árvores do estacionamento, fora do alcance do brilho da rotunda, que se projetava além da entrada. A dor de cabeça começava a dar sinais de vida, mas não com força total; era apenas um aviso, como um batedor que chega antes do batalhão despontar.

A primeira coisa que ele viu ao abrir a porta do quarto foram os destroços da câmera espalhados pelo chão. O pessoal da limpeza estivera por lá, mas deixara a câmera intocada, no chão. Evidentemente eles não souberam o que fazer com aquele equipamento caro, mesmo quando destruído.

Nunca quisera usar aquela maldita câmera. Fora um presente, porém mais parecia um insulto de seu sogro. Um lembrete de que os dias em que usara equipamentos de primeira linha tinham ficado para trás. Um lembrete do seu fracasso.

— Claire me falou que você está tentando fazer alguma coisa por conta própria — disse Paul Porter. — Achei que isto poderia ajudá-lo.

Ele enfatizou o *alguma coisa*, deixando implícitas duas perguntas — *o quê?* e *quando?* Mas Eric teve que agradecer-lhe com um ar de falsa gratidão e tecer diversos elogios à câmera maravilhosa, com Claire ao seu lado observando tudo e sorrindo.

Ela ficara em cima dele por meses, sempre cobrando-o, quando a única coisa que ele precisava era de paciência. Se Claire pensava que ele não entendeu a ligação entre tudo isso e o presente que recebera do sogro, então estava louca. Desde que os dois saíram de Los Angeles, ela estava ávida para saber dos seus *planos*. E ele a satisfizera com o primeiro deles — escrever um roteiro, arranjar algum financiamento bancário, dirigir sua primeira produção independente e usá-la como trampolim para um salto maior —, mas não demorou muito para que ela se decepcionasse com os esforços dele nesse sentido.

Esforços dele. Na verdade, aquelas não eram as melhores palavras. Ele não se esforçara tanto assim. Por exemplo, não dirigiu nenhum filme, não procurou qualquer financiamento e nem mesmo escreveu um roteiro. Começara a escrever um, é verdade, mas isso não era algo que se pudesse apressar. Primeiro, era preciso ter a ideia certa, e esta tinha que ser genial, com o foco e o alcance corretos, e então era preciso deixá-la em gestação por algum tempo...

Sim, ele fora devagar. Ou completamente estagnado. E logo as cutucadas suaves se transformaram em acusações e exigências mais pesadas, e as coisas entraram numa rápida e fatal espiral. Tiveram uma discussão terrível quando, por acaso, ela entrou no bar de uma churrascaria na cidade com uma amiga para almoçar e o encontrou por lá, já tendo tomado três doses de uísque, e isso ao meio-dia. Mais tarde, de noite, aquele encontro resultou numa conversa desagradável, que logo virou raiva. Quando Eric escancarou a porta e saiu vociferando palavrões e chutando a mesa de centro no seu caminho, tinha a intenção de retornar mais calmo em algumas horas. Em vez disso, acabou indo para um hotel, porque não quis lhe dar a satisfação de vê-lo se render. E uma noite no hotel acabou virando rapidamente outras dez, e logo ele estava à procura de um apartamento.

A porcaria da "carreira" com a qual estava envolvido era hoje mais uma jornada repleta de culpa do que qualquer outra coisa. Ele queria encontrar algo tão patético que a fizesse se sentir culpada. Porém, ela apenas o assegurou de que estava feliz por ele ter voltado a trabalhar e por ter encontrado um bom uso para a câmera que seu pai lhe dera.

— Utilize-a bem, Paulie — falou Eric. E deixou a porta do quarto bater enquanto se agachava para limpar aquela sujeira.

Era muito ruim não ter uma câmera de vídeo, principalmente naquelas circunstâncias, quando ele precisava de algo para confirmar o que era real ou não. Entretanto, ainda tinha o gravador. Depois de limpar os cacos da câmera, ele o pegou e escutou alguns minutos da conversa com Anne McKinney, o suficiente para verificar que tudo que estava na fita progrediu como a experiência que vivera. Ainda estava ouvindo a entrevista quando seu telefone tocou. Ele desligou o gravador, observou o visor do celular na esperança de que fosse Claire, mas era um número que não conhecia.

— Eric? É o Kellen. Entrei em contato com Edgar Hastings, o velho que conheceu a família de Campbell e ele quer vê-lo. Pode ser que esse homem consiga esclarecer toda a confusão.

— Ótimo.

— No momento, estou em Bloomington com minha namorada. Eu ia passar a noite aqui, mas, se voltar hoje, poderemos ir vê-lo juntos.

— Não precisa fazer isso.

— Não, tudo bem. De qualquer modo, ela já me dispensou.

Eric pôde ouvir o riso ao fundo, um som doce e feminino que o interrompera.

— A decisão é sua, Kellen. Eu não vou a lugar algum.

— Ligo para você quando chegar.

Eric desligou. O relógio lhe mostrava que uma hora já tinha se passado desde que ele saiu da casa de Anne McKinney, o que significava que ela já deveria estar no bar a essa altura. Respirou fundo, pegou a garrafa e sentiu a umidade fria em contato com a pele.

— Certo — disse. — Verificação rotineira de sanidade a caminho.

Ela estava sentada numa poltrona não muito distante do bar, segurando um copo pequeno com gelo, um líquido incolor e uma rodela de lima enfiada na borda. Depois que ele a deixou na varanda da casa, ela colocara algumas joias, duas pulseiras e um colar, além de uma blusa diferente. Estava claro que Anne se arrumara toda para ir à cidade tomar o seu drinque. Nem bem Eric chegara ao átrio e ela já estava com a mão levantada, chamando-o. Boa visão. A própria mãe de Eric, que era vinte anos mais jovem, não o teria visto àquela distância, mesmo que o filho viesse montado num camelo.

Agora, a garrafa estava mais suada ainda e, enquanto atravessava o átrio, algumas gotas de água pingavam dela, escorrendo pelo pulso e caindo no tapete.

Os olhos de Anne já estavam fixos na garrafa quando ele puxou uma poltrona. Ela pousou o drinque sobre a mesa e disse:

— Bem, vamos dar uma olhada.

Ele lhe passou o objeto e, assim que o pegou, os olhos da velha se arregalaram, para depois se cerrarem, enquanto franzia a testa e a passava de uma mão para a outra. Uma mancha de umidade brilhou em sua palma enrugada.

— Ela estava na geladeira? — falou, e Eric sentiu uma explosão de alívio tão grande que quase desmaiou.

— Não — disse ele. — Ela é assim mesmo.

Ela o encarou.

— Como assim?

— A garrafa não esteve em nenhum outro lugar senão na mesa do quarto desde que cheguei aqui. Antes disso, ficou na minha maleta, no carro. Nunca esteve sequer perto de uma geladeira, um freezer ou um balde com gelo.

— Você está me gozando? Pois não vejo qual é a graça.

— Não há qualquer brincadeira, senhora McKinney. Foi por isso que lhe perguntei sobre o frio. Achei que era muito estranho.

Ela o observava com atenção, procurando por algum sinal que o identificasse como aquele tipo de idiota que se divertia ao enganar uma velha senhora. Aparentemente, ela não encontrou nada de anormal, pois fez um sinal de aceitação quase imperceptível, abaixou os olhos novamente e deu outra olhada na garrafa que tinha nas mãos.

— Nunca vi nada parecido com isso — falou com a voz suave. — Nem mesmo ouvi falar. Até meu pai, que tinha muitas histórias sobre a Água Plutão, jamais mencionou algo assim.

— Será que é tão velha que nunca passou pelo processo de fervura e acréscimo de sais?

Ela sacudiu a cabeça, negando.

— Não. Esta garrafa não é tão velha.

Usou o polegar para limpar um pouco da condensação gelada e acompanhou com o tato a gravação do Plutão na base da garrafa.

— Esta garrafa não pode ser anterior a 1926 ou 1927. Vou verificar mais uma vez, é claro, mas, com esta cor e este desenho... Não, ela tem que ser do final dos anos 1920. Tenho uma dúzia como esta. Fabricaram milhões de garrafas iguais.

Ele não falou nada, apenas observou a velha girando o recipiente.

— Nunca vi nada como isso — repetiu ela. E então, sem olhá-lo, completou: — Você bebeu um pouco, não foi?

— Sim.

Ela assentiu.

— Achei que tinha feito. Você parecia bastante preocupado com os efeitos que pudesse causar. E, ao que parece, já bebeu um bocado.

Sim, até agora Eric já tomara dois terços do conteúdo da garrafa.

— Acho que tem algo mais aqui — disse Anne. — Este sedimento colorido não deveria estar na garrafa.

— Vá em frente e a abra — disse ele. — E me diga se tem o cheiro da Água Plutão que a senhora conhece.

Ela tirou a tampa e aproximou o gargalo do nariz, sacudindo a cabeça quase na mesma hora.

— Isto não é Água Plutão. Ela teria um cheiro...

— Terrível — falou ele. — Sulfuroso.

— Isso mesmo.

— Cheirava assim quando a abri pela primeira vez. De lá para cá...

— É quase doce.

— Sim — disse ele, mais uma vez sentindo um grande alívio. Aquela velha senhora confirmava tudo que ele achara ser invenção da sua cabeça.

— Você fez perguntas sobre alucinações — disse ela devagar e calmamente.

— Acho que tive algumas, desde que a provei.

— O que você vê?

— São visões diferentes, mas imaginei ter conversado com um homem em Chicago e, depois que cheguei aqui, pensei ter visto um velho trem a vapor...

— É o trem que faz o passeio turístico.

— Não era esse trem — falou ele. — Era o Monon, aquele que a senhora mencionou, e ele saía de uma nuvem de tempestade negra e havia um homem de chapéu-coco pendurado num vagão de carga cheio d'água...

Eric cuspiu tudo isso num fôlego só, sentindo a loucura do que aquilo representava, mas não vendo nos olhos dela qualquer julgamento.

— E tive dores de cabeça terríveis, que desapareciam quando tomava outro gole.

Ela observou bem a garrafa.

— Bem, eu não a beberia de novo.

— Não pretendo fazer isso.

Ela colocou a tampa no lugar e lhe devolveu o recipiente. Na verdade, ele não a queria de volta; era ótimo vê-la nas mãos de outra pessoa. Ainda assim, pousou-a sobre a mesa, ao lado do drinque de Anne, e ambos a encararam com um misto de admiração e desconfiança.

— Não sei o que pensar — disse ela.

— Nem eu — falou Eric. Então, enfiou a mão no bolso, retirou o gravador, rebobinou a fita e, sem verbalizar nada, apertou o botão que reproduziu a conversa que acabara de ter. As vozes deles surgiram numa discussão sobre a água, repetindo tudo que foi dito. Escutou a conversa por uns trinta segundos, desligou o gravador e recolocou-o no bolso. Anne McKinney o observava com um olhar vivo e surpreso.

— É por isso que você grava tudo, não? Quer ter certeza de que não está tendo delírios. Quer ter certeza de que as coisas são reais.

Ele deu um pequeno sorriso e concordou com a cabeça.

— Meu filho — disse ela —, você deve estar morrendo de medo.

20

Danny apareceu no meio da tarde, e Josiah estava se sentindo bem, tendo passado o dia inteiro lixando e pintando o corrimão da varanda na companhia de uma ou três latas de cerveja. O engraçado é que aquele corrimão estava precisando de uma pintura há anos, mas ele jamais se preocupara com isso. Comprara a porcaria da tinta há meses, com a pretensão de iniciar o trabalho no dia seguinte, mas o "dia seguinte" se afastava cada vez mais, e logo as latas de tinta estavam cobertas de poeira e teias de aranha, e o corrimão da varanda ficava pior do que nunca.

Hoje, no entanto, resolveu o trabalho de forma simples, porque precisava se ocupar com alguma coisa. O dia estava lindo, quente e cheio de promessas, o que despertava a vontade de fazer algo mais do que ficar sentado. Na maioria dos fins de semana, Josiah ficava mais do que feliz em não fazer nada; passava de segunda a sexta-feira dando duro para outras pessoas e achava que merecia gastar dois dias sem se ocupar com merda nenhuma. Mas havia algo diferente hoje, tanto na cabeça quanto no corpo dele, como se o vento que soprou enquanto Josiah dormia na varanda tivesse trazido alguma espécie de energia à sua pele. Marque nos calendários, pessoal — dia 3 de maio, o dia em que Josiah Bradford não se contentou mais em aguardar sua vez.

Era uma lástima envolver alguém como Danny Hastings naquele plano, mas o fato é que há coisas que não podem ser resolvidas sozinho. Algumas coisas necessitavam de uma pequena ajuda, e, embora Danny não fosse o homem ideal para muitas delas, era leal ao extremo. Era quase como se eles fossem da mesma família — apesar de não terem nenhum parentesco consanguíneo — e Josiah passou a maior parte da infância metendo a porrada em Danny e vendo o bundão sardento voltar, pronto para levar outra, como um cachorro que não sabe como parar de amar seu dono, apesar do chicote. A essa altura, Danny estava escaldado.

Quando Danny chegou no seu Oldsmobile Cutlass, com a porta que não combinava com o resto do veículo, encontrou Josiah na varanda de pincel na mão procurando por lugares no corrimão que precisassem de um retoque, mas sem encontrar nenhum. Fizera um trabalho perfeito. A casa — se é que podia ser chamada assim — tinha só um quarto e fora construída num barranco inclinado, e o próprio Josiah não entendia por que a tinha comprado. O banco a havia confiscado do antigo dono por falta de pagamento e, então, ele a arrematou por um preço barato, embora não tivesse feito um grande negócio, não havia nada de bom ali, exceto a localização próxima do que antes fora a propriedade dos Bradford. Outrora, uma grande parte daquela área pertencera a geração após geração de Bradford, e acabou sendo vendida para saldar dívidas, retalhada aos pedaços até não sobrar mais nada. Por que queria ficar perto daquelas lembranças ele não sabia mas, de alguma forma, fora atraído a morar ali.

— Inferno — disse Danny, caminhando ao lado de Josiah com um cigarro pendurado nos lábios. — Tinha quase certeza de que você jamais pintaria isso. O que deu em você?

— Tédio — falou Josiah. Havia algo de especial no trabalho feito naquele corrimão o que lhe deu uma surpreendente satisfação por vê-lo brilhando, branco e limpo, sob o sol. Tinha o brilho da conquista.

— De qualquer forma, ficou bonito.

— Não ficou?

— Mais do que você. Aquele negro lhe acertou em cheio, hein? Seu olho está uma desgraça.

— Foi um soco de surpresa — falou Josiah enquanto se afastava dali. Foi até a torneira de um cano solto do pilar da fundação, que estava esperando ser fixado com cimento há anos, e abriu-a. Colocou o pincel sob a água e o esfregou com os dedos. Ao ver a tinta saindo dos pelos desejou que a raiva também fosse embora de maneira tão fácil. A última coisa que queria era ouvir algum comentário sobre o estado do seu olho.

— Tenho uma história engraçada para contar — começou Danny, mas Josiah levantou a mão para que ele se calasse. Estava sem paciência de ouvi-lo falar bobagens.

— Você se lembra o que eu perguntei mais cedo? — disse Josiah.

— Sobre ganhar algum dinheiro?

— Isso.

— É claro que lembro.

— E quer entrar nessa?

— Você estava muito afobado quando falou daquilo. Claro que quero.

— Mesmo se fosse o tipo de coisa que o colocaria em uma confusão e tanto, caso fosse burro o suficiente para ser pego?

O rosto avermelhado de Danny assumiu um ar grave. Ele tirou o cigarro da boca e o jogou no chão de cascalho e capim, onde o amassou com a bota. Não que tivesse ficado chocado com a sugestão — ele e Josiah já tinham feito algumas coisas ilegais nos bons tempos —, mas a ideia também não lhe trouxe nenhum entusiasmo.

— Espero que não esteja falando em produzir metanfetamina.

— Diabos, claro que não.

Aquilo parece ter acalmado Danny. Ele tinha um amigo, conhecido como Tommy Trovão (Josiah não se lembrava por que todos o chamavam assim), que explodiu seu trailer e morreu enquanto tentava refinar metanfetamina. Danny experimentara a droga não apenas como usuário, mas também como "aviãozinho" antes desse incidente, mas já fazia tempo que ele estava limpo. Só foi necessária uma explosão para que ele tomasse juízo.

— Muito bem. Então, sobre o que está pensando?

Josiah saiu da varanda, foi até a cozinha e voltou de lá com duas cervejas, entregando uma para Danny e abrindo a outra para si.

— Você já levantou alguma vez a cabeça enquanto arrancava as ervas daninhas do jardim daquele maldito hotel? — perguntou. Danny também trabalhara na equipe da jardinagem; de fato, fora ele quem arranjara aquele emprego para Josiah.

— Todo dia — respondeu Danny, desconfiado. Ainda não abrira a cerveja.

— Reparou alguma coisa estranha ultimamente?

— Sempre tem algo estranho.

— Não. Estou falando de uma coisa em particular. Tem sempre um monte de negócios acontecendo por lá, congressos, turistas e outras merdas.

— Sei.

— Você viu o assunto do congresso que vai acontecer no mês que vem?

Danny sacudiu a cabeça.

— Pedras preciosas — falou Josiah. — Vão armar uma mostra no saguão, com exposição de diamantes, rubis e outras merdas. Um bocado de pedras que valem milhões, Danny. Milhões.

O rosto de Danny mostrou certo azedume, enquanto ele se distanciava um pouco do amigo. Ia se debruçar no corrimão, mas lembrou-se que a tinta estava fresca e parou antes.

— Quando uma coisa assim está para entrar na cidade — disse Josiah —, só sendo um idiota para não tirar partido dela.

— Você só pode estar de brincadeira.

— Porra nenhuma. Nós vamos pegar essas pedras. Não vai ser nem tão difícil. Veja, bolei o seguinte plano: um incêndio esvazia aquele prédio num instante, certo? Com todo o seguro que têm, não vão perder nada, não é verdade? Cara, assim que as labaredas começarem a lamber as paredes, ninguém vai ficar lá para contar a história.

— Josiah... Você acha que os donos daquelas pedras não pensaram nisso?

— Eles podem pensar o que quiserem, só não podem fazer o fogo parar. Já imaginou o que aconteceria quando um incêndio se alastrasse? É isso que chamam de caos, meu filho, e sabe o que acontece durante o caos? Coisas desaparecem.

— E você acha que não vão notar...

— Claro que vão notar, seu idiota, o que estou dizendo é que quando perceberem o sumiço das pedras, já será tarde demais. Começamos o incêndio, fazemos com que as pessoas saiam do prédio, acionamos os extintores, pegamos os estojos das pedras e caímos fora. Não precisamos nos preocupar com alarmes porque, a essa altura, um milhão deles estariam funcionando e alguns a mais não fariam a menor diferença.

— E as pedras? Não são registradas ou coisa parecida? — perguntou Danny. — Não poderemos vendê-las. Como é que faríamos isso então? Iríamos até uma casa de penhores e as venderíamos lá?

— Não as venderemos aqui.

— Ah, sei, mas onde você pensa em vendê-las? Até se atravessássemos o país...

— Não iremos vendê-las neste país — falou Josiah, com voz suave, o que fez com que Danny se interessasse. A versão dele, bem pensada, começava a fazer sentido.

— Vou me mandar daqui — falou Josiah. — Você pode vir ou não, isso não é da minha conta. Porém, eu vou cair *fora* dos Estados Unidos.

— É uma ideia idiota — disse Danny, e sua audácia chocou Josiah. Danny Hastings chamando-o de idiota? Devia dar umas boas porradas naquela cabeça ruiva. Entretanto, não o fez. Em vez disso, ficou ali, encarando-o. Tinha algo estranho no que Danny acabara de dizer e Josiah precisou de um minuto para perceber o que era. Danny estava *certo*. A ideia era realmente idiota.

Idiota, mas não impossível. E Josiah Bradford estava pronto para apostar naquelas chances, como aqueles idiotas que iam ao cassino nas sextas-feiras à noite mesmo que, de antemão, soubessem que seriam depenados — e não davam a menor bola para isso. Para piorar, eles lembravam Josiah quando estavam na cidade.

— Pode ser feito — disse, sem muita convicção na voz. — Se você não tem os colhões para fazer, tudo bem. Mas não venha me dizer que não pode ser feito.

Danny ficou calado. Depois de um tempo, abriu sua cerveja e ambos beberam em silêncio, de pé, desconfortáveis por não poderem encostar no corrimão. Josiah se sentou numa das cadeiras e Danny, na outra.

— A história que eu tinha para lhe contar é que meu avô me disse que tem um homem aqui na cidade fazendo perguntas sobre o velho Campbell.

Josiah franziu a testa e abaixou a lata de cerveja.

— O mesmo filho da puta do qual falei?

— O negro? Não. Ele falou que há outro agora. Este pretende fazer um filme. O rapaz negro está apenas dando uma ajuda.

— Um filme sobre *Campbell*?

Aquilo era estranho. O bisavô de Josiah sempre fora objeto da maioria dos casos do velho Edgar por anos, mas, droga, quem diabos gostaria de fazer um filme sobre ele?

— Edgar deve estar ficando gagá — disse ele. — Um *filme*?

— O que ele me disse — falou Danny — é que um cara de Chicago veio fazer um filme aqui na cidade e que iria hoje lá na casa dele fazer algumas perguntas sobre Campbell.

— Bem, não sei por que alguém perderia tempo com esse assunto. Campbell deixou um monte de nada para trás e é desse nada que continuo a viver até hoje.

— Bem, era o que eu também estava pensando. Se o que este cara contou ao meu avô é verdade, e se ele estiver mesmo interessado em fazer um filme sobre alguém de sua família, será que não está lhe devendo algo?

Era uma boa pergunta. Uma *excelente* pergunta. Que direitos estranhos tinham de andar por aí fazendo perguntas sobre os laços de sangue de Josiah? E sem ao menos lhe pagar nada?

— Você disse que eles irão falar com Edgar hoje?

— Isso. Eu ia mesmo ficar por lá, para ver se não era algum golpe desses que a gente escuta falar que são aplicados em gente mais velha, mas você me disse para passar por aqui...

Josiah terminou sua cerveja, amassou a lata e jogou-a do lado.

— Vamos pegar minha caminhonete.

21

Eric deixou Anne na rotunda assim que Kellen ligou avisando que já estava perto do hotel. Levou a garrafa de volta para o quarto e foi para fora esperá-lo. Estava se sentindo melhor depois de a velha senhora ter confirmado todas as coisas que ele percebera na garrafa.

Kellen parou do lado de fora do prédio em seu Cayenne, com as janelas abertas e um hip-hop tocando pelos alto-falantes. A música era antiga, o grupo Gang Starr estourou na época em que Eric estava no ensino médio e Kellen tinha uns 7 anos, talvez? Eric teve que suprimir um sorriso quando entrou no carro. Um cara de 30 e poucos anos como ele, num Porsche e ouvindo rap — ah, era quase como estar de volta a Los Angeles.

— Tudo bem com você? — perguntou Kellen quando o cineasta entrou no carro.

— Tudo bem. Por quê?

— Está meio pálido.

— É porque sou branco.

— Sabia que tinha algo de errado com você. — Kellen arrancou com o carro. Usava jeans e uma camiseta feita de um tecido especial, que dificultava a absorção do suor, óculos escuros e um relógio prateado.

— Você e seu irmão são próximos? — perguntou Eric ao olhar o carro e lembrar de sua procedência.

— Ah, sim. Nós nos falamos três, quatro vezes por semana.

Eric assentiu.

— Você está imaginando se é difícil — disse Kellen. — Ser o irmão dele. Ser o "não famoso".

— Não, não estava — mentiu Eric.

— Amigo, todo mundo fica curioso. Não se preocupe.

Eric esperou.

— Eu amo meu irmão. Tenho orgulho dele. — O ardor daquelas palavras parecia dirigido para o próprio Kellen, e não a Eric. — Mas quer saber a verdade? Não, não é fácil. Claro que não é.

— Achei que não fosse.

— Era para eu ter sido jogador de basquete profissional. Esse era o meu destino. Tinha certeza disso. No final da oitava série, eu já estava com 1,90m e era um *atleta*, sabe? Quando fiz parte do Sindicato de Atletas Amadores, alguns treinadores da Conferência da Costa do Atlântico foram até me procurar, e também da Conferência Oficial, da Conferência do Leste e todos os outros. Isso quando eu tinha 14 anos.

"Mas também fui um ótimo aluno, estava sempre lendo livros. Mas sabe por quê? Esta é a verdade, meu amigo, juro: eu estava trabalhando minha imagem para quando entrasse na liga. Na NBA. Eu seria um paradoxo, o atleta que também era intelectual. Tinha todo um plano para isso. Nas coletivas de imprensa, iria fazer comparações entre os jogos de basquete e batalhas, treinadores e generais, juízes e diplomatas. Já tinha até planejado as entrevistas na cabeça, sem brincadeira. Podia até ouvi-las, podia ouvir os locutores falando sobre mim, como se fosse verdade."

Eric desviou o olhar, constrangido, não por Kellen, mas por si próprio. O rapaz estava descrevendo uma fantasia de criança. Mas também descrevia os pensamentos de Eric quando tinha 20 anos. E, diabos, também com 30 e poucos, quando críticos cinematográficos célebres deliravam sobre os filmes que agora nunca faria. Era apenas uma questão de tempo para que as fantasias se tornassem reais. Tinha certeza absoluta disso.

— Quando você é jovem, todos os treinadores se interessam pelas suas habilidades — falou Kellen. — E, cara, eu tinha tudo. Tamanho, velocidade, força. Só não tinha tanto jeito para o jogo como os outros garotos, mas isso vem com o tempo, certo? Bem, não veio para mim. Nunca. Ouvi gente falando "concentre-se" tantas vezes que essa palavra podia ser meu nome, mas simplesmente não conseguia me deixar levar do jeito necessário, me inserir no ritmo da partida. No ensino médio, quando os outros garotos alcançaram meu tamanho, essa característica já se tornava perceptível.

Nesse momento, estavam passando pelas montanhas ao sul do hotel sobre uma estrada cheia de curvas.

— Meu irmão vive o jogo — falou Kellen. — Quando ele joga, nada mais importa. *Nada*. Ele consegue ver as jogadas antes delas acontecerem; mesmo quando criança já era assim. Corria até a linha de tiro bem depressa, parava, ia da direita para a esquerda e, quando surgia alguém para cortá-lo, ele o via antes e lançava... O garoto era muito astuto. Sem dúvida. Mas era um garoto, afinal, e magro como o diabo. Então, não era nenhum fenômeno.

Eric permaneceu em silêncio, esperando.

— No meu primeiro ano do ensino médio — disse Kellen —, joguei uma partida diante de alguns treinadores importantes. E eu estraguei tudo. Fiz 13 pontos e peguei oito rebotes, mas também perdi algumas bolas na defesa. Os adversários eram rápidos e pressionavam muito o nosso time e me desarmavam. Eu não podia com eles. Cada vez que tomava uma decisão sobre o que fazer com a bola, estava meio segundo atrasado. Um desastre.

"Então, tudo isso aconteceu numa sexta-feira à noite e, na manhã seguinte, fui com meus pais assistir ao jogo do meu irmão, na oitava série. E Darnell simplesmente partia para cima dos adversários. Só isso. Ninguém naquela quadra sequer podia *imaginar-se* jogando num nível como o dele. Fazia o que queria, arremessava a qualquer hora, dava passes, roubava a bola do time adversário como se os jogadores tivessem deixado a porta aberta e uma escada na janela. Chegava a ser imoral. Depois do jogo, fui até a quadra e o parabenizei, mas foi difícil."

Correu a mão por detrás da cabeça e inclinou-se tanto para frente que quase chegou a tocar no volante.

— Naquela noite, meu irmão estava assistindo à TV, e eu entrei na sala e mudei de canal sem dizer uma palavra. Ele ficou nervoso, claro, e eu parti para cima dele. Empurrei-o do sofá, e comecei a bater nele. Depois, coloquei as mãos em volta do seu pescoço até meu pai chegar e me tirar de cima dele.

Kellen deu um sorriso irônico.

— Meu pai não é um homem pequeno. Ele me carregou até o quintal para me dar umas palmadas. Enquanto estava me batendo, começou a repetir: *Com quem você está tão nervoso? Com quem você está tão nervoso?* Diversas vezes, naquela voz baixa, *Com quem você está tão nervoso?* Porque ele fora assistir tanto ao meu jogo quanto ao do meu irmão, e entendeu o que estava acontecendo. Entendeu melhor do que eu mesmo.

— E você, afinal, ficou no time da escola? — perguntou Eric.

— Não. Tive ofertas de bolsas em escolas que não eram de elite, mas, se não me permitiam jogar no nível mais alto, eu não queria jogar e pronto. Alguns poderiam chamar isso de desistência. Eu chamo de entendimento. Porque nunca desisti, continuei me esforçando até o último segundo do ensino médio. Mas basquete já não era mais o meu jogo. Acabei entendendo isso. Eu tinha uma média de notas muito boa, que eram supostamente um complemento da minha atuação como atleta, certo? Bem, isso mudou. O foco mudou. Ganhei uma bolsa, consegui meu diploma, fiz um mestrado e agora estou para terminar o doutorado. E sou *bom* no que faço, certo? Só não sou como jogador de basquete. Entretanto, isso não significa desistir. É mudança. É crescimento.

— Ainda bem que você é boa pessoa — disse Eric. — Porque, se há algo mais desagradável do que um velho sábio, é um jovem sábio.

— Amigo, que bom que você pensa assim, pois gastei muito tempo até chegar a essa conclusão — disse Kellen, rindo. E, de súbito, deu uma freada no carro, virou a direção bruscamente até sair da estrada e ir parar no acostamento. — Droga. Quase passei direto.

Aquilo era muito diferente da visita que fizera a Anne McKinney. Em vez de uma bela casa com dois pavimentos na montanha e cercada por cata-ventos, era uma casa pequena com as tábuas das paredes laterais tortas e descascadas, e uma calha caída numa das extremidades do telhado. A antena externa, colocada no topo do telhado, tinha uma inclinação estranha e estava coberta de ferrugem. A menos de 10 metros da casa havia um trailer com somente duas de suas rodas sobre uma trilha de pedras e a caixa do correio.

— Você sabe onde ele mora? Na casa ou no trailer? — perguntou Eric.

— Ele me falou para entrar na casa.

Kellen parou em frente ao trailer, os dois saltaram e fecharam as portas. Ao fazerem isso, um cachorro de pelo longo e dourado surgiu por trás do mato que crescia em volta das sapatas da fundação da casa. Eric ficou tenso — aquele era o tipo de lugar onde uma mordida poderia vir antes do latido —, mas, quando viu que o animal abanava o rabo, arriou a mão e estalou os dedos. O cachorro veio na sua direção com o andar endurecido pelos quadris já comprometidos com a artrite e cheirou a mão de Eric, para depois colocar o focinho na perna dele e fazer o rabo se agitar mais depressa.

— Você faz amigos rapidamente — disse Kellen.

Era um cão vira-lata, provavelmente alguma mistura de golden retriever e pastor, muito amistoso e simpático. Eric coçou as orelhas dele por alguns segundos antes de se dirigir à casa, e o cachorro permaneceu em seus calcanhares como se tivessem passado a vida inteira juntos. Só a porta de tela de mosquito estava fechada e, ao se aproximarem, Kellen gritou um "olá" bem alto em vez de bater.

— Está aberta — respondeu alguém lá de dentro.

Kellen puxou a porta de tela e o cão, na mesma hora, passou na sua frente. Eric tentou agarrá-lo pelo pescoço, mas como ele não tinha nenhuma coleira, acabou entrando na casa, com suas unhas compridas fazendo barulho no piso de madeira.

— Por que o deixaram entrar? — reclamou a voz. — Ele vai arrasar este lugar mais depressa do que um furacão.

— Desculpe — falou Kellen, entrando na casa. Eric o seguiu e viu Edgar Hastings pela primeira vez. Era um homem com um rosto anguloso, cabelos brancos e vestia uma camisa de flanela azul, sentado numa poltrona no canto da sala. A TV estava ligada, porém sem som. Tinha um maço de cigarros no bolso da camisa e, sobre os joelhos, uma revista de palavras cruzadas. Uma palavra já havia sido preenchida num dos jogos. Nas mesinhas de canto ao redor dele havia uma meia dúzia de copos, todos com um pouco de um líquido que parecia ser Coca-Cola e que, pelo visto, perdera todo o gás.

— Vou tirá-lo daqui para o senhor — disse Kellen. O cachorro já estava escondido na cozinha e os olhava por debaixo da mesa. Alguma coisa em sua expressão dizia a Eric que a artrite dos quadris desapareceria assim que o cão tivesse que evitar ser pego e posto para fora da casa.

— Ah, não se incomode com Riley. Mais tarde, eu mesmo o coloco para fora. Venham e sentem-se aqui perto da escrivaninha.

Escrivaninha. Aquela era uma palavra que Eric não ouvia há algum tempo. Ele e Kellen se acomodaram no sofá que fora indicado por Edgar. Uma mola se soltou bem debaixo do lugar onde Kellen se sentara, e Riley, ao se ver livre da ameaça, voltou para a sala e sentou-se sobre os pés de Eric.

— Lindo cão — disse Eric.

— Não é meu, é do meu neto. Ele mora no trailer. — Edgar examinava o cineasta com olhar cético. Seu rosto era talhado por rugas, até mesmo os lábios, e havia pelos espalhados em seu queixo. — Agora, me digam por que diabos querem saber sobre Campbell Bradford?

— Bem, o Eric aqui está interessado em uma pessoa com o mesmo nome — falou Kellen —, mas não temos certeza de que se trata do mesmo indivíduo. O Campbell dele ainda está vivo.

O velho sacudiu a cabeça.

— Não é o mesmo homem, então. Ele teria que já estar morto há muito tempo. Quem foi que o mandou até aqui para fazer perguntas sobre ele?

— Uma mulher de Chicago — disse Eric. — Ela é da família de Campbell, mas o homem a que ela se refere tem 95 anos.

— Então, é outra pessoa — concluiu Edgar. — Ela deveria ter telefonado antes para se informar melhor.

— Bem, o meu Campbell disse que cresceu nessa cidade e que foi embora daqui quando era adolescente.

— Ele está mentindo — disse Edgar.

— O senhor conhece todo mundo dessa cidade?

— Conheço todas que têm o nome Bradford e *com certeza* conheço todos os que se chamam Campbell Bradford! Diabos, qualquer um da minha época conheceria. Nunca houve senão somente um Campbell Bradford neste vale. Portanto, se existe alguém que diz o contrário, é um mentiroso. Mas a razão por estar fazendo tal coisa, eu não sei. Ele não era o tipo de homem invejável. Campbell era uma pessoa muito má.

— Como assim?

— Não valia nada, nem um vintém. Estava sempre às voltas com jogadores e escroques que vinham até aqui e não ligava a mínima para a família. Costumava manter um quarto num hotel só para trair sua esposa, bebia o dia inteiro e nunca encontrou uma verdade que não pudesse transformar em mentira. Quando foi embora, abandonou a mulher sem um centavo, e então ela morreu e meus pais tiveram que criar o filho que deixou. Naquela época, era assim que se fazia. Meus pais eram cristãos e acreditavam que aquilo era um dever a ser cumprido, e foi o que fizeram.

Falou a última parte da frase como se fosse um desafio.

— Ele não me pareceu ser assim, posso lhe assegurar — disse Eric.

— Campbell foi ainda além — continuou Edgar. — Como lhe falei, era uma pessoa muito má. Tinha a maldade dentro de si.

— Está querendo nos dizer que ele era diabólico?

— Você diz isso como se fosse algo engraçado, mas não é. *Sim*, tenho certeza de que ele era diabólico, tão certo quanto estou aqui agora. Faz uns oitenta anos que ele se foi. Eu era um garoto. Mas lembro-me dele como da minha mulher, que Deus a tenha. Ele causava calafrios no coração da gente. Meus pais viram isso; caramba, todo mundo viu. O homem era a maldade em pessoa. Veio para a cidade no meio da alta temporada e se envolveu com jogadores e beberrões, e ganhou o tipo de dinheiro que não se ganha com o trabalho honesto.

Eric sentiu a cabeça latejar de modo desagradável, a dor de cabeça estava voltando.

— O senhor me disse que Campbell não deixou qualquer parente a não ser Josiah — falou Kellen.

— Exato. Josiah é o bisneto de Campbell, o último descendente dele que existe, pelo menos até onde se sabe. Sou uma espécie de avô dele, porém, muitas vezes, acho que, se tivesse escolha, não gostaria de ser isso. Josiah é um sujeito muito difícil.

Kellen disfarçou um risinho com uma tosse e olhou para Eric, de forma divertida.

— Quero dizer, éramos como uma família, entende, embora eu não tenha parentesco com o lado dele. A mãe de Josiah me chamava de tio Ed e eu a considerava minha sobrinha. Éramos chegados. Terrivelmente chegados.

Para Eric, a sala parecia estar diminuindo, como se, enquanto ele piscava os olhos, as paredes estivessem apertando, o que aumentava a sensação de calor e fazia o suor pingar de seus poros e escorrer por sua pele. Como é possível que Edgar Hastings estivesse vestindo uma camisa de flanela aqui dentro? Retirou a mão da cabeça do cachorro, e recebeu um lamento como resposta, mas que lhe pareceu não ser de reclamação e, sim, de pergunta.

— Como falei, não imagino quem iria se incomodar com um homem como ele a ponto de querer fazer um filme — disse Edgar. — Não que eu ache que a maioria dos filmes valha alguma coisa, pois deixo aquela TV ligada do nascer do sol até o poente, e nunca encontro nada que uma pessoa normal gostaria de assistir.

Novamente, Kellen achou graça do comentário, mas o sorriso desapareceu assim que Edgar o encarou. O rapaz, então, disse:

— Ou seja, não há como o Campbell daqui ser o mesmo que está vivo em Chicago, não?

— Não. Ele foi embora no outono de 1929 e tinha uns 30 anos na época.

Eric argumentou:

— Será que ele teve outro filho depois que foi embora e lhe deu o seu nome?

— Diabos, tudo é possível depois que ele partiu.

— E há alguma chance dele ter voltado um dia ou de ter trazido o filho de volta...?

— Nenhuma. — Edgar sacudiu a cabeça numa negação enfática.

— O senhor o conheceu pessoalmente, certo? — disse Eric

— Sim. Eu era só um garoto quando ele foi embora, mas me lembro muito bem dele e do medo mortal que senti. Ele vinha até mim, sorria e falava comigo, mas havia alguma coisa no olhar daquele homem que fazia o nosso estômago revirar.

— O senhor disse que ele se envolveu com a venda ilegal de bebidas — disse Kellen.

— Ah, é verdade. Era Campbell quem arranjava as melhores bebidas, e inundou o vale com elas durante a época da Lei Seca. Meu pai não era de beber, mas dizia que o uísque de Campbell fazia com que um homem se sentisse capaz de dominar o mundo.

— Ainda fabricam bebidas que têm esse poder — disse Eric com um risinho, ao qual Edgar não atribuiu sentido algum.

— Já vi algumas bebidas transformarem homens bons em homens agressivos — disse o velho. — Eu costumava tomar um copo ou dois, mas a verdade é que fiquei longe delas o máximo que pude. As bebidas cobram o seu preço. Vejam só o meu neto: tem 30 anos e nunca conseguiu se mudar da minha propriedade. Um bom rapaz, com uma boa cabeça, mas deixa que a bebida tome conta dele. Se não fosse por mim, Deus sabe onde estaria agora. Minha mulher conseguia levá-lo melhor do que eu, mas ela morreu há nove anos.

— Então, ele era contrabandista de bebidas — concluiu Eric. — Ilegal sim, mas não *cruel*. Não vejo como...

— Campbell passou por cima de certas instituições legais da cidade — disse Edgar. — Todas aquelas com as quais estava envolvido. Os que não aceitavam, morriam. Naquele tempo, havia um delegado aqui que era primo do meu pai. Um bom homem. Ele quis investigar Campbell por ter matado um homem que tentou fugir sem pagar uma dívida. Quis acusá-lo, achava que tinha provas. Falou às pessoas da cidade que iria pregar Campbell na parede. Isso era força de expressão, é claro. Maneira de dizer.

Ninguém falou enquanto Edgar fazia uma pausa e olhava sério para Eric.

— O delegado foi encontrado pregado na parede de seu próprio celeiro. Literalmente. Tinha pregos que atravessavam as palmas das mãos, dos pulsos e do pescoço. E um no pênis.

O cachorro choramingou outra vez aos pés de Eric. Kellen emendou:

— Alguém tentou prendê-lo por esse crime?

Edgar deu um leve sorriso de tristeza.

— Creio que não. Na verdade, acredito até que as coisas tenham ficado mais fáceis para Campbell depois disso. Aqueles que pensavam que podiam acabar com ele tiveram que mudar de ideia.

Naquele momento, ouviram ruídos de motor e de pneus sobre o cascalho. Eric e Kellen se viraram para a janela. O cachorro latiu e levantou-se.

Era um velho Ford Ranger, com dois homens dentro. Parou bem atrás do Porsche de Kellen, as portas se abriram e os homens desceram. Um deles era baixo e ruivo, e saiu do lado do carona. Do lado do motorista, saiu outro de cabelo preto...

— Ah, merda — exclamou Eric. O motorista era Josiah Bradford.

— Quem foi que chegou? — perguntou Edgar, enquanto tentava se erguer da poltrona e olhar pela janela. — Ah, diabos, é só meu neto e Josiah. Vocês já devem ter encontrado Josiah. Como disse, ele é o último da linhagem dos Campbell.

— Já o encontramos, sim — falou Kellen baixinho, sentado no sofá enquanto Eric se levantava e ia até a porta.

22

Eric olhou através da porta de tela justamente no momento em que o ruivo se encaminhava para a varanda e Josiah parou para examinar o Porsche. Ainda o observava quando seu companheiro atravessou a porta sem bater. O neto de Edgar Hastings entrou com o peito estufado, de um jeito fanfarrão, como um cowboy de cinema que entra em um saloon, mas ao dar de cara com Eric tão perto da porta sentiu uma hesitação momentânea. E Edgar completou esse segundo dizendo:

— Droga, Danny, onde estão seus modos?

O ruivo olhou para o avô e depois para Eric, e estendeu a mão com má vontade.

— Danny Hastings.

Josiah Bradford deixou o Porsche de lado, subiu rápido os degraus da varanda e entrou correndo na casa. A porta bateu enquanto seus olhos encontravam os de Eric e depois os de Kellen, no sofá. Kellen o cumprimentou com um aceno e um movimento de sobrancelhas, como faria Groucho Marx, se Groucho Marx tivesse 1,95m e fosse negro.

— Edgar, esses filhos da mãe estão fazendo perguntas sobre a minha família? — disse Josiah.

Danny ainda estava com a mão estendida e Eric a apertou e falou:

— Muito prazer. Meu nome é Eric Shaw.

Danny retirou a mão tão rapidamente como se tivesse pegado em brasa incandescente, e se afastou depressa, olhando para Josiah à espera de suas ordens. Josiah permaneceu perto da porta com os pés afastados. Kellen até então não tinha se movido do sofá. Agora, ele se reclinava na almofada e se espreguiçava, com a cabeça apoiada nas mãos e olhando para eles sem interesse algum, como se aquela cena estivesse se desenrolando na TV, e não ao vivo, a um metro e meio de distância.

— Você se conhecem? — perguntou Edgar a Josiah. Virou-se na direção de Eric e questionou: — Pensei que era de Chicago.

— E sou — disse Eric. — Cheguei na cidade ontem mesmo. Ainda não estou aqui há 24 horas, mas já foi tempo suficiente para me encontrar com Josiah e levar um soco dele.

— Acredito que encontramos aquela dificuldade da qual o senhor falou — Kellen contou a Edgar.

— Dei-lhe umas boas porradas ontem à noite e vou fazer o mesmo hoje — disse Josiah ao entrar na sala. O cachorro correu para a cozinha e se escondeu entre a mesa e as cadeiras. Era evidente que Riley já conhecia Josiah.

Josiah colocou seu rosto a poucos centímetros do de Eric e perguntou:

— Quem você pensa que é para vir na minha cidade e fazer perguntas sobre a minha família?

Eric encarava o rosto abatido do outro, queimado pelo sol e castigado pelo vento. A pele sob seu olho direito estava inchada e manchada de roxo e preto, um presente da mão esquerda de Kellen. Ao examiná-lo, a cor do inchaço fez com que Eric se lembrasse da nuvem de tempestade que vira com o trem. Sobre o hematoma, os olhos de Josiah Bradford tinham uma cor marrom escura que lhe parecia familiar. Eram os olhos de Campbell? Não. Eric vira Campbell naquela mesma manhã, na gravação, e se lembrava bem de que seus olhos eram azuis. Aqueles eram os olhos do homem no trem, do homem que tocava o piano.

— Fiz-lhe uma pergunta, babaca — disse Josiah.

— Fui contratado para fazer um vídeo — respondeu Eric, sem querer encarar Josiah Bradford por mais tempo, porém incapaz de desviar os olhos dele. — Minha cliente pediu para que eu descobrisse o máximo possível sobre Campbell Bradford. Eu não sabia de merda nenhuma sobre você, sua família ou qualquer outra pessoa até ter chegado aqui ontem. Também não esperava que fosse cruzar com você, logo na primeira noite, como um idiota suplicando por uma briga.

Quanto mais Eric observava os olhos de Josiah, mais sua dor de cabeça aumentava. Ela se tornara tão intensa e profunda que nem aquele momento de conflito conseguiu disfarçá-la. Então, deu as costas a Josiah e tentou sorver mais ar através da boca. Recuou um pouco e levou involuntariamente a mão à nuca.

— Você esteve brigando outra vez? — falou Edgar. — Josiah, você é mesmo um caso perdido.

— Eles estavam procurando encrenca, Edgar.

— Porra nenhuma.

— Ah, ele estava apenas brincando conosco ontem — disse Kellen. — Diga, Edgar, você já ouviu a piada do negro com o casaco de pele?

Josiah levantou o braço e apontou para o rapaz.

— Cuidado com o que fala.

— Tome cuidado você — gritou Edgar. — Não quero que isso continue dentro da minha casa.

Josiah abaixou o braço, ignorou o velho e olhou de volta para Eric.

— Quero saber por que você veio aqui fazer perguntas sobre minha família.

— Eu já lhe falei — disse Eric, com a cabeça virada de lado. Não gostava daquela linguagem corporal, que sugeria que ele estava sendo intimidado, mas também não aguentava mais manter os olhos em Josiah, pois, quando fazia isso, a dor de cabeça aumentava.

— Você não me falou merda nenhuma. Trabalhando num filme? Onde estão as câmeras, então?

Isso fez surgir um sorriso de desprezo no rosto de Eric.

— Você acha que é engraçado mentir para mim? Vou lhe dar umas porradas aqui mesmo.

— Não mesmo — disse Edgar.

— Tenha calma, Josiah — falou Danny lá da porta, numa voz que era quase um sussurro.

— Onde estão as câmeras? — repetiu Josiah.

— Tive um pequeno problema com o equipamento hoje de manhã.

— Não acredito em você.

Eric deu de ombros.

— Quem está fazendo esse filme? — perguntou Josiah. — E por quê?

— Isso não lhe interessa — respondeu Eric, procurando falar encarando Josiah, de cabeça erguida e com cuidado de olhar para o centro do nariz do outro e não para aqueles olhos castanhos pálidos.

— Bem, rapaz, eu vou lhe dizer a quem interessa esse assunto — disse Josiah dando um passo à frente e empurrando Eric com o peito.

Eric resistiu ao ataque, enquanto Edgar gritava para Josiah recuar e Danny Hastings se dirigia constrangido para a porta. Kellen esticou as pernas, colocou os pés sobre a mesinha de café e bocejou.

— Você não tem direito nenhum de sair por aí fazendo perguntas sobre minha família — disse Josiah, com o bafo quente com cheiro de cerveja. — Quer fazer perguntas? Então, terá que pagar. É direito meu ser indenizado financeiramente por qualquer coisa que você venha a fazer envolvendo minha família.

— Não — disse Eric. — Você não tem esse direito. Talvez nunca tenha ouvido falar da palavra *biografia*. Eu não me surpreenderia. Mesmo se quisesse fazer um filme sobre *você*, seu imbecil, tenho todo o direito legal. A boa notícia é que não há ninguém no mundo interessado em assistir a uma porcaria como essa. Portanto, fique tranquilo, isso não irá acontecer. Entretanto, se me ameaçar de novo, assediar meu amigo ou fizer alguma outra babaquice de criança, farei com que vá parar na cadeia.

— Ele já esteve lá antes — falou Edgar de sua poltrona. — Será preciso falar algo diferente para lhe meter algum medo.

— Cale a boca, Edgar — disse Josiah ainda com os olhos grudados em Eric.

— Ei! — falou Danny Hastings. — Não fale assim com ele.

Eric falou:

— Obrigado por ter nos recebido, Edgar. O senhor foi de grande ajuda.

Passou por Danny, virou-se, segurou a porta e, só então, viu Kellen se levantar, vagarosamente, enquanto deixava que seu corpanzil se aprumasse e enchesse a sala.

— Saiam daqui — falou Josiah.

Kellen sorriu para ele. Inclinou-se sobre a mesa de centro, estendeu a mão a Edgar Hastings, passou bem junto de Josiah — sem tocá-lo ou olhá-lo —, cumprimentou Danny com a cabeça e foi se juntar a Eric na porta. O cineasta a abriu e ambos saíram. Já estavam quase no carro quando Josiah surgiu com um insulto de despedida.

— É melhor esquecer que já ouviu o nome de Campbell Bradford — gritou. — Entendeu? É melhor esquecer que ouviu o seu *nome*.

Nenhum dos dois respondeu. Eric apenas observava pelo espelho, enquanto Kellen manobrava o Porsche em volta da caminhonete e Josiah permanecia na varanda.

— Bem, até que foi engraçado — disse Kellen ao arrancar. — Fez a viagem de volta a Bloomington valer a pena.

— Desculpe.

— Não, não, estou falando sério. Eu teria guiado mais uma hora só para assistir a isso. Você viu o olho dele? — O rapaz riu. — Ah, aquilo fez meu dia. Percebeu que hoje ele parecia menos corajoso? Não deu nenhum soco, não fez nenhuma piada.

— Percebi.

— Bem, é o resultado de um olho roxo.

Havia uma pequena van parada no acostamento da estrada, não muito longe da casa, e Kellen tirou um fino da lateral dela, uns trinta quilômetros acima da velocidade permitida.

Kellen olhou para Eric, os olhos escondidos pelos óculos escuros e disse:

— Se importa se eu lhe fizer uma pergunta?

— Vá em frente.

— Como o seu Campbell pareceu nunca existir nessa cidade... você já parou para pensar que ele pode ser um mentiroso? E que passou a vida toda fingindo ser outra pessoa?

— Já.

— Nesse caso, ele é bem-sucedido, rico e tem família — continuou Kellen —, mas assumiu a identidade de um idiota de uma cidade pequena em outro estado. Por que alguém iria querer fazer uma coisa dessas?

— Acho que essa é uma pergunta que está ganhando importância. Tenho outra que também gostaria de lhe fazer. Só que, se eu a fizer, você vai parar o carro e me jogar para fora.

Kellen inclinou a cabeça, confuso.

— Qual é?

— Vai parecer loucura.

— Eu gosto de loucuras.

— Veja só... Já vi o bisavô de Josiah antes. Vi *aquele* Campbell. Tenho quase certeza. E ele não é o mesmo cara com quem estive em Chicago.

— Então, onde foi que o viu?

— Numa visão — disse Eric, e Kellen apertou os lábios e balançou a cabeça, devagar, pensativo. *Sim, é claro, numa visão.*

— Você não precisa acreditar nisso — disse Eric —, mas, antes de fazer qualquer julgamento, tenho uma garrafa de água que quero lhe mostrar.

23

ÀS CINCO HORAS, o barômetro caiu um pouco e o céu do oeste começou a se encher de nuvens esparsas. Eram cirros, nuvens que viajavam nas altas camadas da atmosfera a seis, nove, e às vezes até 12 mil metros de altitude. O nome vem de um termo em latim para "tufo de cabelo" e era exatamente assim que se apresentavam hoje, tufos de cabelo branco lá em cima, contra um pano de fundo azul cobalto.

Pareciam quase paradas, aprisionadas perto do horizonte, a oeste, mas Anne sabia que elas, na realidade, se movimentavam perfeitamente. O problema era que estavam *tão* altas que não se podia perceber sua velocidade. Pareciam serenas e tranquilas, mas prenunciavam mudanças. Cirros muito altos como aqueles sinalizavam uma deterioração iminente no tempo e a chegada de ventos muito fortes. Havia até um ditado sobre isso: *Se vemos no céu um pincel a pintar, ventos fortes irão soprar*. O mais interessante é que nessas nuvens de hoje o vento *já* soprava forte. E estava assim desde ontem. Se o ditado era verdadeiro, algo mais forte vinha por aí...

Ela registrou as mudanças no caderno e entrou para preparar uma sopa de legumes. As mudanças do tempo não ocuparam sua mente, como costumava acontecer. Ela estava voltada para aquele estranho homem de Chicago, Eric Shaw, e aquela garrafa esquisita de Água Plutão. Nunca vira nada como aquilo. Tão fria. E o homem parecia assustado, isso era óbvio.

Ela já escutara muitas histórias sobre a Água Plutão, mas mesmo as mais fantásticas se referiam às suas propriedades de cura, nunca a alguma maldição. Não se lembrava de ter ouvido qualquer coisa sobre visões ou premonições. A cidade tinha seu quinhão de histórias de fantasmas, é claro, mas nenhuma relacionada à Água Plutão. Apesar disso, acreditou no que Shaw lhe dissera, e também acreditou que ele só havia começado a ter as visões depois que provou a água. E não ficou tão surpresa assim.

Este vale, seu lar há tantos anos, há tantas décadas, era um lugar estranho. Era um local tocado pela mágica, ela tinha certeza disso, mas aos maus ventos sempre se seguiam os bons, e às marés vazantes seguiam-se as altas de bem-estar: pobreza e fartura, glória e tragédia. Tudo no vale parecia estar num fluxo permanente como em nenhum outro lugar que conhecia. Tinha suas próprias ideias a respeito, também, mas não eram do tipo que se pode dividir com alguém. Não, ideias como as dela poderiam provocar muitas risadas.

Colocou a sopa no fogão e saiu da cozinha. Encarou a escada cujos degraus não conheciam o peso de suas passadas há semanas. Bem, hora de ir lá em cima. Sustentava-se no corrimão, subindo vagarosamente, sem pensar em uma queda, até o topo. Chegando lá, dirigiu-se a um dos quartos vazios, o que outrora fora de sua filha Alice, e abriu a porta do armário. Deu com uma pilha de caixas de papelão mofadas e empoeiradas, fechadas com fita adesiva. Há alguns anos, saberia em quais caixas havia colocado as garrafas, mas já se passara muito tempo e agora ela não tinha a menor ideia de onde estavam. Não havia outra coisa a fazer senão enfrentar aquela pilha e abrir uma de cada vez. Elas eram mais pesadas do que esperava, e esse era o tipo de tarefa que não conseguiria fazer sem a ajuda de outra pessoa, mas sabia que os conteúdos estavam bem embrulhados e aguentariam um pequeno puxão. Puxou a caixa que estava em cima da pilha até ela cair, porém teve o cuidado de tirar o seu pé da rota de colisão. Ela caiu no assoalho com um barulho surdo e alto, além de uma nuvem de poeira. Pegou sua tesoura de costura e cortou a fita.

As garrafas não apareceram até ela abrir a terceira caixa e, até conseguir abri-la, as juntas de seu corpo estavam acabadas e ela não achava que não conseguiria tomar a sopa, pois seu desejo era sair dali, deitar e fechar os olhos. Mas, ao tirar a fita da terceira caixa, sentiu-se mais revigorada, com a energia do sucesso. Havia quase trinta garrafas diferentes dentro dela, todas cuidadosamente embaladas por plástico-bolha e identificadas por data. Levou poucos minutos até encontrar uma compatível com a que Eric Shaw lhe mostrara. Num pedaço da fita adesiva que prendia o invólucro havia uma etiqueta onde tinha sido anotado o ano de 1929. Ela estava certa.

Desembrulhou a garrafa e a segurou na mão. Estava fria, porém de modo natural, como costuma ser a temperatura dos vidros. Dentro dela, a água parecia um pouco turva, mas não tão cheia de sedimentos como vira na garrafa de Eric Shaw.

Deixou as caixas no chão. Uma coisa era derrubá-las e outra bem diferente seria colocá-las no lugar outra vez. Desceu a escada com a garrafa na mão, foi ver a sopa, telefonou para o hotel West Baden Springs e pediu para ligarem para o quarto de Eric Shaw. O telefone tocou muitas vezes até cair na secretária eletrônica.

— Aqui é Anne McKinney. Tenho uma ideia... Não tenho certeza se irá lhe ajudar, mas também não vejo como possa atrapalhar. Encontrei uma garrafa idêntica à sua. É a única que tenho daquele ano, e ainda está cheia. Jamais foi aberta. Você pode ficar com ela. Minha ideia é que você poderia arranjar algum lugar para fazer um teste na água. Não sei onde isso pode ser feito, mas com certeza há algum laboratório em algum lugar que conseguirá fazê-lo. Eles analisarão o conteúdo das duas e poderão dizer se há alguma diferença. Há alguma coisa na sua Água Plutão que não há na minha. Pode ser uma ajuda e tanto saber que diferença é essa.

Deixou seu número de telefone, desligou e se encaminhou para a varanda. Suas costas latejaram quando ela abriu a porta. Do lado de fora, os cata-ventos giravam rápidos e as nuvens cirros que estavam a oeste, da última vez que as observara, estavam agora em cima de sua cabeça. O ar cheirava a azáleas e madressilvas que cresciam em volta da construção. O dia estava muito bonito, mas o vento ainda soprava e aquelas nuvens eram como um aviso.

24

KELLEN CAGE ESTAVA SENTADO numa cadeira do quarto de Eric, com os olhos grudados na garrafa verde. Tocou-a delicadamente com as pontas dos dedos e notou uma camada tênue de gelo derretido, enquanto deixava um brilho molhado na pele de sua mão. Eric já lhe contara tudo o que sabia, mas Kellen não dissera nada ainda. Entretanto, manteve contato ocular com o cineasta durante toda a conversa, e aquilo era encorajador. Eric aprendera, nos muitos anos em que participou de reuniões inúteis com executivos de estúdio, que, quando as pessoas não estavam de acordo com suas opiniões — ou quando acreditavam que era um doido varrido —, começavam a buscar outros atrativos onde pudessem direcionar o olhar, desviando o foco de sua participação.

— Consigo acreditar que essa merda tenha lhe causado alucinações — disse Kellen. — O que não *consigo acreditar* é como você foi capaz de bebê-la. Para mim, parece nojenta.

— E é — disse Eric. — Pelo menos na primeira vez. Já na segunda, estava boa. E hoje de manhã? Estava *ótima*.

Kellen tirou a mão da garrafa e afastou a cadeira um pouco para trás.

— Durante o tempo todo que estamos aqui conversando, a garrafa esfriou ainda mais.

— Eu sei.

Kellen encarou desconfiado a garrafa.

— A boa notícia é que talvez você não tenha mais visões se não bebê-la de novo.

Aquilo, provavelmente, era verdade, mas, enquanto as alucinações eram aterrorizantes na sua aparente realidade, o outro lado da moeda trazia o que Eric passou a considerar como sintomas de uma espécie de síndrome de abstinência: as enxaquecas, as vertigens e as tonturas. Sua cabeça passara a latejar o dia todo, e mesmo quando Kellen sentou-se com ele e falou o quanto a Água Plutão parecia repulsiva, o cineasta sentia vontade de tomar outro gole. Só um gole para afastar aquela sensação de uma lâmina entrando devagar em seu crânio, uma lâmina que parecia estar cada vez mais afiada na última meia hora. Síndrome de abstinência, sem dúvida — ele suplicava por aquele infame e milagroso gole capaz de curá-la.

— É como se sua mente tivesse enlouquecido com o que quer que exista nesta água — falou Kellen.

— Estou lhe dizendo — disse Eric —, os olhos daquele homem do trem eram idênticos aos de Josiah Bradford.

— Acredito em você. Mas você já tinha visto os olhos de Josiah. Encarou-os por um bom tempo ontem à noite. Portanto, eles estavam em seu cérebro. Eram alguma coisa para sua cabeça brincar quando a água o levou na viagem.

Aquilo era provavelmente verdade, mas não convenceu Eric. O homem no trem era Campbell Bradford. Tinha certeza disso, do mesmo modo que tivera a certeza de que haviam escolhido o vale errado para fazer o filme sobre os Nez Perce, e também do mesmo modo que estivera convicto da importância daquela fotografia do chalé vermelho na coleção de fotos de Eve Harrelson.

O telefone na mesa começou a tocar. Kellen observou o outro com um olhar curioso, mas Eric sacudiu a cabeça num sinal de que não atenderia. Deixaria que a secretária eletrônica fizesse seu trabalho. Não queria ser interrompido naquele momento.

— Acho que, se for mais do que o efeito alucinógeno de uma droga, você logo saberá — disse Kellen.

— O que quer dizer com isso?

— Se as alucinações são efeitos de uma droga, então elas serão sempre aleatórias, certo? Você poderá começar a viagem vendo dragões no teto. Mas, se for outra coisa, se você vê... fantasmas ou algo assim, bem, então é possível que você veja o mesmo cara várias vezes, não é?

O mesmo cara. Eric se lembrou dele no vagão do trem, a água em seus calcanhares e o chapéu-coco que ele jogou na direção do cineasta. Não, ele não queria ver mais aquele cara.

— Estou tendo visões — disse —, não são fantasmas. Talvez esta merda pareça uma coisa única para você, mas não é. Acredite.

Kellen se recostou, apoiando um dos sapatos na beirada da mesa. Parecia ser tamanho 48.

— Você sabe o que mais me interessou neste lugar?

Eric negou com a cabeça.

— Meu bisavô foi porteiro neste hotel nos bons tempos. Morreu quando eu tinha 11 anos, mas até esse dia o que mais gostava de fazer era contar histórias do tempo que trabalhou aqui. Falava muito sobre Shadrach Hunter. Ele tinha uma teoria de que Campbell Bradford matara o homem, como disse mais cedo, e o motivo envolvia o uísque que Campbell trazia para a cidade. Ele conversava sobre os cassinos, sobre os times de beisebol e sobre as pessoas famosas que vinham para cá. Ouvir todas aquelas histórias que ele contava sobre o que significava ser negro nesta cidade àquela época foi o que despertou meu interesse original. Mas essas não eram as únicas histórias que ele contava.

Eric falou:

— Não me venha com histórias de fantasmas.

— Não sei se podemos chamá-las de histórias de fantasmas, na verdade. Entretanto, meu bisavô realmente acreditava em espíritos, que ele chamava de *almas penadas*, e, na opinião dele, tinha um monte delas por aqui. Um número fora do comum, segundo ele. E nem todas eram más. Ele achava que algumas eram boas e outras não, e que muitas delas vagavam por aqui. Uma vez ele me disse que havia uma carga de energia sobrenatural neste vale.

— Uma carga de energia?

— Exatamente, da mesma forma que eletricidade. Ele me explicou que eu deveria pensar nisso como uma bateria. Disse que todos os lugares guardam a memória de seus mortos, só que, em alguns locais, esta força é maior do que em outros. Uma casa normal, de acordo com o velho Everett — os lábios de Kellen formavam um sorriso, porém seus olhos mantinham uma expressão séria — não era mais potente do que uma pilha AA, talvez. Mas alguns lugares eram como geradores que trabalhavam sem parar.

— E este hotel é assim?

Kellen sacudiu a cabeça.

— Não só o hotel. O vale inteiro. Ele achava que havia mais energia sobrenatural neste lugar do que em qualquer outro em que esteve.

— Que um lugar guarde a memória de seus mortos eu posso acreditar — falou Eric. — Que inferno, *preciso* acreditar, com todas essas experiências que estou tendo. No entanto, não consigo conceber a ideia de um fantasma, ou de qualquer coisa que possa afetar de alguma maneira este mundo.

— Este vale é um lugar estranho, sob várias perspectivas.

— É verdade. Mas há o desconhecido e a ideia de fantasmas em atividade por aqui. Você não acredita nisso, não é?

— Vou citar o velho Everett sobre isso, meu amigo — disse Kellen, sorrindo. — "Não sou supersticioso, mas acho melhor não andar por um cemitério depois do anoitecer."

Eric riu.

— É uma boa frase.

Eles trocaram um olhar silencioso por alguns segundos, como se nenhum dos dois soubesse como mudar de assunto agora que fantasmas faziam parte da conversa. Porém, algum tempo depois, Kellen apontou para o telefone, que agora tinha uma luz vermelha piscando.

— Chegou mensagem para você.

Eric pegou o fone e ouviu a mensagem. Era Anne McKinney. No início, ele não prestou muita atenção, mas então as palavras da anciã ficaram mais claras e ele se concentrou. O que aquela senhora estava sugerindo era, na verdade, uma ótima ideia. Ele anotou o número de telefone dela, apagou a mensagem e voltou-se para Kellen.

— Lembra-se de que falei de uma mulher que iria passar aqui para ver a garrafa? Ela tem outra igual. Do mesmo tipo, do mesmo ano, que jamais foi aberta.

— Deixe-me adivinhar: não está coberta de gelo — falou Kellen.

— Não. Mas ela sugeriu que eu deveria levar a minha garrafa e a dela para serem analisadas e comparadas. Por meios químicos, quero dizer.

Kellen abaixou a cabeça e apertou os lábios de uma maneira que Eric começava a perceber como um de seus cacoetes, e assentiu devagar.

— Vale a pena tentar. E talvez eu possa ajudar. Quer dizer, minha namorada talvez possa. Ela estudava química na Universidade de Indiana, mas passou o último semestre se preparando para prestar os exames da escola de medicina. Se há alguém por aqui que trabalhe com análises químicas, ela com certeza saberá.

— Fantástico — disse Eric.

Embora a sugestão de Anne McKinney fosse algo simples, tornou-se importante, por dar a Eric uma diretriz, deu-lhe certo sentido — ou talvez a ilusão — de controle.

— Talvez você não sinta necessidade disso, tomando água-fantasma dessa maneira, mas eu gostaria de comer alguma coisa — disse Kellen.

— Na verdade, também preciso comer. Não coloquei nada no estômago desde que acordei. Mas você se importa se eu for primeiro pegar a garrafa com esta senhora? Gostaria de tê-la logo aqui comigo.

— De jeito nenhum. Eu dirijo.

Eric ligou de volta para Anne McKinney, agradeceu pela oferta e disse que ele e um amigo estavam indo até lá para pegar a garrafa. Ela respondeu que tudo bem, mas sua voz parecia diferente do último encontro. Menos animada, cansada.

O sol estava baixo e escondido atrás das montanhas do lado oeste do hotel quando eles caminharam pelo estacionamento. Do lado do Porsche de Kellen havia uma van azul estacionada. Eric não registrou sua presença até que a porta do lado do motorista se abriu e, de dentro, saiu um homem com uma camisa polo manchada de suor. Ele disse:

— Um momento, Sr. Shaw. Gostaria de falar com você um instante.

O motorista era baixo, porém musculoso. Tinha uns 40 anos e era careca, exceto por uma linha de cabelos escuros acima das orelhas. De costas retas e com os ombros para trás, tinha uma atitude quase militar. Olhos azuis e frios encaravam Eric, que percebeu um BlackBerry pendurado no cinto do homem.

— Mas quem é o senhor? — disse o cineasta, que parou por um momento enquanto Kellen ia até seu carro. Curioso, o rapaz encostou-se no capô para observar a cena. O estranho usava óculos escuros e, quando foi na direção deles, Eric pôde ver o próprio reflexo em suas lentes douradas.

— Senhor Cage — falou, cumprimentando Kellen.

— Uau — disse o rapaz. — Você conhece todo mundo.

— Gostaria de um minuto do seu tempo, se possível.

— Então é melhor nos dizer quem o senhor é — disse Eric.

O homem careca tirou um cartão do bolso e mostrou-o a Eric. *Gavin Murray, Soluções de Crises Corporativas*, dizia o cartão. Três números de telefone e um endereço de Chicago.

— Não tenho uma corporação — disse Eric. — Muito menos uma crise.

Ele deu meia-volta e rumou até ao carro de Kellen. Gavin Murray ergueu a mão, com a palma para fora, e falou:

— Entretanto, pode estar indo direto a uma, e eu gostaria de ajudá-lo a evitar isso. Deveríamos ter uma breve conversa sobre o trabalho que o senhor veio fazer aqui a mando de Alyssa Bradford.

Eric parou e olhou para trás, recebendo como resposta um olhar tranquilo. Kellen tirou os óculos escuros do rosto e colocou uma de suas hastes enfiadas na gola da camiseta. Em seguida, encarou Eric com as sobrancelhas erguidas.

— Como eu disse, ele conhece todo mundo.

— Realmente conheço, senhor Cage. Sou muito rápido quando se trata de conhecer pessoas. Aliás, parabéns pelo sucesso de seu irmão. Um excelente jogador. E também a seu sogro, senhor Shaw. Ele já vendeu centenas de livros, não foi? Ah, sei que o senhor se separou de Claire, mas, enquanto o processo do divórcio não chegar ao final, ele tecnicamente ainda é seu sogro. — E presenteou-os com um sorriso vazio. — Então, podemos conversar?

— Está bem — disse Eric, massageando a nuca onde a dor de cabeça parecia ter se alojado agora, e por onde logo iria descer por sua coluna. — Vamos ouvir o que tem a nos dizer.

— Ótimo. Porém, por mais que eu adore encontrar o senhor Cage, esta é uma conversa particular. Portanto, se ele puder esperá-lo por alguns minutos, podemos conversar enquanto andamos pelo jardim.

Eric hesitou, mas Kellen disse:

— Pode ir. Ele parece ter um plano muito bem-feito. Detestaria ficar em seu caminho.

— Fico muito agradecido — disse Gavin Murray, e se virou para começar a caminhar, se distanciando dos carros, deixando Eric com a única opção de segui-lo.

25

— NÃO ERA MEU intuito abordá-lo dessa maneira, no estacionamento — disse Gavin Murray, enquanto eles se afastavam de Kellen. — Minha intenção era entrar no hotel e pedir para que o chamassem. Entretanto, antes mesmo de ter essa oportunidade, vi o senhor saindo. Achei que seria melhor conversarmos agora, e não mais tarde.

Eric falou:

— Imagino que não foi Alyssa quem o mandou para cá.

— Não.

— Então, quem foi?

— Não posso falar — disse Murray. — Meu trabalho é confidencial.

— E que trabalho seria esse?

— A SCC é uma empresa de investigações e soluções. Nossa especialização é resolver problemas.

— E você veio de Chicago até aqui quando poderia muito bem telefonar. O senhor deve ter uma bomba nas mãos, e não um simples problema.

— Gostamos de realizar nosso trabalho pessoalmente. A conversa que preciso ter com o senhor é muito importante e, na verdade, é para seu próprio benefício.

— Essa é a sua opinião ou a opinião de seu cliente?

— De ambos, no caso.

Eric ficou em silêncio. Naquele momento, estavam no jardim, caminhando em direção à fonte.

— Até onde sei, o senhor está aqui para fazer um vídeo — disse Murray. — Parece um trabalho interessante. Deve ser divertido. Mas esse projeto não é apropriado para você.

— Não?

— Não.

— Acho que o senhor poderia esclarecer alguns pontos. Por exemplo, quem o mandou para cá?

— Realmente não tenho permissão de revelar essa informação. Com certeza o senhor compreende.

— Sim, é claro — disse Eric. — Você só está fazendo seu trabalho. Respeitando os desejos do cliente e atendendo às exigências que ele fez.

— Exatamente.

Eric parou de andar. Estavam ao lado da fonte agora, e um vento forte fazia gotículas de água caírem em sua pele.

— Bem, é isso que estou fazendo, também — falou ele. — É o que continuarei a fazer, Gavin, meu camarada. Fui pago e vou terminar o trabalho.

Gavin Murray não levantou os olhos para encará-lo. Tirou um maço de cigarros do bolso, puxou um e ofereceu outro a Eric. Diante da negativa do cineasta, colocou-o de volta no lugar. Acendeu seu cigarro, tragou-o profundamente e exalou a fumaça pelo nariz enquanto contemplava o hotel.

— Quanto ela está lhe pagando?

— Isso não apenas é irrelevante, como não é de sua conta.

— Estou autorizado a lhe dar 50 mil dólares se o senhor cancelar esta empreitada.

— Que pena — disse Eric. — É menos do que estou ganhando.

Uma mentira, é claro, mas ele estava curioso para saber quanto valia a interrupção de seu trabalho para quem quer que estivesse manejando os cordões de Gavin Murray. Cinquenta mil dólares era muita grana para começar uma negociação, e Eric sentiu um arrepio na espinha.

Murray sorriu com o cigarro na boca.

— Um negociador. Muito bem. Posso ir até 75 mil enquanto estivermos aqui. Você pode pedir mais do que isso, mas provavelmente não conseguirá, e sabe que esse montante é mais do que poderia desejar.

— Não vou pedir mais do que isso, e não *desejo* coisa alguma. Volte para casa, Gavin. Sinto muito, mas você perdeu a viagem.

— Dê à ética um descanso, senhor Shaw. Fico surpreso com isso. O senhor trabalhou por tempo suficiente na indústria cinematográfica, e sabe como é rara uma oferta de dinheiro certo, assim como também é rápida e passageira.

— Elas desaparecem rapidamente — concordou Eric. — Porém, sabe o que nunca desaparece? Idiotas que tentam forçar a barra com dinheiro. Parece que há um estoque interminável deles. Merda, só em Los Angeles tem muito mais do que pude conhecer. E, ainda assim, conheci vários deles, o suficiente para que eu ficasse cansado disso tudo. Portanto volte, ligue para o seu cliente e avise para ele fazer um rolinho bem apertado com seus 75 mil, ou 100 mil, ou 200 mil, e enfiar no cu.

Ele deu as costas para ir embora, mas Murray o seguiu.

— O senhor me parece ser um homem inteligente e provavelmente sabe como funcionam os negócios nesse nível. Dinheiro é só a primeira tentativa, mas há outras maneiras de conseguir o que quero, se for preciso.

Eric parou de andar e virou-se.

— O que isso significa?

Murray bateu a cinza do cigarro.

— Não foi uma frase muito complexa.

— Pois é melhor que eu não a tenha entendido. Porque, se for tão simples como sugeriu, você acaba de me ameaçar, babaca.

Murray suspirou e devolveu o cigarro aos lábios.

— Pessoas como o senhor são exaustivas, sabia? Não há nenhum motivo, *nenhum*, para ser tão teimoso, mas o senhor não consegue impedir sua estupidez.

— Deve ser muito bom substituir a ética por uma gorda conta bancária, Gavin. Você deve estar muito bem. As pessoas como você normalmente estão.

— Seria uma ótima ideia tentar negociar, senhor Shaw. Tenha certeza disso.

— Negociar com *quem*? Você me ofereceu dinheiro, e quero saber de onde ele vem. — Eric o encarou. — Para qual membro da família o senhor trabalha?

— Desculpe?

— A única pessoa que poderia se preocupar com o que estou fazendo aqui teria de ser alguém próximo a Campbell Bradford, lá em Chicago.

Gavin Murray sorriu.

— Era o que o senhor pensaria, não?

Eric esperou, porém o outro não disse mais nada. Então, falou:

— Já acabamos, Gavin. E diga a quem quer que o tenha contratado que ele pode falar comigo pessoalmente, se quiser conversar.

— Tenho apenas mais uma pergunta — disse Murray. — O que exatamente o senhor discutiu com Josiah Bradford?

Eric levantou a cabeça.

— Você realmente conhece todo mundo, não?

Gavin deu um sorriso e assentiu.

— O que conversei com ele é assunto particular — disse Eric. — E, se você não for embora logo, vou dar a ele mais informações. Como o fato de que há alguém na cidade que foi capaz de sacudir 75 mil pratas na minha cara. Só posso imaginar o quanto sacudiriam na cara dele.

— Nem um centavo.

— Acho isso difícil de acreditar. Tenho a impressão de que há alguém muito preocupado com o legado de Bradford. E provavelmente nas ações que ele possui também.

— Isso não é verdade.

— Não? Então o que você veio fazer na linda French Lick, amigo?

Silêncio.

— Certo — disse Eric. — Muito bem, aproveite a viagem, companheiro. E fique longe de mim.

Dessa vez, Murray o deixou ir.

26

KELLEN ESPERAVA DENTRO DO carro com as janelas abertas e uma música a todo o volume. Ele abaixou o som logo que Eric sentou-se ao seu lado.

— Então, para quem aquele cara está trabalhando?

— Para alguém que me ofereceu 75 mil dólares para que eu desistisse e voltasse para casa.

O rapaz debruçou-se sobre o volante, boquiaberto.

— O quê?

Eric fez que sim com a cabeça.

— Começou com 50 mil e, em seguida, subiu para 75 mil.

Kellen repetiu a pergunta, como se não tivesse recebido resposta da primeira vez.

— Eu sei — falou Eric, enquanto olhava a base da montanha à procura de Gavin Murray. Acabou localizando-o parado ao lado de um dos gazebos, com um celular grudado na orelha. Muito provavelmente estava ligando para Chicago, contando as novidades e esperando para receber as novas instruções.

— Desconfio que esteja a serviço de outro membro da família — disse Eric. — Ou algum dos advogados de Campbell. O velho está para morrer e vale algumas centenas de milhões de dólares. Podem estar preocupados com Josiah.

— Você acha?

— Sim. Se Josiah é parente do velho no hospital, pode reclamar legalmente por uma herança. Campbell abandonou a família. Tudo bem que foi há algumas gerações, mas com certeza existe um monte de advogados que ficariam felizes em reivindicar uma indenização em favor de Josiah.

— Mas você acha que os dois Campbells são uma só pessoa?

— Não, não acho. O que torna isso tudo ainda mais interessante, não?

— É claro. E também me faz imaginar o que sua cliente terá a dizer.

— É verdade — disse Eric. — Vou ligar para ela. Agora.

Lá, junto ao gazebo, Gavin Murray abaixou o celular e o colocou de volta na capinha que trazia presa ao cinto, enquanto acendia outro cigarro. Estava encostado num tronco, os olhos exatamente na direção do carro deles.

— Você acha mesmo que é uma boa ideia falar sobre isso a ela? — perguntou Kellen.

— Alyssa deve saber melhor sobre o que está acontecendo do que eu. Como poderia ser uma má ideia?

Kellen deu de ombros e esperou Eric digitar o telefone dela no teclado. Primeiro, tentou o celular e, depois, o número da casa. Não obteve resposta em nenhum deles. Deixou mensagens em ambos, mas não deu detalhes, apenas pediu para que ela ligasse de volta assim que possível.

— A dor de cabeça voltou? — perguntou Kellen quando Eric desligou. O rapaz percebeu que o outro esfregou a nuca todo o tempo em que tentava falar no celular.

— Não se preocupe com isso. Vamos indo. Eu disse a Anne que estávamos a caminho.

Quando saíram do estacionamento, viram Gavin Murray acenando para eles. O homem estava ao telefone mais uma vez.

Josiah deixou Danny na casa do avô e saiu sem dar uma palavra, alguns minutos depois do Porsche ter ido embora. Chegou a considerar a possibilidade de segui-los pela estrada naquela lata velha, até alcançá-los para dar umas porradas em cada um deles, coisa que deveria ter feito na casa de Edgar. Porém, eles não estavam mais à vista. Na verdade, não viu nenhum outro carro, com exceção de uma van azul estacionada junto aos arbustos.

Josiah passou por ela e entrou na cidade. Parou no posto de gasolina e colocou 20 dólares de gasolina em seu tanque quase vazio, e comprou seis latas de cerveja. Bebeu uma ali mesmo, ao lado da bomba de combustível. Alguém parou atrás dele e buzinou alto, aborrecido por Josiah ter bloqueado o acesso à bomba apenas para beber cerveja, mas bastou o motorista dar uma olhada nele que recuou e foi buscar outra bomba que estivesse disponível.

Josiah jogou a lata de cerveja vazia numa lixeira e dirigiu para longe do posto, em direção à sua casa. Ela ficava nas montanhas arborizadas a leste de Orangeville, cercada por algumas centenas de hectares de fazendas que pertenciam aos Amish. Eles iam para cima e para baixo da estrada com suas carroças e vendiam legumes em frente às suas propriedades. Antigamente, quando Josiah passava por eles, acelerava a caminhonete de propósito, deixando a "tão assustadora" tecnologia que rejeitavam dar um susto neles. Josiah costumava rir disso. Com o tempo, porém, ele começou a apreciar o modo de vida deles. Eram vizinhos pacatos, cuidavam bem de suas terras e não o incomodavam com barulhos, conversas fiadas ou fofocas. Cuidavam da própria vida, e não se metiam na dele. Como deveria ser.

A varanda parecia limpa e brilhante quando estacionou a caminhonete, entretanto aquilo já não o satisfazia mais. Ele fora nocauteado duas vezes. Ver aqueles dois sentados na sala de Edgar já era ruim o suficiente, mas aguentar Danny Hastings, o idiota do Danny, encarar firmemente Josiah e dizer que seu plano era estúpido foi demais. E o pior: ele estava certo quanto ao plano.

Sim, fora um dia péssimo. Que inferno, o fim de semana inteiro fora assim. Tudo desabara rapidamente, começando por ontem à noite. Tudo estava bem na sexta-feira de manhã, na medida do possível, pelo menos.

Entretanto, era exatamente esse o problema: as coisas jamais estariam bem e nunca iriam mudar. A não ser que ele tomasse uma providência. Continuaria a ficar sentado na varanda bebendo aquela cerveja aguada e trocando ideias com Danny pelo resto de sua vida patética, até que perdesse seus reflexos e não conseguisse mais dirigir com álcool nas veias e, então, bateria com a caminhonete direto em uma árvore, da mesma maneira que seu pai fizera no passado?

— Alguma coisa tem que mudar — sussurrou para si, sentado na boleia da caminhonete enquanto o suor pingava do pescoço, a cerveja esquentava ao sol e os cavalos dos Amish, na fazenda vizinha, andavam em círculos para mover uma espécie de moinho. Sempre de cabeça baixa, o tempo todo, passo após passo após passo. — Alguma coisa tem que mudar.

Saiu do veículo, mas não queria entrar em casa, não queria se sentar naquele sofá velho da varanda e encarar as rachaduras nas paredes e o chão torto. O corrimão brilhava sob o sol, é claro, mas só agora ele percebia o quanto era pequena aquela mudança. A casa continuava a ser um barraco, com suas calhas despencando, telhado manchado e paredes cobertas de mofo. É óbvio que tudo aquilo poderia ser consertado, mas era preciso ter dinheiro para fazer isso. E, afinal, qual seria o sentido? Conseguiria o mesmo efeito polindo cocô.

Em vez de entrar, pegou a cerveja e andou até o fundo do quintal. De lá, caminhou em direção ao campo atrás da cerca de arame farpado que separava os terrenos. Queria ir para a floresta que havia após as colinas, para tomar mais umas cervejas.

Estava no meio do caminho, o rosto exposto ao sol e ao vento morno vindo do oeste, quando se lembrou da segunda metade de seu sonho, com o homem esperando por ele na beirada do bosque. Com aquele pensamento, Josiah olhou para cima, como se fosse ver o danado ali bem à sua frente. Não havia ninguém à vista, mas a lembrança o arrepiou da mesma maneira, pensando em como o homem balançava a cabeça em sua direção enquanto o dia se tornava noite. Que sonho mais esquisito. E logo após ter aquele outro, o do trem, onde o mesmo homem estava de pé em um vagão de carga com água até os tornozelos.

Estamos indo para casa pegar o que é seu.

Existem pessoas que consideram sonhos como uma espécie de presságio. Josiah nunca fora desse tipo, mas, hoje, não conseguia deixar de pensar no homem do chapéu-coco. *Pegar o que é seu*, dissera ele. Não havia muita coisa neste mundo da qual Josiah era dono. Entretanto, era curioso ter um sonho como esse exatamente quando um monte de gente fazia perguntas por aí sobre sua família. Diabos, quem teria tanto interesse em Campbell? Já fazia uns oitenta anos desde que ele pulara em um trem para nunca mais voltar.

Pulara em um trem. Um trem antigo, puxado por uma locomotiva a vapor e um vagão, exatamente como no sonho.

— Aquele era você, Campbell? — falou Josiah, baixinho, dando voltas pelo campo e sorrindo. Definitivamente, ele se perdera em um monte de pensamentos malucos e idiotas. Provocar incêndios, roubar pedras preciosas e ver seu bisavô em um sonho? O homem estava era à beira da loucura.

O sol estava forte e as latas de cerveja batiam desajeitadas em sua perna enquanto andava, mas ele não se incomodou. Sua camisa estava ensopada de suor e insetos zumbiam em volta de seu pescoço, mas isso também não era nenhum problema. Era bom estar ao ar livre, se movimentando e completamente sozinho. Ele crescera ali, entre as florestas e os campos, e passou mais tempo lá do que em casa. Edgar costumava chamar a ele e a Danny de *desbravadores*. O velho Edgar fizera um bom trabalho com Josiah. A família dele era tão caótica que o idoso o levou para viver com os Hastings. Ele e Danny eram como irmãos, e, embora Danny não fosse muito inteligente, isso nunca incomodou Josiah tanto quanto agora. A verdade era que ele sempre gostou muito de Danny, mas jamais o levara em consideração. Danny era um bom homem, mas não realizaria muita coisa nessa vida. Até quando abandonaram a escola no mesmo dia, parecia que Danny estava agindo de acordo com o esperado, enquanto Josiah fazia uma escolha. Ele era a metade da dupla que iria realizar alguma coisa na vida, a metade ambiciosa.

Pelo menos, essa sempre fora a noção que tivera. Agora, entretanto, sentia como se a realidade o tivesse alcançado de repente e, num piscar de olhos, percebeu que não havia nada de muito diferente entre ele e Danny, nada que alguém pudesse perceber, nada tangível. Ambos ainda estavam na cidade, vivendo em casas de merda, dirigindo carros de merda, pilotando cortadores de grama, manuseando tesouras de jardinagem e bebendo sempre. Como diabos aquilo acontecera?

O lugar para onde Josiah ia era um local que ele descobrira ainda garoto, 12 anos de idade e caminhando sozinho. Bem, não caminhando exatamente. Na verdade, correndo, com a dor do cinto de seu velho ainda vibrando em suas costas. Moravam a apenas 3 quilômetros de onde Josiah mora hoje em dia, 3 quilômetros separados pelos campos que cruzava agora.

Naquele dia, ele correu até seus pulmões se apertarem como punhos fechados e seus tendões reclamarem de tanto esforço. Diminuiu o passo, então, para uma caminhada inconstante, atravessou outro campo e entrou na floresta até topar com uma montanha íngreme. Era uma subida difícil, coberta de vegetação e esburacada, cheia de lajes de pedra lisa. Ouviu um barulho como um borbulhar e parou, escutando e se assustando cada vez mais, pois sentia que o som vinha de algum lugar *debaixo* dele. Bem debaixo de seus pés, ele tinha certeza, embora não houvesse qualquer fonte de água por ali.

Ele seguiu o barulho, embrenhando-se entre as árvores. Acabou encontrando um penhasco de uns bons 30 metros de altura. Logo abaixo dele havia uma estranha piscina, de um assustador brilho verde-azulado. A superfície dela era plácida como a de um reservatório, mas tudo ao seu redor recebia um borbulhar constante, um movimento perpétuo com a água. Algumas árvores caídas de cima do rochedo estavam meio mergulhadas na piscina, seus ramos brancos fantasmagóricos desaparecendo nas profundezas verdes. Do topo do rochedo, raízes se balançavam livremente sobre a pedra, exatamente como nos filmes de terror com cenas filmadas em pântanos.

O rochedo circundava a piscina por todos os lados, formando um jarro gigantesco. Josiah teve de fazer um grande esforço para chegar lá, porém o lugar ficava ainda mais sinistro do que no topo, pois dali não poderia escapar rapidamente e o vento soprava as folhas secas das árvores. De vez em quando, um dos cantos da piscina parecia ranger ao cuspir mais água sobre água. Debaixo das pedras, o barulho borbulhante continuava. Sempre audível, porém invisível.

Josiah nunca imaginara que um lugar como aquele pudesse existir.

Ele se arriscou a levar outra surra quando voltou à noite para casa e contou ao pai sobre o que vira, jurando que aquele lugar era mágico. O homem riu e disse que aquele local se chamava golfo de Wesley Chapel, ou golfo de Elrod, para os mais velhos, e era um dos lugares onde o Lost River irrompia à superfície num estrondo violento, escapando das cavernas onde se escondia.

— E fique longe daquele lugar na estação das cheias — advertiu o velho. — Viu bem o nível da água hoje? Bem, ela vai subir uns 10 metros ou mais por aquele rochedo, quando a parte subterrânea do rio encher, e vai formar um redemoinho. Eu já o vi uma vez, menino, e ele afoga as pessoas. Se for lá na estação da cheia, vou lhe dar tanta palmada que vai ficar com a bunda vermelha.

Obviamente, Josiah foi até lá durante a estação das cheias. E o velho não estava mentindo — a água realmente subia pela face do rochedo e girava como um redemoinho. Havia um lugar raso no rochedo que o aparava, e a água irrompia dali, encontrava um canal seco e o enchia, corria um pouco por ele e desaparecia num dos buracos rasos para depois reaparecer logo adiante.

Era um rio estranho, e prendeu a atenção de Josiah durante um bom tempo de sua juventude. Ele e Danny percorreram os canais na época da seca e localizaram os buracos rasos. Havia mais de cem deles. Alguns engoliam a água como se estivessem mortos de sede, outros a cuspiam de volta à superfície como que a vomitando. E havia fontes também. Algumas eram tão pequenas que passariam despercebidas, a não ser que você estivesse parado em cima delas, fontes que exalavam um odor forte de ovos podres. Eles até encontraram vestígios de velhas habitações espalhadas ao longo do rio e pelas montanhas, com as madeiras apodrecidas e vigas de pedra cobertas de musgo.

O golfo tornou-se um ponto de visitas constantes de Josiah, mas ele ia lá somente com Danny e ninguém mais. Até que, uma noite, com 16 anos, Josiah resolveu levar uma garota chamada Marie para o local. Ela reclamou o tempo todo, disse que o lugar era sinistro e o impediu de colocar a mão em sua saia, e saiu com outro cara uma semana depois. Depois disso, Josiah nunca mais levou ninguém lá.

Às vezes, pessoas subiam e jogavam lixo pelo desfiladeiro e dentro da piscina, o que irritava Josiah como poucas coisas na vida. Ele tirou de lá um número incontável de latas de cerveja e pneus velhos. Certa vez, encontrou até uma privada. Quando ainda estava na escola, a área foi protegida pelo governo, sob a alegação de que era um local especial, e foi então limpa, sinalizada e passou a ser monitorada.

Josiah escalou o lado leste do rochedo e desceu até uma laje de pedra calcária que ficava acima da piscina. Sentou-se na pedra, balançando os pés, e abriu uma lata de cerveja que, àquela altura, já estava morna.

Se ele estivesse do lado oposto da mesma montanha e as árvores estivessem sem as folhas, Josiah conseguiria ver a casa onde fora criado, ou, pelo menos, o que restara dela. O lugar estava abandonado há dez anos e, na última primavera, uma árvore caíra e abrira um buraco no telhado logo acima da cozinha, o que permitiu a entrada da chuva. Ele ficou surpreso da prefeitura não a ter demolido quando vieram retirar a árvore.

O golfo ficava perto tanto da casa onde fora criado quanto da casa onde morava agora. Estava a 3 quilômetros do lugar onde nascera.

Três quilômetros. Era o mais longe que ele fora na vida. *Três quilômetros de merda.*

Bebeu outra cerveja enquanto o sol mergulhava por trás das árvores e o ar começava a refrescar. Lá embaixo, grandes troncos de árvores caídas se desgastavam como ossos que desbotavam, a água esverdeada se tornando negra à medida que ficava mais funda. Vez ou outra era possível ouvir um murmúrio na beirada da piscina, quando o Lost River liberava um pouco mais de sua água escondida que, com um sussurro constante, molhava as pedras mais próximas. Josiah abriu mais uma lata, mas não bebeu nada. Colocou-a ao lado e alongou as costas. Queria fechar os olhos e ficar em paz. E tentar não pensar no homem de Chicago ou no homem do sonho. Tentar não pensar em nada.

27

Anne McKinney atendeu à porta com a garrafa na mão. Sorriu quando Eric apresentou Kellen a ela, mas manteve sua mão no batente como apoio. Parecia menos firme do que estivera na manhã daquele dia.

— É igual à sua, não é? — disse ela, oferecendo a garrafa a Eric.

Ele girou a garrafa na mão e concordou com a cabeça. Era igual em todos os detalhes, mas estava seca e na temperatura ambiente, parecia natural quando colocada em contato com a pele.

— É exatamente igual.

— Não sei a quem você pode recorrer para fazer uma análise comparativa. Talvez tenha sido uma ideia boba.

— Não. É uma ótima ideia. Kellen conhece alguém que pode ajudar.

— Que bom.

— A senhora tem certeza de que não se importa? Porque não gostaria de abri-la se pensasse que...

Ela fez um sinal negativo com a mão.

— Não tem importância. Tenho muitas outras e, de qualquer modo, duvido que alguém vá se interessar por elas depois que eu me for. Vou doá-las à sociedade histórica, mas eles não vão dar falta de uma dentre tantas.

— Muito obrigado.

— Como está se sentindo agora? — perguntou ela, com o que parecia uma preocupação genuína.

— Estou bem — mentiu, e então se surpreendeu ao dizer: — E a senhora?

— Ah, estou um pouco cansada. Provavelmente fiz mais coisas do que deveria.

— Desculpe.

— Não se preocupe com isso. Só que foi um dia daqueles... — Os olhos dela passaram pelos dele e pousaram nos cata-ventos alinhados no jardim, virados para a cidade logo abaixo, como sentinelas. — Um clima estranho está chegando. Se eu fosse vocês, teria um guarda-chuva à mão amanhã.

— Verdade? — disse Kellen enquanto admirava o céu azul. — Tudo me parece perfeito.

— Mas vai mudar — disse ela. — Vai mudar.

Agradeceram a ela mais uma vez, desceram os degraus da varanda e foram até o carro. Os sinos de vento estavam tocando, um lindo som numa tarde que iria escurecer depressa.

Kellen perguntou se Eric tinha algum local em que gostaria de ir jantar, e quando ele disse que não, os dois acabaram voltando ao bufê do cassino, pois Kellen disse que estava a fim de "devorar alguma coisa". No momento em que entraram, Eric sentiu seu estômago revirar e a dor de cabeça embaçando sua vista, castigada pelas luzes que os rodeavam. Tudo que ele precisava fazer era comer alguma coisa. Com certeza, era só isso.

Quando chegaram ao salão, grande e bem iluminado, o cheiro de comida era forte, e Eric teve que prender a respiração por alguns instantes, para impedir um acesso de náusea que o odor trouxe. Seguiram a recepcionista até uma das mesas no meio do cômodo, e ele desejou que ela os tivesse colocado em outro lugar, talvez num canto ou, ao menos, encostados numa das paredes. Ao perguntar o que desejavam beber, Eric respondeu quase gritando:

— Basta água, obrigado. — Pois queria que ela fosse logo embora, como queria também que todos no salão sumissem até ele ter a chance de se recompor. Mas Kellen já se encaminhava para se servir, e ele o seguiu.

O prato em suas mãos parecia pesado, e ele começou a se servir sem pensar realmente no que escolhia. Acabou ficando cheio de frutas e legumes nas mãos e, quando percebeu, estava parado diante da seção de carnes, encarando um homem corpulento vestindo um avental branco e manuseando uma faca enorme, com a qual fatiava um assado. A faca entrava na carne, e o homem, apoiado nela, usava todo seu peso para cortá-la. Com isso, sangue jorrava do corte, formando uma pequena poça rosada na tábua de cortar, deixando os joelhos de Eric fracos e um zumbido nos ouvidos.

Ele se virou depressa, *muito* depressa, quase deixando cair o que havia no prato, e caminhou até a mesa, que parecia estar a quilômetros de distância. Sua respiração estava ofegante, o zumbido aumentara de intensidade e seu estômago ameaçava revirar-se. Chegou à mesa pensando que só precisava se sentar, precisava tirar os pés do chão.

Durante alguns segundos, pensou que pudesse se recuperar. Apoiou os braços na mesa e se concentrou em diminuir o ritmo da respiração. Estava começando a se sentir melhor quando Kellen voltou e se sentou na cadeira ao lado dele, com um prato de comida fumegante nas mãos. O zumbido retornou e seu estômago começou a dar voltas.

Kellen estava em outra sintonia, conversando sem parar enquanto remexia a comida com o garfo e a faca. Eric não conseguia nem falar. A única coisa que sabia é que tinha de sair dali *imediatamente*.

Colocou-se de pé o mais rápido possível, tropeçando na própria cadeira, mas ainda assim passando por ela, com os olhos fixos na saída e no corredor adiante, que pareciam ondular com todas aquelas luzes agressivas do salão, que também pareciam se mover, ao mesmo tempo que o som em seus ouvidos se transformava num rugido ensurdecedor. Uma onda de calor o envolvia, se espalhava por seus membros e formigava ao longo da pele quando passou pelo caixa e continuou de pé em direção ao corredor. *Vou conseguir*, pensou, pouco antes do calor explodir num inferno insuportável. As luzes dançantes ficaram cinzentas, depois pretas, ele caiu de joelhos e a sala desapareceu.

Uma leve, suave melodia de cordas o ergueu e o conduziu através de um túnel que levava de volta à consciência. O som era maravilhoso, reconfortante, e, quando começou a desaparecer, ele ficou desesperado com a perda e com raiva por ter que deixá-lo ir.

Abriu os olhos e encarou uma luz forte sobre sua cabeça. De repente, um rosto surgiu e a bloqueou, o rosto de Kellen Cage com preocupação no olhar. Repetia o nome de Eric, e ele sabia que deveria responder, mas não queria, não queria que ninguém falasse nada, porque se todos ficassem em silêncio, talvez ainda conseguisse ouvir aquele violino de novo.

O primeiro pensamento coerente que teve foi o frio. No lugar da pele que sentiu tanto calor antes de ter desmaiado, agora sentia um frio intenso, o que era até agradável. O calor fora horrível, anunciando um desastre físico, e o frio parecia ser a restauração da confiança de que seu corpo podia controlar a indisposição, como se dissesse: "*Não se preocupe, companheiro, desligamos as caldeiras para você.*"

— Eric — falou Kellen outra vez.

— Sim. — Eric passou a língua nos lábios e repetiu. — Sim.

— A ambulância está a caminho.

Eric viu outras pessoas acima do ombro do amigo, um segurança que falava num rádio e um monte de curiosos. Ele fechou os olhos, envergonhado por tudo aquilo, percebendo afinal que havia desmaiado.

— Nada de ambulância — disse, ainda com os olhos fechados, e respirando fundo.

— Você precisa ir a um hospital — falou alguém com uma voz profunda e desconhecida.

— Não. — Eric abriu os olhos outra vez e levantou-se devagar até ficar sentado, com os joelhos presos entre os braços, buscando restabelecer o equilíbrio. — Preciso de um pouco de açúcar, só isso. Hipoglicemia.

O segurança concordou com a cabeça, mas o rosto de Kellen dizia *porra nenhuma*. Uma mulher murmurou que sua irmã também sofria dessa doença, e saiu para pegar um biscoito para ele.

Ele já estava de pé no momento em que ela voltou. A ideia de comer alguma coisa lhe deu enjoo, mas tinha que manter a mentira. Assim, pegou o doce e o copo de suco de laranja que ela trouxe e engoliu-os de uma vez só.

— Tem *certeza* de que não quer ir para o hospital? — perguntou o segurança.

— Sim.

A ambulância foi dispensada, então, e Eric agradeceu à mulher e ao segurança, e fez uma piada sem graça para o resto dos curiosos sobre estar feliz por ter acrescentado um espetáculo ao jantar deles. Em seguida, disse a Kellen que queria voltar para o hotel.

Os dois saíram do local e andaram em silêncio pela calçada até o estacionamento. No meio do caminho, Kellen falou:

— Hipoglicemia?

— Pois é. Não tinha mencionado isso a você?

— Hum, não. Você deve ter esquecido.

Chegaram no carro e Eric ficou de pé, com a mão na maçaneta na porta do carona por alguns segundos antes que Kellen a abrisse. Dentro do carro, Kellen virou-se para ele:

— Você deveria ir agora mesmo para o hospital.

— Só preciso descansar.

— Só precisa *descansar*? Cara, você nem sabe o que aconteceu lá dentro. Num minuto, você estava sentado na mesa; no outro, estava desmaiado no corredor. Quando acontece uma coisa assim, não é de descanso que precisamos, mas de um médico.

— Talvez eu procure um amanhã de manhã. Agora só quero me deitar um pouco.

— Para, no meio da noite, você enrolar a língua ou ter alguma outra merda e morrer dentro daquele quarto?

— É pouco provável que isso aconteça.

— Olhe, só estou dizendo que...

— *Já entendi* — respondeu Eric, e a entonação foi suficiente para que Kellen não o forçasse mais. Ele encarou o rosto de Eric por mais alguns segundos, deu de ombros e virou de costas.

— Agradeço a preocupação — disse Eric, mais comedido. — De verdade. Mas não quero ir para um hospital e ter que dizer a um médico que estou desmaiando por causa da Água Plutão, está bem?

— Você acha que foi por causa da água?

Eric assentiu.

— A dor de cabeça voltou e estava ficando cada vez pior. Quando saímos da casa da Anne, eu já não me sentia muito bem. Achei que melhoraria se comesse alguma coisa.

— Não ajudou.

— Não. Desculpe ter estragado seu jantar, por sinal. Você estava morrendo de fome, dava para ver.

Kellen riu.

— Não tem problema. Sempre posso comer depois. Mas isso que você está sentindo... Você precisa saber o que é.

— É síndrome de abstinência — respondeu Eric.

— Você acha?

— Sim, com certeza. Os problemas físicos desaparecem quando bebo um pouco mais da água e se tornam piores se eu ficar muito tempo sem ela. Anne McKinney tem razão, tenho que descobrir o que há naquele negócio.

— E até lá, o que vai fazer?

Eric não respondeu.

— Foi por isso que sugeri o hospital — falou Kellen. — Acredito em você. É provável que seja abstinência do que quer que tenha na água. Mas, se está piorando, isso pode levá-lo a um problema sério. O que aconteceu lá dentro foi assustador.

— Posso tomar um pouco mais dela, se isso fizer com que você fique mais calmo — disse ele, brincando, mas Kellen virou a cabeça de lado, pensativo.

— Uau, você se daria bem no Alcoólicos Anônimos — disse Eric. — Essa não é uma das ideias que você deveria ter.

— Não. Só estava pensando: o que aconteceria se você tomasse uma água diferente?

— Já bebi cerca de dez copos de água hoje, na tentativa de lavar o estômago e eliminar o efeito dessa coisa. Não adiantou nada.

— Não estou falando de água normal. Estou falando de outra Água Plutão. — Kellen indicava a garrafa que Anne McKinney dera para Eric. — É só uma ideia. Hoje à noite, se as coisas ficarem feias, experimente a garrafa que ela lhe deu antes da sua.

Kellen deixou Eric no hotel, com um olhar de um pai observando o filho atravessar uma rua de tráfego intenso.

A dor de cabeça começou a voltar de mansinho no momento em que ele saiu do elevador, e o sentimento de derrota que teve ao tomar consciência disso foi enorme. Esperava que o incidente no restaurante tivesse sido punição suficiente, e que teria algumas horas de descanso. Mas, evidentemente, não era bem assim.

A luz da secretária eletrônica não piscava e o celular não indicava chamadas perdidas. Teve uma vaga sensação de apreensão por causa disso, pois esperava que Gavin Murray fosse tentar estabelecer um novo contato, fazer uma nova oferta — ou uma nova ameaça. Ligou para Alyssa Bradford, mas conseguiu apenas o correio de voz. Incomodado, esperou dez minutos e ligou novamente, só que dessa vez deixou um recado:

— Ligue assim que puder. Temos que conversar sobre um assunto muito sério.

Um assunto muito sério lhe pareceu uma frase bastante leve. Onde estaria Gavin Murray agora? Não vira a van azul enquanto Kellen o trazia de volta para o hotel, mas achava pouco provável que Murray já estivesse na estrada para Chicago. Eric pegou o laptop, conectou-se à internet e fez algumas pesquisas sobre o nome de Murray e de sua empresa, a Soluções de Crises Corporativas. Não encontrou muita coisa pesquisando Gavin Murray — o resultado mais interessante foi esse nome ter surgido numa lista de militares presentes numa reunião em Fort Bragg, a sede do pessoal das Operações Especiais.

A Soluções de Crises Corporativas não tinha exatamente o que se pode chamar de página na internet. Havia um site com esse nome, mas parecia vago, e de propósito. Algumas páginas de detetives particulares mostravam links para a SCC. Que inferno, ele devia ligar para Paul Porter e perguntar se o ex-sogro sabia de alguma coisa. Paul trabalhara vinte anos como advogado criminal antes de vender seu primeiro livro e abandonar a profissão para se tornar escritor de best sellers, cujo personagem principal é um intrépido advogado que desvenda crimes de difícil solução, sem dúvida um reflexo de alguma frustração pessoal. Ainda assim, o homem tinha boas relações na polícia e nas cortes de Chicago, tanto devido aos seus livros quanto ao seu passado profissional, e era provável que tivesse ouvido falar da SCC, e talvez até mesmo de Gavin Murray.

— Não vou dar esse prazer a ele — murmurou Eric. Era exatamente o que Paul gostaria, o genro rebelde chorando por ajuda. O filho da puta chegara a sugerir uma vez que ele e Eric trabalhassem juntos na venda dos direitos de seus romances para o cinema, coisa que ele estava guardando todos esses anos a despeito das ofertas. *Eu poderia escrever e você dirigiria*, falou Paul. Sim, teria sido uma dupla e tanto.

Antigamente, Eric até gostava do sogro. Davam-se muito bem quando estavam separados por alguns milhares de quilômetros e a carreira de Eric decolava. Naquela época, Paul demonstrava tanto egocentrismo em relação à sua série de romances de detetive quanto hoje, mas isso não incomodava Eric, talvez porque as coisas estivessem indo bem para ele. Dava-lhe uma certa proteção. Foi somente quando se mudaram para Chicago que Paul começou a pegar no pé dele e as coisas foram de mal a pior. Todas aquelas malditas sugestões, suas ideias, as propostas de roteiros — merda, elas nunca chegaram ao fim.

Fechou o laptop, suspeitando que, se ficasse com os olhos na tela, sua dor de cabeça poderia aumentar. Apagou as luzes e ligou a TV, tentando se distrair da dor. Sobre a mesa, a garrafa de Alyssa Bradford brilhava e suava; e, ao lado, a de Anne McKinney continuava escura e seca.

Deixe-as quietas, disse a si mesmo. *Que fiquem ali sem serem tocadas. Sei o que vai acontecer comigo e posso aguentar. De qualquer modo, não beberei a água outra vez.*

28

JOSIAH ESTAVA DE VOLTA à cidade cinzenta, àquele império incolor, e o vento soprava através dos becos e assobiava em volta dos carros antigos parados nas ruas vazias. Um barulho ritmado entrava por seus ouvidos e ele soube, antes mesmo de se virar, que era o trem chegando. Pensou: "*Já tive esse sonho antes.*"

Mas, pelo menos, o trem estava de volta. Sonho ou não, da última vez ele o perdera. Apesar de ter corrido atrás dele, não conseguiu pegá-lo, e depois se viu caminhando com dificuldade pela escuridão. Sim, se o trem se aproximasse desta vez, é claro que deveria pegá-lo.

Afastou-se para o lado e observou a locomotiva vindo trovejante em sua direção, a poeira que levantava por debaixo das rodas e a fumaça negra que saía da chaminé. Exatamente como acontecera antes. Ótimo. Deve ser o mesmo trem.

A marcha diminuía à medida que o trem passava, e outra vez, Josiah pôde ver o vagão branco e vermelho nas portas, as cores incrivelmente sobressaltadas em relação a todo o resto cinzento. Andou em sua direção, ansioso, enquanto a locomotiva apitava e o trem desacelerava e perdia o impulso. Este trem ia para a sua terra. O homem com o chapéu-coco lhe prometera isso.

E lá estava ele, completamente visível no vagão de carga com as portas abertas, como antes. Só que desta vez, não estava pendurado com o corpo balançando do lado de fora, mas sentado com os braços apoiados nos joelhos e encostado ao portal. Quando Josiah se aproximou, o homem levantou a cabeça e, com um dedo, deu um toque de leve para levantar o chapéu.

— Achei que queria uma carona — disse ele, quando já estavam próximos o bastante para ouvir um ao outro. Só que, agora, ele não sorria e nem tinha mais aquele olhar sedutor.

Josiah disse que ficaria muito satisfeito com uma carona, caso eles estivessem indo de volta para a sua terra. O homem parou ao ouvir aquilo e olhou firme para Josiah através daqueles olhos escuros. Josiah podia escutar um leve ruído de água vindo do interior do vagão e viu gotas pingando das portas e caindo na calçada abaixo.

— Da última vez, falei que estávamos indo para casa — disse o homem. — Falei que tinha que se apressar caso quisesse uma carona.

Ele parecia aborrecido, e isso fez o estômago de Josiah tremer e causou um arrepio na sua pele, como se tivesse tocado em algo frio. Disse ao homem que queria a carona, sim, e que correra atrás do trem para pegá-lo, correra tanto quanto suas pernas permitiram, mas mesmo assim não conseguiu alcançá-lo.

O homem ouviu aquilo, abaixou a cabeça e cuspiu um pouco de tabaco mastigado nos pés de Josiah.

— Eu ia lhe dizer que está na hora de embarcar, entendeu? — perguntou ele.

Josiah assegurou-lhe que sim.

— Você também entende que eu posso precisar de uma ajuda sua quando chegarmos em casa?

Josiah quis saber no que essa ajuda consistia.

— Uma boa cabeça e costas fortes — falou o homem. — E capacidade para tomar decisões. Será que você tem essas qualidades?

Josiah respondeu que sim, mas não ficou muito animado, o que deve ter transparecido no seu rosto.

— Você não acha que é uma troca justa? — perguntou o homem, com os olhos bem abertos.

O outro não respondeu. Lá na frente, o apito a vapor soou e a locomotiva começou a se mover. O homem sorriu e abriu as mãos.

— Bem, se você conhece outra maneira de ir para casa, fique à vontade.

Josiah não conhecia nenhuma outra maneira de ir para casa, e já perdera aquele trem uma vez. Há momentos em que temos que fazer um sacrifício ou dois para realizar o que queríamos, e tudo que Josiah queria agora era uma carona de volta para casa. Comunicou ao homem que embarcaria.

— Finalmente — disse o homem, levantando-se para esticar a mão na direção de Josiah e ajudá-lo a entrar no vagão. Ao se erguer, a água escorreu de sua roupa. Josiah chegou mais perto do trem e inclinou-se para frente.

E agarrou a mão dele.

Terceira Parte

UMA CANÇÃO PARA OS MORTOS

29

UMA HORA DEPOIS DE Kellen ter ido embora, a dor de cabeça de Eric voltou com força total e ele tomou mais um analgésico, bebeu alguns copos d'água e aumentou o volume da TV procurando por alguma coisa que o distraísse.

Mas nada funcionou.

Por volta das 11 horas da noite, ele já tinha desligado a TV e estava com um travesseiro sobre a cabeça.

Posso vencê-la, disse para si mesmo. *Posso esperar passar. Não vou beber a água.*

O zumbido logo voltou aos seus ouvidos e rapidamente se transformou num badalar sonoro. Sua boca estava seca e, quando ele piscava, tinha a sensação de que seus olhos estavam cheios de areia.

É terrível, mas também é verdade. Essas coisas são melhores do que as alternativas. Não estou vendo nada a não ser as paredes desse quarto, seus móveis e as sombras, não vejo nenhum morto em vagões de trens cheios de água. Posso lidar com isso. Posso suportar.

Quando a náusea chegou ao máximo, ele foi direto ao banheiro para vomitar, e se sentiu um pouco melhor antes que uma segunda ânsia o atingisse e levasse embora todas as forças que ainda lhe restavam.

Que venha, pensou ferozmente, enquanto se deitava no chão, a bochecha encostando no ladrilho frio e um fio de saliva escapando-lhe dos lábios. *Que venha com força total, porque eu não vou beber aquela água, nem um gole sequer.*

O enjoo voltou, embora estivesse de estômago vazio, e veio mais uma vez. Por fim, Eric não teve forças para se levantar do chão, abatido pelos golpes secos que pareciam afastar suas costelas ao mesmo tempo que comprimiam seus órgãos. A dor de cabeça crescia e sua lucidez desaparecia.

As visões eram ruins, é verdade, mas aqueles sintomas de síndrome de abstinência podiam matá-lo.

Pensou na sugestão de Kellen, as palavras flutuando em sua mente enevoada e dolorida, enquanto permanecia deitado ali no chão: *Hoje à noite, se as coisas ficarem feias, experimente a garrafa que ela lhe deu antes da sua.*

A garrafa de Anne permanecia sobre a mesa, e parecia tão normal quanto possível. Pelo menos estava assim da última vez que ele olhou. Isso acontecera no momento em que foi ao banheiro, e não tinha ideia de quanto tempo se passara desde então. Talvez umas cinco horas, talvez 15 minutos. Não podia dizer ao certo.

Não conseguia se levantar. Podia apenas se apoiar nas mãos e nos joelhos, enquanto se balançava contra a porta, derramando baba pelos lábios, a imitação humana de um cão raivoso. Começou a engatinhar, sentiu o chão mudar de ladrilho para carpete e foi para a esquerda, em direção à mesa. Piscou os olhos com força, a fim de clarear a visão, e então viu que algo relampejava sobre a mesa. Uma luminescência pálida que parecia uma luz guia.

Avançou nessa direção e parou de súbito. O cão raivoso ficou de pé.

A luz vinha da garrafa de Alyssa Bradford. Tinha um brilho pálido que não parecia vir de dentro dela, mas que a envolvia, como uma espécie de fogo de santelmo.

Beba.

Não, não. Não beba. A grande questão, o motivo daquele sofrimento absurdo, era evitar beber um só gole daquela água.

Hoje à noite, se as coisas ficarem feias experimente a garrafa que ela lhe deu antes da sua.

Sim, a dela primeiro. Não estava brilhando, não estava coberta de gelo, parecia perfeitamente normal. Ele se jogou sobre a mesa e tentou pegá-la, mas, quando o fez, sua mão foi diretamente para a garrafa que brilhava, pois uma parte dele a desejava desesperadamente. Conseguiu impedir o movimento e desviou a mão para a garrafa de Anne McKinney, fechou os dedos em torno dela e a trouxe até perto dele. Estava, mais uma vez, ofegante. Abriu o objeto rapidamente, levou-a à boca e bebeu.

Estava horrível. O gosto e o cheiro de enxofre eram insuportáveis, e ele deu apenas dois goles antes de colocá-la de lado. Engasgou de novo, apoiou-se nas pernas da mesa e esperou.

— Faça efeito — murmurou. E correu a ponta da língua em volta dos lábios secos e rachados. — Faça efeito.

Porém, tinha certeza de que não faria. A água que seu corpo tanto desejava estava na outra garrafa, a que brilhava palidamente e juntava gelo dentro de um quarto a vinte graus de temperatura. Essa versão, a versão *sadia*, não faria efeito nenhum.

Então, sua respiração começou a normalizar. Essa foi a primeira mudança perceptível: podia encher seus pulmões de ar. Poucos minutos depois, sentiu a náusea diminuir e a dor de cabeça ficar mais suave, tanto que conseguiu ficar de pé e se dirigir ao banheiro, onde lavou o rosto com água fria. Ficou lá algum tempo, apoiado à bancada, até levantar o rosto e se olhar no espelho.

A água de Anne estava fazendo efeito. O que aquilo significava? Bem, de alguma maneira, a Água Plutão tinha algo a ver com o que acontecia com ele, era parte dos sintomas que sentia. Mas ele não podia acreditar que fosse a única causa, pois a água de Anne não tinha as mesmas propriedades bizarras da garrafa de Alyssa Bradford. Ainda assim, acalmou a agonia que vinha da água da mulher que o contratara. O que quer que tenha entrado em seu organismo agora parecia tê-lo acalmado. Satisfazê-lo.

Como se tivesse acabado de se alimentar.

Josiah não conseguiu imaginar como dormira tanto tempo sobre uma laje de pedra, sem nem mesmo um travesseiro sob sua cabeça. Mesmo assim, dormiu até depois do pôr do sol. Quando abriu os olhos, os topos das árvores acima eram como sombras farfalhantes e, ao se sentar com um grunhido, a piscina de água lá embaixo já não era mais visível. A noite estava escura.

Duas das cervejas permaneciam ali ao seu lado, quentes e ainda fechadas. Abaixo dele, o golfo continuava a borbulhar e ele se levantou, intrigado, pensando sobre o sonho que tivera. Não era frequente Josiah sonhar, e ele não se lembrava de ter tido o mesmo sonho duas vezes — nem mesmo uma variante de um sonho anterior.

Mas esse voltara; este sonho do homem no trem. Estranho.

Em geral, ele costumava voltar pelo mesmo caminho em que viera, mas não tinha uma lanterna e a trilha no escuro era difícil até mesmo para quem a conhecia. Muitas raízes para tropeçar e buracos para torcer o pé. Pegar a estrada seria um caminho mais longo, porém mais fácil.

Saiu da laje, subiu até o topo do rochedo e lá encontrou a trilha que levava ao caminho de cascalho feito pelo governo. Daí, pegou a estrada. Ouviu um cachorro latir ao longe. A lua e as estrelas cintilavam e iluminavam o chão com um fraco brilho esbranquiçado. Do lado direito, viu as laterais brancas da Wesley Chapel se destacando no escuro e alguns objetos à sua volta: as lápides do velho cemitério que também refletiam a luz da lua. Virou à esquerda, na direção de sua casa.

Nenhum carro passava. Continuou a caminhar em direção ao sul, com vastos campos ladeando a estrada para depois entrar pela floresta de Toliver Hollow, quando a estrada se curvou para o leste. Andou naquela direção por um certo tempo antes de pegar outra estrada e seguir, mais uma vez, rumo ao sul. Menos de um quilômetro adiante, saiu da estrada pavimentada e pegou outra, de terra. Estava quase chegando. Não dera mais do que vinte passos na terra quando parou de súbito e ficou em estado de alerta.

A lua estava quase cheia e brilhante entre as nuvens, e iluminava alguma coisa além da casa de Josiah.

Um para-brisa.

Um carro.

Estacionado em frente à fazenda dos Amish. E, até onde Josiah sabia, seus vizinhos Amish não tinham carros.

Hesitou por instantes. Resolveu deixar a estrada e seguir adiante pelo mato. Ao chegar mais perto, viu que era uma van. Local esquisito para se estacionar um carro, e mais esquisito ainda era constatar que estava parado num dos poucos lugares entre as árvores em que era possível ver a casa de Josiah ou, pelo menos, a silhueta dela. Os celeiros dos Amish estavam à vista, mas não a casa deles. Só a de Josiah.

Devia ser de alguém que ficara sem gasolina ou enguiçara e, sem dúvida, saíra da estrada e largara o carro ali até o dia seguinte. Nada com que Josiah devia ocupar sua mente, e não estava nem aí para o dono do carro. Não tinha nada com isso.

Foi isso o que pensou durante os cinquenta passos que deu, até que viu o brilho.

Um quadrado de luz azul dentro da van, que se acendeu por cinco segundos e depois se apagou. Um celular. Tinha alguém no automóvel. Na parte de trás.

Sentiu algo escuro se espalhar por dentro de si. Era algo que provocava um sentimento que ele conhecia bem: seu mau gênio crescendo nas ocasiões em que, com certeza, seus punhos se agitariam e sangue seria derramado.

Alguém estava espionando sua casa.

Não havia outra coisa que interessasse por perto. Nada além dos campos, das árvores e da casa de Josiah Bradford.

Então, lembrou-se de algo que já vira, mas que ignorara — aquela mesma van azul estivera parada perto da casa de Edgar quando aquele homem de Chicago e o negro saíram de lá. Josiah passara por ela e notara que estava parada fora da estrada e sobre a grama. Exatamente como agora.

O filho da puta estava seguindo Josiah.

Não iria tolerar isso.

Largou as latas de cerveja na grama, saiu da estrada, entrou na vala coberta pelo mato e foi em frente, agachado. A van estava embicada de frente para a porteira, os dois lados expostos para a estrada, mas seu ocupante estava na parte de trás. Havia uma grande chance de ele estar espreitando a casa, e não a estrada.

Levou um bom tempo para chegar até onde o carro estava. Por duas vezes a luz azul surgiu e desapareceu — sem dúvida, quem quer que estava lá consultava as horas no celular periodicamente. E devia estar impaciente, imaginando onde Josiah poderia estar.

Várias ideias surgiram na cabeça de Josiah, opções sem fim. Poderia ir direto até o carro, bater na porta e mandar o filho da puta sair de lá de dentro. Poderia pegar uma pedra grande na vala e usá-la para quebrar o para-brisa. Poderia se arrastar até em casa e pegar sua espingarda. De uma forma ou de outra, tiraria o babaca de dentro do carro e o faria responder a algumas perguntas.

Pelo menos, esse deveria ser seu desejo: descobrir quem era aquele homem e o que diabos fazia ali. Mas o curioso é que Josiah já não se importava tanto. As perguntas que queria fazer já não pareciam ser fundamentais. Tudo que importava era o fato de ter alguém ali, de olho na sua casa. Danem-se as respostas — Josiah queria castigo. Queria engatinhar até embaixo do carro, furar o tanque de gasolina e tacar fogo nele. Observar aquele filho da puta desconhecido explodir no céu com uma bola de fogo alaranjada, e ensiná-lo que existia gente com quem se podia brincar e gente com quem não se brincava, e que Josiah Bradford estava, definitivamente, no segundo grupo.

Ao pensar nisso, enfiou a mão no bolso e pegou o isqueiro, por um minuto considerando essa ideia. Mas não, aquelas respostas eram importantes, e, se ele explodisse a van antes de elas serem respondidas, com certeza iria se arrepender. Portanto, o dilema era como tirar o homem de dentro da van e fazê-lo falar. Bem, o isqueiro talvez pudesse ajudar, afinal.

Tirou sua camiseta e apalpou-a até sentir um dos furos que havia nela. Enfiou os dedos por ele e rasgou o algodão barato, fazendo um enorme barulho. Então, foi mais devagar, fazendo menos barulho, e rasgou a roupa até ter cinco tiras separadas de tecido. Ao terminar, enfiou-as nos bolsos e tateou o fundo da vala até achar uma pedra grande — que mais parecia o canto de um bloco de concreto —, e se arrastou de barriga, com o mato e o cascalho rasgando sua pele, até escalar a estrada na direção da van.

Devagar, fez o percurso pacientemente, parando de vez em quando para respirar e verificar sua posição. A vala do outro lado da estrada era mais profunda e acabava bem onde a van estava parada. Ela continuava por um tubo de aço por debaixo da estrada de terra, que estava cheio de folhas secas. Josiah esperou alguns instantes, e como não ouviu nada, se enfiou nele e deslizou por baixo da van.

Saiu do bloco de concreto, e foi se arrastando, com a barriga no cascalho, até ficar sob a parte dianteira da van. Enfiou a mão nos bolsos para tirar as tripas da camiseta e o isqueiro. Acendeu o isqueiro e queimou a ponta de uma das tiras de pano, e depois a outra. Assim que as duas pegaram fogo, saiu dali debaixo e levou-as até a vala cheia de folhas e grama secas, devido aos muitos dias de sol e vento. Não aconteceria outra coisa senão o fogo se alastrar, mas era justamente o que queria fazer: incendiar.

Estava com uma terceira tira de tecido, pronta para ser incendiada, mas o fogo já tinha pegado bem no fundo da vala, então ele a deixou e se esgueirou por baixo do automóvel, outra vez.

Foi a melhor coisa que fez, porque o homem na van percebeu o fogo quando este ainda estava no início. Josiah ouviu um barulho no interior e, em seguida, a porta se abriu, alguém saiu e falou num sussurro:

— Que diabo é isso? — Essa pessoa andou em direção à vala e começou a pisar nas chamas para apagá-las. Quando Josiah percebeu o que o outro fazia, avançou por baixo da van até o outro lado, fora de sua vista, e seguiu agachado até a parte mais atrás, ajoelhou-se e pegou o bloco de concreto.

Josiah se levantou para dar a volta no carro, talvez a 3 metros de distância do homem, que ainda estava pisando na grama, apesar de o fogo já ter se extinguido. Ele apenas pretendia mostrar o pedregulho que tinha em mãos e dizer a ele que era hora de começar a falar. Entretanto, enquanto contornava o veículo, viu que o outro carregava uma pistola. *Ainda bem que não fui bater na porta da van*, pensou Josiah, e pulou de volta para a vala e balançou a mão com o bloco chamuscado.

O homem era rápido. Virou-se e já estava com a arma levantada um segundo antes da pedra acertar-lhe a cabeça. O impacto fez o ombro de Josiah estremecer e produziu um som úmido de algo triturado no silêncio da noite. Os joelhos do homem se dobraram e ele caiu na vala, com sangue pingando na grama e a arma largada ao seu lado. Estava acabado, percebeu Josiah, mas mesmo assim deu-lhe outra pedrada, com mais força dessa vez, e o som produzido foi terrível, como algo rígido que se quebrava e amolecia logo em seguida.

Por um momento, Josiah permaneceu parado, agachado sobre o homem, que não fez nada mais do que estremecer. Em seguida, agarrou o outro pelo queixo, virou sua cabeça para vê-lo melhor e, mesmo no escuro, o que Josiah viu fez com que soltasse a respiração num sopro entre dentes. Tirou o isqueiro do bolso, acendeu-o e inclinou a chama em direção à cabeça do homem.

— Que merda, Josiah, que merda. — E apagou o isqueiro pois não queria mais olhar para aquilo.

30

IMEDIATAMENTE APÓS BEBER A água de Anne McKinney, Eric caiu no sono. Dormiu profundamente, deitado de costas sobre a colcha da cama. Quando acordou, a primeira coisa que sentiu foi um grande alívio por ter percebido que a dor terrível passara e que estava bem outra vez.

O quarto estava frio — ele colocara o ar-condicionado no máximo, uma tentativa de minimizar os suores causados pela febre — e Eric estivera enrolado nas cobertas bem embaixo da saída do aparelho. Frio demais para dormir.

Virou os pés e tocou o chão, sentou na cama e, por um momento, respirou fundo, testando suas sensações físicas em busca de algum ponto fraco. A garganta estava um pouco irritada, os lábios secos, mas fora isso, sentia-se quase normal.

Em cima da mesa, a garrafa de Bradford ainda brilhava, embora o brilho parecesse um pouco mais fraco, como o reflexo de uma fonte de luz da qual ele não conseguia enxergar a fonte. Levantou-se, foi até o termostato e aumentou a temperatura. Agachou-se e tocou os dedos dos pés. Em seguida, esticou os braços acima da cabeça, sentindo-se livre por sua capacidade de se movimentar sem sentir dor.

As cortinas pesadas tinham sido fechadas com a intenção de bloquear qualquer réstia de luz que pudesse alimentar suas dores de cabeça, mas agora Eric atravessava o quarto para abri-las e observar a rotunda lá embaixo. Linda. Durante a noite, o grande pêndulo no centro da cúpula tinha lâmpadas que trocavam de cor a cada segundo. Abriu a porta da sacada, saiu, segurou-se no parapeito e olhou para baixo.

Estava tudo vazio e silencioso. Não havia ninguém no átrio ou em qualquer uma das outras sacadas. Naquele instante este mundo era seu. Só seu.

Sabia que devia se deitar, que seu corpo precisava de muito descanso depois de tudo que passara, mas não era o que ele queria. Em vez disso, conservou a porta aberta e empurrou uma cadeira até a sacada, sentou-se e colocou os pés apoiados sobre o parapeito, e ficou admirando as luzes mudarem de cor naquele incrível teto. Roxo, verde, vermelho, roxo, verde, vermelho, roxo, verde...

As cores se tornavam cada vez mais fracas, mergulhando numa escuridão quebrada apenas por pequenos pontos de luz branca, e então o teto e o hotel desapareceram por completo e ele se viu em um lugar completamente diferente.

Era uma noite esplendorosa, sem nuvens e cheia de estrelas. Sob o brilho de uma lua crescente surgiu uma cabana que parecia imprópria para moradia. Havia trapos de pano socados nas falhas, enfiados nos buracos das telhas que faltavam, a porta da frente estava separada do dormente e segura apenas pela dobradiça de cima. Das três janelas frontais, só restavam duas com os vidros inteiros. Além da casa, um telheiro inclinado e um anexo sem porta.

Em algum lugar no escuro, suave e doce, o som de um violino. Não havia ninguém à vista, gente ou animal, apenas aquela melodia triste e arrepiante.

Surgiu outro som que alcançou e abafou a música do violino. Era um barulho forte do motor de um carro e, de súbito, os faróis iluminaram a sujeira cinzenta da fachada da casa. Era um conversível, com estribos largos, que estacionou bem diante da varanda. A porta do telheiro abriu-se e surgiu um homem que olhou na direção do carro. Era alto, porém curvado, e sua camisa aberta deixava à mostra o peito nu. Seu cabelo era encaracolado e grisalho e descia pelas orelhas até o pescoço. Tinha um charuto pendurado num dos cantos da boca.

— É você, Campbell? — gritou, com os olhos apertados a fim de se protegerem da luz dos faróis.

— Você recebe muitos outros visitantes? — respondeu friamente.

O velho resmungou e parou perto do telheiro enquanto Campbell Bradford ia em direção a ele, empurrando seu chapéu-coco para o topo da cabeça. Largou o carro com o motor ligado e os faróis acesos, o que fez com que a luz o iluminasse pelas costas e projetasse uma sombra enorme na frente do telheiro.

— Você está atrasado — murmurou o velho, estendendo-lhe a mão de forma amigável.

Campbell não removeu as mãos dos bolsos.

— Não quero seu aperto de mão, quero sua bebida. Vá buscá-la. Não pretendo passar nem mais um minuto do que o necessário neste barraco.

O velho recuou devagar, enquanto praguejava com a cabeça baixa. Talvez porque não quisesse olhar diretamente para as luzes dos faróis ou porque tentava evitar os olhos de Campbell. Deu meia-volta e entrou no telheiro. Lá dentro, acendeu uma lanterna que projetou faixas de luz dourada nas paredes. No centro do telheiro havia um tanque enferrujado. A porta se fechou e ficou impossível de enxergar o velho.

Campbell Bradford permaneceu do lado de fora, cercado pela luz dos faróis, num balanço impaciente, e um olhar entediado para a floresta que seguia morro acima. Tirou o chapéu-coco, coçou a cabeça e recolocou-o de novo. Retirou um relógio de um bolso interno, abriu-o de frente para a luz, até levantar os ombros num suspiro, fechar a tampa e o guardar.

Tudo estava quieto desde que chegara, mas agora o violino começou a tocar de novo, ainda mais suave do que antes. Campbell olhou para a casa e depois permaneceu ali, parado e entediado. A melodia continuava. Ele levantou a cabeça e virou-a meio de lado, quieto, tentando escutar melhor.

O velho reapareceu com um garrafão em cada mão. Colocou-os aos pés de Campbell e virou de costas para voltar, mas Campbell avançou e segurou-o pelo braço.

— Quem está tocando esse violino?

— É o filho da minha irmã. Ela morreu de febre no ano passado e, desde então, ele está comigo.

— Traga-o aqui.

O velho hesitou, mas acabou concordando, passando por Campbell e pelos arbustos até entrar na casa escura. Um momento depois a música parou e a porta quebrada se abriu, e o velho voltou na companhia de um rapaz alto e magro. Seus cabelos louros claros refletiram o brilho da lua e iluminaram o violino que trazia nas mãos.

— Qual é o seu nome, rapaz?

— Lucas — respondeu ele, sem levantar os olhos.

— Há quanto tempo você toca?

— Não me lembro, senhor. Faz tanto tempo que nem me lembro.

— Quantos anos você tem?

— Quatorze, senhor.

— Que música era essa que você estava tocando?

Lucas arriscou levantar os olhos na direção de Campbell e, em seguida, abaixou a cabeça outra vez.

— Bem, ela não tem nome. É só uma música que eu mesmo compus.

Campbell Bradford deu alguns passos para trás e meneou a cabeça, surpreso. Ao fazê-lo, os faróis o iluminaram em cheio, e seus olhos pretos pareceram rodar contra a claridade, como a água que escorre por um ralo.

— Você compôs essa música?

— Não compôs nada — falou o velho. — Ele nem sabe ler partituras, só sabe tocar.

— Não estava falando com você — disse Campbell, e Lucas ficou tenso. — Que tipo de música é essa? Nunca ouvi nada parecido, rapaz.

— É o que chamam de elegia — respondeu ele.

— O que isso significa?

— Uma música para os mortos.

Fez-se silêncio por alguns momentos, os três ficaram ali iluminados pelos faróis com suas silhuetas marcadas nas tábuas velhas da parede do telheiro que abrigava o alambique, enquanto uma brisa suave balançava as copas das árvores em torno deles.

— Toque-a para mim — disse Campbell.

— Ele não toca para ninguém — falou o velho, e Campbell virou rápido na sua direção.

— Estou falando com você?

O velho recuou alguns passos depressa e levantou as mãos.

— Não tive a intenção de interrompê-lo, Campbell, só estou avisando. Ele não toca na frente de pessoa alguma. Não toca para ninguém, exceto para si mesmo.

— Mas vai tocar para mim — disse Campbell, com a voz mais negra do que a floresta à noite.

O velho, então, falou, com a voz trêmula de nervoso:

— Comece a tocar, Luke.

O rapaz não disse nada. Ficou um pouco inquieto com o violino caído, mas não o levantou.

— Você ouviu seu tio — falou Campbell. — Quando eu mandar você tocar, é melhor começar logo. Entendeu?

Ainda assim o rapaz não se mexeu. Houve uma pausa, cinco segundos no máximo, e Campbell deu um passo à frente e lhe bateu no rosto.

O velho gritou e avançou para acudi-lo, mas Campbell girou e lhe deu um soco, que o fez cair. Quando viu, o velho estava de costas sobre a vegetação rasteira. Campbell se debruçou sobre o garoto, que agora já começava a sangrar no lábio, e disse:

— Vamos tentar de novo.

Da grama, o velho falou:

— Luke, é só fechar os olhos. Vai ser como tocar no escuro, nada mais. *Feche os olhos e toque, rapaz!*

Ele fechou os olhos. Levou o violino ao ombro, ergueu o arco — que tremia violentamente em sua mão — e começou a passá-lo sobre as cordas. No início, a música estava terrível, nenhuma nota saía afinada devido à tremedeira. Mas, aos poucos, sua mão ficou mais firme, a melodia cresceu e seu som se espalhou na noite.

Tocou por um longo tempo, e ninguém disse uma palavra. O velho se pôs de quatro sobre a terra poeirenta, para depois se levantar hesitante, e encarou Campbell, que lhe indicou o telheiro com a cabeça. Ele entrou lá e voltou com mais garrafões, oito no total, e os levou até o carro. Enquanto tudo isso acontecia, o rapaz tocava de olhos fechados, longe da luz.

Quando o velho acabou com sua última viagem, Campbell disse:

— Já chega. — E o rapaz parou de tocar e tirou o instrumento do ombro.

— O que acha de ganhar um dólar ou dois com isso? — falou Campbell.

— Ei, Campbell — interrompeu o velho —, não acho que seja uma boa ideia.

Campbell se voltou com um olhar letal, e qualquer argumento que o velho tivesse para acrescentar morreu em sua garganta.

— Gostei da música — disse Campbell — e vou levá-lo ao vale, para que ele possa tocá-la.

Enfiou a mão no bolso do colete e tirou um punhado de dinheiro que entregou ao velho.

— Aqui está. Cinco dólares extras. Satisfeito?

O velho contou o dinheiro com o polegar sujo, fez que sim com a cabeça e o colocou no bolso.

— Você toca essa música — Campbell disse ao garoto — e, se a tocar direitinho, também vai ganhar alguns dólares. Vamos, entre no carro.

— Quando vai trazê-lo de volta? — perguntou o velho.

— Quando eu me cansar dessa melodia — respondeu Campbell. — Por que ele continua parado no mesmo lugar?

— Você ouviu o que o senhor Bradford disse — alertou o tio do rapaz. — Entre no carro.

Ele os deixou e entrou no carro sem dizer uma palavra. Enquanto caminhava em direção ao facho de luz, ficou envolto por um estranho brilho cintilante, que agora se transformava em luzes coloridas: roxa, verde, vermelha e...

O teto da cúpula estava de volta aos olhos de Eric, sentado na sacada. Não havia mais carro ou casa na floresta ou rapaz com violino. Não havia mais bofetadas zangadas de um homem que ouviu ser chamado de Campbell. O passado se fora. Levantou-se devagar e olhou à sua volta. Virou a cabeça para a direita e para a esquerda e viu que agora o quarto estava outra vez vazio e silencioso, e acima dele a cúpula mudava de cor, como uma sentinela silenciosa.

31

O VENTO SOPRAVA FORTE enquanto Josiah permanecia ali, agachado na vala, sobre um homem que ele sabia estar morto. Ele observava o sangue jorrar lentamente do seu ferimento e formar uma poça grossa ao seu redor, começando a se espalhar — tanto que seria melhor afastar-se e evitar que o fluido atingisse seus sapatos.

Estava escuro e silencioso, e nenhum carro viria pela estrada àquela hora, mas, ainda assim, era preciso tomar algumas decisões, e rápido, porque aquele homem estava morto.

A pedra seria um problema. Com certeza estava com sangue, talvez até com restos de cabelo e carne, e sem dúvida tinha as impressões digitais de Josiah. Tateou na vala até encontrar o bloco de concreto. Segurou-o firme e hesitou por alguns instantes, pensando em jogá-lo por ali mesmo, no campo, mas decidiu não fazê-lo. Cães seriam trazidos e o achariam com muita facilidade. E veriam as suas impressões digitais nele. Josiah já fora preso outras vezes, não seria difícil compará-las com as que já tinham no arquivo.

O que fazer, então? O que fazer?

Agora que pensava no assunto, viu que a vala estava cheia de evidências — havia pedaços de sua camiseta ao lado do homem morto — e era impossível conseguir limpar aquilo tudo. Podia colocar o corpo na van e levá-lo até algum lugar, mas não poderia dar sumiço em todo o sangue do local, e havia uma grande chance de alguém descobrir tudo aquilo.

Havia uma grande chance de alguém saber que o homem estava de tocaia, vigiando Josiah.

Não havia jeito de limpar aquela sujeira, então, mas ele poderia deixar aquelas coisas para trás. Tocar fogo no local, queimar tudo e deixar que revirassem as cinzas à procura de provas.

Esfregou a pedra na calça com cuidado e colocou-a na beira da estrada. Abaixou-se de costas e se enfiou debaixo da van. Quando avistou o tubo que levava a gasolina do tanque ao motor, tirou o canivete do bolso e tentou cortá-lo, mas a lâmina de metal escapuliu e cortou seu dedo. Primeiro suas impressões digitais e, agora, o próprio sangue. Investiu novamente o canivete contra o tubo, desta vez com raiva, e a lâmina o atravessou, a gasolina escorrendo sobre seu peito.

Teve a ideia de empurrar a van vala adentro e simular um acidente, mas descartou-a. Não tinha muito tempo, e provavelmente não iria dar certo. Amarrou a mão com um dos trapos cortados da camiseta, abriu a porta do lado do motorista e entrou na van. Havia uma pasta de couro sobre o banco do carona e, na parte de trás, achou uma câmera digital. Pegou os dois objetos — depois de tudo aquilo, pelo menos conseguiria levar alguma coisa, e talvez isso ajudasse, pois a polícia poderia pensar que eram indícios de um roubo. Voltou para a vala e revirou os bolsos do homem morto. Encontrou uma carteira (que também pegou) e colocou-a dentro da pasta de couro, enquanto a gasolina saía, molhava o cascalho e pingava na vala atrás dele.

Também enfiou a câmera dentro da pasta, colocou-a de lado e pegou as duas tiras de roupa que sobraram. Molhou-as na poça de gasolina que se formava ao lado do carro. Quando estavam ensopadas, pegou o isqueiro e acendeu-as, uma de cada vez. A primeira incendiou-se rápido demais e queimou sua mão, a mão que já estava sangrando, e ele a jogou sobre o corpo do homem. Por um momento, pareceu que o fogo ia morrer, mas Josiah colocou a outra tira sobre aquela, torceu-a, e a gasolina que pingou reavivou as chamas, que desta vez incendiaram também a camisa do homem. E então, ele mesmo estava queimando.

Josiah acendeu a última tira de pano e jogou-a sobre o cascalho, dentro da poça de gasolina, que incendiou tudo para valer, com chamas de 1 metro de altura e uma luz brilhante, que quase não lhe deu tempo de escapulir dali. Correu, agarrando a pasta de couro com a mão que ainda sangrava, e foi depressa para sua casa, enquanto o fogo se espalhava rápido atrás dele. Não tinha percorrido nem 30 metros quando o tanque de gasolina explodiu, e o choque fez com que o chão tremesse e a escuridão da noite fosse preenchida por uma luz laranja. Só então percebeu que tinha muito pouco tempo.

Correu como uma flecha até o jardim, jogou a pasta na grama, pegou as chaves no bolso, destrancou a porta, entrou na escuridão e foi até o quarto. Vestiu uma camisa limpa e abriu seu armário. Dentro dele havia uma espingarda calibre 12. Ele a pegou junto com uma caixa de cartuchos e correu de volta ao jardim, até a caminhonete. Colocou a espingarda e a munição na caçamba, e cobriu-as com um pedaço de plástico. Em seguida, pegou a pasta de couro e a jogou no banco do passageiro. O jardim já estava iluminado pelo fogo, mas as chamas iam diminuindo. Pensou ter ouvido vozes que vinham da fazenda dos Amish, mas talvez fosse apenas sua imaginação.

Entrou no veículo e ligou o motor. Pensou em sair com os faróis apagados, mas percebeu que aquilo poderia chamar ainda mais atenção e resolveu acendê-los. Saiu da estrada principal, entrou na estrada secundária de cascalho e dela foi para a estrada municipal, onde virou na direção oeste. Já conseguia ouvir as sirenes quando chegou ao primeiro sinal que o obrigava a dar uma pequena parada. Mas continuou a guiar, para dentro da noite.

Eric não esperava voltar a dormir, mas caiu no sono. Muito tempo depois da visão já ter desaparecido, continuava na sacada esperando por ela, desejando que voltasse.

Mas ela não voltou.

Por fim, levantou-se e carregou a cadeira de volta ao quarto. Olhou para o relógio e viu que eram 4 horas da manhã. Claire estava no centro do país — uma hora a menos — e estava muito cedo para ligar para ela. Kellen devia estar dormindo. Todas as pessoas normais dormiam àquela hora.

Deitou-se na cama e olhou as garrafas em cima da mesa, quando começou a ouvir os primeiros sons dos preparativos de mais um dia de atividade no hotel.

Campbell, foi como o velho chamou aquele homem com o chapéu-coco. Campbell.

Mas Eric já sabia daquilo. Sabia desde que encarou os olhos de Josiah e percebeu a semelhança. O homem com o chapéu-coco era Campbell Bradford e chegara na cidade no dia anterior num trem todo preto. E o rapaz? O rapaz que tocava o violino com os olhos fechados como proteção do medo terrível de ser visto?

Era o sogro de Alyssa Bradford. Eric estava certo disso, da mesma maneira que tivera certeza do caso romântico que Eve Harrelson teve naquele chalé vermelho, assim como que o acampamento dos Nez Perce ficava naquele vale em Bear Paws. Mas o nome do rapaz era Lucas, e não era parente de Campbell. Então, por que incorporou esse nome? Teria sido adotado, levado para longe dos cuidados do seu velho tio e mantido por Campbell? Mas por que assumiria o mesmo nome?

Em meio a todas essas perguntas, havia duas certezas: a água de Anne McKinney não só aliviara sua síndrome de abstinência como também fizera com que as visões voltassem. Só que, desta vez, a visão tinha sido como um filme, um filme ao qual estava assistindo. Ele estava distante. Nas visões anteriores, Campbell olhara e falara diretamente com ele. Fora um participante, não um simples espectador. Com a água de Anne, o que experimentou foi uma verdadeira visão do passado, um vislumbre de algo que acontecera há muito tempo e que não poderia afetar de modo algum o que ocorria no mundo de hoje. O que ele vira com a água da garrafa de Bradford não foi tranquilo. Naqueles momentos, Campbell *esteve* com ele.

Acabou dormindo por volta das 6 horas e acordou às 9h30, com o telefone tocando. Tateou com os olhos ainda fechados até encontrá-lo, tirou-o da base e com o fone na mão murmurou alguma coisa parecida com um *alô*.

Kellen falou:

— Conseguiu descansar?

— Sim — respondeu ele, sentando e esfregando os olhos.

— Sem problemas?

— Não diria que foi exatamente assim.

— Hum...

Eric lhe contou tudo, a profunda agonia física que passara, a água que bebeu e a visão que teve em seguida. Era estranho repartir aquilo tudo com uma pessoa praticamente desconhecida, mas era grato a Kellen por estar disposto a ouvi-lo. Não tinha dado o fora, gritando que Eric era louco. Aquilo significava alguma coisa.

— Isso muda tudo — disse Kellen. — Não é uma garrafa específica que o afeta, é a Água Plutão em geral.

— Não sei se podemos saber disso com certeza. Estou tendo visão com as duas, sim, mas há algo de diferente na primeira garrafa, a que iniciou todo este processo. Na noite passada, depois de beber a água de Anne, foi como se eu estivesse vendo algo diretamente do passado. Quando bebi a água de Bradford, tudo o que vi estava junto de mim.

— Então, você ainda quer examiná-las.

— Sim.

— Ok, vou passar aí, pegar as garrafas e levá-las para Bloomington.

Eric abriu a boca para elogiar a iniciativa e dizer que aquilo seria ótimo, mas parou, ao entender realmente o que aquilo significava. Se Kellen levasse os dois recipientes para Bloomington, ficaria sem nada. Esse pensamento o fez gelar.

— Você sabe quanto tempo vai demorar para o laboratório dar uma resposta?

— Não faço ideia. Mas hoje é domingo, então provavelmente não teremos o resultado hoje.

— Se houvesse uma maneira de fazer o exame hoje... ou, ao menos, amanhã... Só estou pensando que quanto mais rápido, melhor. Não importa o preço, eu pago o que for.

— Bem, você está falando com a pessoa errada, meu amigo. Não tenho a menor ideia de como se faz o exame. Mas vou ver o que posso fazer quando chegar lá.

Kellen disse que passaria no hotel em poucos minutos, e ambos desligaram. Eric estudou as garrafas durante mais algum tempo e, com ódio de si mesmo, foi ao banheiro, pegou um copo de plástico e encheu-o com a água de Anne McKinney. Tomou um gole. Era aquele mesmo gosto ruim de horas atrás, sem qualquer vestígio doce ou de mel. Bom. Pelo menos esta não mudara.

Pegou o copo, colocou-o na mesinha de cabeceira e o deixou lá. Estaria ali, se precisasse dele. Esperava não precisar, mas em todo o caso, estaria ali.

Nem tocou na garrafa de Bradford.

Entrou no chuveiro e estava saindo do banho quando Kellen ligou para ele, do saguão. Vestiu-se apressado, pegou as garrafas, e quase deixou a de Bradford cair.

Já não podia dizer mais que estava fria. Estava *congelada*, dando à mão de Eric o mesmo tipo de queimadura de quando se toca num corrimão de metal numa noite fria no inverno de Chicago. O gelo estava seco agora, e ele teve que usar a unha para raspá-lo.

— Vou descobrir qual é o seu segredo — disse ele. Carregou as garrafas até o elevador, sempre mudando-as de mãos, porque a de Bradford estava muito fria para que alguém a segurasse por muito tempo. Kellen esperava-o junto à porta principal. Olhou com espanto para Eric quando este se aproximou.

— Parece *mesmo* que você teve uma noite daquelas — Kellen levantou um dedo e apontou para seu próprio olho. — Você rompeu alguns vasos aí, cara. E machucou o nariz também.

Eric já tinha visto seu reflexo no espelho.

— Como falei, não foi exatamente uma diversão.

— É, parece que não. — Kellen aproximou-se e pegou as garrafas que o outro trazia nas mãos. — *Merda!* — disse ele, ao tocar na garrafa de Bradford.

— Está cada vez mais fria — falou Eric.

— Você não estava brincando. Teve uma grande diferença de ontem para hoje.

Eric observou como Kellen estudava a garrafa, viu o assombro em seu olhar e pensou: *É por causa disso que ele acredita em mim.* A garrafa, uma coisa tão louca que fazia com que a história de Eric parecesse aceitável.

— Liguei para Danielle — disse Kellen.

— Danielle?

— Sim, minha namorada. Falei com ela que precisávamos de uma pessoa que desse uma olhada nestas garrafas o mais rápido possível. Ela disse que iria procurar, mas não prometeu nada.

— Obrigado. Diga a ela que pagarei...

— Ninguém está preocupado com isso. — Kellen trocava as garrafas de mão, como Eric fizera há alguns minutos. — Ela conhece alguém que pode fazer o exame, e só.

— Você disse que ela está indo para a faculdade de medicina, não é?

— Isso.

Eric concordou com a cabeça, sentindo uma pontinha de culpa. Claire estava cursando direito quando eles se conheceram. Mas abandonou os estudos quando os dois se casaram e o seguiu para Los Angeles. Claire tinha um bom emprego atualmente, trabalhando na prefeitura, mas não era essa a carreira que planejara para si. Desistiu da faculdade por causa dele.

— Bem, você pode pedir a ela para fazer um exame específico — disse Eric. — Se for possível, é claro. Tenho uma ideia do que essa água pode conter. Sabemos que Campbell estava envolvido com contrabando de bebidas e, na visão que tive ontem à noite, vi que uísque era...

— Ilegal — falou Kellen, balançando a cabeça. — Isso faz sentido. Quem sabe o que diabos colocaram nela? E, se era forte na época, o que dirá agora? Poderia estar lhe causando as convulsões, sem dúvida. Eu ainda acho que seria uma boa ideia consultar um médico.

— Vou, se achar que preciso — afirmou Eric. — Mas, nesse momento, estou me sentindo bem.

— Certo. Vou voltar esta tarde e depois procuro você.

Eric seguiu Kellen, atravessou a entrada principal e foi com ele até a varanda que faceava o jardim. Do lado de fora, no final da estrada de tijolos, uma caminhonete de uma emissora de TV estava estacionada.

— Aconteceu alguma novidade hoje? — perguntou Eric.

— Não sei. Vi outra igual enquanto estava vindo para o hotel, com uma pessoa entrevistando um policial na calçada. Pode ser que tenha acontecido alguma coisa ontem à noite.

— Roubaram o cassino. Uma merda parecida com *Onze homens e um segredo*.

— Pode ser — disse Kellen, dando uma pequena risada. Depois, ele levantou a garrafa e observou-a contra a luz do sol. O gelo do lado de fora brilhava. — Então, está combinado. Vou agora para Bloomington.

— Ei, obrigado por me dar essa ajuda com a água. Você não sabe como fico agradecido.

Kellen olhou para ele, sério, e falou:

— Tome cuidado por aí, certo?

— Pode deixar.

Ele foi embora e Eric ficou sozinho na varanda, o rosto voltado para o vento morno da manhã, mas ainda com um toque de orvalho. Estava úmido, e, embora o céu estivesse azul, havia certa bruma no ar. Talvez Anne McKinney tivesse razão. Poderia ser uma tempestade em formação.

32

CANSADO COMO ESTAVA DAQUELA cidade, naquela situação Josiah ainda podia se sentir grato por conhecê-la tão bem. Percebeu que tinha de se esconder rapidamente, pois não demoraria muito tempo para a polícia ir atrás de sua caminhonete. Merda, essa seria a primeira coisa que eles fariam, com uma coisa dessas acontecendo tão perto de sua casa. E ele não tinha a mínima vontade de falar com as autoridades sobre aquilo.

Era tempo de tomar a estrada e sumir de vista, e, embora essa ideia se mostrasse tentadora, encher o tanque da caminhonete e seguir para os lados do rio Ohio e suas redondezas, ele não seria tão burro a ponto de fazer isso. Tinha uns 24 dólares na carteira, e talvez mais 400 no banco, que não o levariam muito longe.

Dirigiu por uns 5 quilômetros rumo ao oeste de sua casa, para dentro da floresta que cobria os morros entre os condados de Martin e Orange e seguiu por uma estrada de cascalho marcada com uma meia dúzia de placas onde se lia: NÃO ULTRAPASSE. Há muitos anos aquele lugar fora um acampamento de madeireiros, e só o que restava agora era um galpão abandonado e um telheiro de oficina caindo aos pedaços. No entanto, o local era isolado. Josiah o descobriu certa vez quando caçava veados — a propriedade não estava aberta à caça, mas ele estava pouco se lixando — e deixou-o arquivado em algum canto de sua mente, tendo certeza de que aquele lugar poderia ser útil para alguns dos empreendimentos ilegais que cometia de tempos em tempos. O que fazia agora não era exatamente o uso que pensara originalmente — no entanto, estava satisfeito por tê-lo descoberto no dia da caçada.

Parou, tirou sua caixa de ferramentas da caminhonete e pegou um cortador de vergalhão. Deveria ter trazido também uma serra para cortar ferro, mas não teve tanto tempo assim para sair de casa. Deixou os faróis acesos, para que eles iluminassem as bambas portas do galpão. Exatamente como se lembrava, havia uma corrente enferrujada e não muito grossa com um cadeado que a mantinha fechada. Precisou de apenas alguns minutos de grunhidos e suor — sua mão queimada e ferida ardia como brasa cada vez que ele apertava o cortador — mas acabou conseguindo abrir um dos elos da corrente, forçou-a e deixou o cadeado cair no chão.

No início, as portas estalaram e rangeram, mas depois se abriram sem problemas. Do lado de dentro, havia espaço suficiente para a caminhonete. Entrou com ela, mas, ao passar pela porta, ouviu um barulho de algo arrastando na parte inferior do carro. Então, desligou o motor e ficou ali, dentro do automóvel, sentado no escuro.

Que merda ele tinha feito? Mas que *merda* ele tinha feito?

Os últimos 15 minutos tinham sido tão cheios de ação que sobrou pouco tempo para pensar. Mas, agora, dentro daquele galpão escuro, escondendo sua caminhonete da polícia (que logo viria procurá-lo), Josiah foi obrigado a tomar consciência do que acabara de ocorrer. Aquele homem estava morto, e foi ele que o matara. Assassinou-o e depois incendiou-o. Aquele não era um assassinato qualquer, devia ser um crime mais grave. Do tipo que o levaria à cadeira elétrica.

Não que Josiah nunca tivesse pensado em matar alguém, só não esperava que isso fosse realmente acontecer. Achava que, se tivesse de assassinar alguém, seria algo devagar e calculado, o resultado de muita provocação. Vingança por alguma ofensa grave que sofresse. Mas hoje à noite... Hoje à noite aconteceu tão depressa.

— Foi a arma que o matou — disse. — A culpa foi dele. Não devia ter puxado aquela arma.

É claro que fora isso. Josiah reagiu em legítima defesa, nada mais do que isso. Se alguém dá de cara com um homem lhe apontando uma arma, o que espera acontecer?

O problema é que não foi o primeiro golpe que o matou. Josiah tinha quase certeza disso. Ah, claro, ele o tinha nocauteado, mas o segundo golpe que foi fatal, quando o homem já estava sem sentidos dentro da vala e Josiah foi para cima dele e deu com o bloco de concreto na sua cabeça com toda a força. Aquela não era a natureza de Josiah; nunca chutara um homem que já tinha sido posto ao chão com um soco seu. Mas, hoje à noite, aconteceu. E naquele momento, naquele piscar de olhos, Josiah não se sentia como se fosse ele mesmo. Sentiu-se como outro homem, um homem que adorou fazer aquilo.

Merda, que coisa terrível. Você matou uma pessoa, é melhor que tenha um bom motivo e um bom plano para lidar com isso. Mas Josiah não tinha nada. Nem ao menos sabia quem era aquele filho da puta e o motivo de ele estar vigiando a casa. Por que o homem espreitava Josiah?

Estendeu a mão até o banco do carona e pegou a pasta que roubara, uma grande pasta de couro com uma alça de ombro, e procurou pela carteira. Ao pegá-la, acendeu a luz de dentro do carro e a abriu. A primeira coisa que viu foi uma identidade com uma foto. *Investigador Particular Autorizado.*

Um detetive. Aquilo não fazia o menor sentido, e o nome — Gavin Murray — não significava nada para Josiah. Observou bem a fotografia para ter certeza de que não conhecia o homem de forma alguma. O endereço, presente tanto na carteira de investigador quanto na de motorista, guardada no mesmo compartimento da carteira, era de Chicago.

A mesma cidade do homem que visitara Edgar com a desculpa de que viera fazer um filme. Dois moradores de Chicago em French Lick no mesmo dia, um com o propósito de fazer perguntas sobre Campbell e o outro para espreitar a casa de Josiah com uma câmera. O que será que esses desgraçados querem? Merda, Josiah não fazia ideia.

Tirou o dinheiro da carteira e colocou-o no bolso. Em seguida, procurou o que mais havia dentro da pasta, até encontrar outra pasta fina, de couro, de dentro da qual tirou um papel com o seu nome, data de nascimento e número da previdência social. Havia também uma lista de endereços, a maioria de 15 anos atrás, lugares que ele mal podia se lembrar de terem existido. A próxima folha de papel trazia detalhes de sua ficha da prisão, com o número dos processos, as datas em que foi encarcerado e as sentenças. Folheou mais algumas páginas e encontrou uma que dizia *Contato com o Cliente*. Nela havia dois números de telefone e um de fax, além de um endereço de e-mail, mas Josiah estava mais interessado no nome da pessoa:

Lucas G. Bradford.

Naquela manhã, a umidade chegara antes do calor. Era como uma brisa líquida que atravessava a porta de tela, como o perfume de uma rosa na madrugada, e Anne (que esperava ver nuvens pesadas quando se levantasse da cama) olhou pela janela e se surpreendeu ao ver o sol.

Tomou um banho, um processo que agora demorava bastante e que também lhe cobrava muito mais energia (por ter de segurar firme no suporte de metal), vestiu uma calça comprida folgada, uma blusa leve de algodão e os tênis brancos que usava todos os dias. Tinha que usá-los; o equilíbrio era o que a mantinha longe do hospital e do asilo. Entretanto, ela os odiava. Detestava-os muito profundamente, como raramente detestava qualquer coisa. Quando era jovem, Anne fora fã de sapatos. Tudo bem, isso era apenas uma meia verdade — era *louca* por eles. E adorava os de salto alto. Eram elegantes, e as moças precisavam saber como andar com eles, não podiam sair por aí pisoteando o chão, tinham que andar como uma *dama*. Anne McKinney sempre soubera como caminhar elegantemente. Recebia muitos olhares por causa de seu caminhar, sempre percebera homens olhando diretamente para suas ancas, mesmo depois de ter se tornado mãe.

Ia andando a passos curtos e firmes com seus calçados sem salto. Detestava aquele modo de andar, detestava os tênis. O passado zombava dela a cada passada.

Depois de se vestir, foi até a varanda para tomar as primeiras leituras do dia. O barômetro tinha caído para 29.80. Uma bela queda durante a madrugada. O sol já estava claro, mas o jardim não brilhava sob sua luz. A camada de orvalho que caíra durante a noite era muito tênue e escassa, diferente da que vinha caindo até então. Anne se abaixou para poder ver o céu por debaixo do telhado da varanda, e observou um bando de nuvens inchadas a oeste, claras na parte de cima, mas cinzentas na de baixo. Cúmulos-nimbus. Nuvens de tempestade.

Estes sinais: as nuvens, a grama seca, a queda da pressão, tudo indicava uma tempestade. Era a confirmação do que ela suspeitava desde ontem, mas sentiu um leve desapontamento quando estudou as nuvens. Com certeza eram formadoras de tempestade, mas de algum modo Anne havia esperado por algo maior. De qualquer forma, ainda era cedo. As grandes tempestades da primavera se formavam depressa, quase sempre de maneira imprevisível, então era difícil dizer o que aconteceria até o fim do dia.

Anotou todas as leituras em seu caderno. Era um ritual que sempre lhe dera prazer, mas hoje, por alguma razão, não estava surtindo o mesmo efeito. Ela se sentia diferente, irritada. Isso só acontecia quando algo fora do comum acontecia, como a visita de Eric Shaw, por exemplo. E Anne não tinha ninguém com quem repartir seus sentimentos. Foi nesse momento em que ela sentiu o peso da solidão. A frustrante casa vazia e o telefone que nunca tocava passaram a incomodar. Durante todos esses anos conservara sua mente íntegra, lúcida, com uma boa memória, e tinha orgulho disso. Entretanto, em manhãs como aquela, perguntava-se se ser assim valia a pena. Talvez fosse mais fácil sentir as muitas facetas da debilidade senil, e, quem sabe, com isso, entorpecer a noção dos cantos agressivos dos aposentos vazios que a circundavam.

— Ah, pare com isso, Annabelle — falou ela, bem alto. — Pare.

Não ficaria ali sentada por mais tempo, sentindo pena de si mesma. As pessoas tinham de agradecer por mais um dia, dar graças por cada momento que o Senhor nos permitisse viver nesta terra. Ela sabia disso. Acreditava nisso.

Entretanto, às vezes, ficava mais fácil acreditar nisso do que em outras ocasiões.

Voltou para dentro da casa, preparou umas torradas para seu café da manhã e sentou-se na poltrona para tentar ler o jornal. Mas não conseguia se concentrar. As memórias decidiram ressurgir nesta manhã, beliscando os calcanhares de sua mente. Ela desejava ter alguém com quem pudesse conversar. O telefone não tocara uma vez durante a semana inteira, o que, em parte, era culpa sua — esforçou-se tanto para convencer as pessoas da igreja e da cidade de sua completa independência que ninguém se preocupava muito com ela. Isso era bom, é claro, ela não queria ser motivo de preocupação para ninguém, mas... mas não faria mal se alguém viesse lhe fazer uma visita de vez em quando. Apenas para dar um alô e bater um papinho.

Céus, como Harold gostava de um bom papo. Inúmeras vezes, ela tivera de dizer: *Harold, vá um pouco lá pra fora e dê um descanso aos meus ouvidos*, apenas por não aguentar sua cantilena interminável. E as crianças... Ah, mas elas puxaram ao pai nesse quesito, pois ambas acabaram adquirindo um talento quase compulsivo para falar. E esta casa ficava cheia de conversa desde o nascer até o pôr do sol.

Abandonou o jornal, levantou-se e foi até o telefone, ignorando, como sempre, o aparelho sem fio que estava sempre ao seu lado. Afinal, era bom andar e se manter ativa. Ligou para o hotel e pediu para falar com Eric Shaw. Ocorreu-lhe na noite anterior que nunca perguntara qual era a família pela qual o rapaz buscava informações. Talvez pudesse ajudar. Talvez, se ele falasse o nome da família, ela lembrasse de algo e poderia lhe contar algumas histórias.

Porém, a chamada caiu na secretária eletrônica e ela deixou uma mensagem. Aqui é Anne McKinney; não é nada urgente. Só queria saber como tem passado.

33

Eric foi até o restaurante e pediu o café da manhã, percebendo, aliviado, que estava verdadeiramente faminto mais uma vez. Tomou o café de um gole só, impaciente para que o resto da refeição fosse logo trazido à mesa. Aquilo com certeza tinha que ser um bom sinal.

Não conseguia parar de pensar nos efeitos da água de Anne. Ela tinha acalmado seu sofrimento físico, da mesma forma que a água de Bradford, mas as visões que trouxera foram diferentes, muito mais tranquilas. Foi exatamente como assistir a um filme, com um distanciamento, uma separação do tempo e do espaço. Se o que viu fosse real, é claro...

As possibilidades ali o tentavam de uma maneira estranha. Talvez tenha sofrido uma alucinação, assim como os usuários de drogas que fazem uso de doses diárias. Mas, se não foi isso, se ele realmente estava vendo o passado, então a água fazia muito mais do que livrá-lo da dor. Dava-lhe poder. Dava-lhe uma dádiva.

— Rabanadas com bacon — falou uma voz feminina atrás dele, e a garçonete colocou à sua frente um prato que intensificou ainda mais sua fome. — E o senhor precisa de mais café. Espere um instante que já trago. Desculpe a demora, mas é que eu parei para ver o pessoal da TV por uns minutos.

— Hum-hum — murmurou Eric ao colocar o primeiro pedaço da rabanada na boca, antes mesmo que a moça fosse buscar o resto. O sabor era fantástico.

— Eles estavam filmando, ali mesmo, no saguão — disse a garçonete. — Queria que eles viessem aqui dentro, para que eu pudesse ser entrevistada. Sabe como é, ter os 15 segundos de fama.

Eric engoliu, limpou a boca com um guardanapo e disse:

— Ah, sim, eu vi uns carros de emissoras de TV. Por que eles estão aqui?

— Houve um *assassinato* — falou a mulher, abaixando a voz para quase um sussurro, enquanto se inclinava sobre ele para servir mais café. —Um homem explodiu dentro do próprio carro, dá para acreditar?

— Verdade? Nossa, aqui já não é um lugar tranquilo. Se as pessoas de fora descobrirem que os cidadãos daqui estão explodindo um ao outro, o turismo pode sair prejudicado.

— Mas não foi ninguém daqui. Foi um homem de Chicago. Um detetive. O que torna a situação ainda mais interessante, não acha? Porque, quem sabe o que ele viera fazer por aqui? Esqueci o nome, mas disseram que...

— Gavin — falou Eric, sentindo a temperatura de seu corpo caindo, o ritmo de sua respiração diminuindo e a comida à sua frente deixando de ser convidativa. — Seu nome era Gavin Murray.

Foi um inferno ter de caminhar uma distância tão grande, sobretudo andar pela floresta para evitar a estrada, mas Josiah não confiava em seu celular, achava que o aparelho podia ser rastreado. Desligou-o e retirou a bateria, para ter certeza de que não transmitia nenhum sinal, e então partiu pelo meio da mata em direção à cidade. Detestava ter que envolver Danny Hastings nessa bagunça, mas havia trabalho a ser feito agora, e que não podia ser feito apenas por ele. Além disso, Danny era a única pessoa em que Josiah confiava, a única que manteria a boca fechada não importa o que acontecesse. Ah, Danny tinha até uma grande chance de ser preso, mas jamais diria coisa alguma aos policiais. Juntos, eles já tinham se metido em diversas confusões com a polícia ao longo dos anos, e se havia algo que Danny sabia fazer muito bem nessas horas era ficar de bico calado.

A caminhada até a cidade demorou mais de uma hora e ele teve de se arriscar a ser visto, pelo menos por alguns minutos. No posto de gasolina havia um telefone público, um dos últimos da cidade, e então ligou para Danny para dizer onde estava. Durante todo o tempo, sentia uma pontada nas costas, esperando que um carro da polícia surgisse derrapando na esquina para, um segundo depois, guardas pularem em cima dele com suas armas em riste. Entretanto, nada aconteceu. Ninguém sequer tomou conhecimento de sua presença.

Assim que desligou o telefone, voltou para a floresta e desapareceu de vista. Sentou-se num tronco caído e ficou à espera do amigo. Quinze minutos depois, observou o Oldsmobile de Danny aproximando-se devagar, com o próprio colocando a cabeça totalmente para fora da janela, tentando localizá-lo. Merda, era assim que ele queria ser discreto?

Josiah correu montanha abaixo, saiu da floresta e ergueu a mão. Abriu a porta no lado do carona quando o veículo parou e disse:

— Arranque logo, caramba.

Danny os levou morro acima, a marcha arranhando e gemendo.

— Que diabos está acontecendo, Josiah?

— Estou com grandes problemas. Quer ajudar um amigo a sair dessa?

— É claro, mas primeiro preciso saber onde estou me metendo.

— Boa coisa não é — disse Josiah. Porém completou em um tom mais brando: — Mas, tanto quanto possível, vou tentar não envolver você nisso. Prometo.

Foi essa promessa, essa clara demonstração de consideração para alguém além de si mesmo, que mostrou a Danny a gravidade da situação em que Josiah estava. Ele virou-se para o amigo, com a testa franzida, e esperou.

— Ontem à noite me meti numa fria— falou Josiah. — Um homem apontou uma arma para mim. Eu tinha uma pedra na mão e a usei para lhe dar uma porrada. Só que bati mais do que deveria.

— Ah, merda — disse Danny. — Não vou lhe ajudar a enterrar nenhum corpo, Josiah. Isso eu não faço.

— Não vai ser preciso enterrar o corpo.

— Então, você não o matou?

Josiah não respondeu.

— Você o *matou*? — Danny quase não conseguiu fazer a curva. — Você *assassinou* alguém?

— Foi em legítima defesa — disse Josiah. — Mas ele está morto, sim. E você sabe o que a polícia daqui vai fazer com um cara como eu, num caso como esse, não sabe? Legítima defesa não vai significar porra nenhuma. O promotor vai levantar minhas condenações antigas e dirá ao júri que eu não passo de lixo, lixo *perigoso*, e acabarei meus dias em Terre Haute ou em Pendleton.

Danny colocou de fora sua língua grossa e lambeu os lábios.

— Não foi o homem da van?

— Como é que você sabe?

— A cidade inteira já sabe, Josiah! Meu avô me arrastou até a igreja hoje, e todo mundo lá falava disso. Ah, diabos, foi você?

— Ele apontou uma arma para mim, porra! Já falei.

Chegaram até a estrada usada pelos madeireiros e Josiah lhe mandou virar ali. Contou tudo para o amigo, exceto os sonhos estranhos do trem negro e do homem com chapéu-coco.

— Não entendo por que tem tanta gente interessada em Campbell — mencionou Danny.

— Nem eu. Mas alguém chamado Lucas Bradford mandou aquele homem de Chicago até aqui para me investigar, e ele tem grana. Encontrei uma conta entre os papéis do detetive que morreu, Danny — ele cobrou 15 mil *adiantados*. E vi também um papel que dizia que ele estava autorizado a gastar até 100 mil para resolver a questão. Era isso que estava escrito — *resolver a questão*. Cem mil dólares.

Danny esticou o braço e coçou a nuca. Ainda estava vestido com a roupa mais arrumada que tinha, que usava para ir à igreja, e sua camisa branca engomada mostrava manchas de suor embaixo dos braços.

— Alguma coisa está acontecendo, disso tenho certeza — falou. — Mas a maneira com que você está enfrentando a situação é que não está correta. Você está fazendo as coisas ficarem ainda piores. Você disse que o cara apontou a arma para você, não é? Porra, então vá à polícia e fale isso a eles. Contrate um advogado...

— Danny — falou Josiah —, eu incendiei o corpo dele. Entende? Pense nisso, na fama que tenho nesta cidade, e me diga o que irá acontecer.

Por um momento, Danny ficou congelado, mas acabou concordando com um pequeno sinal de cabeça. Então, disse num sussurro:

— Por que diabos você incendiou o corpo?

— Não sei — disse Josiah. — Nem sei nem por que bati nele uma segunda vez. Eu mesmo não me reconheci. Mas fiz, e agora tenho que pensar em como sair dessa.

— E o que tem em mente?

— Esse tal de Lucas Bradford é cheio da grana. E eu preciso de um pouco. Mas antes tenho que entender algumas coisas, como quem é esse homem e por que ele veio até aqui para me investigar. Mas vou precisar de sua ajuda para descobrir isso. Estou pedindo a você que me ajude, como um favor.

Danny suspirou, agarrou o volante com força.

— Danny?

Mas, por fim, ele concordou:

— Vou fazer o que puder.

— Ótimo. Muito obrigado. A primeira coisa que preciso que você faça é encontrar aquele filho da puta que esteve na casa de Edgar, que veio com aquele papo sobre fazer um filme. Ele está hospedado em um dos hotéis. Encontre o homem e o siga.

34

Alyssa Bradford não atendeu o telefone. Eric ligou do celular, ainda na mesa do café. Falou em tom baixo, porém hostil, ao deixar uma nova mensagem que exigia uma ligação de volta e, com certeza, dessa vez ele iria falar com o marido dela. Alguém tinha morrido, porra, e ele precisava saber que merda estava acontecendo.

O telefone não tocou. Ele permaneceu sentado ali durante algum tempo, esperando e lembrando-se de Gavin Murray, com seus óculos escuros, seus cigarros e sua voz pretensiosa. Morto na van que explodiu.

A garçonete se aproximou:

— Algum problema com a comida? — perguntou ela, encarando o prato quase intocado.

— Não — respondeu ele. — Nenhum problema. Só... pensando.

Comeu sem sentir o gosto de nada, pagou a conta e voltou para seu quarto. Mal tinha aberto a porta quando ouviu o telefone tocar. *Alyssa*, pensou, *é melhor que seja você.*

Mas não era. Era o gerente do hotel para lhe informar que a polícia queria falar com ele.

— Diga-lhes que descerei em cinco minutos. — Desligou e ligou para Claire.

— Você está em casa? — perguntou quando ela atendeu.

— Sim. Por quê?

— Quero que saia daí.

— Como?

— Preciso que você me escute por um minuto, e que acredite que não estou completamente maluco. Você ainda acredita em mim?

— Eric, o que está acontecendo?

— Alguém me seguiu de Chicago até aqui. Um homem chamado Gavin Murray. Anote esse nome ou pelo menos lembre-se dele, sim? Gavin Murray. Esse cara era um detetive particular de uma empresa de Chicago chamada Soluções de Crises Corporativas.

— Certo.

Ele escutou o barulho de uma folha de papel sendo rasgada e depois outro som correspondente à mulher procurando por uma caneta.

— Ele apareceu aqui no hotel, ontem — falou Eric. — E sabia tudo sobre mim. Mencionou até seu nome. Sabia que estávamos separados, mas que ainda não estávamos legalmente divorciados.

— O quê?

— Isso mesmo, detalhado demais, não acha? Ele fez a pesquisa direitinho, gente como ele faz isso rápido e facilmente. De início, não fiquei muito preocupado. Mas agora estou começando a ficar.

— Você acha que devo ter medo dele?

— Não mais. Ele está morto.

— Está *o quê*?

— Alguém o matou na noite passada — disse Eric. — Foi assassinado, explodiram sua van com ele dentro. Ainda não sei dos detalhes. Estou indo falar com a polícia neste momento. Mas o que eu sei é que ele me seguiu até aqui e me ofereceu 75 mil para que eu parasse de fazer perguntas sobre Campbell Bradford, e então foi morto. Não faço ideia do que isso significa, mas tenho que lhe dizer que ele efetivamente me ameaçou ontem à noite. Falou que outros tipos de persuasão poderiam ser usados se eu ignorasse o dinheiro.

— Eric...

— Tenho certeza de que essa precaução é desnecessária, mas, de qualquer modo, queria que você saísse de casa por uns tempos. Até que possamos entender um pouco mais sobre esta situação, acho que seria bom que fizesse isso. Pelo menos, iria me trazer certa tranquilidade.

— Eric — repetiu ela, em voz baixa —, você bebeu mais daquela água?

— Isso não interessa, porque temos de...

— Você bebeu?

— E daí se eu bebi?

— Só estava imaginando... Você tem certeza de que isso tudo aconteceu mesmo? Tem certeza de que este homem...

— Era real? — disse ele, dando uma gargalhada. — É isso mesmo que quer saber? Merda, Claire, era só isso que me faltava: você questionando minha sanidade. Sim, o homem era real e, sim, ele está morto agora. Ele está morto. Alguém o matou e estou indo conversar com a polícia neste momento sobre isso, mas, se não acredita em mim, ligue o computador e procure saber, faça o que achar melhor, contanto que se convença...

— Está bem — disse ela. — Está bem, fique calmo. Só perguntei, mais nada.

Fez-se silêncio por alguns segundos.

— Vou sair de casa. Se é isso que quer que eu faça, eu faço, ok?

— Obrigado.

— Não fique chateado por eu perguntar, mas por que você bebeu aquela água de novo?

Assim que começou a responder, o aparelho de telefone do quarto começou a tocar outra vez — provavelmente a polícia querendo saber por que Eric estava demorando tanto para descer. Mas ele contou a Claire sobre a terrível noite que tivera, como a água de Anne McKinney o acalmara e sobre a visão que teve de Campbell Bradford e do rapaz com o violino.

— A única coisa que me preocupa agora — disse ela — é o que esta água anda fazendo com você. Tanto física quanto mentalmente. Toda essa história é assustadora e estranha, mas podemos lidar com ela. Só que essa água... é o que me assusta mais, Eric. Seu corpo está dependente dela. O cérebro também. Isso é perigoso.

— Ainda não sabemos se estou dependente — respondeu ele, mas a dor de cabeça estava de volta e sua boca estava seca.

— Você precisa de tratamento — disse ela. Entretanto, nesse momento, ele ouviu uma batida na porta e percebeu que a polícia decidira não mais esperar.

— Tenho que ir, Claire. Vou falar com a polícia agora. Por favor, saia de sua casa por uns tempos, está bem? Pelo menos até eu saber o que está acontecendo.

Ela falou que iria sair, mandou-o ter cuidado e para que não bebesse mais daquela água.

35

O POLICIAL QUE TOMOU a liderança para falar com Eric era chamado Roger Brewer, da Polícia do Estado de Indiana. Ele conduziu o cineasta até a pequena delegacia de French Lick, sem falar muito pelo caminho. Na verdade, não disse quase nada até estarem sentados diante de um gravador ligado. Ele parecia ser um homem sério, com um olhar penetrante.

— Não tenho muito o que dizer, por enquanto — falou ele — ou, pelo menos, não tenho muito que possa ser *revelado*, essa é a palavra mais apropriada. Porém, neste instante será suficiente avisá-lo que Gavin Murray foi morto na noite passada. Estive pensando no que você poderia nos dizer sobre isso.

— O que eu poderia lhes dizer? — perguntou Eric. A dor de cabeça dele aumentava gradativamente desde o momento em que o colocaram sob as luzes fluorescentes. Além do gravador entre eles, havia também uma câmera de vídeo perto do teto, em um dos cantos da sala. — Não tenho nada a declarar sobre isso.

— Então, conte-me sobre ele. E sobre você. Estou curioso para saber por que os dois vieram de Chicago até aqui.

Eric começou a falar, mas logo depois fechou a boca, hesitante, enquanto Brewer erguia uma das sobrancelhas, suspeitando dele.

— Há algo errado?

— Estou na dúvida se devo perguntar se você me considera suspeito.

— Se *deve*? — A expressão do rosto do policial parecia perdida entre raiva e divertimento.

— Isso. — Talvez tenha sido um erro perguntar. As experiências anteriores de Eric com a polícia foram poucas, e ele tinha, instintivamente, a tranquilidade necessária que o ajudava a superar a autoridade de Brewer, mas o chiado do gravador o deixara nervoso. Eric entendia melhor do que ninguém o potencial de manipulação contido num filme ou numa gravação.

— Bem, Sr. Shaw, como em geral acontece, ao descobrirmos uma vítima de homicídio, a lista de suspeitos é sempre muito grande de início. O senhor está nela? Com certeza. Assim como muitos outros. No momento, o senhor me parece ser uma pessoa que possa fornecer algumas respostas. Odiaria pensar que o senhor não está disposto a fazer isso.

— Não é que eu não queira fazer, mas preciso entender melhor a situação. Gostaria de saber como soube do meu nome.

Brewer não respondeu.

— Olhe — disse Eric —, quero muito conversar com você. Mas também não vou considerar isso como uma via de mão única. Estou preocupado, e acho que há algumas coisas que eu mereço saber. Se seu desejo é conversar comigo, ótimo. Mas, se isto for um interrogatório padrão, então peço-lhe para que o interrompa até eu ter um advogado comigo nesta sala.

Brewer suspirou ante a menção das palavras de Eric.

— Ei — disse Eric —, você decide.

— Temos um homicídio por resolver. E, a menos que o senhor tenha um envolvimento direto com o crime, detestaria pensar que o senhor deseja nos atrapalhar.

— Detetive, ontem aquele homem apareceu do nada num estacionamento, mostrou saber detalhes da minha vida pessoal e me ameaçou. Se você quiser saber mais sobre isso, ficarei contente em lhe dizer, entretanto, como falei, tenho outras coisas a considerar. Como proteger minha família.

Eric achou que uma pitadinha de informação pudesse melhorar a boa vontade de Brewer, o que se mostrou verdadeiro. Os olhos do policial brilharam com essas palavras e ele aproximou sua cadeira.

— Farei o que for razoável para o senhor, se fizer o mesmo comigo, Sr. Shaw. Mas isso vai demandar uma explicação completa, rapidamente.

— Ok, darei as explicações. Só me diga, por favor, como foi que conseguiu o meu nome. Preciso saber.

— Com a empresa de Gavin Murray.

— Eles lhe informaram o motivo de Gavin Murray ter vindo atrás de mim?

Brewer assentiu.

— Disseram que o senhor era o alvo da investigação dele.

— Bem, e quem o contratou?

— Não sabemos.

Agora era a vez de Eric dar um suspiro, mas Brewer levantou a mão.

— Não, Sr. Shaw, nós realmente não sabemos. Isso foi tudo que a empresa dele nos disse. Não quiseram revelar mais nada alegando a confidencialidade das relações entre advogados e clientes.

— Detetives particulares têm confidencialidade entre advogado e cliente?

— Têm, quando são contratados por um advogado. Nesse caso, tornam-se parte da equipe do advogado. É legal, apesar de ser um saco. Eles pareceram ansiosos em colaborar, mas se recusam a revelar o nome do cliente. Vamos trabalhar para saber quem os contratou, mas por enquanto isso é tudo que sabemos.

Brewer se recostou na cadeira e abriu as mãos.

— Então, como pode imaginar, é da maior importância que tomemos ciência do que o senhor tem a nos dizer, Sr. Shaw. Sabemos apenas que o homem veio de Chicago até aqui apenas para segui-lo. Ou, aparentemente, para falar com o senhor. Foi morto na mesma noite em que chegou. E gostaríamos de saber por quê.

— Eu também — falou Eric, hesitando por alguns momentos, conjecturando se seria melhor ter um advogado ao seu lado. Do modo como Brewer acabara de falar, ele não parecia somente um suspeito, mas um grande suspeito.

— Quanto mais rápido avançarmos no caso — disse Brewer —, mais rápido poderemos tranquilizá-lo em relação à sua família e ao senhor.

— Muito bem — respondeu Eric. — Muito bem.

Ele tinha o cartão de visita de Murray em sua carteira e o entregou a Brewer. Deu também o nome e o número do telefone de Kellen, dizendo que ele testemunhara o primeiro encontro que tivera com Murray.

— Mas não a conversa em si — disse Brewer. O tom de sua voz era suave e calmo, mas ainda assim deixava Eric nervoso.

— Não. Nossa conversa não teve testemunhas. Mas eu voltei e contei a Kellen na mesma hora em que Gavin Murray foi embora. Isso é o melhor que posso fazer.

Brewer assentiu de forma apaziguadora e pediu que continuasse. Eric explicou o que pôde, enquanto o policial se mantinha calado com os olhos fixos no cineasta, o gravador rodando sem parar. O semblante de Brewer não se modificou durante a conversa, nem mesmo quando Eric mencionou a oferta de pagamento ou a sugestão de que ele poderia ser convencido a voltar para casa através de outros meios, caso rejeitasse o dinheiro.

— Quando fomos embora, vimos que Gavin Murray parara o carro e falava ao celular. Se quiser saber quem é o cliente, basta verificar os registros telefônicos das chamadas dele.

— Vamos verificar, não se preocupe. — Brewer olhou pensativo para o gravador e disse: — E esta foi a primeira e a única vez em que viu Gavin Murray?

— Sim. Se quiser falar com mais alguém, procure por Josiah Bradford. Murray me pediu informações sobre ele e acho que esta é a razão principal da vinda dele até aqui.

— O senhor pode dar mais detalhes sobre essa teoria?

— Você já falou com Josiah?

Brewer parecia incomodado, mas disse:

— Ainda vamos falar, não se preocupe. Precisamos apenas localizá-lo, como fizemos com o senhor.

— Então, ele está desaparecido?

— Ele só não está em casa, Sr. Shaw. Não diria que está desaparecido. — Entretanto, havia algo no olhar de Brewer que insinuava um nível mais profundo de insatisfação, algo que demonstrava que a polícia tinha, sim, interesse em encontrar Josiah Bradford. — Agora, será que podemos desenvolver um pouco mais a sugestão que acabou de fazer?

— Bem, na verdade é uma ideia bastante simples. Vim até aqui para fazer um filme sobre um cara rico de Chicago, sobre sua infância neste lugar. No momento em que cheguei, alguém me oferece uma boa quantia para que volte para casa. Na minha opinião, soa como uma atitude de defesa, como se alguém tentasse impedir que um problema do passado viesse à tona.

Era uma explicação plausível, mas os detalhes omitidos — como a crescente desconfiança de Eric de que o velho do hospital não era o mesmo Campbell de má fama daqui — não eram pequenos. Que inferno, como ele poderia dar uma explicação plausível de todas as experiências que já vivera? Era tudo muito anormal. E ele daria a impressão de ser louco.

— O senhor disse que estava fazendo um filme — disse Brewer. — Um documentário.

— Sim.

— Fascinante. Então, o senhor grava entrevistas e coisas do tipo.

— Isso.

— Ótimo. Se pudermos dar uma olhada no que o senhor filmou ontem...

— Não filmei nada ontem. Tudo o que tenho está em áudio. Posso lhe dar isso.

Mas as gravações de áudio iriam introduzir um novo elemento nessa confusão toda. Eric não gostava da ideia de ter Brewer e outros policiais escutando a narrativa que fizera a Anne McKinney sobre as visões que tivera. Não, aquela definitivamente não era uma boa escolha.

— O senhor não usa uma câmera? Deve ser difícil fazer um filme sem uma.

— Não, é claro que eu uso câmeras.

— Então, o senhor tem uma câmera consigo?

— Não, quer dizer, trouxe uma, mas ela... quebrou.

Merda, aquilo soava como uma mentira deslavada. Talvez pudesse encontrar alguns destroços da câmera para provar o que dissera, mas iria demandar uma explicação de como esmigalhara em pedaços um equipamento tão caro. E esse não era o tipo de história que se contava a um policial no meio de uma investigação de homicídio.

— Quebrou — disse Brewer, suavemente. — Entendo. Agora pode me contar como foi sua noite depois de ter conversado com Gavin Murray?

— Como foi minha noite? — repetiu Eric, procurando se concentrar. Sua cabeça latejava agora, e seu estômago apertava e afrouxava sem parar. Tentou superar tudo aquilo ou, pelo menos, diminuir as sensações. Não era a hora de ter outro colapso.

— Sim, o que o senhor fez, quem o viu, coisas dessa natureza.

Ele devia contar a verdade, é claro. Mas, contar a verdade poderia levá-los a Anne McKinney, e isso os levaria até suas visões e dores de cabeça. E ele já lhes dera o nome de Kellen, que deveria dizer algo parecido...

— Sr. Shaw? — Brewer chamou sua atenção. Eric levantou a cabeça, encarou o detetive e perdeu o controle do que via. Era como assistir a uma fita velha e danificada, na qual a cena à sua frente começava a oscilar para cima e para baixo, como se Brewer estivesse sentado num pula-pula e não numa cadeira. Teria de se levantar, ir até ele, agarrar as pernas de sua cadeira para que parasse quieto.

Ah, merda, pensou, *ela está voltando! Está de volta, e eu não tive um dia sem a água.*

A tremedeira parou de súbito, mas foi substituída por uma visão dupla, pois havia dois Brewers do outro lado da mesa, dois pares de olhos céticos a encará-lo, e um forte som nos ouvidos.

— Acho que preciso dar uma parada.

— Como é?

— Não estou me sentindo bem. Devem ser os nervos. Estou preocupado com minha mulher.

— Sr. Shaw, asseguro-lhe que não há motivos para que tema pela segurança de sua esposa. A menos que tenha alguma *outra* razão, além daquilo que já me falou...

— Só preciso parar um pouco.

Sim, parar por um tempo. Era o que ele precisava. Um tempo longo o bastante para ele voltar ao seu quarto no hotel e pegar aquele copo de plástico que enchera com a água de Anne McKinney. Era a única coisa que podia salvá-lo agora.

— Posso lhe trazer um copo d'água — disse Brewer, o que quase fez Eric morrer de rir. *Sim, água, é* exatamente *disso que preciso!*

— Na verdade, preciso... preciso sair por alguns instantes — disse Eric. O rosto de Brewer foi tomado por um ar de suspeita e desconfiança.

— Bem, então vamos lá para fora — disse Brewer. — Mas precisamos terminar nossa conversa.

— Não, tenho que ir embora. Posso voltar mais tarde, mas preciso me deitar.

— Como?

— A não ser que me prenda, preciso me deitar. Apenas por algum tempo.

Pensou que Brewer fosse resistir, mas, em vez disso, ele concordou.

— Muito bem, Sr. Shaw, faça o que precisa ser feito. Mas teremos que conversar outra vez.

— É claro. — Eric ficou de pé e o zumbido aumentou. Enquanto se dirigia para porta, teve a sensação de que estava se movendo através de água. — Sinto muito, de verdade, mas de repente comecei a me sentir muito mal.

Brewer levantou-se, e o arrastar de sua cadeira pelo piso provocou um ruído que atacou o cérebro de Eric, como um esmeril que solta uma chuva de faíscas em contato com uma lâmina.

— Vou levá-lo de volta ao hotel — disse o detetive dando a volta na mesa, mas Eric levantou a mão como se dispensasse a proposta.

— Não, não é necessário, pode ser que seja bom eu me mexer um pouco. Obrigado.

— O senhor não me parece bem mesmo, Sr. Shaw. Talvez fosse melhor deixar eu levá-lo.

— Ficarei bem.

— Espero que sim — disse Brewer. — E espero que o senhor se recupere depressa, pois ainda não terminamos nossa conversa.

— Certo — respondeu Eric, dando as costas a Brewer. Sua visão dupla persistiu mesmo após ele se levantar, e agora havia duas portas flutuando à sua frente, com duas maçanetas. *Tomara que eu pegue a certa.* Seguiu adiante e sua mão tateou e deslizou pela porta até conseguir alcançar a maçaneta, girá-la, entrar no corredor, atravessar a parte da frente da delegacia, passar por mais uma série de portas e sair para a rua.

O ar fresco o envolveu e o confortou, mas veio acompanhado da intensa luz do sol, que quase o derrubou. Cambaleou como um bêbado e levantou uma das mãos para proteger os olhos e poder continuar avançando, com dificuldade, da mesma maneira que fez no restaurante do hotel na noite anterior, na esperança de que, desta vez, a viagem tivesse um fim mais digno.

Chegou à calçada e seguiu em direção ao hotel. Havia pontos brancos em seu campo de visão, e tinha certeza de que não poderia continuar, mas então o sol se escondeu atrás das nuvens. Elas passavam rapidamente, empurradas por um vento forte e quente, e os pontos brancos se tornaram cinzentos e foram desaparecendo ao mesmo tempo que a dor de cabeça parecia diminuir.

Eric continuou andando, mantendo a respiração profunda, como a de um homem que acabara de ser salvo do afogamento. Quando atravessou a rua, olhou para trás, para a delegacia, e viu Brewer, com as mãos no bolso, parado em frente ao prédio, observando-o.

Aquilo não poderia ter acontecido em um momento pior. O último lugar em que ele deveria ter uma crise de abstinência era em uma delegacia de polícia, respondendo perguntas sobre onde estava quando um assassinato fora cometido. Ele provavelmente não pareceria tão culpado nem mesmo se fosse submetido ao teste de três detectores de mentira ao mesmo tempo. Mas o que poderia fazer? Já fora extraordinário o fato de ter administrado seu mal-estar com tanta calma. Sua única escolha era voltar ao hotel e beber a água que separara. Depois, ligaria para Brewer e pediria desculpas, diria que se sentia melhor e que estava pronto para finalizar o interrogatório. Talvez até tentasse explicar toda aquela história maluca. Porém, tudo aquilo poderia ser resolvido com o tempo — o que ele precisava agora era da Água Plutão.

Quando estava na metade do caminho para o hotel, as nuvens sumiram e o sol ficou exposto novamente, com sua luz branca causticante batendo no chão e refletindo diretamente da calçada para os olhos de Eric, uma claridade dolorosa e penetrante que elevava sua dor de cabeça a um nível insuportável. Ele colocou as mãos em concha em cima dos olhos e acelerou o passo, aos tropeços, ciente de que os poucos carros que passavam na rua diminuíam a marcha ao passar por ele.

Ele se esqueceu do atalho através do estacionamento do cassino, que pegava o caminho que passava por trás do hotel West Baden. Em vez dele, seguiu em frente toda vida, entrando na cidade. Durante um bom tempo, ele se concentrou em sua respiração, tentando mantê-la num ritmo regular e constante, mas seu estômago provocou mais uma vez aquela náusea horrível, e ele não conseguiu mais manter a respiração constante. Sua pele estava ensopada de um suor frio. Num certo momento, sentiu os joelhos fraquejarem e quase caiu, teve que dobrar o corpo todo para frente e segurar as coxas firmemente com as mãos. Um Oldsmobile branco surgiu exatamente nessa hora e ele teve medo de que o motorista parasse para lhe oferecer ajuda, mas o carro continuou seu caminho. Ninguém se dispunha a ajudar um estranho na calçada com o corpo vergado como um objeto abandonado.

O sol desapareceu enquanto ele ficou parado ali e, um minuto depois, suas pernas se firmaram, ele conseguiu se aprumar e seguiu em frente. Não deu nem vinte passos quando uma ventania repentina soprou e ele sentiu as primeiras gotas de chuva caírem.

A chuva o salvou. Quando começou a engrossar, com o vento a assobiar por trás de seu corpo, sua cabeça clareou e a náusea melhorou. Não muito, apenas uma leve mudança, mas foi o suficiente para mantê-lo de pé e permitir que seguisse adiante. Quando as nuvens mudaram de cor e passaram de um cinza pálido para um tom mais escuro, a rua ficou coberta de sombras, e Eric levantou a cabeça para deixar que a chuva molhasse seu rosto e que a água escorresse por seus olhos e sua boca.

Vai continuar chovendo e você vai continuar andando. Vai continuar andando e vai chegar lá e encontrar a água. Não é muito longe.

A chuva já estava bem mais forte quando ele chegou ao hotel e o barulho dos trovões se aproximando já era audível no horizonte. O caminho de tijolos parecia impossivelmente longo, quilômetros e quilômetros, mas ele seguiu de cabeça baixa e com os passos mais largos que conseguia dar, até o fim.

Consegui.

Era muito cedo para comemorar, porém — logo que passou pela entrada e se abrigou da refrescante chuva, as luzes do hotel lhe trouxeram a náusea de volta a galope, como que estimulada pelas fisgadas de um par de esporas. Alcançou, aos tropeços, o elevador, fazendo algumas cabeças se virarem e um grupo de senhoras, que conversavam no saguão, se calarem de súbito. Uma vez dentro do elevador, a porcaria da máquina não queria subir. Demorou um minuto até ele se lembrar de que necessitava de seu cartão para liberá-lo. O movimento rápido da subida fez sua tontura retornar e o obrigou a ficar apoiado na parede, mas então as portas se abriram outra vez e ele saiu para o corredor, a apenas alguns passos da porta de seu quarto, direto para a salvação.

Abriu a porta, entrou aliviado e se encaminhou para a mesa antes de seu cérebro registrar o que seus olhos já lhe mostravam.

O quarto fora arrumado — cuidadosa e completamente. E, ali, ao lado da cama feita, a mesa estava vazia, e o copo com a água desaparecera.

36

NUNCA ANTES EM SUA vida Eric sentira um terror tão grande.

Caiu de joelhos no chão, não por causa da dor física, mas devido à angústia que o invadiu.

— Suas vacas — disse, referindo-se às camareiras que já tinham saído dali há muito tempo e jogado fora sua água. — Vocês sabem o que fizeram? Sabem?

Ele sabia. A síndrome de abstinência iria voltar com força total e, desta vez, não havia nada que Eric pudesse fazer para tentar evitá-la, nada que pudesse tomar.

Ligue para Kellen. Peça que a traga de volta.

É isso: Kellen. Era a melhor chance que tinha. Pegou o celular no bolso, ainda de joelhos no chão, e digitou o número dele, mantendo a respiração presa enquanto ouvia o telefone tocando do outro lado da linha.

E tocou e tocou.

Então, a ligação entrou na caixa de mensagens e ele ficou alguns segundos sem saber o que dizer, abatido por um sentimento de derrota. Por fim, conseguiu resmungar seu nome e um pedido para Kellen ligar de volta. Não tinha como Eric saber onde o rapaz se encontrava e nem mesmo se estava com a garrafa. Talvez ele já a tivesse passado para outra pessoa.

Tudo o que precisava era de um gole. Bem pouco, o suficiente para manter aquele monstro adormecido. Mas nem mesmo esse pouco poderia ser encontrado, pois dera as duas garrafas, a de Bradford e a de Anne McKinney...

Anne McKinney. Ela morava logo ali, estrada acima, e tinha um monte de garrafas — todas velhas e ainda intocadas.

Tudo o que precisava fazer era ir até lá.

Colocou-se de pé novamente, trêmulo, usando uma das mãos na cama para se firmar. Respirou fundo algumas vezes e apertou os olhos, na esperança de afastar a dor e a náusea. Dirigiu-se à porta, abriu-a e seguiu pelo corredor. Não havia ninguém dentro do elevador dessa vez, o que foi ótimo, pois apenas se segurar na parede não era o suficiente agora — ele teve de se ajoelhar, um joelho no chão e o ombro e a cabeça na parede. O elevador tinha a parte de trás de vidro, com vista para o átrio do hotel, e viu uma menininha com tranças observá-lo enquanto puxava a manga da camisa do pai para apontar para ele. Finalmente, o elevador chegou ao térreo e as portas se abriram. Levantou-se, saiu, virou na direção da entrada e desandou num passo rápido e cambaleante. Ele sentia que a velocidade seria muito importante agora.

Deixara o Acura no estacionamento de baixo, mais perto da entrada, e correu até o carro embaixo da chuva torrencial que caía. Não havia mais qualquer vestígio de sol no céu. Por trás do hotel, as árvores tremiam e se agitavam.

Já estava com as chaves na mão quando chegou ao carro, abriu a porta e se jogou no assento. O calor na parte de dentro do veículo fez sua náusea piorar, E então ele abriu os vidros e a chuva entrou impiedosamente, molhando o estofamento de couro. Dirigia sob uma névoa de dor e nem mesmo percebeu que os limpadores de para-brisa ainda estavam desligados. Ligou-os, afinal, mas o movimento que faziam o deixou tonto e embaçaram sua vista ainda mais do que a própria chuva, então achou melhor voltar a desligá-los. Seguiu em frente, apenas com a mão direita na direção, e a cabeça para fora da janela, com os olhos apertados contra a chuva.

Enquanto dava voltas pelo estacionamento do cassino, e depois por French Lick, cada carro com que ele cruzava parecia ter três para-brisas e seis faróis. Num certo ponto, Eric deve ter invadido a pista da contramão, pois ouviu uma buzina e, com uma guinada violenta, guiou para a direita, atingindo o meio-fio e fazendo com que o pneu dianteiro subisse na calçada, voltando para a rua logo depois, com um som estridente. A tempestade estava sobre a cidade agora, e seus raios brilhantes estalavam e explodiam à frente de Eric, deixando seus olhos com uma película de luz branca.

Os pneus patinaram quando ele fez a curva que dava montanha acima, direto para a casa de Anne McKinney, mas o carro voltou ao caminho sozinho e, um momento depois, ele estava quase lá. Pôde ver as luzes das janelas e, no jardim, os cata-ventos giravam, emitindo flashes prateados.

Não conseguiu estacionar direito, pois os pneus derraparam na terra molhada. Pisou no freio, parou o carro, deixou-o engrenado e escancarou a porta com o motor ainda ligado. Correu pela chuva até a entrada da casa, mas, quando foi subir os degraus, seu sapato ficou preso por algum desnível e ele caiu de quatro no chão da varanda. Então, a porta se abriu e Anne McKinney o encarou com uma expressão de medo.

— O que está acontecendo? — falou a idosa.

— Preciso de um pouco d'água — disse ele. — Preciso de um pouco da sua água, rápido!

— Água Plutão? — perguntou ela, empurrando a porta para deixar apenas uma fresta entreaberta, o suficiente para vê-lo, como se estivesse com medo dele.

— Por favor. Peço desculpas, mas preciso dela. Estou me sentindo mal. Muito mal.

Ela hesitou por um segundo. Em seguida, escancarou a porta, esquivando-se para afastar a chuva que molhava seu rosto, e disse:

— Entre, então.

Na maioria das vezes, àquela hora, Anne já estaria de saída para o hotel, mas hoje era domingo, e, nas tardes de domingo, ela ficava em casa. Gostou que a chuva torrencial resolvera cair justo naquele dia, pois não gostava de dirigir nem um pouco num tempo como aquele.

Ela estava estudando os céus quando ele chegou. Os trovões mostravam toda sua força, e o brilho deles riscava a paisagem cinzenta, mas, desconsiderando a quantidade de chuva que caía, todo o resto parecia um temporal comum. Isso não só a surpreendeu como também a deixou decepcionada. O rádio do tempo — ou *caixa do tempo*, como seu marido chamava, um pequeno aparelho marrom que transmitia apenas as previsões do tempo atualizadas pelo Serviço Nacional de Meteorologia — estalava com os alertas comuns, mas não havia qualquer menção a observadores relatando tornados ou grandes tempestades. Apesar disso, Anne continuava a estudar as nuvens, como sempre fizera — ela nunca precisou do relato de outrem —, e não viu nada digno de nota.

Ela esperava por algo maior, e provavelmente foi por isso que a chegada barulhenta de Eric Shaw em sua varanda não foi tão surpreendente quanto deveria ter sido.

Ela o deixou no chão e foi até a escada. Ao pisar no primeiro degrau, uma sensação dolorosa pegou de surpresa sua coluna e seus quadris. Olhou de volta para Eric Shaw e viu a angústia em seus olhos, uma mistura de dor e terror. Esqueceu, então, das próprias dores e começou a subir a escada o mais depressa que pôde.

A caixa com as garrafas ainda estava no chão, pois ela não era forte o suficiente para recolocá-la no armário, e nesse momento dava graças por isso. Gastou apenas alguns segundos para pegar uma garrafa cheia, desembrulhá-la e começar a descer a escada com cuidado, a mão livre segurando no corrimão e cada pé pisando com firmeza em cada degrau. Eric engatinhara até a porta: encontrava-se sentado com as costas contra ela e a cabeça entre as duas mãos.

— Pronto, aqui está — disse ela, um pouco assustada ao lhe passar a garrafa, com medo de tocar nele. O que quer que fosse aquilo que acontecia com seu corpo e sua mente, não era certo, não era natural.

Ele pegou a garrafa da mão dela e entreabriu os olhos, o suficiente para poder ver o gargalo. Murmurou alguma coisa que ela não conseguiu entender.

— O que foi?

— Luzes — respondeu ele.

— O que têm elas?

— Desligue-as, por favor.

Ela se inclinou sobre ele, alcançou o interruptor na parede e o desligou, fazendo a sala cair na penumbra. Isso pareceu dar ao homem algum alívio enquanto bebia a água. Por anos ela guardou aquelas garrafas, intactas, algumas delas eram as últimas Águas Plutões originais em todo o vale, e agora Eric acabara com duas em dois dias. Bem, não era uma atitude cristã se preocupar com um detalhe como aquele diante do estado em que o pobre rapaz se encontrava.

A luz da cozinha ainda estava acesa, então ela foi até lá e a apagou também, deixando a casa toda às escuras. Voltou à sala e ficou de pé com as mãos apoiadas nas costas de uma cadeira, observando-o enquanto a chuva batia nas janelas e outro raio iluminava a sala. Agora, Eric sentava-se com as pernas dobradas, os joelhos encolhidos e a cabeça baixa. Depois de uma pausa, ele bebeu mais um pouco da água, apenas alguns goles.

Eu deveria chamar um médico, pensou ela. *Ele está bastante doente e a última coisa que irá curá-lo é a Água Plutão. Tenho que chamar um médico.*

Mas o rapaz começava a se reanimar. Na verdade, foi incrível a velocidade com que aquilo aconteceu. Enquanto ela o observava, aos poucos Eric voltava ao seu estado normal, a respiração retornando ao ritmo de antigamente, a cor voltando ao rosto e os tremores nas mãos e nas pernas cessaram de súbito. Do outro lado da sala, o carrilhão do relógio de parede que Harold fizera, em 1959, começou a tocar. O homem levantou a cabeça, procurou a fonte daquele som e voltou-se para encarar a idosa. Sorriu. Um sorriso fraco, mas, ainda assim, um sorriso.

— Obrigado — disse.

— Você parece estar melhor — disse ela. — Que rápido.

Ele assentiu.

— Nunca vi nada parecido com isso — falou Anne. — Do jeito que você chegou... Eu estava aqui pensando se deveria chamar uma ambulância e, num piscar de olhos, você já parece melhor.

— Funciona rapidamente assim que a bebo.

— E quando não consegue bebê-la?

Ele fechou os olhos.

— Passo muito mal.

— Pude ver. Vá, termine de beber a garrafa.

— Não é necessário — respondeu. — Não preciso de muito.

Tampou novamente a garrafa, que ainda continha dois terços da água, e acrescentou:

— Desculpe. Primeiro por ter chegado dessa maneira à sua casa, numa chuva como essa, e segundo por gastar mais um pouco de sua água.

— Não se preocupe com isso. — Foi até o armário do corredor, pegou duas toalhas e entregou-as a ele. — Tome, enxugue-se.

Ele secou o rosto, o pescoço e os braços e, em seguida, usou as toalhas para enxugar a água que caíra no chão. Enquanto fazia isso, Anne percebeu que o carro dele ainda estava com o motor ligado, com as luzes acesas e com a porta aberta. Ela foi para o lado de fora, desceu os degraus e pisou no jardim molhado. A chuva diminuía, mas os trovões ainda soavam ameaçadores, como um cão que mostra os dentes enquanto recua. O problema é que um cão como esse sempre acaba voltando.

Quando chegou ao carro, desligou o motor e pegou as chaves. O interior do veículo estava todo molhado, e a água fazia uma poça no assento de couro. Ela fechou a porta, voltou para dentro da casa e entregou as chaves a Eric. Quando este, por fim, se levantou, suas pernas pareciam firmes. Anne indicou-lhe a cadeira de balanço e se acomodou no sofá.

— Já ouvi muitas histórias sobre essa água — disse Anne —, mas nunca ouvi falar de ninguém que precisasse dela como você. Parece até que está viciado.

— É um pouco assim.

— Bem, isso não faz qualquer sentido. Eu não sei o que há nela que possa...

Ela parou de falar quando viu os olhos dele. Haviam mudado de súbito, tornando-se apagados e sem vida.

Ela falou:

— Sr. Shaw? Eric?

O rapaz não respondeu. Parecia nem mesmo que ele a tinha ouvido. Ele encarava o velho relógio de parede, mas ela não estava certa se ele o estava vendo ou não.

— Você está bem? — perguntou sussurrando. Ele estava em uma espécie de transe. Podia começar a ter um ataque, e ela voltou a considerar mais uma vez a ambulância. Entretanto, por alguma razão que fugia à sua vontade consciente, não foi até o telefone.

Dê-lhe um minuto, pensou.

Assim, enquanto a trovoada continuava, agora mais fraca, dirigindo-se para o leste, e uma chuva leve molhava a varanda e as janelas, Anne permaneceu ali sentada na sala, às escuras, e observou Eric escapulir para um lugar ao qual não poderia acompanhá-lo.

37

O CREPÚSCULO SE APROXIMAVA, as copas das árvores eram iluminadas por uma luz cinzenta que projetava grandes sombras. O galpão no topo da montanha estalava sob a força do vento. Gotas respingavam nas tábuas da varanda e faziam um som metálico sobre o conversível parado em frente. As duas portas do veículo se abriram e seus ocupantes saíram: Campbell Bradford e o rapaz.

— Espere um minuto — cortou Campbell enquanto arrancava o estojo do violino das mãos do rapaz, destravando seus fechos e, por fim, retirando o instrumento. Ele o manejava sem o menor cuidado, e o garoto deu um passo para trás. Dentro do estojo havia alguns bolos de notas e moedas. Campbell pegou todas as notas, dobrou-as e colocou-as no bolso. Depois, guardou o violino por cima das moedas do estojo e o fechou.

— O que sobrou aí dentro é seu. Agora vá e busque seu tio. Preciso falar com ele.

Lucas pegou o estojo e foi até a porta da frente, ultrapassando, com cuidado, um pequeno buraco no piso da varanda. Um momento depois de ter entrado, a porta voltou a se abrir e o velho apareceu, usando o mesmo avental sujo e com um chapéu na cabeça, que tinha furos na aba.

— Esta noite, não tenho nenhuma bebida para você — disse.

— Eu sei. Agora, venha até aqui embaixo para que possamos conversar sem gritar.

O velho não parecia satisfeito com a sugestão, mas, depois de hesitar por um momento, desceu os degraus devagar e foi até ao jardim.

— Gostaria que não arrastasse o rapaz para lá com o violino de novo — disse. — Ele não gosta de tocar na frente dos outros.

— Ele ganhou uns bons trocados, e você também — disse Campbell. — Portanto, tenha a gentileza de não fazer mais sugestões. Gosto do jeito como que ele toca o violino.

O velho franziu a testa e mudou de posição, mas não respondeu.

— Estou em um dilema profissional — disse Campbell —, e a culpa é sua. Você só me deu oito garrafões este mês. Isso não é o suficiente.

— Era tudo o que tinha.

— Esse é exatamente o problema. O que você tem não é suficiente.

— Há outros lugares onde você pode negociar, Campbell. Lars tem um alambique a menos de 3 quilômetros daqui. E tem também aqueles rapazes de Chicago, eles podem lhe trazer quantos barris de bebida você quiser.

— Não quero a porcaria que eles fazem — falou Campbell. — Nenhuma delas se compara à sua, e você sabe disso.

O velho lambeu os lábios e olhou para o lado.

— Como você a faz? — perguntou Campbell, com a voz mais suave. — O que ela tem de diferente?

— Faço da mesma maneira que qualquer um.

Campbell sacudiu a cabeça de modo negativo.

— Não, tem alguma coisa diferente nela, e você sabe o que é.

— Talvez seja a água da fonte — respondeu o velho, desviando o rosto do olhar de Campbell. — Encontrei uma boa fonte. Pequena, mas boa. É estranha. A água não parece vir dela e também não tem o mesmo cheiro das outras, mas isso lhe dá uma certa... *qualidade*.

— Bem, quero mais dela. E rápido, entendeu?

O velho mudou de posição para se distanciar de Campbell

— O problema é que não serei capaz de ajudá-lo por muito mais tempo.

— O quê?

— Vou me mudar daqui. O rapaz precisa ir para outro lugar. Tenho uma irmã, não a mãe dele, outra mulher, que se casou e foi morar no leste. Pensilvânia. Ela escreveu e disse que ele deveria viver em algum lugar onde existisse uma escola de música. Não tenho opinião quanto a isso, mas este lugar aqui... Este não é um bom lugar para se criar um rapaz. Não mesmo.

Campbell não respondeu. A noite chegava depressa e as sombras aumentavam. O vento gemia em volta da casa e do galpão que abrigava o alambique.

— Este vale está secando — falou o velho. — Ouvi conversas, todo mundo está começando a ficar sem suas economias e os bancos estão fechando. Daqui a pouco, ninguém mais virá aqui para gastar dinheiro em jogo e bebidas, Campbell. Você também deveria pensar em ir embora.

— Eu também devo pensar em ir embora — repetiu Campbell, num sussurro.

— Bem, não sei quais são seus planos, mas vou tentar levar o rapaz para o leste. Deixá-lo com alguém que possa colocá-lo no bom caminho. Acho que talvez acabe voltando, este é o único lar que conheço. Mas...

— Este é o *meu* vale — disse Campbell. — Entendeu, seu velho de merda? Não estou nem aí para o que está acontecendo com bancos ou bolsas, e me importo ainda menos com o bastardo do seu sobrinho e a puta da sua irmã. Isto tudo aqui é *meu*, e se eu mando você continuar fabricando bebida, é melhor que comece na hora.

O velho continuou a se afastar, mas levantou a cabeça e ousou encará-lo.

— Não é assim que as coisas funcionam. Você não é meu patrão, Campbell. Antigamente, muita gente como você mandava e desmandava em tudo aqui, mas a verdade é que você não passa de um filho da puta ambicioso. Ganhei dinheiro vendendo bebida para você, mas você ganhou pelo menos dez vezes mais na revenda, então não venha me dizer que lhe devo alguma coisa.

— É assim que você vê as coisas? — perguntou Campbell.

— É assim que as coisas *são*.

Campbell enfiou a mão no bolso do casaco, sacou um revólver, apontou-o para o velho e lhe deu um tiro.

A arma era pequena, mas o barulho que fez foi grande, e os olhos do velho se esbugalharam. Uma de suas mãos agarrou o estômago, embora a bala o tenha atingido no peito. Seu chapéu surrado caiu na grama meio segundo antes do corpo tombar. O sangue escorreu grosso e escuro do ferimento, manchando as costas de sua mão.

Campbell passou a arma para a mão esquerda e foi na direção dele. Olhou o corpo caído na terra e cuspiu um pouco do tabaco que mascava sobre o ferimento. O velho engasgou e o encarou.

— Este mundo destrói muitos homens — disse Campbell. — Mas eu não sou um deles, velho. É uma questão de força, de determinação. E você jamais conheceu alguém mais forte e determinado do que eu.

A porta da casa se abriu e o rapaz ficou lá parado, as mãos caídas e os cabelos desgrenhados. Campbell observou-o sem qualquer reação. O rapaz encarou o corpo, depois a arma na mão de Campbell e não se moveu.

— Venha até aqui — chamou Campbell.

O rapaz não deu resposta.

— Filho — disse Campbell —, é melhor pensar no seu futuro. E é melhor pensar sério e rapidamente. Não vai ter outra chance, senão esta, para tomar uma decisão.

O rapaz, Lucas, desceu a escada devagar. Atravessou a grama e caminhou até o corpo do tio, que estava imóvel, sem sinal de respiração. Quando chegou perto dele, olhou na direção de Campbell e não disse uma palavra.

Campbell falou:

— Você está diante de um momento chave de sua vida, rapaz. Olhe bem o seu tio agora.

Lucas olhou de leve para o corpo. Seus joelhos tremiam e ele apertava as unhas contra as palmas das mãos.

— *Olhe* — ordenou Campbell.

Dessa vez, Lucas inclinou a cabeça o mais baixo que pôde e fixou os olhos no cadáver. Havia sangue na grama em ambos os lados do corpo e os músculos do rosto pareciam tensos e enrijecidos.

— O que você vê — disse Campbell — é um homem que não tinha qualquer apreço pela força. Pelo poder. Um homem que não tinha nenhuma ambição. O que você precisa decidir agora é: quer se tornar um homem como esse?

O rapaz levantou a cabeça. O vento era forte e constante, envergando as copas das árvores e levantando o cabelo da sua testa. Ele não encarou

Campbell, embora tenha — num movimento lento, porém decidido — concordado com a cabeça.

— Achei mesmo que não era desse tipo — falou Campbell. — Você já vive aqui há bastante tempo. Já viu como o velho trabalhava. Sabe como fazer a bebida?

Lucas assentiu, mas com certo embaraço.

— O que quer que tenha esquecido sobre ela — disse Campbell —, é melhor que comece a se lembrar logo.

Recolocou a arma e as mãos nos bolsos e arqueou seu corpo contra o vento.

— Hora de arranjar uma pá, rapaz. Tenho que ir. Parece que vai chover.

A audição de Eric voltou antes da visão. Ouviu, ao longe, o carrilhão do velho relógio, antes de perceber o lugar onde estava, de início fora de foco, aos poucos ganhando uma definição. Quando deu por si, encarava os olhos fascinados e, ao mesmo tempo, amedrontados de Anne McKinney.

— Você me vê de novo — disse ela. Não foi uma pergunta.

— Sim. — A voz de Eric era um sussurro. Anne foi para a cozinha, serviu-o de um copo de chá gelado, e ficou em silêncio, vendo-o beber tudo de uma vez só.

— Você me deixou um pouco nervosa — disse ela.

Ele abafou um riso.

— Desculpe.

— Ficou claro que você estava em outro lugar — falou a idosa, com o corpo inclinado para a frente. E acrescentou: — Diga-me. O que você viu?

— O passado — respondeu.

— O passado?

Ele assentiu.

— É a melhor maneira que posso descrever. Estou vendo coisas de outra época... Coisas deste lugar, mas não desta época.

— Deste lugar. Você quer dizer desta casa?

Havia algo tão excitante em sua voz, tão *cheio de esperança,* que deixou Eric embaraçado.

— Não. Eu me refiro à cidade, a este local, acho. Mas não à sua casa.

— Ah — disse ela, deixando claro o desapontamento. — E o que você vê é assustador?

— Às vezes, sim. Outras... é mais como assistir a um filme.

— E sempre tem visões quando bebe a água?

— Parece que sim — disse ele. — São diferentes quando bebo da sua água. Com ela, não sou nada além de um espectador. Quando bebi da outra garrafa... era mais como ter um fantasma bem aqui ao meu lado. Não assisti a cenas do passado, via algo de lá que se juntava ao presente.

Ela ficou em silêncio, pensando no que acabara de ouvir.

— A senhora já ouviu falar em Campbell Bradford? — perguntou ele.

Ela ficou preocupada.

— É ele quem você vê?

Ele fez que sim.

— Oh, meu Deus. Sim, já ouvi falar. Faz muitos anos que não ouço esse nome, mas falava-se muito dele quando eu era menina. Muita gente dizia que ele era o mal encarnado. Ou que se *tornou* o mal encarnado, é assim que meu pai dizia. Segundo ele, de início, Campbell era um sujeito ruim como qualquer outro, mas então algo maligno tomou conta dele, e o transformou no mal em pessoa. Ao ponto de Campbell deixar de ser ele mesmo.

— Algo maligno?

— Você sabe, um espírito. Naquele tempo, muita gente acreditava nesse tipo de coisa.

— A senhora se lembra de Kellen, aquele rapaz que veio aqui comigo? — Eric perguntou, e a mulher fez que sim. — Bem, o avô dele trabalhou aqui nos anos 1920 e desenvolveu um conceito de que esta região era... não exatamente mal-assombrada, mas...

— Carregada. — A palavra saiu simultaneamente da boca de ambos, e Eric levantou a cabeça e a encarou.

— Ele já falou com a senhora sobre isso?

— Não — disse ela —, esta é apenas a palavra correta.

— Então, a senhora acredita que há fantasmas por aqui?

Ela franziu a testa e olhou pela janela.

— Sempre achei que essas coisas estavam conectadas ao clima. É isso que eu estudo. E há uma atmosfera diferente neste vale... Você pode perceber isso no vento de vez em quando, ou no momento em que uma tempestade de verão começa a se formar, ou ainda antes do gelo começar a cair durante o inverno. Existe algo diferente. E *carregada*, essa é a melhor palavra para definir isso.

— Mas a senhora acredita que há fantasmas por aqui ou não?

— Há algo neste lugar que possui certa magia — disse ela. — Se quiser, pode chamar de sobrenatural, mas sempre o chamei de magia. E há alguma coisa intrínseca neste lugar, na terra, na água, no vento, que emana poder. No tempo, sabe, há as frentes frias e as frentes quentes e, quando elas se chocam, alguma coisa especial irá acontecer. Acho que existe algo em Springs Valley que é semelhante. E isso me traz a mesma sensação que sinto quando as duas frentes se colidem no ar. Provavelmente isso não faz sentido para você, mas é a única maneira que consigo explicar. Um tipo especial de energia no ar, talvez uma energia além da natural. Se há fantasmas por aqui? Com certeza. Entretanto, nem todos os veem. Disso nós sabemos. Porém, para aqueles que podem vê-los, imagino que seja uma influência muito poderosa.

Eric a olhava em silêncio.

— Há alguma coisa de que precisa se lembrar? — disse ela. — Não sabemos o que se esconde por trás do vento.

— Não sei o que isso significa.

Ela sorriu.

— Você está muito preocupado em descobrir o que é crível nisso tudo, e também em descobrir como pode controlar as visões. É dessa forma que muitas pessoas direcionam suas vidas. Mas sabe o que penso, depois de ter vivido tantos anos? Não podemos controlar a maior parte dos eventos que acontecem no mundo. Não é possível dizer como você quer as coisas; você tem é que se adaptar. É isso. Portanto, pare de querer controlar as visões e comece a tentar entender o que elas querem lhe dizer.

— O quê?

A reação dele ao perguntar isso fez com que ela franzisse a testa e inclinasse a cabeça.

— Se há algo de importante nessas visões — falou Eric, devagar — então ainda não fui capaz de entender. Exceto a primeira, aquela no trem, quando ele tocou no chapéu e me cumprimentou. Aquela eu entendi. Campbell estava me agradecendo.

— Agradecendo? Pelo quê?

— Por trazê-lo de volta para casa.

38

Assim que Danny se foi e Josiah ficou sozinho no velho acampamento de lenhadores, o tempo pareceu fluir mais devagar, como um aleijado engatinhando. O calor cozinhava Josiah enquanto ele permanecia do lado de fora do galpão, dando tapas nos mosquitos que se aproximavam com a intenção de aproveitar o banquete.

Gostaria de ter pedido a Danny para trazer água e comida, mas não o fez, e agora sua língua estava grossa de sede e sua barriga roncava de fome. Por fim, o calor e os mosquitos o convenceram a entrar no galpão.

O lugar estava arruinado e empoeirado, cheio de equipamentos abandonados, além de caixotes e painéis quebrados. Dois esquilos perambulavam de lá pra cá através de uma tábua quebrada no assoalho. Deveria estar escuro lá dentro, mas a luz vazava por milhares de rachaduras e buracos, formando diversos raios que se cruzavam na poeira do ar, o que o fez lembrar dos sistemas de segurança com laser que via nos filmes.

Caminhou sem rumo, empurrando caixotes e barris. Explorar o local lhe ofereceu uma distração para amenizar a passagem do tempo. Em um dos cantos, havia uma motosserra, mas estava enferrujada e imprestável. Ao lado dela, porém, repousava uma grande caixa metálica fechada com um cadeado. Aquilo aguçou sua curiosidade — tudo o que estivesse trancado numa caixa com certeza tinha algum valor. Deu um puxão no cadeado, mas ele não se abriu. O ferrolho em volta dele, porém, estava enferrujado e o metal parecia fino.

Ele foi buscar um pé de cabra na caçamba da caminhonete. Quando chegou, deu uma pancada fraca no ferrolho. O som de metal contra metal fez um grande barulho dentro do galpão, mas a caixa não se abriu. Era uma coisa muito idiota bater e fazer barulho ali, arriscando chamar a atenção de outros, mas Josiah estava curioso e deu outra pancada, um pouco mais forte desta vez. E, então, uma terceira e uma quarta. Na quinta, a unha do pé de cabra entrou no metal sob o ferrolho. Pressentindo que conseguiria abri-la, o homem forçou mais e acabou abrindo um buraco na caixa. Usando o pé de cabra como uma alavanca, puxou-o para cima e para baixo, como se fosse uma bomba d'água manual, até o ferrolho se soltar da caixa e o cadeado perder sua utilidade. Largou a ferramenta no chão empoeirado e levantou a tampa.

O que quer que houvesse dentro da caixa não valia, com certeza, todo o esforço que fez. Era um emaranhado de tubos de borracha interligados, mas dobrados a cada 40 ou 45 centímetros. Parecia algo que veríamos em um açougue, um cordão de linguiças que vêm juntas umas das outras à espera de serem cortadas e vendidas.

Ele alcançou uma das pontas e a ergueu para perto de seus olhos, para tentar enxergá-la no escuro. Havia algo impresso ali, em uma caligrafia fina, e ele apertou os olhos para ler: *DynoSplit*.

— *Merda!*

Jogou aquele negócio de volta na caixa e deu um tropeção ao recuar. Era dinamite, ou algum outro tipo de explosivo. Josiah já estivera em um ou dois canteiros de obra antes, e trabalhara por seis meses numa pedreira perto de Bedford. Ele sabia que as dinamites não eram bastões vermelhos com pavios na ponta, como as dos desenhos animados, mas também nunca vira uma daquela forma, em um tubo contínuo. E lá estava ele, dando pancadas na desgraçada da caixa com o pé de cabra... Talvez não fosse possível explodir aquilo sem um detonador, mas essa não era uma experiência que ele gostaria de testar.

Fechou a tampa com cuidado e se afastou da caixa, enxugando o suor do rosto. Também não era uma boa ideia fumar ali dentro, com certeza. Josiah se perguntava se aquela coisa era velha. Dez anos? Quinze? Mais? Talvez já até estivesse estragada. Os explosivos tinham um tempo útil de vida e, pelo que se lembrava, não era muito longo. Porém, essa informação era, mais uma vez, outra coisa que ele não tinha vontade nenhuma de descobrir.

Retornou para a caminhonete e jogou o pé de cabra de volta na caçamba. Permaneceu ali, com os braços apoiados no veículo, olhando para o galpão escuro e úmido, sentindo o suor escorrendo pelo rosto e descendo pela espinha. Estava solitário, tão solitário quanto jamais esteve em toda a sua vida. Queria saber de Danny, saber o que comentavam lá na cidade, mas não confiava mais em seu telefone celular. Talvez o rádio lhe informasse alguma coisa. Entrou na caminhonete e ligou o aparelho, sem querer acionar o motor com toda aquela dinamite a menos de 7 metros do automóvel.

Parte de sua mente pensou que ouviria um "noticiário de última hora", com todas as informações, como algo saído dos velhos filmes de gângsteres, dizendo que ele estava armado e era perigoso. Em vez disso, ouviu 15 minutos de uma péssima música country e nenhuma menção ao assassinato. Desistiu, então, e esperou até dar a hora redonda, quando sempre transmitiam um pequeno programa com as últimas notícias e tentou de novo. Nesse momento, falaram sobre o assassinato, mas disseram apenas que um homem de Chicago havia sido morto na explosão de uma van em French Lick e que suspeitavam de homicídio.

Estava abafado como o inferno, mesmo com os vidros abertos, e o calor o deixava sonolento. Depois de algum tempo, sentiu o queixo cair, as pestanas pesarem e a respiração diminuir o ritmo.

Bom, pensou, *você precisa mesmo dormir. Já faz um bom tempo que não dorme. A última vez que dormiu, na verdade, foi lá no golfo, sobre a laje de pedra, sem precisar se esconder da polícia, sem ter sangue nas mãos...*

O galpão escondido pelas sombras foi desaparecendo, substituído lentamente pela escuridão, e ele sentia que aos poucos iria mergulhar num sono tranquilo. Entretanto, quando estava quase adormecendo, algo lhe chamou a atenção. Era como se um alarme silencioso tivesse disparado em seu cérebro. Uma vaga sensação de desconforto pairou sobre ele, o que o fez sacudir as amarras do sono, erguer a cabeça e abrir os olhos. Diante de Josiah, as portas fechadas do galpão pareciam as mesmas, mas, quando expirava, o ar que saía de sua boca formava uma névoa branca. Ali dentro fazia facilmente uns 32 graus, e o suor escorria por suas costas, mas a respiração formava uma névoa fria, como se estivesse numa manhã de inverno. Que diabo era aquilo?

Sentiu algo na altura do seu ombro e, virando-se para a direita, percebeu que não estava mais sozinho dentro da caminhonete.

O homem com o chapéu-coco e roupa preta amarrotada estava ao seu lado, encarando Josiah com um sorriso de lábios fechados.

— Estamos quase lá — disse ele.

Josiah não disse uma palavra. Não conseguia.

— Ainda não chegamos em casa — disse o homem —, mas estamos no caminho certo, não se preocupe. Como falei, temos que fazer um trabalho antes. E você fez um acordo para fazer isso. Fez um trato.

Josiah olhou a porta ao seu lado, mas não tocou na maçaneta, sabendo, como que por instinto, que não poderia sair da caminhonete agora e que, mesmo que pudesse, não iria adiantar nada. Virou-se novamente para o homem com chapéu, cujo rosto parecia estar coberto pelo mesmo brilho das partículas de poeira iluminadas pela luz do sol que passava pelas rachaduras e buracos das paredes do galpão. Apenas os olhos dele eram escuros.

— Você não parece agradecido — disse o homem. — Mas deveria estar, rapaz. Eu não precisava selecionar você para a tarefa. Não era obrigatório. Não estou preso a nenhuma lei, não estou preso a nada que sua lamentável mente possa compreender. Mas voltei para você, não voltei? Porque você é sangue do meu sangue. Tudo o que restou dele. Houve um tempo em que este vale era meu, e voltará a ser. E é você que vai fazer isso acontecer. Portanto, é hora de demonstrar um pouco de gratidão, pois não há um homem vivo que possa lhe ajudar agora, a não ser eu.

Ele desviou os olhos de Josiah, encarou o galpão, sacudiu a cabeça e deu um longo assobio.

— Você se meteu em uma enrascada e tanto, hein? Mas há uma saída. Tudo o que você tem que fazer é me escutar, Josiah. Tudo o que precisa fazer é escutar o que tenho a dizer. Você pode contar comigo. Pergunte a qualquer pessoa neste vale e eles lhe dirão o mesmo. Todos dirão que sempre dá para contar com Campbell. Tão certo quanto um relógio, rapaz. Esse sou eu.

Sua cabeça virou-se e ele firmou seu escuro olhar em Josiah.

— Está pronto para ouvir?

Josiah não conseguiu fazer outra coisa senão concordar com um sinal de cabeça.

Quando Eric saiu da casa de Anne McKinney para voltar ao hotel, já não chovia mais. Entretanto, as nuvens ainda venciam a luta contra o sol e, embora o deixassem surgir algumas vezes, expulsavam o astro logo em seguida. A idosa acompanhou Eric até a varanda e colocou a garrafa de Água Plutão na mão dele.

— Muito obrigado — disse ele.

— Não há de quê. Não é preciso se esforçar muito para ver que você precisa mais dela do que eu. Mas a água não vai funcionar para sempre. Portanto...

— Preciso pensar no que fazer antes que as garrafas que você tem cheguem ao fim, porque então não haverá mais nenhuma.

— É claro que tem — falou ela. — No hotel, ela é encanada.

— O quê? Pensei que tivessem interrompido a produção há décadas.

— Pararam de *engarrafá-la*, mas não de obtê-la. Pense, isso não é algo que se *faz*. Ela brota do chão, nada mais do que isso. Ainda há fontes por toda a área. Uma delas foi encanada pelo hotel, usada para banhos de água mineral.

— Ainda se pode tomar um banho de água mineral hoje em dia?

Ela assentiu.

— Com Água Plutão 100% pura.

— Talvez eu roube alguns garrafões de lá, encha-os com a água e volte para casa tão depressa quanto o diabo foge da cruz. Desculpe meu modo de falar.

— Meu filho — respondeu ela —, se fosse eu quem tivesse passado o que você passou nesta semana, falaria coisas bem piores.

— A senhora me salvou hoje — disse ele.

— Espere mais um pouco. Você ainda não está a salvo.

Essa era uma grande verdade. Eric agradeceu mais uma vez e foi em direção ao carro, sentindo a água do assento molhar seu jeans assim que se sentou. O assento e o painel estavam ensopados, mas o celular, que ele esquecera sobre o banco de passageiro, estava seco. Pegou o aparelho e viu que tinha nove chamadas não atendidas. Ignorou todas elas e ligou para Alyssa Bradford. Não obteve resposta. Desligou e tornou a ligar, e fez a mesma coisa uma terceira vez, quando ela atendeu no primeiro toque.

— Desculpe — disse ela. A voz da mulher estava abafada e ele ficou tão surpreso por ela ter atendido prontamente que ficou mudo por alguns segundos.

— Desculpe? — Eric acabou falando. — Está pedindo desculpas? Sabia que passei parte do meu dia na delegacia de polícia por causa de um homem que foi assassinado?

— Não sei nada sobre isso — disse ela, e agora ficou claro que estava sussurrando de propósito. Devia ter alguém com ela ou perto dela, alguém que não deveria ouvir o que dizia. — Ouça, não posso falar agora. Mas peço desculpas. Não sei o que dizer, exceto que você deve sair daí...

— Por que você me contratou?

— Como?

— Você não me mandou aqui para fazer um filme de lembranças felizes, porra. A garrafa fazia parte de tudo, mas eu quero saber o que você esperava encontrar.

— Eu estava cansada dos segredos — sussurrou a mulher.

— O que você quer dizer com isso? Que segredos?

— Agora não tem mais importância. Não para você. É que...

— Não diga que não tem importância para mim! Sou eu que estou por aqui, lidando com assassinatos, sem falar nos efeitos da merda daquela água! Alguém da sua família sabe da verdade, e você tem que descobrir quem é. Não me importa se você precisa ir àquele hospital e dar uns choques em seu sogro para que recobre a coerência, mas tenho que saber...

— Meu sogro está morto.

Eric parou, atônito.

— O quê?

— Morreu hoje de manhã, Eric. Há quatro horas. Morreu, e eu preciso ir para ficar com minha família. Não sei mais o que lhe dizer. Sinto muito por tudo isso, mas deixe para lá. Saia desse lugar, livre-se da garrafa e boa sorte.

Ela desligou, e Eric permaneceu ali sentado, com o telefone no ouvido, enquanto Anne McKinney o observava da porta. Abaixou o celular, ligou o carro, deu adeus a ela, tentando demonstrar uma certa animação.

O velho morrera. Não que isso tivesse muita importância — já estava mais para lá do que para cá, afinal, mas, ainda assim...

Pensou nas palavras de Anne sobre os seres sobrenaturais que se comportavam como o clima, passando e fluindo, frentes frias e quentes que se chocavam, um dos lados vencendo, pelo menos, por algum tempo. O que significava a morte daquele velho no hospital, ele que fora o guardião da maldita e bizarra garrafa por tantos anos? Aquilo teria algum significado maior? Tinha alguma importância?

Pare de pensar nisso, pensou Eric. *Pare de acreditar que qualquer que seja a coisa que está acontecendo aqui é real. Você está tendo visões, mas as pessoas nelas não podem afetar este mundo. Não podem.*

— Não podem — falou ele, em voz alta, com a esperança de que o som fosse capaz de fortalecer a convicção da mente. Mas não foi o que aconteceu.

39

O homem com o chapéu-coco desaparecera num piscar de olhos. Instantaneamente. Num momento, ele estava sentado no assento do carona, ao lado de Josiah, tão real quanto a caminhonete em volta dele, e, em seguida, não passava de uma lembrança. Uma lembrança que deixou cada músculo das costas de Josiah tenso como cabos de aço esticados.

Na mesma hora, Josiah colocou a mão para fora da boleia e a passou em volta da carroceria. Não pegou nada senão ar. Então, soprou com força, checando se produzia alguma névoa. Mas não.

O homem do chapéu, era assim que Josiah pensava nele. Só que, dessa vez, ele se identificou. Chamou a si mesmo de Campbell e disse a Josiah que ele era tudo o que restou do sangue da família.

Eu não precisava selecionar você para a tarefa... Não era obrigatório... Tudo o que você tem que fazer é me escutar, Josiah. Tudo o que precisa fazer é escutar o que tenho a dizer.

Fora outro sonho, só isso. No dia anterior mesmo, Josiah se perguntou se o homem do sonho era Campbell, e seu cérebro, danificado pelo calor, dependurara-se nisso e criara esse último sonho. O estranho é que, durante toda a vida, Josiah sempre dormira profundamente, quase nunca sonhando. O que foi que mudou?

Nada de anormal acontecera com ele até os homens de Chicago chegaram à cidade. O primeiro daqueles momentos estranhos foi o sonho que teve depois da briga da noite anterior...

Não, não foi naquela noite. A *primeira* coisa esquisita acontecera quando ele foi lavar o sangue de Eric de suas mãos. A maneira como a água quente ficava gelada quando tocava o sangue. Jamais sentira algo como aquilo. A casa ainda tinha o mesmo poço e a bomba elétrica trazia água do mesmo subsolo que dava origem às fontes, ao Lost River e ao Golfo de Wesley Chapel, e Josiah sempre gostou da água daquela maneira. Jamais precisou de água tratada da cidade.

Mas, ainda assim... aquilo fora estranho. Então, os sonhos começaram, até culminar nesta última experiência que só poderia ter sido um sonho, mas que, definitivamente, *não* era. Era como se o homem do chapéu-coco só aparecesse para Josiah quando sua mente conseguia se desviar um pouco da realidade consciente, como, por exemplo, quando estava dormindo ou quase. E, por incrível que pareça, o homem lhe parecera familiar. Ele se sentia conectado ao homem do chapéu-coco, da mesma maneira que velhos amigos fazem. Da mesma maneira que familiares fazem.

Abriu a porta e saltou para fora do carro, com as pernas dormentes por ter ficado sentado durante tanto tempo. Olhou em volta do galpão escuro, mas não viu nada além de sombras. Até as frestas de luz do sol se acabaram, e ele ficou nervoso com essa constatação, o que o levou até a porta dupla da entrada. Quando a abriu, percebeu que o céu adquirira um cinza cor de carvão e que a chuva começava a cair. Havia até mesmo o som dos trovões, e Josiah não entendia como não os escutara antes. Talvez essa fosse a prova de que caíra no sono, e de que tudo aquilo não passava de um sonho.

Enquanto permanecia parado na porta do galpão, deixando a chuva molhar seu rosto, seu pensamento dizia que não tinha sido um sonho. Já tivera sonhos com aquele homem antes, mas dessa vez não foi assim. O homem esteve ali. Sua aparição foi real.

Saiu do galpão, colocando-se na chuva, sem se incomodar com ela, e caminhou em direção às arvores. Sentia-se estranho, desequilibrado. Era como se tivesse se livrado de algumas preocupações, provenientes não de sua memória, mas da capacidade de se importar com as coisas. Por exemplo, a chuva, as árvores agitadas pelo vento forte e os raios não o incomodavam. Tampouco o mandado de prisão por homicídio que devia estar sendo expedido naquele momento. Era estranho. Ele deveria estar morrendo de preocupação com isso.

Mas não estava.

A chuva ensopou suas roupas e transformou seu cabelo numa chapa molhada, mas, que diabos, ele precisava mesmo de um banho. E ele se embrenhou ainda mais na floresta, seguindo pelo topo da encosta, afundando suas botas no solo encharcado de lama. Já não estava mais na vista do acampamento dos lenhadores, e Danny podia chegar a qualquer momento, mas que ele fosse para o inferno. Danny poderia esperar por Josiah.

Chegou até a beirada da encosta e permaneceu, de pé, encarando as florestas e as montanhas que continuavam nos campos distantes, e também as cidades de French Lick e West Baden. Segurou-se num arbusto vigoroso perto da parte mais abrupta da encosta e olhou para baixo.

— Meu vale — disse. Sua voz soou estranha

Horas atrás, a prioridade de Josiah era fugir. Entretanto, precisaria de algum dinheiro para isso. Se conseguisse, iria se mandar de Dodge. Mas agora, pendurado ali, vendo de cima a paisagem da tempestade, já não tinha tanta vontade de ir embora. Aquele era o seu lar. Era seu.

Mas isso não significava que desistiria do dinheiro. O dinheiro de Lucas G. Bradford, o homem que compartilhava o mesmo nome de Josiah e tinha alguma ligação com o velho Campbell. Pode ser que Campbell tenha deixado este vale e feito alguma grana, e deixado a fortuna para Lucas G.; ou pode ser que Lucas G. a tenha feito com as próprias mãos. Na opinião de Josiah, o dinheiro veio do primeiro. Sentia um estranho sentimento de lealdade a Campbell, o bisavô que nunca vira. O pobre-diabo acabou se tornando uma figura infame naquele vale, mas houve um tempo em que era dono de tudo por ali. Ele fora um homem poderoso outrora, e as pessoas se esqueceram disso. Seria bom relembrá-las.

A chuva batia em seu rosto, nenhuma árvore o protegia das rajadas que vinham do oeste, mas ele gostava do contato com a água. Sentia-se bem. O que era engraçado, pois sempre odiara apanhar chuva.

Não, decididamente, ele não se sentia a mesma pessoa que era.

Havia cinco mensagens no celular de Eric. Uma do detetive Roger Brewer, querendo saber quando eles dois poderiam terminar aquela conversa. O tom de voz dele não parecia tão tranquilo quanto as palavras que dizia. De Claire, havia três chamadas, cada uma delas com um toque de urgência. E uma era de Kellen:

— Fiquei sabendo da polícia — dizia. — Isso não é muito bom, não acha? Gostaria de saber sua opinião.

Será que havia alguma desconfiança em sua voz? Eric não podia culpá-lo se houvesse. Em primeiro lugar, resolveu ligar para Claire, e a voz dela, zangada e ao mesmo tempo aliviada, o deixou preocupado.

— Onde você está? Já liguei para o hotel umas 15 vezes. Se ligar mais uma vez é provável que o expulsem daí.

— Estive na delegacia — respondeu ele. — E, então... hum... me senti muito mal.

A voz dela se acalmou, ficando mais gentil.

— Sentiu-se mal?

— Sim. — E Eric contou a ela tudo o que acontecera.

— E você saiu da delegacia? No meio de um depoimento?

— Eu não podia fazer mais nada, Claire. Você não tem ideia de como me sinto nessas ocasiões. Mal consegui alcançar a porta.

— Você podia ter tentado explicar...

— E dizer que estou tendo abstinência de uma *água mineral*? Que estou vendo *gente morta*? Deveria explicar essas coisas a um policial no meio de um interrogatório que investiga meu suposto papel num assassinato?

Aquele parecia um terrível déjà-vu, um retorno a ocasiões passadas em que Eric gritava com ela por sua incapacidade de entender, de simplesmente *não sacar as coisas*, e ela respondendo com silêncio.

Alguns segundos se passaram. Quando ela voltou a falar, o tom de voz era cuidadoso, comedido, o que sempre deixava Eric ainda mais furioso, porque o fazia se sentir inferior. Dane-se a compostura dela, o controle constante.

— Entendo que possa ser um pouco difícil — disse ela. — Só fico preocupada, pois, se você não ofereceu *uma* explicação, pode ter gerado problemas apenas para si mesmo.

— Já estou cheio de problemas, Claire. Podemos acrescentar mais um à lista, porra.

— Está bem — disse ela. — É uma maneira de encarar as coisas.

Eric coçou a testa de novo, mas, dessa vez, não tinha dor de cabeça. Por que ele alfinetava Claire? Por que a situação sempre tinha que acabar assim?

— Onde você está?

— Na casa de meus pais.

Como ele desejou que ela dissesse que estava em um hotel. Agora, Paulie podia protegê-la e limpar mais uma das cagadas de Eric. Era provável que o homem estivesse se divertindo muito com aquilo.

— Acho que este lugar não é bom. Se alguém estiver procurando por você, este será um o primeiro da lista.

— Mas temos uma boa segurança aqui.

Era verdade. Eles estavam no 26º andar de um edifício de luxo faceado ao lago Michigan. Ia levar um bom tempo até que alguém conseguisse chegar lá em cima.

— Meu pai está fazendo umas ligações — disse ela.

— Como? Por que diabos *ele* está fazendo ligações?

— Para descobrir algo sobre o homem que foi assassinado. O tal de Gavin Murray.

— Porra, Claire, a última coisa que preciso é seu pai desencavando mais merda disso.

— É mesmo? Pois para mim parece que você precisa de *ajuda*, Eric. Parece que você precisa de algumas respostas. Como quem contratou esse cara, e por quê?

Fez-se um silêncio rancoroso. Ela estava coberta de razão sobre a necessidade de respostas, e Paul era muito bem relacionado na comunidade legal de Chicago. Era altamente provável que conseguisse alguma coisa.

— Fale para ele começar com a família Bradford — respondeu por fim. — Começar por Alyssa e depois ver quem está por trás dela. Alyssa encerrou sua relação de trabalho comigo hoje, mas não foi por decisão própria. Ela estava seguindo instruções de alguém. O único conselho que ela me deu foi sair daqui. Grande sugestão, não? Ah, ela disse também que o velho Campbell está morto. Quem quer que ele fosse, está morto.

— O quê? Como aconteceu?

— Morreu no hospital, acho. Ela desligou sem me dar maiores detalhes.

— Que ótimo. Uma pessoa a menos para confirmar o que você contou à polícia.

— De qualquer modo, ele não conseguia mais falar— disse Eric, pensando, em seguida, *exceto comigo. Ele podia falar comigo, sem problema. Mas não vamos dividir* isso *com a polícia, não ainda.*

— Você já teve alguma notícia do exame da água? — perguntou ela.

— Não. Preciso ligar de volta para Kellen. E, depois, para a polícia.

— Acho que você não deveria fazer isso. Meu pai disse que não deveria.

— Não posso largá-los para lá, Claire. Você mesma falou isso.

— Não estou dizendo para você largá-los para lá. Mas papai disse que, nessas circunstâncias, você não deveria falar nada com a polícia sem um advogado presente.

— Mas eu sou só uma testemunha.

— Você disse a eles o que sabia, não?

— E o detetive falou que queria me fazer mais umas perguntas, e eu...

— As perguntas que ele quer lhe fazer, Eric, são para saber se você tem algum caso de abuso de drogas, álcool ou conduta violenta.

— *O quê?*

— Estas foram as primeiras perguntas que o detetive me fez, quando ligou para saber de você. Era isso o que eu iria lhe explicar, mas você me cortou. Ele pareceu desapontado quando eu disse que nossa separação foi tranquila e que não estávamos brigados. Em outras palavras, nunca diga que eu não posso mentir por você.

Essa doeu.

— Não acredito que ele ligou para você — disse Eric.

— Bem, ele ligou. E, quando falei com meu pai o assunto da conversa, a resposta dele foi que você precisava arranjar um advogado. Seu passado não é relevante, a menos que o considerem como suspeito.

— Então, seu pai acha que não devo, de maneira nenhuma, voltar a conversar com eles? — perguntou Eric, odiando ter que dar crédito ao conselho de Paul Porter, mas reconhecendo que o homem tinha vasta experiência em advocacia criminal.

— Não se você já deu seu depoimento. Meu pai disse que arranjará um advogado para você...

— Eu mesmo posso arranjar um advogado.

— Tudo bem. Ótimo. É isso o que você precisa fazer, e depois voltar para casa. Só não pode mais continuar aí. *Não pode.*

A resposta veio rapidamente, sem que ao menos Eric pensasse nela:

— Mas a água está aqui.

— A *água*? Bem, pegue a sua garrafa, volte para casa e vá consultar um médico! É isso o que precisa fazer.

— Não sei — disse, ainda surpreso pela própria resposta. A água está aqui? Ela saiu de sua boca sem querer.

— O que você não sabe? Será que não ouviu a si mesmo me contando o que está acontecendo? Você está doente. A água está lhe deixando doente, muito doente.

O que ela dizia era bastante lógico, claro, mas parecia errado, demasiadamente errado.

— A água da Anne é diferente — disse ele. — Quando a bebo, Campbell está no passado e fica lá. Se não beber mais a água da garrafa original, a que agora não está comigo, ficarei bem.

— Ouça — falou Claire —, ou você vem pra cá, ou eu vou pra essa cidade.

— Não é uma boa ideia.

— É bem melhor do que você ficar aí sozinho, Eric. É isso mesmo o que quer? Com tudo o que está acontecendo ao seu corpo e à sua mente, você quer ficar aí sozinho?

Não, ele não queria. E a ideia de ficar com ela... ele tentava expulsar essa ideia da cabeça há semanas. *Pare de desejá-la*, dissera para si, *pare de precisar dela.*

— Vou para aí — disse ela, com firmeza e convicção agora. — Vou sair daqui pela manhã e vamos voltar para casa juntos.

Ele pensou nas semanas de silêncio, na maneira como sempre esperou por ela, até o dia em que Claire ligou para ele pela primeira vez, e Eric não mais precisou demonstrar que a desejava. Agora, lá vinha ela de novo, pronta para entrar no carro e vir atrás dele. Enquanto isso, o processo de divórcio ainda incompleto que *ele* requerera flutuava entre ambos. *Por que*, ele queria perguntar, *por que você ainda está querendo fazer isso?*

— Não sei se você deveria vir para cá — disse ele. — Até que cheguemos a um acordo...

— Vou sair amanhã de manhã — respondeu ela. — E estou cagando para qualquer merda de acordo até lá.

Isso fez com que Eric desse um sorriso. Ela raramente falava palavrões, só quando realmente se inflamava com algo, e ele costumava caçoar dela quando isso acontecia, tanto nos momentos em que ela tentava esconder essa característica quanto nos que a deixava à mostra. Durante a final do campeonato, por exemplo, quando os Bears foram derrotados pelos Colts.

— Vou ligar quando estiver chegando — disse ela. — E até lá, por favor, você pode ficar perto do hotel? Por favor?

— Está bem — disse ele, fascinado e confuso pela conversa que acabaram de ter, sem tocar no rompimento, e pela maneira com que ela retomou com extrema facilidade o seu papel de esposa. Justamente na hora em que ele precisava tanto dela. Por quê?

— Ótimo — disse ela. — Fique aí e mantenha-se a salvo.

40

ERIC SEGUIU O CONSELHO de Claire e não retornou as mensagens de Brewer. Em vez disso, ligou para Kellen.

— Você está na cidade? — perguntou.

— Estou. Você acha que pode dar uma passada aqui e me contar as novidades? Policiais me ligaram hoje.

— Não posso ir muito longe do hotel — disse Eric. — Prefiro que haja testemunhas por perto.

Era para ser uma piada, mas o silêncio de Kellen mostrou que ele não achou a menor graça.

— Por que você não vem até aqui e me encontra no bar? — convidou Eric.

O amigo concordou e, vinte minutos depois, Eric estava sentado no escuro, num lado discreto do bar, quando Kellen entrou porta adentro.

— Meu irmão está jogando agora — disse ele ao chegar à mesa — e não perco um jogo dele por nada nesse mundo. Mas esta é uma circunstância única.

— Desculpe. Se ajudar, tem uma TV aqui. Descobriu alguma coisa sobre a água?

Kellen sacudiu a cabeça, negando. Ele sentou na cadeira em frente a Eric, mas virou-se para poder assistir à TV. O primeiro quarto do jogo já estava quase no fim e o time de Minnesota perdia por seis pontos. Darnell Cage estava no banco. Eric não o vira marcar nenhum ponto até aquele momento.

— Então, a polícia queria saber sobre você e sobre o homem que veio conversar conosco no estacionamento — disse Kellen. — Você pode imaginar minha surpresa quando me disseram que ele estava morto.

— E você pode imaginar a *minha* — disse Eric.

Kellen assentiu, fitou os olhos de Eric, e falou:

— Você o matou?

— Não. Você não me conhece muito bem, e não tem nenhum motivo para acreditar no que estou dizendo, mas lhe asseguro: a resposta é não.

— Não acho que você tenha matado aquele homem.

— É, mas assisti a um assassinato hoje mesmo.

As sobrancelhas de Kellen se ergueram.

— Campbell Bradford foi o assassino — falou Eric. — Ele matou o tio do garoto. O garoto do violino. Seu tio era um fabricante clandestino de bebidas, e Campbell o matou.

—Você teve uma visão de tudo isso?

— Sei que parece loucura, mas você viu aquela garrafa, esteve por perto quando tudo aquilo aconteceu e...

— Ei — disse Kellen. — Vá com calma, meu amigo, vá com calma. Só o que fiz foi uma pergunta. Não fiz uma única acusação, pelo menos que consiga me lembrar.

— Está bem — disse Eric. — Desculpe, só percebi como soou depois que as palavras saíram de minha boca, e sei o que você deve ter pensado.

— Muito do que eu costumava pensar mudou bastante depois dos últimos dias, depois que passei a andar com você. Então, assim como não estou desmentindo nenhuma palavra maluca que saiu de sua boca, gostaria também de ouvir você me dizer o que diabo está acontecendo.

Toda a conversa durou quase uma hora. Eric disse o que sabia e Kellen fez o mesmo. Os dois chegaram a uma conclusão tão vazia quanto as suas partes na história. Kellen falou que Brewer lhe dissera que, mesmo Josiah Bradford sendo "propício a confusões, mas não a assassinatos", havia detetives em seu encalço. Eric sabia que deveria se preocupar mais com tudo isso, porém, no momento, não conseguia. Na verdade, desde sua última visão, ele encontrava dificuldades para manter o foco no presente. Estranho.

— Tenho que lhe fazer uma pergunta — disse Eric.

— Manda.

— Você estuda esta região há anos e é, portanto, a pessoa que mais conhece a história do lugar. Você acredita que os momentos que vi depois de beber a água de Anne foram reais? As cenas com Campbell e o rapaz?

Kellen pensou nisso durante um bom tempo, e acabou concordando.

— Sim — falou. — Acho que sim. É óbvio que não posso confirmar todos os detalhes que você viu, mas, em termos gerais, eles correspondem à história. Pode ser que você esteja inventando tudo, é claro. Entretanto, não imagino por que você faria isso, e depois de tê-lo visto desmaiar na sala de jantar no outro dia, estou convencido de que o que quer que esteja acontecendo com você é real.

— Certo — disse Eric. — Eu também penso assim. As visões que tive foram reais. E comecei a pensar em maneiras de utilizá-las.

— Utilizá-las?

— Pense nisso, Kellen. Estou vendo uma história verdadeira que jamais foi contada. Se eu continuar a vê-la... e acabar captando o sentido dela, posso tentar fazer um documentário dela, certo? Documentá-la e contá-la.

— Entendo — respondeu Kellen, devagar.

— Você está pensando que uma pessoa normal consideraria tudo isso como loucura — disse Eric. — Mas as pessoas adoram esse tipo de coisa. E se eu pudesse fazer um filme disso? Ah, meu amigo. Seríamos convidados para participar de todos os programas de entrevista da televisão.

Kellen balançou a cabeça devagar, sem responder, e Eric teve que engolir o incômodo que sentia em relação ao outro. *Vamos nessa*, ele queria gritar, *você não percebe o que isso pode fazer? Pode trazer minha carreira de volta.*

Entretanto, não era hora de adiantar as coisas. Ele podia ir devagar. Ainda havia muita água.

— De qualquer forma — disse ele —, estou apenas pensando alto, me desculpe. Mas realmente gostaria de encontrar a tal fonte da água. Aquela que eles usaram para fazer as bebidas. Se o tio do rapaz foi realmente assassinado, deve haver algum registro disso, certo? É uma maneira de saber o seu nome, identificá-la.

— Provavelmente. Porém, estive pensando sobre essa fonte. Você disse que Campbell afirmou que ela era diferente das outras, e essa foi exatamente a mesma coisa que Edgar falou sobre a bebida de Campbell, lembra-se? Ele falou que a bebida dele fazia com que um homem se sentisse o dono do mundo.

— Você acha que é isso que está dentro da minha garrafa? — disse Eric.

— Pode ser.

— E que deve haver uma fonte inteira dessa merda em algum lugar na floresta das redondezas? — Eric riu. — Meu Deus, o que aconteceria se eu provasse um pouco dela?

— É — falou Kellen. — Quem sabe?

A chuva voltou uma hora depois que Eric Shaw deixou a casa de Anne, porém estava mais amena, menos exagerada. Quase não ventava, mas, no entanto, a trovoada ao longe lembrava um cachorro que se esconde e que, com certeza, estaria de volta. Talvez aquela fosse uma da série de tempestades violentas que vinham da planície, o prelúdio de uma frente fria. Entretanto, para ela não se tratava de um prelúdio desagradável. Era esse tipo de coisa que ela vigiava. Era o que fazia, agora que não tinha mais nenhum emprego, nenhum filho para criar e nem mesmo um marido que precisasse de seus cuidados. Em vez disso, tomava conta do vale. Talvez nem soubessem que ela estava ali, não prestassem a mínima atenção ao vê-la ali sentada com os olhos no céu, mas, ainda assim, Anne continuava observando por eles.

Ela tinha um cartão colado na geladeira com algumas notas manuscritas tiradas do guia avançado de observação do Serviço Nacional de Meteorologia.

Como observador treinado, você presta um serviço inestimável para o SNM. Suas observações em tempo real de tornados, chuvas de granizo, ventos e formações significativas de nuvens formam uma base de informações confiável para a detecção e verificação de mau tempo. Ao fornecer as observações, você está auxiliando as equipes do SNM a tomar decisões sobre alertas e facilitando nossa missão de proteger a vida e os bens materiais. Você ajuda os cidadãos de sua comunidade ao prestar informações importantes, que possibilitarão o salvamento da vida deles.

E abaixo disso, escrito com letras maiores e sublinhado

A ferramenta mais importante para vigiar tempestades é o olho treinado do observador.

Essas notas ainda eram úteis numa era em que havia radares Doppler e satélites de alta tecnologia. Os observadores também eram especialistas. E, se era isso o que diziam, ela acreditava ser verdade. Além do mais, aquela declaração era o tipo de coisa que sempre fez sentido para ela. Dava crédito à ciência e, ao mesmo tempo, alertava que os humanos ainda não tinham desenvolvido uma ciência que pudesse compreender ou predizer todos os truques deste mundo imprevisível. E nunca, como ela bem sabia, iriam conseguir.

Ligou a televisão e viu que o alerta de tempestades ainda persistia para a região de Orange County. Bom, já poderiam tê-lo cancelado. A tempestade já caíra e não recomeçaria tão cedo. Mas talvez quisessem manter o alerta ininterruptamente para o caso de haver enchentes, pois, se a chuva caísse durante a noite toda, os córregos transbordariam pela manhã, quando a tempestade retornasse.

Não havia nada na televisão que valesse a pena ver. Só um jogo de basquete, e, embora ela tivesse crescido assistindo a partidas de basquete, não ligava muito para os jogos do campeonato. Ainda torcia pelos Hoosiers, é claro, e sempre assistia ao torneio regional, que nunca mais foi o mesmo depois que o dividiram em classes. Graças a Deus Harold se foi antes disso acontecer.

O telefone tocou enquanto ela preparava o jantar, assustando-a. Foi atendê-lo pensando que poderia se tratar de Eric Shaw, receosa de que ele estivesse novamente às voltas com seus problemas. Em vez dele, era Molly Thurman, uma jovem — nos seus 40 anos — conhecida da igreja, que estava ligando apenas para dizer que Anne mais uma vez acertara na previsão do tempo. Depois da celebração daquela manhã, Anne garantiu que uma tempestade estava a caminho, e era bom saber que alguém se lembrou disso e resolveu ligar. Molly tinha dois filhos, de 5 e 7 anos, e, após um minuto de conversa, ela teve de desligar, para pôr um fim em alguma briga entre eles.

O telefone ficou em silêncio, assim como o resto da casa em volta dele. Só se podia ouvir o zumbido do gás queimando no fogão e o gotejar da água das calhas e do telhado da varanda que faziam companhia a ela. Ficou feliz pelo telefonema não ser de Eric Shaw lhe apresentando uma nova crise, mas, ao mesmo tempo, estava interessada em saber o que estava acontecendo com ele. Se lhe fosse dado o devido crédito, as coisas ficariam normais por algumas horas, pelo menos. Depois, as dores voltariam e ele precisaria de mais um pouco da água dela e passaria a ter visões... do passado.

Foi isso o que ele disse naquela tarde, pelo menos. *O que você estava vendo?*, ela perguntou. E ele respondeu: *O passado.* Momentos da história daquele vale. E das pessoas que viveram aqui. Vira o hotel em todo o seu esplendor, e alguns alambiques de uísque que até hoje existiam nas montanhas, viu-os tão vívidos como se fossem reais, viu as pessoas como se estivessem no mesmo aposento que ele.

Pensou nisso enquanto jantava e também enquanto lavava a louça. Quando terminou, foi até a escada, suspirou, segurou firme o corrimão e começou a subir.

Quando chegou ao quarto vazio, desembrulhou outra garrafa — seu estoque estava diminuindo rapidamente naquele fim de semana — e apertou em sua mão. Fazia muitos anos que não bebia a água. Décadas. Mas é claro que nada aconteceria. O que quer que estivesse se passando com Eric Shaw tinha que ser único ou sem relação alguma com a água.

Porém, ela *vira* como ele reagira à água. Ela estava lá, sentada na sala de visitas, e observou os olhos de Eric deixarem este mundo para encontrarem outro, e aquele mundo era esta cidade do jeito que ela desejava rever, com as pessoas que ela sentia falta, pessoas que ela amava.

Ele contou que suas visões, algumas vezes, pareciam se passar nos anos 1920. A mãe e o pai dela seriam jovens na época. Sua avó ainda estaria viva. Seria maravilhoso poder ver isso outra vez.

Não havia como dizer se a água também a levaria ao mesmo ponto que ele. Talvez a levasse apenas cinquenta anos para trás, num tempo em que Harold e as crianças...

— Por que não, Annie? — disse ela. Ninguém a chamava assim desde menina, mas, às vezes, ela se referia a si mesma em voz alta dessa maneira. Retirou os arames, levantou a tampa da garrafa e, na mesma hora, sentiu o cheiro de enxofre. O que ela dissera a Eric Shaw durante sua primeira visita ainda era verdade — aquela água provavelmente era perigosa. Porém, aparentemente ele não precisou beber muito. Só um pequeno gole. E aquilo o levou ao passado.

Ela experimentou um pouco. Um gosto horrível fez sua cabeça doer e seu estômago se contorcer, mas conseguiu engolir. Uma coisa que nunca lhe faltou foi força de vontade. Esperou um minuto para se recompor e tomou outro gole, menor desta vez, e recolocou a tampa, embrulhou a garrafa e colocou-a de lado.

Agora, era só aguardar. Aguardar e, quem sabe, ver.

41

O tempo de Josiah se escoava mais rápido quando estava do lado de fora, na floresta molhada. Ele caminhou até a extremidade da montanha e desceu a encosta, a esmo, sentindo prazer com a água que molhava sua pele e encharcava suas roupas, saboreando os momentos em que precisava piscar os olhos para poder voltar a enxergar. Os raios haviam cessado, os trovões foram diminuindo até desaparecerem e ele ficou surpreso ao perceber que o céu a oeste não estava mais escuro pelas nuvens da tempestade, mas porque o sol já desaparecera.

Resolveu então voltar a subir a encosta, com as botas cheias de lama e folhas, tudo com cheiro de floresta úmida. Pegou-se cuspindo de vez em quando, o que era estranho, pois não tinha esse hábito. Mais estranho ainda era o leve gosto de fumo de mascar que tinha em sua boca.

A longa faixa de luz crepuscular no horizonte, que deveria guiá-lo de volta, não estava presente no céu desta noite. Chegou ao acampamento dos madeireiros numa escuridão quase completa, e só conseguiu ver o carro quando quase deu de cara com ele. Parou, e retornou para dentro da floresta, mas depois reconheceu que era o Oldsmobile de Danny. Quando se aproximou por trás do veículo, a porta do motorista se abriu e seu amigo saiu com uma fisionomia preocupada.

— Onde diabos você se meteu? Juro, Josiah, que só ia esperar você por mais dez minutos.

— Minha caminhonete está dentro do galpão.

— Eu vi, e se não fosse por isso, já tinha ido embora há uma hora — reclamou ele. — Você estava passeando por aí na chuva?

— Sim — Josiah inclinou-se e olhou dentro do carro. — Isso aí é uma pizza?

— Achei que precisava de alguma coisa para comer. É claro que agora está fria.

— Não me importo.

Abriram um pouco a porta do galpão e se sentaram lá dentro enquanto Josiah comia a pizza e bebia uma garrafa d'água. Ela aplacou a tremenda sede que sentia, mas nada tirou o leve gosto de tabaco de sua boca.

Enquanto se alimentava, Danny o informava das últimas novidades que trouxera da cidade. Todos falavam muito sobre o assassinato, mas poucos tinham teorias confiáveis sobre ele.

— Você descobriu se o tal Shaw ainda está na cidade? — perguntou Josiah.

— Está. Tive uma dificuldade enorme para encontrá-lo. Mas, depois, tive sorte.

— É mesmo?

— Liguei para os dois hotéis e perguntei por ele. O French Lick disse que não havia nenhum hóspede com aquele nome, mas o West Baden repassou minha ligação para o quarto dele. Desliguei assim que o telefone tocou.

— Isso foi a tal dificuldade enorme?

— Não. Mas só porque ele está hospedado no hotel não quer dizer que continue lá, e, além disso, você me pediu para segui-lo. Só que eu não sabia qual era o carro dele. Ontem, eles vieram no carro daquele garoto negro.

— Certo. — Josiah percebeu que Danny o olhava com uma expressão diferente. — O que você tanto olha?

— Por que você está cuspindo toda hora? — disse Danny. Josiah se surpreendeu; nem sequer reparara que continuava a fazer aquilo.

— Por nada — respondeu. — Continue o que estava falando.

— Bem, fui até o estacionamento e procurei os carros com placas de Illinois, mas havia muitos deles, e fiquei sem saber o que fazer. Aí começou a chover e achei melhor voltar para cá e perguntar a sua opinião. Quando estava a caminho, vi o rapaz na calçada.

— Ah, é?

— Sim. Nem teria notado se não fosse pelo fato de que ele estava todo curvado, como se estivesse prestes a vomitar. Caminhou por um longo tempo até chegar ao hotel, cambaleando como um bêbado. Não deu cinco minutos, e ele já estava de volta ao estacionamento, e, então, entrou no carro dele. Um Acura SUV. Em seguida, rumou para a casa de Anne McKinney.

— Anne McKinney? — falou Josiah, incrédulo.

— Sabe quem é, não sabe?

—É aquela velha com a casa cheia de cata-ventos e o cacete. Ela vai até o hotel todos os dias.

— Isso mesmo.

— O que ele estaria indo fazer lá?

— Não sei — disse Danny —, mas ele parecia muito mal quando entrou. Deixou a porta do carro aberta e o motor ligado. Foi ela quem saiu e o desligou.

— Ela fez isso? Quanto tempo ele ficou lá?

— Bastante tempo. Depois voltou para o hotel. Não o vi sair mais, e resolvi vir para cá. Outra coisa: ele disse para o meu avô que foi uma mulher de Chicago quem o contratou.

— Uma *mulher*?

— Foi o que meu avô disse.

— Mentira. Ele está trabalhando para Lucas.

— Na verdade, eu nem sei o que estamos fazendo, ao seguir esse cara — disse Danny. — Você está coberto por uma montanha de merda. Se quer saber...

— Não pedi sua opinião.

Danny calou a boca, olhou para Josiah, e falou outra vez, mais baixo:

— Talvez não. Mas, *se* pedir minha opinião, direi que você só tem duas opções. A primeira é se entregar. Sei que não está interessado nisso, mas acho que é a coisa mais esperta a fazer. O cara apontou uma arma para você, não foi? Você fez o que tinha que fazer.

— Isso não vai acontecer — falou Josiah. — Não confio na polícia daqui.

— Tudo bem — disse Danny. — Então, é melhor fugir da cidade. Você disse que precisava de dinheiro para fazer isso, mas não sei como vai conseguir algum através desse pessoal de Chicago. Eu vou te dar o que ainda me sobrou do que ganhei no cassino, deve ser suficiente para, pelo menos, tirá-lo daqui.

Josiah negou com a cabeça.

— Também não gosto dessa ideia. Não tenho intenção alguma de deixar um lugar que é meu lar há tantos anos. Este local é mais meu do que deles, Danny, mais meu do que deles.

Danny inclinou a cabeça e o encarou.

— Por que você está falando dessa maneira?

— É o jeito que sempre falei.

— Não, não é.

Josiah deu de ombros.

— Bem, nunca se sabe quanto um homem pode progredir, Danny, tanto na conversa quanto nas maneiras.

— Não tenho a menor ideia do que está falando.

— Tudo o que você precisa saber é que eles não vão me tirar daqui outra vez, não vão me tirar do meu lugar.

— Outra vez?

— Meu sangue, Danny. Campbell.

— *Campbell*? Que merda é essa? Ele morreu há oitenta anos! Você nem saberia o nome dele se não fosse pelo meu avô.

— E aí é que está o problema, Danny, meu garoto. Dificilmente alguém se lembra do nome dele agora, e aqueles que o conhecem, bem, só falam mal. Antigamente, Campbell fez muito por essas pessoas. Um homem pode ser crucificado apenas por ter ambição? Você consegue responder a isso?

— Ele largou a família. Que negócio é esse de ambição?

— Aí é que está. Ele não teve escolha, senão ir embora. Nunca foi a intenção dele.

Danny encarou Josiah. Lá fora, as árvores escuras começavam a se agitar de novo ao sabor de uma brisa leve.

— Por que você está falando com essa voz?

— É a única que tenho.

— Não parece normal. Não parece nem um pouco com você.

— Rapaz, você está muito crítico hoje. Perdoe minha voz, Danny, perdoe minha maneira de falar e perdoe meu ocasional desejo de cuspir. Desculpe se essas qualidades não lhe agradam nessa noite.

— Tanto faz.

— Já se cansou de me ajudar? Vai me abandonar agora?

— Não disse isso. Apenas não sei o que possa fazer para ajudar.

— Então, deixe que eu lhe diga. Tenho uma ideia muito clara do que você pode fazer, Danny, e não vai ser uma tarefa difícil. Tudo o que preciso agora é que você vá até o posto de gasolina e compre dois daqueles telefones celulares pré-pagos. Tenho algum dinheiro aqui comigo. Traga-os de volta até mim. Vou esperar para fazer as ligações. Vai ser um tipo de chamada que só se faz no meio da noite.

A dor não se manifestou até a noite. Eric ficou com Kellen no bar, bebeu algumas cervejas, comeu um pouco e sentiu-se bem o tempo todo. Chegou até a pensar que aquilo tudo tinha acabado.

Mas não.

A primeira dor de cabeça surgiu cerca de uma hora depois que ele comeu. A náusea apareceu logo depois que a dor de cabeça começou, e, quando Eric olhou para o atendente do bar e viu que a cena à sua frente estava tremendo sem parar, percebeu que era hora de ir.

— Está se sentindo mal de novo? — disse Kellen ao ver Eric se levantar.

— É, não estou bem. Provavelmente, preciso me deitar.

Não soube por que dissera aquilo; ambos sabiam que era papo furado.

— Você quer que eu fique por aqui ou...

Eric negou com um movimento da cabeça.

— Não, não. Não precisa se preocupar comigo, meu amigo. Se piorar, farei o que precisa ser feito.

— E verá o que precisa ser visto — falou Kellen, o rosto sério, examinando a reação do outro. Estendeu a mão. — Está bem, cara. Boa sorte. Ficarei na cidade esta noite. Se precisar de alguma coisa...

— Vou ficar bem. Garanto. Quando nos encontrarmos amanhã, você verá.

Quando saiu, já estava vendo duas portas do bar, uma indicação de que sua visão dupla havia voltado, e as luzes do corredor queimavam em seu crânio, mas, por algum motivo, nenhum desses acontecimentos o deixou tão apavorado quanto antes. Coisas ruins estavam acontecendo a ele, sim, mas desta vez ele conseguiria mantê-las sob controle. Tinha certeza disso.

Era só beber um pouco mais da água e pronto. Todos os dias. Passaria por maus momentos, é claro, talvez tivesse de lidar com alguns efeitos desagradáveis, mas também manteria os demônios reais afastados. Embora a água tivesse dado à luz a eles, ela podia mantê-los longe. Aquilo não era incrível? Era só continuar com esse ciclo e pronto, iria se proteger com a mesma coisa que o ameaçava.

Subiu ao quarto andar, segurando-se nas paredes do elevador para evitar o desequilíbrio total, e, já no corredor, sorriu e cumprimentou um casal de meia-idade que passou sem olhá-lo uma segunda vez. Ele estava pegando o jeito agora, aprendendo a disfarçar os sintomas, tendo plena consciência de que não precisava mais aturá-los — a água faria isso para ele.

Um tremor súbito atacou suas entranhas e sua visão ficou desfocada e instável, mas estava sorridente quando pegou o cartão no bolso e abriu a porta com um assobio confiante e satisfeito, contente como o diabo. *Não vai me atrapalhar, não vai me atrapalhar, não vai me atrapalhar.* Nunca mais. Ele tinha a cura, e dane-se se aquilo também era a causa. O importante é que funcionava. Ele voltou a ter o controle.

Deixara a garrafa no quarto, mas, desta vez, tomara uma precaução. Lá, no closet, havia um pequeno cofre, para guardar joias ou carteiras. Foi nele que a colocou. Agora, digitou o código — o numero do antigo apartamento de Claire em Evaston —, a porta se abriu e ele encontrou a água.

Fresca, porém não estava gelada ao toque. Na verdade, parecia absolutamente normal, e ele quase sentiu saudades da garrafa de Bradford enquanto se preparava para beber da de Anne. O gosto dessa era desagradável, fétido e acre, sem aquele sabor de mel que o tempo deixou desenvolver na garrafa de Bradford. Mas ela cumpriria o papel desejado, e isso era o suficiente.

Só que dessa vez não fez o efeito esperado. Não tão rapidamente, pelo menos. Cinco minutos depois, a náusea de Eric piorou e ainda sentia dor de cabeça. Estranho. Esperou cinco minutos e bebeu mais um pouco. Um grande gole, desta vez, consciente daquele gosto de enxofre.

Por fim, sucesso. Poucos minutos após a segunda dose, o latejar em suas têmporas diminuiu, seu estômago se acalmou e a visão se firmou.

Seu velho amigo se aproximava de novo. Só precisava de um pouco mais desta vez, só isso.

Ainda estava sentado na cadeira quando o violino o chamou. Um sussurro delicado no início, mas Eric levantou a cabeça como um cão ouvindo um assobio. Era lindo! Uma elegia, conforme o rapaz a havia chamado. Uma canção para os mortos. Quanto mais Eric a ouvia, mais gostava dela.

Levantou-se e andou em direção à sacada, de onde a música parecia vir. Com cuidado, abriu as portas e saiu. A rotunda lá embaixo desaparecera. Um espaço cinzento, vazio, se alongava e ocupava todo o lugar abaixo da sacada, numa descida contínua, como um cânion sem fundo. Até mesmo os cheiros do hotel tinham desaparecido, substituídos por folhas mortas e fumaça de madeira queimada. Dois pontos de luz mostravam algo nas profundezas desse cânion cinzento, e ele se inclinou para observá-los. Enquanto se aproximavam, o hotel, ou sua memória dele, ia desaparecendo.

Eric estava envolto pelas luzes agora e viu que elas vinham dos olhos frios e brancos do conversível de Campbell, que parara ao lado de um prédio de madeira comprido, com uma grande varanda na frente. Uma chuva torrencial caía, e aqui e ali pingavam goteiras do telhado da varanda. Havia alguns homens negros sentados nas áreas secas da varanda, fumando e conversando em voz baixa assim que a porta do carro se abriu e Campbell chafurdou os pés nas poças d'água do lado de fora. Um segundo depois foi a vez da porta do passageiro se abrir e lá estava Lucas, com o estojo do violino. Ele parecia estar sempre com o objeto em suas mãos.

— Cavalheiros — disse Campbell. — Vejo que estão aproveitando a varanda nesta tarde chuvosa.

Nenhum dos homens negros respondeu.

— Shadrach está? — disse Campbell, imperturbável.

— Lá embaixo — respondeu alguém depois de um longo silêncio. Campbell fez uma saudação com seu chapéu e foi até a porta. Abriu-a e segurou-a para que o rapaz pudesse entrar. Agora, estavam em um salão escuro com mesas redondas e um longo balcão de madeira com apoio para pés. Tanto o bar quanto as mesas estavam vazios. Uma delas tinha pilhas de cartas e fichas. Tudo estava coberto por uma fina camada de pó.

Os dois atravessaram o salão deserto até uma escada escura nos fundos e desceram por seus degraus escuros. Lá embaixo, havia uma porta fechada e Campbell a abriu sem bater.

— Abaixe isso — disse ele. Um negro baixo, porém musculoso, estava de pé do outro lado da porta e levantara uma arma quando Campbell entrou. Havia outro homem, muito maior, com provavelmente uns 130 quilos, jogado num banco do outro lado da porta, e ainda um terceiro, magricelo e com a pele bem escura, sentado atrás de uma mesa. Recostou-se na cadeira com os pés apoiados sobre a mesa, pés enormes, e um par de mãos, também gigantescas, cruzadas sobre a barriga. Não falou e nem se mexeu quando Campbell e o rapaz entraram, apenas piscou os olhos rapidamente e não mudou de expressão. O homem com a arma abaixou-a devagar e afastou-se de Campbell.

— Shadrach — disse Campbell.

— Aqueles que não são meus amigos me chamam de Sr. Hunter — falou o homem que estava atrás da mesa.

— Shadrach — repetiu Campbell, sem nenhuma mudança no tom de voz.

Shadrach Hunter enroscou seus lábios, de uma forma que poderia dar a entender que estava se divertindo, e olhou para Lucas.

— Este é o garoto de Thomas Granger?

— O sobrinho dele.

— E por que está carregando a droga de um violino?

— Ele gosta de tê-lo sempre consigo — disse Campbell. — Você já o ouviu tocar.

— Sim. — Shadrach Hunter encarava Lucas com um olhar desconfiado. — Toca como nenhum moleque deveria tocar.

A observação soou como uma reprimenda. Lucas não desviou o olhar do chão desde que entrara naquela sala, e era lá que seu olhar permanecia.

— Estou com o carro aí na frente — disse Campbell —, e está caindo um temporal. Melhor irmos logo.

— Talvez não seja a melhor noite para uma viagem tão longa, então.

— Não é longe. É só um pouco além do golfo. Você já esteve lá, e não diga que não, seu mentiroso filho da puta. Você já procurou o lugar sozinho. Vim aqui para lhe dizer que, de agora em diante, aquela fonte é *minha*. Se quiser uma parte dela terá que ser através de mim.

Shadrach o observou, sério.

— Continuo sem saber por que você pensa que eu seria estúpido o bastante para me associar a você, Bradford.

— É claro que sabe. Há um bom dinheiro a ser feito. Você é o tipo de homem que, como eu, gosta de dinheiro.

— Assim você me disse. Mas também sou um homem que ganhou o próprio dinheiro me mantendo o mais afastado possível de pessoas da sua laia.

— Que inferno, Shadrach, não me importo com a maldita cor da sua pele, só o que me interessa é quanto dinheiro você tem.

— Você foi o único que falou de cor — disse Shadrach Hunter, com a voz macia.

Campbell ficou quieto e o encarou. Do lado de fora, a água descia por uma calha e caía com um jato barulhento. O vento soprava forte.

— Você deve ter alguns dólares guardados — disse Campbell —, mas não vai receber mais muita coisa, Shadrach. Do jeito que os brancos estão destruindo tudo por aqui, como acha que sua gente vai ficar? Agora, tenho uma proposta a lhe fazer, que pode aceitar ou não. Você provou o uísque. Sabe quanto ele vale.

— Há uísque em qualquer lugar.

— Você já encontrou algum que chegue perto desse? Porra, o Velho Número Sete não passa de mijo comparado ao meu. Tenho contatos em Chicago que podem pagar um preço que você jamais imaginou.

— Então, por que você veio me procurar?

— Porque para alguns projetos darem certo é necessário algum tipo de cooperação. E eu soube que você é o único homem neste vale que tem um coração tão negro quanto o meu.

Shadrach Hunter mostrou os dentes num sorriso forçado e disse com a voz macia:

— Ah, não há ninguém neste vale que chegue perto disso, Bradford. E este é um fato amplamente conhecido.

Campbell abriu as mãos.

— O carro está estacionado aí em frente, Shadrach. Vou voltar para lá.

Houve um momento de hesitação, e então Shadrach Hunter fez um sinal de aprovação, tirou os pés de cima da mesa e ficou de pé. Seus dois companheiros foram até a porta com ele, mas Campbell sacudiu a cabeça.

— Não. Se quer ir comigo, terá de ir sozinho, Shadrach.

Ele parou ao ouvir aquilo, demonstrando contrariedade, mas, após uma longa pausa, assentiu. Abriu uma gaveta de sua mesa, retirou uma pistola dela e enfiou-a no cinto. De um cabide da parede retirou o sobretudo ainda molhado pela chuva e vestiu-o. Voltou para a mesa, abriu outra vez a gaveta e pegou mais uma arma, uma pequena pistola automática, e colocou-a no bolso do casaco. Manteve a mão dentro deste bolso.

Campbell sorriu.

— Já está com coragem suficiente?

Shadrach não respondeu. Caminhou em direção à porta, saiu e subiu a escada na frente de Campbell, com Lucas vindo logo atrás dele. O topo da escada estava completamente escuro e, ao chegar lá, Shadrach Hunter desapareceu. Então, Campbell fez o mesmo, e, por fim, não se via outra coisa senão o quadrado branco da parte de trás da camisa de Lucas. Depois, até isso sumiu, e só havia as vozes e o som das pessoas se movimentando pelo hotel. Eric percebeu que estava sentado na sacada com a garrafa de água na mão.

Vazia.

Bebera até a última gota.

42

Pela primeira vez, Eric não sentiu alívio quando a visão acabou. Em vez disso, sentiu-se desapontado. Trapaceado.

Fora tão abrupta quanto um filme cortado no meio de uma cena. Sim, era exatamente isso — nas visões anteriores, ele tivera uma cena completa, mas, desta vez, terminara sem conclusão alguma.

— Tenho o nome — falou em voz alta, ao se lembrar do que vira. — Ele falou o nome. Granger. Thomas Granger. Lucas é seu sobrinho.

A descoberta era excitante; o desapontamento permanecia porque perdera a visão justo na hora em que os homens iam até a fonte. Se tivesse permanecido mais um pouco no passado, poderia ter descoberto o caminho até ela. Estava vendo a *história*, assistindo a mais do que imagens desconectadas, mas agora tudo se fora. Lucas, Campbell e Shadrach Hunter foram novamente substituídos pela realidade do hotel, e ele ergueu a garrafa vazia na mão, o que era impressionante, pois não se lembrava de tê-la bebido. E também preocupante, porque significava que ele estava completamente desligado da realidade.

A dose necessária tinha, num espaço de 48 horas, aumentado drasticamente.

— Tolerância — disse ele. — Você está desenvolvendo uma tolerância.

Perturbador, talvez, mas não era o fim do mundo. Teria apenas que se ajustar a uma dosagem, e pronto. Com certeza sua necessidade iria se estabilizar num certo patamar. E, além disso, ele não iria ficar sem a água.

Havia fontes em abundância por todos os cantos daquela área e ela corria pelos encanamentos e saía das torneiras no spa.

Transbordava pelas torneiras. De fato, era o que acontecia.

Não sentiu necessidade de beber mais. Pelo menos, não agora. A dor de cabeça havia passado; evitara o mal-estar.

Mas, se bebesse mais um pouco, poderia continuar a ver a história.

Olhou para a garrafa vazia em sua mão e pensou na conversa que teve com Claire, a insistência dela de que ele sempre se mostrara propenso a tendências psíquicas. Que diabos, ele sabia disso. Afinal, já havia experimentado várias situações semelhantes, desde o vale de Bear Paws, passando pelo Infiniti, até chegar à fotografia do chalé vermelho no vídeo dos Harrelson.

A habilidade sempre estivera ali. Ou o dom, se você preferir chamá-lo assim. A única diferença agora era que a água lhe dava algum controle sobre isso. Ficara com medo de tudo no início, mas era essa a resposta certa? Deveria sentir medo ou deveria aceitá-lo?

— Você tem que filmar isto — falou baixinho. — Documentar e filmar.

A resposta de Kellen a essa ideia foi um banho de água fria. O olhar de incerteza com que encarou Eric foi mais intenso do que qualquer um dos olhares que lhe dera antes, mesmo durante as conversas que tiveram sobre fantasmas, visões e coisas do tipo; e então, o que aquilo significava? Bem, Kellen não precisava estar envolvido. Se não apreciou aquela possibilidade da mesma maneira que Eric, tudo bem. Era o tipo de coisa tão estranha que as pessoas não iam se cansar dela. Eric já podia até se ver dando entrevistas — Larry King com o queixo caído enquanto ele explicava, com toda a calma, as circunstâncias que o levaram a fazer o filme. *O dom sempre esteve lá... sempre comigo. Apenas demorei um bom tempo para assumir o controle sobre ele. Demorei a aprender como usá-lo.*

Levantou e voltou para dentro do quarto. No cartão ao lado do telefone viu o número do ramal do spa. Fez a ligação.

A moça que atendeu disse que o spa iria fechar em trinta minutos e explicou que não havia mais tempo para uma sessão. Uma sessão? Tudo o que ele queria era ver a maldita banheira de água mineral. Foi o que disse, mas ela lhe respondeu educada, porém firmemente:

— As sessões de banhos de água mineral duram de trinta minutos a uma hora. Sinto muito, mas hoje o tempo se esgotou. Posso agendá-lo para amanhã.

— Olhe — disse ele —, eu pago por uma sessão completa.

— Sinto muito, senhor, não podemos...

— E lhe dou uma gorjeta de cem dólares — disse ele, a situação subitamente ganhando certa urgência da parte dele, enquanto olhava para a garrafa vazia em sua mão. — Sairei daí às nove horas, quando você fechar.

— Está bem — disse ela, depois de uma longa pausa. — Mas é melhor se apressar, senão não terá muito tempo.

— Ótimo. Diga-me, você tem aí algumas garrafas plásticas?

— Sim.

Ele respondeu que ficava feliz por eles terem garrafas plásticas.

O spa era muito bonito, decorado com pedras brutas e lareiras onde o fogo crepitava. Eric tivera o hábito de zombar dos homens que conhecera na Califórnia que frequentavam lugares desse tipo. Esse comportamento não condizia com alguém como ele, um rapaz simples do interior do Missouri. De qualquer modo, lá estava ele, usando um roupão branco e chinelos, seguindo uma loura atraente que tinha acabado de abrir uma porta de vidro fosco que dava para a banheira de água mineral.

— O ambiente é uma recriação das fontes originais — disse ela, e logo após fez uma pausa com a porta meio aberta. — Mas muitas pessoas hoje em dia também querem aromaterapia. O senhor tem certeza de que não...

— Quero apenas a água natural — disse ele. — Nada mais.

— Está bem — falou a moça, abrindo a porta. O forte cheiro de enxofre ficou imediatamente perceptível, e a loura assumiu uma expressão perplexa, horrorizada por ele ter rejeitado a essência de baunilha, ou lavanda, ou asas de borboleta, ou qualquer porcaria que estivesse à disposição da clientela.

— Pode ser que o senhor se sinta um pouco tonto no início — disse ela. — Talvez com uma leve vertigem. Isso ocorre por causa dos gases liberados pela água, lítio e outros. Há uma lista completa da composição química ali no balcão, se estiver inter...

— Obrigado — disse ele. — Está perfeito.

Ela parecia estar à beira de um discurso, como era fácil perceber, mas ele não queria perder tempo. Precisava esvaziar as duas garrafas plásticas que ganhara e depois enchê-las com a Água Plutão.

A moça foi embora, e Eric ficou sozinho no salão azulejado de verde que fedia a enxofre. A banheira ainda estava sendo cheia e a água que saía da torneira estava quente. Havia duas torneiras, como a atendente lhe dissera, e ambas jorravam água mineral vinda diretamente da fonte. A única diferença era que uma delas despejava o líquido aquecido à temperatura de 39 graus.

Perto da banheira havia um ralo, por onde jogou fora a água que tinha nas garrafas de plástico, sacudindo-as o máximo que pôde para deixá-las secas, e voltou para a banheira. Abriu a torneira de água fria, encheu suas mãos em concha com ela, levou à sua boca e a provou, enrugando a testa e lambendo os lábios como um daqueles conhecedores de vinho idiotas. O gosto era diferente da água de Anne McKinney, mais cristalino e límpido. É claro, a água não estivera guardada numa garrafa durante oitenta anos. Só por ter um gosto diferente não significava que não iria funcionar. Assim ele esperava.

Encheu uma das garrafas até aproximadamente um terço de seu volume, retirou-a da torneira e ficou observando-a, pensando na última visão que teve, do rapaz desaparecendo na escada atrás de Campbell Bradford e Shadrach Hunter. Para onde teriam ido? O que aconteceria em seguida?

A ideia que passara por sua cabeça aumentava ainda mais agora: se pudesse encontrar uma maneira de documentar isso, se pudesse contar a história que permanecera escondida dos historiadores, escondida dos olhos das pessoas comuns, então, o resultado seria extraordinário. No passado, nunca havia contado a ninguém sobre as rápidas e raras visões que teve com exceção de Claire, pois um homem que afirma ter tendências psíquicas seria logo tachado de maluco. As coisas são assim. Mas, suponha que este homem fosse capaz de *provar* que o que vira era verdade. E suponha que, com a ajuda da água, ele poderia fazer isso de novo, mas com outra história. Um psíquico autoproclamado é objeto de ridículo, porém uma entidade consagrada, um diretor de cinema cuja capacidade única permitia romper segredos e expor o desconhecido, era outra coisa. Ele seria um astro. Mais do que isso. Uma lenda. Famoso como ninguém jamais tinha sido.

Era uma fantasia. Mas também havia a possibilidade, talvez maior do que ele iria admitir, de tudo aquilo se tornar realidade. Ver a história, documentá-la e levá-la até seus antigos contatos em Hollywood. Publicitários e agentes de lá iriam babar apenas com a ideia. E assim que a notícia se espalhasse...

Mas, primeiro, tinha que ver o resto da história. Tinha que saber o que acontecera. E a água faria isso para ele.

Falando baixinho, disse:

— Mostre-me, mostre-me o que aconteceu. — E bebeu. Tudo. Assim que acabou, inclinou-se de volta à torneira.

Quando acabou de encher as duas garrafas, colocou-as nos bolsos enormes do roupão, deu uma olhada em volta e viu a cascata de água dentro daquela velha banheira. Ora, que diabos, ele fora até lá e pagara por aquilo.

Tirou o roupão e a cueca e entrou na água. A temperatura parecia perfeita para banhar seus músculos cansados. Talvez tivesse apenas mais dez minutos, mas era tudo que precisava. Nunca fora muito chegado a banhos quentes, afinal.

Mas aquele estava muito bom. Sentia-se realmente incrível, como se a água estivesse buscando e retirando as dores e os nós de seus músculos, enquanto ele e seu corpo iam ficando mais leves. Devia ser o efeito do gás da água, que provocava a tonteira.

Abriu os olhos e sorveu o ar profundamente, respirando aqueles vapores suaves. O teto parecia diferente. Por um momento, ficou confuso, sem ter certeza do que acontecera, mas então percebeu: havia um ventilador no teto, cujas pás sopravam o ar bem devagar. Ele não estivera ali antes, estivera? Virou a cabeça para os lados, de trás da porta e viu que não estava mais sozinho.

Agora havia uma segunda banheira na sala. Era grande e branca, e repousava sobre pés que imitavam garras. Havia um homem dentro dela. A cabeça dele estava vergada para trás, o rosto virado para o teto, como Eric estava um minuto atrás, e seus olhos estavam fechados. O homem tinha a barba bem-feita e uma cabeleira escura, molhada e brilhante. Seu peito subia e descia, no ritmo suave de quem dormia.

E uma outra visão, pensou Eric, sem se mover, temeroso de que qualquer distúrbio na água pudesse fazer com que o homem levantasse a cabeça. *Igual a todas as outras.*

Mas não era. Não era como assistir a um filme, onde você ficava distante da cena. Desta vez, ele estava dentro do filme. Como estivera com Campbell no vagão do trem.

Ouviu um estalo, e a porta se abriu, nada além de escuridão do outro lado. E Campbell Bradford entrou no salão.

Ele encarava os olhos de Eric. Talvez fosse *mesmo* como o que aconteceu no vagão, quando Campbell falou diretamente com ele, levantou-se e foi em sua direção, de tal forma que Eric teve de correr para a porta...

Entretanto, Campbell deu meia-volta. Desviou o olhar de Eric para o homem que dormia na outra banheira e foi para lá. Movia-se sem fazer barulho, os sapatos deslizando suaves sobre o chão de ladrilhos, o terno quase inaudível. Quando chegou à banheira onde estava o homem, encarou-o, olhando para baixo. Em seguida, tirou o casaco dos ombros e colocou-o nas costas de uma cadeira. Já sem o casaco, Campbell tirou as abotoaduras e repousou-as sobre o casaco. Então, arregaçou as mangas até os cotovelos. O homem na banheira não se moveu, anestesiado de sono.

Avise-o, pensou Eric. *Diga alguma coisa.*

Mas é claro que ele não podia. Não era parte da cena, apenas sentia-se como se fosse. Campbell não podia vê-lo; Campbell não era real. Eric não bebera a água de Bradford, o líquido perigoso que trouxera Campbell do passado para o presente. Tudo o que podia fazer era observar e esperar que tudo acabasse. Uma hora teria que acabar, ele sabia disso.

Durante bastante tempo Campbell ficou de pé em frente ao homem da banheira, observando-o de uma forma quase serena. Quando finalmente se moveu, foi com grande violência e rapidez. Arremessou seu corpo sobre o do homem, colocando a palma de uma de suas mãos sobre a cabeça do outro, e a segunda mão sobre seu peito, perto da clavícula, jogando todo seu peso contra ele e empurrando-o para debaixo d'água.

A banheira explodiu com a agitação total da água, e os pés do homem surgiram no ar, debatendo-se. Primeiro, suas mãos agarraram as bordas da banheira e, depois, tentaram se livrar do seu adversário. Campbell nem pareceu notar essa reação desesperada.

Manteve o homem submergido por um bom tempo, mas então aprumou o corpo e se afastou. Sua mão direita ainda segurava firmemente a cabeleira do homem, que começou a erguer a cabeça da água e a tossir, engasgado. Campbell enfiou novamente a cabeça dele dentro d'água. Desta vez, manteve-o afogado por mais tempo. Não largou até que os movimentos frenéticos diminuíssem e quase cessassem. Quando as mãos do homem perderam a força com que se agarravam ao casaco de Campbell e caíram inertes dentro d'água, ele o trouxe de volta à superfície.

Eles não o veem. Não podem vê-lo. Era o que Eric repetia sem parar em sua cabeça, como o consolo desesperado de quem está num avião em queda livre a uma velocidade vertiginosa: *o piloto vai dar um jeito nisso.*

Campbell largou o homem na banheira e se afastou, ficando a apenas uma curta distância de Eric agora. O homem estava pendurado num dos lados da banheira, arfando, sufocado, enquanto a água escorria de seus cabelos e pingava no chão de ladrilhos.

— Temos contas a acertar — falou Campbell. Sua voz estava sinistramente calma. — Fizemos negócios no passado. E as contas continuam em débito.

O homem o encarou com um olhar incrédulo e o peito ofegante. Seu rosto estava molhado pela água e por suas próprias lágrimas, e havia uma mancha de sangue misturado ao muco debaixo de seu nariz.

— Não tenho nenhum dinheiro! — disse ele com a fala entrecortada pela dificuldade de respirar, as mãos agarradas na borda da banheira e os joelhos levantados numa vã tentativa de se proteger. — Quem tem dinheiro, agora, Campbell? Perdi todas as minhas economias. Vê como este hotel está vazio? É porque ninguém mais tem dinheiro.

— Você parece pensar que as circunstâncias iriam influenciar sua dívida — disse Campbell. — Mas eu não compartilho desse pensamento.

— Você está louco se acha que pode me cobrar agora. Não só de mim, de qualquer um. Não há mais dinheiro neste vale. Tudo vai desaparecer num piscar de olhos. Você não lê jornais? Não ouve o rádio? Este país está afundando, meu amigo.

— Não estou preocupado com o país — falou Campbell. — Estou preocupado com o que você me deve.

— Não vão nem conseguir manter este hotel aberto por muito tempo, posso lhe assegurar isso. — O homem gritava agora, quase histérico. — Ballard pode tentar empurrar com a barriga por um tempo, mas vai ter que fechar, e irá à falência. Todos irão. Todos neste país logo irão à falência, espere e verá. Ela chegará para todos nós.

Campbell usou o indicador para ajeitar o chapéu sobre a cabeça, enfiou a mão no bolso e tirou um naco de fumo de mascar, colocando-o debaixo do lábio inferior. O homem na banheira o olhava cauteloso, mas o silêncio de Campbell e sua atitude fria pareceram diminuir seu pânico. Quando falou de novo, a voz estava mais firme.

— Por favor, passe-me aquele roupão. Você podia ter me matado antes. Tudo isso para pegar um dinheiro que não tenho. Qual era o seu objetivo?

— Meu objetivo? — falou Campbell. — Não entendo sua confusão. Não há nada muito difícil de compreender. O mundo quebra alguns homens. Outros, ele usa para quebrar os demais.

Inclinou a cabeça e sorriu.

— Qual deles você acha que eu sou?

O homem na banheira não respondeu. Quando Campbell foi até ele, não gritou ou tentou fazer algum tipo de alarme. Em vez disso, ficou em silêncio, com os olhos fixos em Campbell, enquanto ele enfiava a mão no bolso e tirava a faca. Apenas duas palavras saíram de sua boca em um sussurro de terror:

— Campbell, não...

As mãos de Campbell se moveram na velocidade de um raio. Uma delas agarrou os cabelos molhados do homem e os puxaram para trás, expondo sua garganta; a outra desceu e cortou-a. O sangue se misturou com a água.

Eric ficou paralisado com a cena. Não conseguiu respirar, não conseguiu fazer outra coisa senão ver o sangue jorrar na banheira, produzindo um som semelhante ao da água sendo despejada de um jarro para um copo. *Eles não podem me ver*, pensou. Tinha que se lembrar disso. Tinha que se lembrar...

Campbell virou-se e o encarou. Aqueles mesmos olhos castanhos encontraram os de Eric e, quando isso aconteceu, os pensamentos mais loucos desapareceram do cérebro do rapaz e até mesmo o som do sangue pareceu sumir.

— Você queria que eu lhe mostrasse — disse Campbell. — Pronto, agora você viu. Você não perde por esperar. Estou ficando cada vez mais forte, e não pode fazer nada para impedir. Nem toda a água do mundo vai poder me segurar.

Então, remexeu os lábios para trás, numa mistura de sorriso com o alerta de um cão com as presas de fora, e cuspiu entre os dentes. Uma cusparada de tabaco caiu dentro da banheira de água mineral e respingou gotas marrons na barriga e no peito de Eric.

Eric gritou. Aquele momento acabou com toda a esperança de que nada daquilo fosse real. Correu sem jeito para sair de dentro da banheira e ir para a outra extremidade do salão, para longe de Campbell, mas, ao virar a cabeça, viu que ele continuava a sorrir de satisfação sarcástica. Eric deu uma pancada com o joelho na torneira e seu queixo bateu na borda de cerâmica da banheira e, quando viu, estava sobre o chão ladrilhado, nu, molhado e indefeso, enquanto Campbell avançava em sua direção. Eric se virou para poder encará-lo, pensando no pouco que poderia fazer para se salvar.

Campbell desapareceu. Assim como a outra banheira e o homem ferido.

Eric se sentou no chão, na poça d'água, respirando fundo, enquanto alguém batia na porta. Tentou colocar-se de pé, mas escorregou na água e bateu com as costas na beirada da banheira, um impacto doloroso, enquanto uma voz feminina do outro lado da porta o chamava:

— Senhor Shaw? Você...

— Estou bem! — gritou. — Estou bem.

— Pensei ter ouvido um grito.

Ele pegou o roupão e se cobriu com ele.

— Não, não, já terminei. Estou saindo num minuto.

Ficou de pé com dificuldade e se enfiou no roupão. Os bolsos bateram em seus quadris com o peso das duas garrafas plásticas que ele havia enchido na torneira.

— Foi apenas uma visão — falou para si mesmo. — Inofensiva como as outras. Você acabará se acostumando com elas.

Voltou à banheira para abrir o ralo, mas congelou com o braço estendido.

Ali, na superfície, boiava um pouco de líquido marrom. Tabaco.

Observou aquilo por um longo tempo. Fechou os olhos e os abriu novamente, e ainda estava ali. Esticou o corpo e se equilibrou sobre a banheira, para analisá-lo sob outro ângulo. E, em seguida, deu uma volta completa pela sala, para ter certeza de que tudo estava do mesmo jeito de quando ele entrou, antes de olhar outra vez para o tabaco. Continuava lá. Estava se desintegrando na água agora, ficando cada vez mais diluído, porém ainda lá.

Como?

Saíra da boca de Campbell, e ele fora uma visão, que desaparecera por completo, assim como as visões anteriores. Nunca deixaram qualquer vestígio, nunca antes as visões deixaram qualquer marca na realidade.

— Sr. Shaw?

— Estou saindo! — gritou, e então abriu o ralo e deixou a banheira de água mineral esvaziar. Ficou ali até o tabaco desaparecer pelo ralo e, quando isso aconteceu, sentiu um arrepio na espinha.

Por um instante, enquanto o redemoinho o tirava de vista, parecia exatamente como sangue.

Quarta Parte

NUVEM NEGRA GELADA

43

DANNY DEMOROU UNS QUARENTA minutos para voltar com os celulares. De início, Josiah o esperava no lado de dentro do galpão, perto da porta aberta. Entretanto, após algum tempo, ele se viu do lado de fora, encostado nas tábuas velhas da parede do galpão. Do lado do galpão havia uma árvore. Agora, a chuva não passava de um chuvisco leve que molhava sua pele com delicadeza e, então, resolveu sair de onde estava e escolher outro lugar onde podia se sentar encostado na parede e deixar que a chuva caísse sem que o molhasse. Estava ali quando viu os faróis de um carro se aproximando e pensou que deveria se esconder dentro da floresta até ter certeza de que era Danny, mas não saiu do lugar. Por alguma razão, não estava nem um pouco preocupado com quem fosse o visitante.

Era o Oldsmobile, entretanto, e Danny o encostou perto do galpão. Abriu sua porta enquanto o motor continuava ligado.

— O que você está fazendo aí sentado na chuva?

— Matando tempo — disse Josiah, incomodado tanto pela pergunta quanto pela expressão de Danny. Pela maneira com que ele o olhava, parecia estar diante de um louco. — Trouxe os telefones?

— Sim.

— Então, traga-os aqui. E desligue esses faróis.

Voltaram para o galpão e Danny ligou uma das lanternas potentes à bateria, enchendo o interior do local com sua luz branca

— Achei que isso poderia ser útil — falou ele. Trouxera também algumas garrafas de água e um pouco de carne desidratada, e Josiah apenas grunhiu um agradecimento, mas não gostou da lanterna. Crescera acostumado com o escuro, e agora era como se tivesse um carinho especial pela escuridão.

Atendendo às suas ordens, Danny comprou os celulares e um carregador de bateria que Josiah podia ligar no acendedor de cigarros do carro. Tirou um dos telefones da embalagem e começou a carregá-lo.

— Não entendi por que você precisa de dois.

— Se vou ligar para essas pessoas de Chicago, você acha que seria uma boa ideia ligar para você do mesmo número?

— Ah — falou Danny. — Bem pensado. O cara para quem você vai ligar, o número dele estava na pasta que você roubou?

— Sim.

— Mas ainda não entendi como você vai conseguir tirar algum dinheiro dele.

— O caso é que uma pessoa pode se perder em detalhes se for bastante insistente ao persegui-los. Não quero que nada me impeça de avançar. Esse homem pagou algumas centenas de dólares para alguém vir até aqui e ficar em frente à minha casa, Danny. Pagou outro homem para vir aqui falar com Edgar. Porra, pode até ter pagado também àquele que falou que era estudante. Mas a papelada que peguei fala alguma coisa sobre mim que imagino valer um centavo ou dois para esse cara. Se ontem à noite valia alguma coisa, ainda vale hoje.

— Mas, ontem à noite, o detetive não estava morto.

— Essa é uma observação razoável.

— Josiah, por que você não pega o dinheiro que eu tenho e...

— Você foi até o hotel para ver Shaw?

— Não, você me falou para trazer os telefones antes.

— Certo. Bem, agora estou com eles.

Danny franziu o cenho.

— Está bem, estou indo. Você só quer saber se ele está lá, não é?

— E para onde irá, caso saia. Você anotou os números dos telefones que foram comprados, certo?

— Anotei.

— Bem, use o primeiro. Nem pense em ligar para o segundo, só para o primeiro, entendeu? Ligue se o vir saindo de lá.

Danny hesitou, assentiu e se dirigiu à porta. Parou quando já estava quase do outro lado, deu meia-volta e olhou para Josiah, cujo rosto parecia uma lua iluminada pela luz da lanterna.

— Então, você vai ligar pra este cara e pedir dinheiro? Assim, sem mais nem menos?

— É tudo o que preciso para início de conversa — respondeu Josiah. — Imagino que possa existir uma dificuldade ou outra pelo caminho.

A noite chegou e se firmou, e a chuva caía silenciosa, porém ininterruptamente. Anne estava sentada na sala de estar com um livro no colo, mas não o lia. A intensidade de seu desejo era surpreendente para ela, e o senso de urgência fazia com que olhasse o relógio que marcava cada minuto do dia na expectativa de que a água fizesse efeito.

Venha, pensou, *deixe-me ver o que ele está vendo. Deixe-me voltar para aquele tempo que não pude apreciar o bastante quando fazia parte dele, deixe-me ver os rostos e ouvir as vozes outra vez.*

Nada aconteceu. O ponteiro menor marcou sete, oito e, depois, nove horas, e ela não viu nada além das familiares paredes de sua casa. Pensou em beber mais um pouco da água, mas a escada parecia tão íngreme e os resultados tão incertos que resolveu permanecer ali, sentada em sua cadeira. Ela vira o quanto Eric Shaw teve que beber para que suas visões começassem e sabia que ingerira a mesma quantidade. Por que, então, ele podia ver o passado e ela não?

Foi se deitar depois de ler um pouco, desligou a luz e observou as sombras inquietas, enquanto a lua lutava por um espaço entre as nuvens. A água não funcionara com ela. Ficou um pouco nauseada depois que a bebera, mas não vira nada. Correu um risco em vão. Como foi capaz de permitir uma coisa dessas? A água poderia tê-la envenenado; ou pior, desencadeado o mesmo tipo de perturbação que Eric Shaw experimentava, que lhe trazia tanto sofrimento e dependência.

Por mais que esses pensamentos fossem lógicos, ela ainda não conseguia se conformar. Entendeu logo o risco que corria, mas a recompensa havia se mostrado tão tentadora... e continuava a ser.

Talvez tudo tenha começado com a garrafa dele, a que ele disse pertencer a Campbell Bradford. Talvez você não visse nada até beber um pouco daquela água. Teria que ligar para ele de manhã, verificar se já havia recebido de volta a garrafa de Bradford, na esperança de que fosse funcionar com ela da mesma forma que funcionou com ele. Parecia valer a pena tentar.

Entretanto, ela tinha a impressão de que não iria funcionar. Poderia beber a água dele e, ainda assim, não ver nada, continuar presa no presente, no presente solitário desta casa vazia, enquanto todos os que ela amava continuariam a existir apenas através de lembranças e fotografias desbotadas. Por que Eric podia ver o passado e ela não? Por que algumas das magias do mundo eram acessíveis a uns poucos e se ocultavam dos demais?

As visões nunca viriam para ela, não importa quanta água bebesse. Teria que ficar à espera delas, sem qualquer esperança, da mesma forma que esperava a grande tempestade: com fé, paciência e a confiança de que ela seria necessária, de que havia uma razão para permanecer vigilante. Ainda precisariam dela algum dia; precisariam de seu conhecimento, de seu olho treinado e também de seu radioamador. Tinha certeza disso.

Mas talvez não. Talvez aquilo fosse uma farsa, uma tolice infantil que nunca iria acabar. Talvez a tempestade jamais viesse.

— Chega — sussurrou para si. — Chega disso, Annie.

Então, o sono tomou conta dela. Desceu com a velocidade e o peso de um longo dia repleto de atividades incomuns. Pouco antes de adormecer teve a impressão de ter ouvido um leve som de assobio.

O vento estava de volta.

44

E*STOU FICANDO CADA VEZ mais forte, e não pode fazer nada para impedir. Nem toda a água do mundo vai poder me segurar.*

A lembrança perseguiu Eric escada acima até seu quarto, as palavras ecoando em seu cérebro.

Ele voltara a ser real. Sem que uma só gota da água de Bradford tenha passado pelos lábios de Eric, Campbell voltara a ser real. Dessa vez, a visão foi um pouco híbrida, na realidade — um momento do passado, sim, mas em que Eric participou como cúmplice e espectador.

O que aconteceu? O que foi que mudou?

Ligou para Kellen. A primeira coisa que disse foi:

— Ele falou comigo outra vez.

— Campbell?

— Isso.

— Ele falou com você em uma visão?

— Bem, não foi no elevador.

Depois de uma pausa, Eric falou:

— Desculpe. Só estou um pouco...

— Sem problema. O que você viu?

Eric lhe contou sobre o assassinato do homem anônimo na banheira de água mineral. Estava sentado na cadeira do quarto, com os cabelos ainda molhados, os músculos ainda tensos e o estômago embrulhado pelo que acabara de presenciar.

— No início foi do mesmo jeito que aconteceu nas últimas vezes, você sabe, uma cena do passado. Só que não havia distanciamento, eu estava dentro dela. Entretanto, não estava envolvido. Não no início, pelo menos. Quando ele acabou, depois que ele matou o homem... virou e falou comigo. Falou diretamente para mim e cuspiu tabaco na água, que permaneceu lá mesmo depois da visão ter acabado. Foi real, caramba! Foi...

— Certo — disse Kellen calmamente, a voz baixa. — Entendi.

— Não sei por que as visões mudaram — disse Eric. — Não entendo por que foi diferente. Será que foi por que eu estava dentro d'água, imerso? Mas as únicas vezes em que eu o vi dessa maneira foi depois de ter bebido da garrafa original, que nem está mais comigo.

— Ele disse que estava ficando mais forte?

— Sim. E que toda a água do mundo não o impediria de nada.

— Então, a água deve estar ajudando você.

— Me ajudando?

— Você sabe, protegendo você.

Do quê? pensou Eric. *O que diabos vai acontecer se eu parar de beber a água? E se ele não estiver mentindo — se estiver realmente se tornando mais forte? Isso não significa que a água iria perder seu efeito?*

— Você disse que essa foi sua segunda visão — disse Kellen. — Qual foi a primeira?

Então, Eric lhe contou sobre a visão com Shadrach, e percebeu que tinha esquecido por completo que finalmente soubera do nome do tio do rapaz. De alguma forma, esses detalhes se tornaram insignificantes depois da cena do spa.

— Deixe-me fazer uma pergunta — falou Kellen. — Como era a aparência de Shadrach Hunter?

Eric forneceu a maior quantidade de detalhes que pôde e, em seguida, descreveu o bar.

— Caramba — falou Kellen baixinho. — É real. O que você está vendo é real.

— Como assim?

— Vi algumas fotografias de Shadrach. Muito poucas. Já não existem muitas. Você acabou de descrevê-lo perfeitamente. E o bar era um desses bares onde os negros se reuniam antigamente, se chamava Cidade do Uísque. Era o clube de Shadrach.

— Tenho que encontrar a fonte, Kellen.

— Por quê?

— Acho que é importante — disse Eric. — Preste atenção, *sei* que isso é importante. Você estava certo sobre o que falou mais cedo. A água de Anne não causou nenhum problema; ao contrário, evitou-os. Mostrou-me a verdade, mas evitou um ataque direto de Campbell. Preciso encontrar a fonte que significou tanto para eles, no entanto. Há algo em comum em todas essas visões, Kellen, tudo está apontando na mesma direção. Preciso segui-la.

Kellen ficou em silêncio.

— Será que é possível encontrá-la? — disse Eric.

— O nome do tio é um bom começo, mas não sei o quanto poderá ajudar. Não há nada mais que possa nos levar adiante? Nada mais que você tenha visto ou ouvido?

— Não — disse Eric. — Apenas que o nome dele era Thomas Granger e... Espere. Há algo mais, sim. Campbell disse a Shadrach que sabia que ele já tinha estado no alto das montanhas, procurando por sua fonte. Disse que ela ficava perto do golfo. Mas que diabos isso significa? Os únicos golfos que conheço ficam no oceano.

— O Golfo de Wesley Chapel — disse Kellen. — Você deve estar brincando comigo.

— O quê?

— Ele faz parte do Lost River. Um lugar onde o rio sai à superfície, enche uma espécie de poço e desaparece outra vez. Um dos lados desse poço é como um rochedo, e deve medir uns 30 metros de altura, pelo menos. Já estive lá uma vez. É um lugar muito estranho. E é também onde o corpo de Shadrach Hunter foi encontrado.

— Você está me gozando.

— De jeito nenhum. O cadáver foi encontrado no meio da floresta do rochedo, acima do golfo. Foi por isso que fui até lá. Queria conhecer o lugar, que, como falei, é bem estranho.

— Bem, talvez eu também deva ir vê-lo.

— Sim — disse Kellen, com uma fascinação indisfarçável em sua voz. — Você está vendo mesmo, meu amigo. A verdade. Todo mundo acha que Campbell matou Shadrach, mas isso nunca foi provado. O que você viu, os dois subindo o morro até lá... essa é a verdade, Eric.

Eu sabia que era, pensou, *e talvez agora eu possa ver o potencial disso tudo.*

— Você pode me levar até lá?

— Claro.

— Iremos amanhã — falou Eric. — Logo cedo.

— Está bem — disse Kellen. — Mas, antes de você desligar, tem mais uma coisa que quero lhe dizer. Conversei com Danielle e ela falou que a água da garrafa está esquentando.

— Esquentando?

— Sim. A água da garrafa de Bradford, a original. Achei que tinha ficado um pouco mais quente durante a viagem, mas ela disse que agora está quase à temperatura ambiente.

— Estranho — disse Eric. Ele simplesmente não sabia mais o que dizer.

— Pois é. Estava pensando que, o que quer que esteja acontecendo, tem muito a ver com a proximidade desse local.

— Talvez — disse Eric, lembrando-se de que a garrafa estava fria em Chicago, a quilômetros de distância. — Eu ligo para você de manhã, certo?

Desligou e voltou à sacada. Uma vez lá, parou e olhou para baixo, para o hotel. A garrafa poderia ser afetada pela proximidade do vale. Eric consumira seu conteúdo e os efeitos mudaram dramaticamente desde que saiu de Chicago e chegou a este lugar. Talvez, se fosse embora, tendessem a diminuir. Ou até mesmo parar por completo.

Mas então eu não poderia mais ter as visões, pensou. *Quero continuar a ver.*

Então, tinha que ficar. Não havia outra escolha. Não poderia partir.

Estou me tornando mais forte, disse Campbell.

Esqueça isso. Ele era uma ficção, nada mais. Não tinha nenhum poder neste mundo.

Nenhum poder.

Josiah esperou até a meia-noite para ligar. De início, pensara em fazê-lo ainda depois, mas estava impaciente e havia alguma coisa naquele horário que o atraía.

Ambos os celulares estavam com a carga completa, e ele usou o segundo, sem nem tentar bloquear o número. O telefone era anônimo, pago com dinheiro vivo, e mesmo que pudessem rastreá-lo até o posto de gasolina onde Danny o comprara, Josiah não se importava. Todo esse trabalho de detetive tomava tempo, e ele não estava preocupado com planos a longo prazo. Queria mais era conseguir o que lhe era de direito. Ainda não sabia exatamente o que isso era, mas seu instinto lhe dizia que Lucas G. Bradford sabia.

Teclou o número que estava listado como sendo da residência do cliente da papelada que tirou do detetive e ouviu a campainha. Depois do quinto toque, caiu na mensagem eletrônica. Desligou, esperou alguns minutos e tentou outra vez. Dessa vez, alguém atendeu. Era um homem de voz rouca e que falava baixo, como se não quisesse ser ouvido.

— Lucas, meu rapaz — falou Josiah.

— Como?

— Tenho certeza de que já sabe das lamentáveis notícias envolvendo seu amigo em French Lick.

O silêncio que se seguiu trouxe um sorriso aos lábios de Josiah.

— Quem está falando? — disse Lucas Bradford.

— Campbell Bradford — respondeu Josiah. Não tinha nem planejado falar isso, as palavras apenas saíram de seus lábios, tão naturalmente quanto o ar que respirava. Mas, uma vez que havia falado, gostou. Campbell. Parecia o certo. Que diabo, parecia mesmo seu nome verdadeiro. E claro que ele não era Campbell, mas era seu representante. Sim, hoje em dia, ele era a segunda melhor coisa.

— Você acha isso engraçado?

— Acho que é a verdade.

— Quem está falando é Eric Shaw? Se for, pode ter certeza de que vou chamar a polícia e relatar isso.

Eric Shaw? Agora, que diabos isso significava? Shaw estava trabalhando para esse homem... a não ser que a história que contou a Edgar sobre ter sido contratado por uma mulher em Chicago fosse verdadeira. Mas que mulher era essa?

— Vou chamar a polícia...

— É mesmo? — disse Josiah. — É isso que quer fazer? Porque tenho alguns documentos interessantes aqui comigo, Lucas. E seu detetive disse coisas bem interessantes antes de morrer.

Essa última parte foi pura improvisação, mas silenciou o que o homem iria falar e pareceu esfriar seu ímpeto.

— Não estou preocupado com isso — disse ele, mas sem convicção.

— Até onde entendi — falou Josiah —, você autorizou o uso de alguns recursos que resolveriam o que, na sua opinião, era uma crise. Cem mil dólares, creio.

— Se espera conseguir isso agora, está louco.

— Vou conseguir o que é meu por direito.

— Não há nada que seja seu por direito.

— Discordo, Lucas. Discordo firme e veementemente.

Ao ouvir essas palavras, Josiah franziu a testa, preocupado. Danny tinha razão — ele estava falando de um jeito estranho. Não era como costumava se expressar. Mas talvez isso não fosse tão ruim num telefonema como aquele. Uma ironia da sorte, embora não intencional.

— Não estou interessado nos seus 100 mil — falou. — Não acho que essa quantia seja satisfatória. Na verdade, ainda não determinei o que seria satisfatório. Ainda estou me decidindo.

— Se você pensa que estamos numa negociação, está enganado. Sei que minha mulher não tinha a menor ideia do que fazia quando contratou você, mas agora ela se arrependeu, e qualquer outro contato que você queira fazer com esta família deverá ser feito através de advogados. Aconselho que o senhor procure um bom profissional. Minha sugestão é que seja um com vasta experiência em direito criminal.

Quando minha mulher o contratou? Aquilo era interessante, diferente.

— Nunca ligue de novo para esta casa — falou Lucas Bradford.

— Ouça, Lucas... — começou Josiah, mas ouviu um clique e a chamada foi cortada. Pegou o outro telefone e ligou para Danny.

— O que aconteceu? — disse Danny, com a voz abafada ou pelo álcool ou pelo sono, ou talvez os dois. Que ótimo companheiro para fazer o trabalho de vigia. — O que está acontecendo?

— Acho melhor abrir bem os olhos — disse Josiah. — Creio que em poucos minutos a polícia irá aparecer aí no hotel.

— Por quê? Do que você está falando?

— Eric Shaw irá receber visitas — disse Josiah e desligou. Ficou sentado no escuro com um sorriso de orelha a orelha. Shaw lhe daria algum tempo, o que era bom, porém, mais do que tudo, apreciou bastante seu primeiro contato com Lucas G. Bradford. Gostou de seu tom de voz de ricaço desgraçado, seu senso de controle e da crença de que podia mandar no mundo e em todas as suas pessoas. Ele se achava forte, e Josiah ficou satisfeito com isso. Deixe isso virar uma batalha de força de vontade, Lucas, e vamos ver quem irá quebrar primeiro.

45

POR UM LONGO TEMPO, Eric permaneceu sentado na sacada, bebendo a água que recolhera da torneira do spa e esperando que as visões chegassem, mas nenhuma veio até ele. Por fim, entrou, fechou as cortinas e apagou todas as luzes antes de se deitar. À sua volta, o quarto era um mundo de sombras e silhuetas, e nada havia mudado em seu interior ou viera do exterior. Num dado momento, Eric perdeu a consciência e foi envolvido pelo sono.

As batidas na porta o acordaram.

Deixou escapar um grunhido e sentou-se na cama, piscando os olhos no escuro tentando se orientar. Antes que pensasse que o barulho fosse produto de sua imaginação, ouviu o som de novo. Uma batida na porta.

O relógio ao lado da cama marcava 1h20.

Apoiou o peso do corpo em seus pulsos e encarou a porta. *É Campbell*, pensou. E então, olhou da porta para a sacada, como se pudesse correr até lá e esconder-se como uma criança ou descer por ela até o andar de baixo e fugir.

Outra batida, dessa vez mais alta.

— Merda — sussurrou. Ficou de pé desejando ter uma arma naquele momento. Jamais tivera interesse por armas como adulto, embora tivesse feito algumas caçadas quando era mais novo, porém queria ter muito uma consigo agora. Preferiu não olhar pelo olho mágico, com medo de ver o que o esperava do outro lado, e, em vez disso, destrancou a porta e a escancarou.

Claire surgiu à sua frente.

— Achei melhor não esperar até o amanhecer — disse ela ao passar por ele e entrar no quarto.

Ele fechou a porta com a chave. Em seguida, vestiu o jeans e uma camiseta, enquanto ela se sentava na beirada da cama, examinando-o como um engenheiro examina a integridade estrutural de uma construção, buscando rachaduras. Fazia mais de um mês que ele não a via. Sua beleza o pegou de surpresa, como sempre costumava acontecer, ou talvez até mais profundamente, devido ao tempo que passou sem desfrutá-la. Ela também usava calça jeans e uma camiseta tipo regata preta sobre uma branca, sem joias ou maquiagem, e o cabelo despenteado como sempre, pois gostava de viajar com as janelas do carro abertas. Ele sempre gostara disso nela, sempre gostou de mulheres que não se incomodavam quando seus cabelos ficavam despenteados pelo vento. Havia rugas ao lado de sua boca, e ele se lembrou de dizer a ela que ficava orgulhoso dessa característica, porque sabia que grande parte delas se devia aos seus esforços de fazê-la sorrir. Entretanto, sua testa apresentava marcas de tristeza e dor. O crédito por essas também era dele.

— O que você está fazendo aqui, Claire?

— Como disse, achei que não seria bom esperar até o amanhecer. As conversas que tivemos hoje estavam ficando cada vez piores. Mais assustadoras.

— Como você saiu de lá, amarrou-se a uma corda e fez um rapel de uma das janelas da cobertura de Paul? Porque com certeza ele não iria querer vê-la envolvida nisso.

— Na verdade — disse ela —, ele me encorajou. Achou que seria uma ideia perigosa você ficar aqui sozinho. Tanto do ponto de vista médico quanto do legal.

Ele resmungou.

— Posso vê-la? — disse ela.

— Ver o quê?

— A garrafa.

— Não está comigo, lembra-se? Kellen a levou a Bloomington para ser examinada.

— Não sabia que você tinha mandado a garrafa inteira. Poderia ter mandado apenas uma amostra da água. Eu queria vê-la.

— Bem, não dá.

Ela o encarou com desconfiança quando ele disse aquilo, o que fez com que imaginasse que a verdadeira intenção dela era fazer uma espécie de avaliação da sanidade dele.

— Você passou a noite aqui? — perguntou ela. — Não saiu do hotel?

— Não saí daqui.

— Procurei por seu carro no estacionamento. Se você não estivesse aqui, iria procurá-lo e lhe daria umas boas porradas.

Ele não sabia o que dizer. Parecia tão irreal ficar ali, no mesmo quarto que ela, poder ver outra vez seus olhos. Ela percebeu seu embaraço.

— Talvez você não me queira aqui. Eu entendo. Mas estou preocupada. Se voltar para Chicago, se for consultar um médico ou um advogado ou outras pessoas que possam ajudá-lo, eu saio do caminho. Mas quero ter certeza de que fará isso.

— Obrigado.

— Não se preocupe. Só estou protegendo minha reputação. Se meu marido for preso por assassinato ou trancado num hospício, vai pegar mal pra mim.

Ele sorriu.

— As fofocas não teriam fim.

— As pessoas iriam apontar para mim e sussurrar. Eu não aguentaria a vergonha. Só estou tomando uma precaução social, apenas isso.

Diga "estou com saudades", pensou ele. *Fale, seu babaca, é só isso que quer dizer a ela, é só colocar as palavras na boca e pronto.*

— A viagem foi muito longa? — falou.

Ela o encarou com um olhar de curiosidade e tristeza ao mesmo tempo.

— É sobre isso que deveríamos estar falando?

— Desculpe.

— Não, eu entendo. É estranho me ver, e você nem ao menos queria que eu estivesse aqui, mas há algumas coisas que...

— Pare — disse ele. — É ótimo ver você. O fato de ter vindo... me deu mais prazer do que pode imaginar.

— Você pode me mandar uma carta de agradecimento na semana que vem. Use um papel bem bonito. Mas, até lá, temos que planejar o que fazer. Ainda acho que você deve voltar para casa. Foi por isso que vim. Para levá-lo de volta.

— Certo — disse ele. — Voltar para casa. — Para casa. Para longe dali, para longe dessa história que o envolveu nessa situação misteriosa. Para longe da água.

— Então, concorda? Podemos ir embora de manhã?

Ele se levantou e foi até a porta da sacada, abriu as cortinas pesadas e deslizou um braço esticado que se abria para apontar a cúpula e a rotunda.

— É um lugar lindo, não?

— Maravilhoso — disse ela. — Então, vamos amanhã de manhã?

Ele observou o lado de fora do hotel durante um bom tempo, e então se virou e olhou para ela.

— Claire, as coisas que estou vendo... a história que há nelas é poderosa.

— O que isso tem a ver com ficar aqui ou ir embora?

— Estou vendo a história porque estou *aqui*, Claire. Porque estou aqui com a água. Estou vendo quase como uma narrativa agora, estou vendo ela seguir adiante, e...

— Do que você está falando?

— Estou começando a perceber que há um propósito no que estou vivenciando e que *preciso* contar esta história. Este é o filme, Claire, o filme que sempre esperei e que nunca pude encontrar. Se ficar aqui um pouco mais — o suficiente para trazer tudo à tona —, posso transformar esta história em algo especial, usá-la para voltar à ativa. Isso não seria ótimo? Usar algo como isso e ter de volta o que perdi? Mas tenho a impressão de que é esse o meu papel, como se estivesse recebendo uma chance de redenção e precisasse ver que ela estava aqui.

Ela o olhava com a boca entreaberta, sem acreditar no que ouvia. Então, falou:

— Você está de brincadeira comigo? Quer continuar a ter essas visões? Continuar a beber essa água? A água que quase *matou*...

— Aquilo aconteceu quando eu *não a bebi*. Essa água só tem sido boa comigo.

— Só tem sido boa? Eric, você está escutando a si mesmo?

— Esta história precisa ser contada. Eu tenho procurado, desesperadamente, alguma coisa que possa me dar essa chance de voltar. Há um *propósito* nela, Claire.

Ela sacudiu a cabeça exasperada e deu as costas para ele.

— Você pode ficar comigo — disse ele. — Dê-me algum tempo.

— Não, eu não vou *ficar*. Vim aqui para levá-lo, Eric. Droga! Vim para levá-lo para casa porque temia por você. Mas não vou ficar aqui com você!

Era tão raro ela gritar — essa sempre tinha sido uma façanha dele, como uma prerrogativa que só pertencesse a Eric — que a explosão dela fez com que ele se calasse. Um momento após ele assentiu e mostrou-lhe suas mãos abertas, com as palmas para cima.

— Confie em mim, Claire, não há ninguém mais preocupado com isso do que eu. Sou eu quem está passando por tudo isso. Mas também tenho me esforçado ao máximo para não entrar em pânico. Você pode me ajudar? Podemos fazer planos juntos e ver o que o amanhã nos apresenta?

— Por quanto tempo, Eric? Por mais quanto tempo?

Aquela era a pergunta mais familiar e assustadora que ouvia pela voz dela. A questão que a mulher fizera inúmeras vezes nos últimos dois anos, em resposta à maioria de suas explicações e argumentos. Ele iria voltar ao trabalho, só precisava de tempo. Escreveria um roteiro, só precisava de tempo para desenvolver a ideia. Estava outra vez num bom momento e necessitava apenas de uns dias para que pudesse atravessar essa fase ruim... *Quanto tempo, Eric? Quanto tempo mais será preciso?*

— Vamos conversar sobre isso pela manhã — disse ele. — Vamos nos situar primeiro, está bem? Vamos dormir um pouco e ver como ficamos.

Ela concordou com um gesto cansado e de má vontade. Como se soubesse que era o alvo de uma brincadeira que conhecia, mas que não achava nada engraçada.

Ele se dirigiu até a cama. Queria tocá-la, trazê-la para o colchão macio e cobrir o corpo dela com o seu, mas, em vez disso, pegou um dos travesseiros e saiu dali.

— O que você está fazendo? — disse ela.

— Vou me deitar no chão. Você pode ficar com a cama.

Ela deu uma risada triste e sacudiu a cabeça.

— Tenho certeza de que podemos dormir na mesma cama sem nos tocarmos. Na verdade, acho que já tínhamos total domínio dessa arte.

Ele não respondeu, apenas apagou a luz. Ouviu o barulho dos sapatos dela caindo no chão e, em seguida, viu-a virar-se de costas na cama, esticar o corpo e colocar a cabeça no travesseiro. Ele engatinhou até o outro lado da cama, deitou-se também, de costas para ela, sem que nenhuma parte dos seus corpos se tocasse.

Tudo ficou em silêncio por algum tempo, e então Eric disse:

— Obrigado por ter vindo.

Quando respondeu, a voz dela estava embargada, e tudo o que ela disse foi:

— Oh, Eric.

A chuva parou pouco depois da meia-noite e as nuvens ficaram mais finas, abrindo espaço para a lua brilhar outra vez. Josiah deixou seu esconderijo no velho galpão e caminhou pela floresta, esperando. Às vezes, checava o celular à procura de sinal. O sinal ali era bom, mas ele estava surpreso por Danny ainda não ter ligado. Surpreso por não ter dito ainda nada.

Foi buscar uma garrafa d'água e bebeu-a, porém cuspiu boa parte do seu conteúdo, tentando se livrar do gosto esquisito de tabaco que continuava em sua boca. Mas até que o gosto não era ruim. Na verdade, estava começando a gostar dele.

Ele imaginava como estariam as coisas lá no hotel. Devia estar demorando algum tempo, visto que Danny não lhe dava qualquer notícia. Será que a polícia ficaria lá para falar com Shaw ou o levaria até a delegacia? Não tinham motivo para prendê-lo, mas talvez o levassem para interrogatório. Talvez ele *já* estivesse em um interrogatório, caso Lucas Bradford tivesse contatado a polícia e o denunciado como o assassino do crime que Josiah cometeu. Era uma hipótese curiosa, sem dúvida, e que merecia uma explicação.

Seu entusiasmo se esgotara à 1h30. Já era tempo de ter tido alguma notícia. Ele resolveu ligar, pois temia que a falta de resposta de Danny significasse que seu primo estava com algum problema, e que Josiah, dali em diante, ficaria sem ajuda de ninguém.

Entretanto, Danny respondeu:

— Josiah? É você? — falou com a voz abafada.

— Sim, sou eu, mas se não tiver certeza, não diga o meu nome quando atender o telefone, seu idiota. E se tivesse sido a polícia?

— Desculpe.

— Por que diabos você não ligou? O que está havendo? A polícia está aí?

— Não vi nada assim.

— O quê?

— Nenhum policial, Josiah. Estou estacionado num lugar que dá para ver os fundos e a estrada de carros na frente do hotel, e até agora não entrou nenhuma viatura da polícia por aqui.

Passara-se mais de uma hora desde que falara com Lucas Bradford. Se o homem fosse ligar para a polícia, já o teria feito. Aquilo era, ao mesmo tempo, surpreendente e animador. O que quer que tenha impedido Lucas de ligar para a polícia agora poderia impedi-lo no futuro. Agora, era só conversar com aquele rico escroto, mantendo o filho da puta na ligação e agindo como se ele pudesse evitar a tempestade que se abateria sobre sua vida.

— Josiah? Ainda está aí?

— Sim, estou. Estava só pensando.

— Bem, não apareceu nenhum policial. Mas acho que alguém veio ver Shaw.

— Quem?

— Uma mulher. Olhe, daqui onde estou dá para ver o carro dele, um Acura. Bem, há uns 15 minutos chegou uma mulher que dirigia bem devagar pelo estacionamento, como se estivesse procurando por um carro. Então, estacionou ao lado do carro dele. Ao sair do próprio carro, colocou as mãos no capô do dele. Como se verificasse se estava quente, se havia sido dirigido recentemente.

— Pode ter sido coincidência.

— Pode sim. Mas a placa do carro é de Illinois.

Não era coincidência. A mulher viera vê-lo, uma mulher de Illinois.

Quando minha mulher o contratou...

— Oh, Lucas — disse Josiah, num sussurro. — Seu filho da mãe, agora você vai ver.

46

ESTIRADO NA CAMA, NO escuro, ao lado da mulher que era sua esposa há 14 anos, ele não conseguia dormir. Já não falavam entre si há mais de uma hora. Ele nem tinha mais certeza se ela estava dormindo. Seu peito subia e descia devagar, como se dormisse, mas havia certa rigidez em seu corpo, que sugeria que estava acordada.

Fazia seis semanas que a vira pela última vez. E foi um momento tenso e exasperado, como sempre acontecia depois da separação. Desde que saíra da casa onde moravam juntos, saíra por ela ter questionado o estado de apatia e pena de si próprio em que ele se encontrava há dois anos.

Você é um garoto, pensou Eric, *um menino petulante, não um homem. Mas ainda assim ela está aqui. Ainda assim, ela veio para você.*

E isso não o surpreendia. A despeito de tudo que acontecera, ele sempre acreditara que a mulher estaria lá, presente, toda vez que precisasse dela. Ela entrou no carro e dirigiu seis horas durante a noite, e aquele ato definia a pergunta que jamais teve coragem de fazer a ela, embora martelasse sua cabeça há anos: por que ela ainda estava com ele?

Entendia as possibilidades que ela vislumbrou no início; o romance apaixonado e verdadeiro que os unia, e o futuro cheio de promessas que planejavam compartilhar. E assim foi, até o seu fracasso.

Isso mesmo — *fracasso* —, nenhuma outra palavra poderia ser aplicada ao que acontecera, embora Claire tenha tentado exaustivamente substituí-la por outras. Falava de obstáculos, empecilhos, impedimentos, atrasos, testes, interrupções e paralisações, mas nunca falou a verdade nua e crua. Eric fracassara. Foi para a Califórnia esperando se tornar diretor de cinema em alguns anos e uma figura famosa e aclamada logo após isso. Mas não foi o que aconteceu. O objetivo era claro, os resultados também, e o veredicto não podia ser contestado: fracasso.

E foi a aceitação passiva dela, em sua imperturbável paciência, que fez a frustração crescer dentro de Eric. *Você não percebe?*, queria gritar com ela. *Acabou. Não consegui. O que você ainda está fazendo aqui? Por que não me abandonou?*

Ele jamais a culpou. Maldição, ele *esperava* por isso. Depois dos sonhos da Califórnia se acabarem, seguidos pelos dois anos em que só chorou por si mesmo em Chicago, como ela *não* o deixaria? Era a coisa certa a fazer, mas ele esperou e esperou, e ela continuava ali com ele, até que, no final, ele abandonou a si mesmo. Tinha que acontecer. O ciclo precisava acabar, todo o pacote do brilhante futuro de Eric, tanto pessoal quanto profissional, precisava ficar selado e carimbado com uma palavra em negrito e letras enormes: **FRACASSO**.

Ele apenas tentava completar a queda, mas ela o impedia, tentando levantá-lo outra vez. Por quê?

Porque ela ama você. E você a ama, ama mais do que jamais amou qualquer outra coisa no mundo, exceto a si mesmo, seu estúpido, idiota, egoísta, e se puder aprender a lidar com isso, *talvez seja um bom começo.*

Agora, ela estava dormindo. Não se mexia ou mudava o ritmo da respiração há algum tempo e ele achou que seria seguro tocá-la de leve. Queria tocá-la. Virou-se sobre o ombro, estendeu a mão esquerda e a abaixou, com a maior suavidade, sobre sua barriga. Sentiu o tecido de sua blusa sob a palma da mão, o calor e o leve movimento de seu peito a cada respiração. Ele tinha certeza de que Claire estava dormindo até ela levantar a própria mão e entrelaçar seus dedos nos dele. Por alguma razão, quando fez isso, Eric prendeu a respiração.

Nenhum dos dois disse nada. Durante algum tempo, ficaram ali, deitados no escuro de mãos dadas sobre a barriga dela.

— Eu deveria xingá-lo de todos os nomes — sussurrou ela. — Sabia?

— Sim.

— Mas é exatamente isso que não deveria lhe dizer também. Porque você acredita ser isso tudo na realidade.

— Eu amo você — disse ele.

Fez-se o silêncio. Depois de um longo tempo, ela pegou a mão dele e a levou ao seu rosto, colocando a palma sobre os seus olhos. Não falou nada. Logo, ele sentiu sua mão molhada. Lágrimas. Ela não emitiu nenhum som.

— Eu amo você — disse ele outra vez, deslizando para mais perto dela. — Sinto muito, eu amo...

— Cale a boca — disse ela, desenlaçando sua mão da dele e agarrando-o pela nuca, puxando-o violentamente para dar um beijo em sua boca. Apertou os dedos em seus cabelos enquanto o beijava, provocando uma dor maravilhosa em seu escalpo.

Com dificuldade, foram se livrando das roupas, tentando ajudar um ao outro, mas tiveram que terminar sozinhos, tímidos, apressados pelo desejo. Quando ela ficou nua, ele rolou para cima dela, ainda tentando tirar sua cueca dos pés, e forçou-se para ir mais devagar. Correu a mão pelo lado do corpo dela, por cima da coxa e levou a boca deliberadamente para seu seio.

— Não — sussurrou ela. Por um momento terrível, ele achou que ela não o desejava, mas ela agarrou seus ombros e o puxou para cima. Eric entendeu que ela queria ir mais depressa, talvez porque pensasse que aquilo fosse um erro. Ele teve medo disso, mas então a mão dela estava nele e o guiava. Todos os pensamentos se apagaram de sua mente e só havia ela. Quando a penetrou, ela deu um suspiro suave e ele mergulhou seu rosto no pescoço dela, embrenhando-se entre seus cabelos e, por alguns segundos, ficou ali, inteiramente imóvel, somente sorvendo o seu cheiro. Então, ela levantou os quadris encorajando-o para seguir adiante, e, embora ele começasse a se mover, manteve o rosto junto ao dela, onde podia ouvi-la, sentir seu cheiro e provar-lhe o gosto.

Foram rápidos da primeira vez, e ficaram deitados, respirando profundamente mas sem falar por algum tempo. Em seguida, recomeçaram, desta vez num ritmo diferente, buscando vagarosamente o sabor do encontro de algo que temiam ter perdido. Falaram através de respirações e beijos, sem palavras, e demoraram mais dessa vez, com os lençóis molhados de suor.

— Você está com as mãos tremendo — disse ela, com o rosto no peito dele e mantendo a mão direita dele junto ao próprio rosto.

— Tudo em mim treme — respondeu ele. — E isso é ótimo.

Na verdade, parecia que tinha desenvolvido um tremor muscular nas mãos, e a dor de cabeça começava a voltar. Ele não queria pensar naquilo.

— Nem sempre vai ser assim tão fácil — disse ela.

— Eu sei.

— Sabe? Porque, se você quiser continuar, vamos esclarecer as coisas, e não deixar que esta noite esfrie.

— Eu não quero apressar as coisas, Claire. Quero ficar com você.

— E quer que isso seja feito com calma — disse ela. — Com calma, como planejado. Quer que tudo se encaixe num plano, o *seu* plano. Tem gente que faz tudo o que pode com o intuito de se adequar a ele por você. Não importa. Você ainda não consegue entender que o resto do mundo não funciona assim.

A voz dela soava chateada quando disse isso, e ele levantou a cabeça para olhá-la melhor.

— Parece que você está desistindo — disse ele.

— De você? De nós? Ah, por favor, Eric, sou a única que nunca irá desistir.

— Então, podemos fazer dar certo. Sei que não será fácil ou como o planejado. Mas podemos nos acertar.

— Foi você quem me abandonou — disse ela. — Foi *você*, lembra-se? E agora eu devo ficar emocionada com a sua volta?

— Você não me quer?

Ela riu alto, um riso exasperado.

— Eu nunca quis que você fosse *embora*, Eric, mas você foi. Então, agora, quando fala que pode dar certo, me desculpe se fico um pouco hesitante.

— Eu amo você, Claire.

— Eu sei — falou ela. — O problema é que você vai ter que tomar consciência de como é gostar um pouquinho do Eric também. Ou, pelo menos, ficar em paz com ele. Até que esses dois Erics possam colocar as coisas para fora, infelizmente terei de ficar perdida no meio deles.

Ela adormeceu logo, com a cabeça no peito dele e a mão abraçada ao lado de seu corpo, enquanto Eric a observava cheio de esperança e de possibilidades há muito ausentes. Eles se acertariam. Ficaria tudo bem.

Embora ela ainda não soubesse, foi a água que o salvou. Foi a água que a trouxe de volta, que a colocou junto dele naquele momento. Sem a água, ele estaria sozinho. Por causa dela, ali estava sua mulher. Ela revivera seu casamento e iria ressuscitar sua carreira.

Aquele pensamento fez sua mente voltar para Campbell, Lucas, Shadrach e para a história que podia alavancar seu sucesso. Estava incomodado por perceber que a água que trouxera do spa não produzira qualquer visão ou fizera cessar a síndrome de abstinência, e que tivera que usar muito da última garrafa de Anne para conseguir um resultado tão pequeno. Ele precisava da garrafa original. A garrafa de Bradford. Havia algo de diferente nela e, embora a Água Plutão normal tivesse dado certo durante algum tempo, já não fazia mais o mesmo efeito agora.

É aquela fonte, pensou, *a fonte que o tio do rapaz usava para fazer a bebida ilegal. Havia algo de diferente nela, e se eu pudesse encontrá-la...*

Se a encontrasse, as possibilidades se tornariam quase inesgotáveis. Se pudesse encontrar a fonte, o mundo caberia na palma de sua mão.

Mas não podia achá-la naquela noite, e sua dor de cabeça começava a aumentar, suas mãos tremiam e ele tinha que dar um jeito de manter as coisas sob controle, se fosse possível. Virou Claire de lado, com todo o cuidado, saiu de debaixo dela e foi procurar a garrafa plástica que enchera com a água do spa. Bebera apenas um pouco, antes de cair no sono da primeira vez, mas não tinha sido suficiente. Teria que se acostumar com aquela, era isso. Um pouco mais, aos pouquinhos, até descobrir a dose que funcionava. Enquanto as horas escuras se transformavam em claras, bebeu um gole da água e contemplou sua linda mulher.

O planejamento demorou mais do que devia, e Josiah desperdiçou mais tempo do que gostaria. Mas não conhecia muito do inimigo, tinha informações limitadas de como lidar com ele, e isso o atrasou.

Desligou o telefone depois de dar instruções para que Danny continuasse de vigia no hotel, e retornou ao caminho da floresta em volta do velho acampamento dos lenhadores, procurando clarear as ideias.

O próprio Lucas confirmou que sua mulher contratara Shaw. Agora, uma mulher de Illinois chegara no meio da noite e Lucas optara por não mandar a polícia atrás de Shaw. Por que não? Havia muitas hipóteses possíveis para essa charada, e uma delas acabava de chegar ao hotel West

Baden Springs, a Carlsbad da América do Norte, a Oitava Maravilha do Mundo Maldito.

Mas como ir adiante com essa teoria? A resposta mais simples era que Josiah precisava controlar a situação, o que significava controlar tanto Shaw quanto a esposa de Lucas. Voltou à pasta do detetive assassinado e folheou seus papéis até chegar a um nome. Alyssa. Alyssa Bradford. Nome bonito. Devia ser uma jovem bonita também. Segundo as fichas do detetive ela tinha 36 anos e Lucas, 59. Uma esposa para exibir aos amigos.

O próximo passo era controlar Shaw e Alyssa Bradford. Mas isso não era possível enquanto os dois permanecessem dentro do hotel. Teria que atraí-los para fora, para um lugar mais adequado às suas necessidades, o que seria difícil. A única pessoa que conhecia que tinha alguma relação com eles era o rapaz negro.

Espere um segundo. Espere só um momento, Josiah. Use a cabeça que tem sobre o pescoço.

Ligou outra vez para Danny.

— Alguma novidade?

— Não. Ninguém saiu. Anotei o número da placa do...

— Ótimo — interrompeu Josiah. — Diga-me uma coisa, Danny, você disse que, quando seguiu Shaw hoje de manhã, ele foi à casa de Anne McKinney, certo?

— Certo. Quando chegou lá saiu de dentro do carro, deixou o motor ligado e a porta aberta, e...

Josiah não prestava mais atenção ao que Danny falava, pensava apenas na casa daquela senhora, naquele lugar na montanha totalmente isolado do perímetro urbano, sem nenhum vizinho em volta.

— Muito bem — disse. —Só queria saber. Fique acordado e observando, ouviu? Depois entro em contato.

Desligou no meio de uma pergunta de Danny, sentindo uma dormência nos membros e com peças do quebra-cabeça se encaixando, fornecendo-lhe uma ideia do todo. Tinha pela frente o passo crucial, e era hora de agir. Logo iria amanhecer e quanto menos luz ele visse, melhor.

Seria uma longa caminhada, e Josiah estava tentado a não fazê-la, mas acabou desistindo da ideia. Não queria correr o risco de ir com sua caminhonete pela estrada, nem que fosse por um trecho pequeno. Encheu os bolsos com cartuchos e pegou a espingarda. Já estava de saída quando parou e voltou ao galpão, abriu a porta da caminhonete e jogou no assento do motorista o maço de dinheiro que havia roubado do detetive. Diria a Danny para que viesse pegá-lo depois. Ele merecia aquela grana, sem dúvida. Josiah não sentia nenhuma perda por lhe dar o dinheiro. Engraçado, mas quanto mais entendia o conceito de dívida, menos se preocupava com o dinheiro. Mas que sentido teria esse pensamento?

Começara a chover outra vez quando ele saiu do acampamento dos madeireiros e entrou pela floresta. A chuva caía gentilmente, embora com pingos grossos, e uma umidade incomum invadia o ar das horas que antecediam o nascer do sol. Caminhou até a rodovia e continuou pela beirada entre as árvores, sempre afastado uns 12 metros da estrada. Ao todo, teria pela frente uns 10 quilômetros de caminhada até a casa de Anne McKinney, o que lhe tomaria umas duas horas através da mata. Seria ótimo se chegasse à casa dela antes do dia clarear.

O que Josiah queria daquilo tudo era apenas ter de volta o que lhe pertencia por direito. Tinha um valor monetário envolvido, e ele pensava em qual seria esse valor, mas tudo começava com algumas respostas. Ele estava certo de que deviam algumas respostas a ele, e tinha a sensação — não, a certeza — de que não eram o tipo de respostas que surgiam através de uma conversa. Eram o tipo de respostas que surgiam quando se enfia o cano de uma arma na cabeça de alguém.

Passou a língua por dentro da boca e cuspiu, o gosto de tabaco aumentando. Nenhum carro passou pela estrada vazia e escura, e, embora a espingarda fosse desajeitada de se carregar, ele estava indo bem entre os arbustos, sem pressa, enquanto o suor escorria de seu rosto. Passara anos com a maior bronca por morar naquele lugar, prometendo a si mesmo que um dia iria embora para nunca mais voltar. Mas agora, ali na floresta, sem ninguém por perto, sem prédios ou casas ou hotéis, podia apreciar tudo o que ele oferecia. Era uma terra linda, rica e cheia de dádivas estranhas. Era o vale onde nascera, o vale de seus ancestrais. Não seria terrível se terminasse também sendo o vale de sua morte. Não, não seria nada ruim, afinal.

O local parecia viver um renascimento, parecia estar à beira de uma grande volta aos velhos tempos. Havia aqueles que duvidavam de que isso fosse realmente acontecer, mas as bases foram lançadas e os hotéis resplandeciam com o cassino. O que ninguém se lembrava era dos Bradford, ninguém se recordava que Campbell fora o homem que fizera o lugar funcionar durante anos. Para o inferno com Taggart, Ballard e Sinclair. Alguns homens tinham visões, outros tinham iniciativa.

— Eles se esqueceram de você, Campbell — sussurrou Josiah ao se abaixar sob um galho e se levantar às sacudidelas para espantar a água da chuva. — Você amou este vale mais do que qualquer um deles. E continua a amá-lo.

Talvez ele devesse estar se sentindo estranho ao falar com seu ancestral morto, mas não. Sentia-se próximo dele, sentia *o sangue* dele em suas veias, como nunca sentira antes. Ele e Campbell vinham do mesmo local, eram versões diferentes da mesma hereditariedade. Aquilo era algo forte.

— Farei com que se lembrem de você. Nem que tenha que incendiar a cidade para isso, mas farei com que se lembrem de você, e vou pegar aquilo que nos pertence.

Esta última afirmação — de queimar a cidade a fim de ver Campbell receber o que lhe era devido — permaneceu em sua mente. Imaginou aqueles malditos hotéis se consumindo do mesmo modo que aconteceu com a van do detetive particular, numa explosão alaranjada e branca, e sorriu. Seria bonito pra cacete. Ver a cúpula brilhante do hotel West Baden explodir dentro de uma nuvem de chamas? Sim, seria a visão mais linda que já imaginara. Entretanto, não seria tão fácil quanto foi a explosão da van. Precisaria muito mais do que um canivete e um isqueiro, e mais tempo e explosivos de alto poder e...

Parou. O vento diminuiu por um instante, mas voltou em rajadas irritantes que mandavam a chuva diretamente para seu rosto. Batia com força contra sua pele, como pedra, e ele não fazia outra coisa senão piscar. Apenas permaneceu ali, encarando a escuridão.

Explosivos de alto poder.

Acabara de se distanciar alguns quilômetros do acampamento dos madeireiros, onde tinha deixado um caixote cheio de explosivos, aquelas linguiças estranhas de dinamite. Eram velhas, talvez nem tivessem mais tanto poder de explosão. É claro que não valeria a pena voltar lá.

Mesmo que pegasse aquela merda, o que iria fazer com ela? A espingarda era tudo o que precisava. Mas ainda assim...

Ela estava esperando por ele. Uma caixa de dinamite, dentro de um galpão que ficara abandonado por anos. Parecia quase fazer parte do plano, parecia até que lhe fora... prometido.

Josiah, tudo o que tem de fazer é escutar. Basta escutar o que vou lhe dizer.

Sim, aquilo era uma promessa. *Perfeita como o mecanismo de um relógio*, exatamente o que Campbell falava de si próprio. E daí se ele estava morto? Era o amigo mais poderoso que Josiah tinha, contando até mesmo com os que estavam vivos.

Enxugou a chuva do rosto, virou a cabeça, cuspiu e olhou o alto da montanha que acabara de descer com cuidado e sem pressa. Não tinha como carregar aquele caixote de explosivos até a casa de Anne McKinney. Nem que tivesse o dia inteiro — o que ele não tinha. Teria que pegar a caminhonete, o que era um risco enorme.

— Talvez aquela merda nem esteja mais em condições de uso — disse. — Duvido que esteja.

Mas, ainda assim, estava lá. Como se estivesse à sua espera. E tudo o que tinha a fazer era ouvir...

Estava de novo a meio caminho da subida quando a chuva recomeçou. Dessa vez, mais forte.

47

NÃO TEVE MAIS NENHUMA VISÃO.

Eric ainda não conseguia acreditar que, depois de uma hora — e meia garrafa — nada acontecera, então, tomou o resto da água, esperou mais trinta minutos e começou a segunda garrafa.

Nada.

A dor de cabeça talvez tivesse diminuído. *Talvez.* Não piorara, mas também não desaparecera, e suas mãos tremiam a menos que ficassem entrelaçadas. Sua pálpebra esquerda também começara a tremer, o que tornou difícil fixar o olhar em Claire enquanto aquela maldita sensação o incomodava sem parar, distorcendo as coisas para as quais olhava. Aquilo não era bom.

Voltou para a cama quando o dia começou a clarear, deitou-se bem junto do corpo arqueado de Claire e o abraçou bem apertado, para que pudesse sentir o cheiro do seu cabelo. A presença dela era reconfortante, mas, ainda assim, o impacto da falta da água era muito incômodo. Dentro de algumas horas, poderia ir até a casa de Anne pedir um pouco mais de sua reserva. Talvez isso ajudasse. Mas ele não tinha mais certeza se funcionaria, pois *sabia* que não seria suficiente. Não depois de tudo que passara naquela noite.

Então o problema estava na fonte. Na própria origem. Precisava encontrá-la.

Não dormiu. Mais ou menos uma hora depois de Eric ter deitado, Claire acordou, soltou um bocejo, se espreguiçou e se virou para encará-lo. Ele se inclinou e lhe deu um beijo. Ao fazê-lo, os olhos dela se abriram e ele percebeu em seu olhar um traço de aborrecimento. *O que estou fazendo na cama com você?* os olhos dela pareciam dizer. *Você me deixou. Por que estou aqui com você outra vez?*

Entretanto, as coisas seriam assim. Teriam de ser assim. Não poderia haver uma volta tranquila, muita coisa acontecera. Teriam de passar por momentos difíceis e dolorosos. Mas ele poderia minimizá-los. Poderia, pelo menos, tentar.

— Bom dia — disse ela. Eric teve a impressão de que Claire pensava a mesma coisa que ele.

— Bom dia.

Ela se sentou, puxou o lençol para se cobrir, passou a mão pelos cabelos e os deixou cair de volta sobre o rosto, o olhar perdido em pensamentos.

— Este olhar significa *O que foi que eu fiz?* ou *O que vamos fazer agora?* — perguntou Eric.

— Nem uma coisa nem outra — disse ela. — Ambas.

Mas ela sorria, e aquilo era suficiente. Ele a beijou novamente e agora ela retribuiu sem o olhar fulminante de antes.

— O que vamos fazer agora — disse ela — é a parte mais fácil. Pelo menos hoje.

— É mesmo?

— Vamos voltar para casa.

Ele desviou o olhar.

— Eric?

— Você disse que iríamos conversar sobre isso de manhã — disse ele, segurando-se firme no colchão para que ela não percebesse que tremia sem parar.

— Eu também disse que *não iria* ficar aqui.

— Há algo que eu preciso fazer — disse ele. — Uma coisa que preciso resolver primeiro. Uma vez resolvida, irei embora com você. Prometo. Mas antes há algumas coisas que preciso saber. Por exemplo, documentar quem era o tio do rapaz. Isso será uma ajuda do ponto de vista legal, Claire, talvez seja muito importante.

Ela não respondeu. E ele sentiu que o desespero se aproximava.

— Preciso que você compreenda, Claire, que no que estou envolvido, o que está acontecendo comigo, é algo muito poderoso. É muito *forte*. Por isso tenho lutado tanto para lidar com ele, para entendê-lo.

— Sei disso.

— Doze horas, então. Dê-me apenas isso. Dê-me um dia.

— O que poderá ser concluído num dia?

— Posso tentar conseguir as respostas que preciso — disse ele. — Se não conseguir nada até o fim do dia, iremos embora para casa, e continuarei a tentar de lá mesmo.

Posso encontrar a fonte em 12 horas. É melhor que eu a encontre. É melhor mesmo *que eu a encontre.*

— Minha escolha — disse ela, devagar — seria pegar o carro e dirigir para o norte. Sem parar, nem para tomar café ou banho. Essa é a minha escolha.

Ele esperou.

— Mas, se você precisa de um dia, tire um dia — disse ela. — Sairemos à noite, então?

— Está bem. Sairemos à noite.

Ela o encarou durante bastante tempo antes de concordar.

— Muito bem. Nesse caso, acho que vou tomar um banho.

Saiu nua da cama e entrou no banheiro, linda e elegante na penumbra, sempre à vontade com o próprio corpo. Ele a acompanhou com o olhar e pensou, *minha mulher*, saboreando o gosto das palavras.

Assim que ela fechou a porta do banheiro, o telefone tocou.

Ele rolou para o outro lado da cama, pegou o fone e disse:

— Alô?

— Eric. Como estão as coisas aí, meu filho?

— Olá, Paul — disse Eric numa voz sem qualquer entusiasmo. A porta do banheiro se abriu e Claire apareceu.

— Soube que você se meteu em uma encrenca por aí.

Em uma encrenca, sim. Igualzinho como fiz na Califórnia, igualzinho como você tem certeza de que farei outra vez, e você quer bancar o papel de protetor de sua filha para provar que sempre fui um tremendo erro, seu passivo-agressivo safado. Era o que Eric queria gritar, mas Claire estava ali, de pé, na porta do banheiro, e o observava como quem fazia uma avaliação. Ele apenas disse:

— É, a semana não foi das melhores.

— Foi o que imaginei. Claire está aí com você?

— Sim. — *E vai continuar comigo, Paul, e vou continuar com ela, e estou cagando para sua influência.*

— Muito bem. Ouça. Estou tentando ajudar. Estive procurando a pessoa que contratou o tal de Murray, o homem que foi morto.

— Sim.

— A firma de investigações está protegida pelo sigilo entre advogado e cliente, mas, quando liguei para eles, disse que estava representando você...

— Você fez *o quê*? Não lhe pedi para... — Claire saiu do banheiro com a toalha enrolada no corpo e Eric gaguejou um instante, interrompido por sua aparição. Era a pausa que Paul esperava para continuar.

— Achei imperativo que você soubesse quem contratou esse homem antes de tomar qualquer decisão sobre o que fazer. Assim, argumentei que o cliente deles podia estar protegido por seus advogados, mas que eles tinham que, pelo menos, revelar quem são esses advogados. Se alguém estava oferecendo resistência, esse alguém era a firma. Eles não gostaram disso, mas mencionei que tinha um amigo promotor que adoraria intimá-los a esclarecer a questão e suas possíveis repercussões. Então, eles me deram o nome da firma: Clemens e Cooper.

— Ótimo — disse Eric. — Mas se tudo o que vão fazer é manter o sigilo...

— Bem, acontece que tenho alguns amigos na Clemens e Cooper. Liguei para um deles e disse, sem dar qualquer explicação, que sabia que eles representavam uma pessoa chamada Campbell Bradford e que precisava saber quem era o advogado que cuidava de seus interesses. Ele me ligou esta manhã para me falar que eu estava enganado, eles não representavam Campbell, mas o filho dele.

O filho dele, marido de Alyssa.

— O nome completo é Lucas Granger Bradford — disse Paul. — Esse nome significa algo para você?

Claire estava do lado de Eric agora, segurando seu braço. O toque dela parecia morno, e um arrepio percorreu o corpo dele.

— Sim — disse ele. — Significa, sim.

— Ele é casado com a mulher que o contratou, correto?

— É — disse Eric, mas aquilo não era seu interesse principal. O primeiro e o último nome dele eram muito, muito mais interessantes.

— Certo. Então, liguei para Lucas hoje pela manhã. Ele me disse que você fez uma ligação ontem à noite para ameaçá-lo.

— O quê? Paul, isso é loucura. Jamais falei com esse homem. E Claire estava aqui comigo, esteve aqui o tempo todo...

— Acredito em você, meu filho. É claro que acredito em você. Eu disse a Lucas que havia algumas questões que ele precisava responder. Expliquei as acusações criminais que poderiam ser colocadas contra ele, caso ocultasse algo que colocasse você ou minha filha em perigo, ou se tivesse mandado a polícia pressioná-lo indevidamente. Ele resistiu. Eu insisti.

Eric quase riu, apesar de tudo. Já era tempo da personalidade abrasiva de Paul trabalhar ao seu favor, ao invés de contra ele.

— E ele lhe falou alguma coisa?

— Não muito. Mas ele disse que contratara um detetive por causa de uma carta escrita por seu pai, agora falecido. A tal carta fazia algumas reivindicações incomuns, e ele queria confirmá-las antes de ingressar na justiça. Evidentemente, o velho queria que a tal carta fosse anexada ao testamento, como parte de seus bens.

— E o que ela dizia?

— Ele não me revelou. Disse apenas que tinha certeza de que a carta era um delírio próprio da senilidade e que, para provar isso, contratara os serviços do detetive. Revelou-me que não informara essa situação à sua mulher e que não sabia que ela tinha contratado seus serviços. Quando descobriu isso, pediu ao detetive que o procurasse para cancelar seu trabalho.

— Há muito mais poeira debaixo desse tapete — disse Eric. — O tal detetive não tentou cancelar os meus serviços, tentou me *comprar*. Essa história não é assim tão inocente, Paul.

— Tenho certeza de que não é. Entretanto, foi o que pude apurar até o momento. Estou tentando ajudar.

— E ajudou — disse Eric. — Paul, você me ajudou demais.

Lucas Granger Bradford.

Sim, aquilo ajudaria muito. Paul continuava a falar, mas Eric já não prestava mais atenção. A conversa era sobre a necessidade de ter um bom advogado e pessoas que ele recomendava, mas Eric cortou-o.

— Olhe, Claire está realmente querendo falar com você. Vou passar o telefone para ela. Mas Paul... gostei muito do que fez, certo? Quero que saiba que gostei muito do que fez.

— Claro — disse Paul, e havia um tom de surpresa genuína em sua voz, como se não tivesse entendido por que ele agradecera, como se tivesse se esquecido do conflito que existia há anos entre os dois. Paul e Claire eram bons nesse tipo de reação.

Eric passou o telefone para sua mulher, levantou-se, entrou no banheiro e fechou a porta para abafar o som da voz dela. A dor de cabeça o rondava novamente, e a náusea era tamanha que lhe tirava todo o apetite. Mas agora essas coisas não importavam mais. Ele recebera um presente, uma confirmação. Ligou para Kellen pelo celular.

— Eu estava certo — disse. — Nós estávamos certos. O velho em Chicago que chamava a si mesmo de Campbell Bradford era, na verdade, Lucas. E era sobrinho do falsificador de bebidas, Thomas Granger.

— Como foi que soube isso?

— Meu sogro acabou de me ligar. Descobriu que a firma do detetive particular foi contratada pelo marido da minha cliente e descobriu seu nome: Lucas Granger Bradford. Ele deu ao filho o próprio nome, e o nome do meio era o sobrenome de seu tio. Você acha que podemos encontrar o lugar onde ele morou?

— Com certeza vamos tentar — disse Kellen.

48

ANNE MCKINNEY ACORDAVA CEDO, como era seu costume nos últimos anos. Seu corpo já não tolerava ficar esticado na cama por muito tempo. Durante três estações do ano isso não era problema algum, mas nas manhãs de inverno, quando ainda estava escuro e ela já estava de pé, era uma sobrecarga para seu coração.

Ficou deitada mais tempo do que de costume. Deixou o relógio passar das sete e ir até as oito. Então, suspirou, saiu da cama e foi ao banheiro. Tomou um banho e se vestiu. Depois, rumou para a sala, ainda envolta pela obscuridade cinzenta. Não eram as sombras da madrugada que tornavam o cômodo escuro, mas sim a luz do céu cheio de nuvens. Já passara muito da aurora, mas a casa ainda estava pintada de trevas e silhuetas. O tempo continuava ruim.

Não estava chovendo naquele momento, mas é claro que chovera bastante durante a noite, pois seu quintal estava cheio de poças e os galhos das árvores estavam inclinados sob o peso da água. O vento também não diminuíra do modo esperado após a passagem da frente fria, mas continuava a soprar e a balançar os sinos de vento enquanto ela se dirigia à varanda. Sentiu sua força assim que abriu a porta da frente, um vento excepcionalmente morno e úmido para a madrugada. De onde ele estava vindo? Ela achou que soprava a menos de 30 quilômetros por hora.

Estava errada. Segundo os anemômetros, estava a 35, isso depois da tempestade ter feito seu trabalho. O barômetro ainda estava caindo, mas a temperatura subira durante a noite. Isso e a terra molhada dariam muito trabalho àquela nova frente. Hoje haveria muitas tempestades, e algumas delas poderiam ser violentas.

No fim da varanda, um brilho de luz chamou sua atenção. Ela foi até lá arrastando os pés e se debruçou no corrimão para olhar o quintal dos fundos. Na descida da fileira de árvores perto da floresta, dispostas harmoniosamente na parte de trás de sua casa, uma velha caminhonete estava estacionada. Agora, quem era o dono dela? Viera durante a noite, com certeza, mas não tinha ninguém atrás do volante.

— Anote a placa e chame a polícia — falou baixinho, mas a distância entre ela e a caminhonete do outro lado do quintal enlameado era grande. Subitamente, não teve vontade de ficar exposta do lado de fora e achou melhor entrar, trancar as portas e ficar com o telefone à mão.

Sua audição já não era a mesma, e o quintal estava barulhento com a ventania e os sinos de vento, mas o homem deve ter se movimentado tão silenciosamente quanto um veado, pois ela não percebeu sua presença até se virar para a porta. Ele estava de pé em frente a ela com uma espingarda pendente do braço. Seu rosto era familiar, mas ela não sabia de onde. Como qualquer pessoa faria, ela deu um pequeno passo atrás. Ele respondeu com um sorriso frio e, então, ela o reconheceu.

Josiah Bradford.

Um vagabundo local, ninguém que a tenha incomodado no passado, mas que agora mudara da água para o vinho. Era o último descendente de Campbell, e algo muito estranho vinha acontecendo com ele.

— Josiah — disse, tentando colocar um toque severo em seu tom de voz, mesmo que estivesse ali parada com a mão no coração —, o que você pensa que está fazendo?

— A senhora tem fama de ser hospitaleira como ninguém — falou ele, e sua voz fez com que a idosa se arrepiasse, pois não combinava com aquele homem e nem mesmo com aquela época. — Sempre pronta a oferecer abrigo e ajuda. E preciso de ambos.

— Jamais abri minha porta para um homem armado. E não vou começar agora. Portanto, vá embora. Por favor, siga seu caminho.

Ele sacudiu a cabeça devagar. Em seguida, mudou a arma de um braço para o outro. Ao fazê-lo, o cano passou por cima dela.

— Sra. McKinney — disse. — Anne. Vou precisar que abra esta porta.

Ela não falou uma palavra. Ele avançou, girou a maçaneta e abriu a porta.

— Olha só, estava destrancada. — E ele recuou um passo. O sorriso forçado já não estava mais em seu rosto quando apontou a arma para ela. — Depois de você, madame. Depois de você.

Não havia nenhum vizinho à vista e a voz de Anne teria se perdido no vento. Seu carro estava debaixo do telheiro, do outro lado da varanda, e a estrada continuava dali em diante, e ninguém morava por perto, para qualquer um dos lados que olhasse. E já fazia muito tempo que Anne McKinney não podia mais correr. Aqueles tênis que detestava podiam ajudá-la a subir as escadas, mas não a levariam longe na estrada. Olhou outra vez para a arma, passou por Josiah Bradford e entrou na casa vazia.

Ele veio por trás dela, fechou e trancou a porta. Ela saiu de perto dele e foi para a sala, mas ele falou:

— Pode parar por aí mesmo. — E ela obedeceu. Josiah foi até a cozinha, tirou o telefone do gancho, levou-o ao ouvido e sorriu.

— Parece que a senhora vem tendo problemas com os serviços públicos. Vai precisar chamar o pessoal da manutenção para consertá-lo.

Ela falou:

— O que você quer? Por que está aqui na minha casa?

Ele saiu da cozinha com a cara amarrada, e se sentou na cadeira de balanço de Anne. Apontou para o sofá e ela se acomodou nele. O telefone estava do lado dela, à mão, mas agora não serviria para nada.

— Não era meu desejo vir parar aqui — disse ele. — Foi apenas o acaso. As circunstâncias, Sra. McKinney. As circunstâncias conspiraram e me trouxeram à sua casa, e agora preciso tomar certas medidas para assumir o controle sobre elas. Entende o que digo?

Ela mal conseguia compreendê-lo, por causa da maneira como falava, de seu timbre alterado, como se aquela voz pertencesse a outra pessoa.

— Ontem — disse ele —, um homem veio visitá-la à tarde. Veio no meio da tempestade. Vou precisar que me diga o que ele falou. O que ele lhe disse.

Ela revelou a ele. Não parecia prudente não fazê-lo com Josiah ali, com uma arma na mão. Começou contando a primeira visita, explicou o que Eric falara sobre o filme que viera fazer. Ele cortou sua fala com um aceno de mão.

— Como foi que ele ficou sabendo sobre minha família? Quais foram as mentiras que ele contou?

— Uma mulher em Chicago o contratou. E deu a ele uma garrafa de Água Plutão. Foi por isso que ele veio me ver.

— Para perguntar sobre a garrafa?

Ela assentiu.

— E por que voltou aqui ontem?

— Veio atrás de mais um pouco da água. Há anos guardo algumas garrafas da Água Plutão. Ele precisava de uma.

— Para quê?

— Para beber.

— Para *beber*? — repetiu ele. E a arma desceu para a sua mão quando se inclinou para frente.

— Exatamente.

— A senhora o deixou beber aquela merda velha?

— Ele disse que precisava, e eu acreditei. Ela lhe provocou... reações estranhas.

— Do que diabos a senhora está falando?

Ela gostou de vê-lo confuso. Isso diminuiu um pouco seu medo.

— A água acaba com as dores de cabeça dele, mas lhe faz ter visões.

— Visões? A senhora está gagá, sua puta velha? — Agora, sua voz estava mais próxima do normal, com a agressividade própria de um homem jovem, diferente da que mostrou no início.

— Ele vê seu bisavô — disse ela. — Ele vê Campbell.

A testa dele se encheu de rugas sobre seus olhos estranhos, olhos brilhantes como óleo.

— Aquele homem lhe falou que está tendo visões de *Campbell*.

— Sim.

— Ou a senhora está fora do juízo, ou o golpe que este filho da puta está aprontando começa a ficar mais interessante do que eu imaginava. Mas isso não pode ser esclarecido sem a presença dele, não é?

Anne não respondeu.

— Vamos promover um encontro — disse Josiah. — Fazer uma reunião, um *powwow*, como nossos irmãos peles-vermelhas costumam dizer. Não acredito que a senhora vá se importar de que o façamos aqui, não é?

Ele olhou o relógio de parede.

— É muito cedo para que você o chame, por isso vamos ter que fazer companhia um para o outro por algum tempo.

Ela continuou em silêncio, e ele falou:

— Não há motivo para ser antipática, Sra. McKinney. Eu sou daqui, afinal de contas. Este vale sempre foi a minha terra, a vida toda. Pense em mim como um vizinho que veio visitá-la, e tudo ficará bem.

— Se você é um vizinho que veio me visitar — disse ela —, então, me faça um favor.

— Imagino que a senhora irá me pedir alguma coisa absurda.

— Só quero que abra as cortinas. Gosto de observar o céu.

Ele hesitou, mas levantou-se e abriu as cortinas. Do lado de fora, as árvores continuavam a balançar, embaladas pelo vento, e, embora já tivesse passado muito da hora do amanhecer, o céu estava como um tapete de nuvens cinzentas. O dia nascera escuro.

49

CLAIRE QUERIA IR COM ele. Argumentou que Eric não deveria ir sozinho, e, quando ele respondeu que não estaria sozinho, ela disse que Kellen era um estranho e, na opinião dela, estar na companhia de um estranho era como estar sozinho.

— Olhe — disse ele —, no hotel você ficará a salvo e segura, se eu precisar de você.

— Sim, estarei aqui quando precisar de mim em *outro lugar.* Onde quer que isso seja.

— Estamos apenas indo procurar uma fonte de água mineral. Só isso. Talvez demoremos umas duas horas. Ela pode me revelar algumas coisas. Estar lá pode ser uma descoberta importante para mim.

— E se não for?

— Se não for, voltaremos para casa — disse ele, embora essa ideia o deixasse desconfortável, pois agora este lugar o envolvia como um abraço e o fazia sentir como se fosse parte dali.

Ela o olhou bem e repetiu:

— Vamos voltar para casa.

— Sim. Agora, por favor, Claire, me deixe ir para fazer isso.

— Muito bem — disse ela. — Já estou acostumada a ver você ir embora.

Ele não respondeu nada, e ela falou com uma voz suave:

— Desculpe.

— Você está sendo sincera.

Ela passou as mãos no rosto e nos cabelos, voltou a olhar para ele e disse:

— Então, vá. E não demore, para que possamos voltar logo para casa.

Ele a beijou. Ela estava tensa, e lhe devolveu o beijo com um ato formal. Tensa pelo esforço de esconder os sentimentos que guardava tão bem — raiva, traição. Era o que ela sentia agora. Ele sabia disso, e mesmo assim se dirigia para a porta. O que aquele ato fazia dele?

— Não vou demorar — disse ele. — Voltarei mais depressa do que pensa, prometo.

Claire assentiu, e depois de um silêncio desconcertante, ele abriu a porta, e disse:

— Até logo. — Ela não respondeu, e Eric fechou a porta atrás de si e avançou pelo corredor, para sumir logo de sua vista.

Kellen o esperava no estacionamento, com o motor do Porsche ligado. Os vidros estavam abertos e seus olhos protegidos por óculos escuros, embora a manhã estivesse negra, com o céu coberto de nuvens pesadas.

— Algo me diz que esta aí não é a água mineral do rótulo — disse ele ao reparar na garrafa que Eric trazia nas mãos. Estava agora apenas pela metade, talvez um pouco menos. A dor de cabeça continuava, uma dor que parecia com uma risada suave e malévola.

— Não — falou Eric ao colocar a garrafa no porta-copo do carro. — Não é a água original que está nesta garrafa.

Kellen assentiu e engrenou o carro.

— Um aviso, meu amigo, talvez essa busca não nos leve ao arremate final da trama em que nos envolvemos.

— Pensei que você sabia onde ficava o lugar.

— Eu sei onde fica o *golfo*. Só isso. Há muitos campos e florestas em torno dele, e como eu saberia o local exato da fonte?

— Pelo menos, nós vamos tentar — falou Eric. — Acha que a chuva vai dificultar nosso caminho? — perguntou ele, ao reparar na escuridão do céu.

— Irei o mais rápido que puder — disse Kellen.

Já estavam quase na autoestrada quando Eric falou:

— Posso lhe perguntar uma coisa?

— Vá em frente.

— Por que você entrou nessa?

— Como assim?

— Se eu fosse você, é bem provável que tivesse voltado para Bloomington e parado de responder aos telefonemas de um branco maluco. Por que não fez isso?

Depois de um breve silêncio, Kellen disse:

— Lembra das histórias que meu bisavô me contou sobre esse lugar? Todas aquelas teorias malucas? Bem, Everett Cage gostava de um bom papo, eu admito. Gostava de seduzir a plateia. Mas, sabe, ele não era mentiroso. Era um homem honesto, e tenho certeza de uma coisa: ele acreditava em tudo que falava. Sempre imaginei como é que ele podia acreditar nas coisas que me contava.

Fez-se outro silêncio e, então, ele disse:

— Estou começando a entender.

Josiah se viu observando as nuvens. No princípio, só foi olhar pela janela para ter certeza de que a velha senhora não estava armando nada, de que não havia um jeito dela fazer algum sinal para alguém e pedir ajuda uma vez que as cortinas estivessem abertas. Mas a janela mostrava apenas um campo e a vista do céu no lado oeste. As nuvens estavam concentradas, instáveis com um rodamoinho cujas camadas iam do topo para baixo e de volta para o topo. O céu sobre o quintal estava cinzento e pálido, mas, para o lado oeste, parecia um hematoma, e o vento soprava forte na casa e assobiava quando vinha em rajadas ocasionais. Alguma coisa naquele céu turbulento o agradava. Ele deu um sorriso, cuspiu tabaco na janela e olhou para a mancha marrom que deslizava pelo vidro. O mais engraçado é que ele não se lembrava de jamais ter colocado na boca um pedaço de fumo de mascar. Nunca tivera esse hábito, pois quando tinha 14 anos vomitara ao fazer sua primeira tentativa e jamais quis saber daquilo de novo. Mas ali estava a mancha descendo pelo vidro.

Aguardou até quase as 9 horas para se ajoelhar ao lado de Anne McKinney e lhe passar o celular. Àquela hora, Shaw e a mulher já teriam acordado, e ainda era cedo demais para terem ido embora. Danny estava lá de guarda para o caso de deixarem o hotel, mas o telefone não tocou.

— Chegou a hora da senhora tomar parte nisso — disse ele. — É um papel menor, Sra. McKinney, mas nem por isso menos importante. Em outras palavras, é um papel no qual não posso permitir que a senhora... quais são as palavras que me faltam? *Foder com tudo*. Não posso permitir que a senhora foda com tudo.

Ela levantou os olhos e não fez outra coisa senão piscar. Estava com medo dele — *tinha* de estar —, mas não queria demonstrar, e havia uma parte de Josiah que admirava isso. No entanto, essa parte não era grande como a parte que não iria *tolerar* essa coragem por muito tempo.

— Se você está pensando em fazer mal às pessoas — disse ela —, não conte comigo.

— A senhora não tem a menor ideia do que estou *pensando* em fazer. Lembre-se disso. Mas, ouça-me: se não fizer esta chamada, muita gente irá se machucar. E aqui por perto só consigo ver uma pessoa por onde começar.

— Você está ameaçando uma mulher de idade. Que tipo de homem você...

— A senhora não tem a mínima ideia do tipo de homem que sou. Mas vou lhe dar uma dica: imagine a alma mais negra que jamais tenha visto. E então, velha, acrescente mais um pouco de preto.

Ele avançou para cima dela, com o celular nas mãos e os olhos fixos nos seus.

— Agora, tudo o que você precisa fazer é ligar e dizer um punhado de palavras da maneira certa. Se isso acontecer, tenho a impressão de que sairei por aquela porta e a senhora poderá continuar sentada aí, apreciando seu maldito céu, como gosta. Mas se não...

Ele fechou a boca e sacudiu a cabeça.

— Sou um homem ambicioso. Não paciente.

Ela tentou manter o olhar firme, mas sua boca tremia um pouco, e, quando ele pressionou o telefone contra sua mão enrugada, sentiu o medo percorrendo todo o seu corpo.

— Ligue para o hotel — disse ele. — A senhora disse que ele queria a água, não? Bem, diga a ele que pode vir pegá-la. A senhora lhe dará toda a água que tem, mas ele precisa vir logo, pois você irá se ausentar da cidade por alguns dias.

— Ele não vai acreditar nisso.

— Bem, é melhor *fazer* com que acredite. Porque, se não acreditar, teremos que arranjar uma tática completamente nova. E, do jeito que estou me sentindo, não acho que gostaria de ver o que acontece quando sou obrigado a usar minha criatividade.

Passou a espingarda para o lado e encostou-a na beirada do sofá, de modo que a boca do cano ficou virada para o rosto dela.

— Anne, puta velha — disse —, isso não tem nada a ver com você. Mas não queira mudar a maneira com que me sinto quando no front de batalha.

— Está bem — falou ela. — Vou ligar. Mas, qualquer que seja o resultado que imaginou, asseguro-lhe que não será como planejou. As coisas nunca são assim.

— Não se preocupe comigo. Sou um homem capaz de me adaptar às circunstâncias.

Ela digitou o número do hotel no celular, mas ele o tirou da mão dela e o colocou no ouvido para ter certeza de que não fizera a ligação intencionalmente errada. A voz que atendeu falou:

— West Baden Springs — e Josiah, numa voz grossa e com certo charme, disse:

— Gostaria de falar com um hóspede, o Sr. Eric Shaw, por favor.

— Um momento — respondeu a mulher, e Josiah passou o telefone de volta para Anne McKinney. Em seguida, ficou sob um dos joelhos no chão, em frente ao sofá, com a mão apoiada no cabo da arma e um dedo em volta da proteção do gatilho.

— Alô? — disse Anne, com a voz um tanto confusa. Ele moveu a arma, para inspirá-la e ela disse: — Gostaria de falar com o senhor Shaw. — Parou um pouco e continuou: — Ah. — E fez uma pausa, durante a qual Josiah pôde ouvir uma voz feminina do outro lado da linha, e Anne respondeu: — Sim, está bem. Um recado? Eu...

Josiah assentiu com veemência.

— Bem, sim, gostaria de deixar um recado. Meu nome é Anne McKinney. Nós nos encontramos... ah, falou sobre mim? Bem, veja, ele queria algo que tenho. Algumas garrafas de Água Plutão. Eu quero dá-las a ele, mas preciso que venha logo buscá-las, pois terei que me ausentar da cidade.

Ela falava o mais rápido que podia, e Josiah moveu a espingarda para que o cano ficasse a centímetros do queixo dela.

— Isso é tudo. Por favor, diga-lhe que venha ver Anne McKinney. Ele sabe onde moro. Passe esse recado para ele. Obrigada.

Ela colocou o telefone de lado e Josiah pegou-o e desligou, encarando-a com uma expressão amarga. Aquele não era o desempenho que ele queria. Ela estava muito nervosa, muito estranha. Ele quis botar para fora um pouco de sua raiva, mas o medo já estava estampado no rosto enrugado da velha, e ele não estava a fim de gritar. Então, voltou-se para o lado oposto, indo na direção da janela com a espingarda em mãos, observando as nuvens que se aproximavam.

— Ela disse que ele saiu? — falou de costas para ela.

— Sim. E disse que daria o recado.

— Essas notícias não são boas — falou Josiah se referindo a Danny, que valia ainda menos do que ele pensava, pois deixara Shaw sair sem o avisar. Filho de uma puta. Não podia mais contar com ninguém no mundo, a não ser consigo mesmo.

Ligou para o primo. Explodiu em cima dele, antes que ele pudesse falar qualquer coisa, perguntando que diabos ele está fazendo lá, por que Shaw saíra e Danny não vira nada, pois não passava de um merdinha, e...

— Eu estou *seguindo* o Shaw, Josiah! Dá um tempo, eu estou seguindo o cara.

— E por que não me ligou para dizer isso?

— Ele saiu há menos de cinco minutos! Estou na cola dele para ver aonde ele vai.

Josiah apertou a ponte do nariz e respirou fundo.

— Bem, droga, da próxima vez, me ligue no momento em que eles começarem a se mover. Para *onde* eles estão indo?

— Na direção de Paoli. O rapaz negro está dirigindo o Porsche. Foi bom que eu o vi saindo, uma vez que ele não pegou o próprio carro.

— Então, continue a segui-los — disse Josiah, sem vontade de elogiar Danny. — Fique atrás deles, mas não os deixe perceber que você os está seguindo e também não os perca de vista.

— Estou fazendo o melhor que posso, mas o rapaz negro dirige como...

— Fique atrás deles e me ligue quando chegarem a algum lugar.

Não tinham se afastado muitos quilômetros da cidade quando o celular de Eric tocou. Era Claire.

— Alô? — disse ele. — O que aconteceu?

— Aquela velha senhora ligou. Ela quer lhe dar a Água Plutão.

— Está bem. Vou ligar para ela daqui a pouco. Agora, não tenho tempo para...

— Ela disse que irá se ausentar da cidade por alguns dias, e, se você quiser as garrafas, terá de pegá-las logo. Ela parecia chateada.

Ausentar-se da cidade por uns dias? Estranho ela não ter mencionado isso antes.

— Ela disse para onde estava indo?

— Não. Apenas que, se você quisesse a água, deveria ir pegá-la hoje.

Droga. Ele não tinha tempo para um atraso como aquele, mas também não podia recusar uma oferta tão especial. Não agora, quando suas mãos não paravam de tremer, sua cabeça latejava e aquelas garrafas que enchera com a água do hotel não serviam para nada. Talvez a água de Anne também não fosse servir mais, porém era melhor ter a *chance* de haver uma rede da corda bamba.

— Espere um momento — disse. Abaixou o celular e falou com Kellen: — Ei, você acha que no caminho para este lugar vamos passar pela casa de Anne McKinney?

— Estamos indo na direção oposta. Mas podemos voltar.

Ele não queria voltar. Queria ver o lugar onde ficava o velho galpão do Granger, e o céu se tornava cada vez mais ameaçador, anunciando que mais tempestades estavam a caminho. Mas o atraso valeria a pena se pudesse pôr as mãos em mais algumas garrafas...

— Irei encontrá-la — falou Eric para Claire. — Detesto ter que me demorar mais por causa disso, porque quero logo encontrar o tal lugar de que lhe falei e, além disso, parece que vai chover.

— Estou assistindo à TV. A previsão do tempo diz que são esperadas fortes tempestades para todo o dia de hoje.

— Ótimo. Gostaria muito de pegar uma boa chuva na floresta, mas já que ela precisa se ausentar...

— Eu posso ir pegá-las para você — disse Claire.

Ele hesitou.

— Não. Nós concordamos que era mais seguro se você ficasse...

— Eric, ela é uma senhora idosa. Imagino que posso ir até lá sem problema.

— Não acho que seja uma boa ideia.

— Na verdade, queria poder ver uma dessas garrafas.

Ele se lembrou da maneira como ela lhe perguntou sobre a garrafa logo que chegou ao hotel, como se estivesse testando-o ou procurasse por uma prova tangível de suas histórias malucas.

— Está bem — disse ele. — Deixe-me explicar onde fica a casa dela.

50

ANNE ESTAVA SENTADA NO sofá, as mãos cruzadas no colo, vendo Josiah andar na sala de um lado para o outro, entre murmúrios azedos, pensando que ele não estava em seu estado normal. Em certos momentos, parecia estar lúcido, mas, assim que esses segundos passavam, sua cabeça estava longe dali. Era semelhante a como Eric Shaw ficara dias atrás. Parecido, mas diferente, porque, no caso de Eric, era óbvio que sua cabeça estava em outro lugar. Com Josiah, parecia que era a cabeça *dele* que estava sendo visitada. Ele mantinha conversas inteiras entre uma respiração e outra, resmungando sobre um retorno triunfal e um vale que precisava se lembrar de certas coisas, além de outros pedaços que pareciam não fazer sentido algum. Os olhos dele estavam injetados de sangue e circundados por círculos roxos, a própria imagem da exaustão. Ela se perguntou se ele estaria sob o efeito da droga que causava grande estrago naquela área, metanfetamina. Só tomara conhecimento dela através da leitura, e não tinha ideia de quais fossem seus sintomas, mas era claro que alguma coisa invadira o corpo e a mente de Josiah.

Quando não estava sussurrando para si mesmo, estava cuspindo tabaco num misturador de coquetel que pegara na cozinha. Ficava algum tempo falando baixinho enquanto olhava pela janela, depois, afastava os lábios dos dentes e — *ping* — cuspia no misturador. Fez isso inúmeras vezes e, embora ver um homem cuspindo tabaco fosse mais nojento do que fascinante, ela ficou fascinada ao ver aquilo, pois, até onde podia notar, não havia tabaco na boca dele.

Em nenhum momento ele colocara tabaco na boca e, embora o estivesse observando com atenção, não conseguia ver nenhum bolo dentro de sua bochecha ou do lábio inferior. Quando ele falava, com ela ou consigo mesmo, também não parecia estar enrolando sua língua em nada. Ainda assim, seu estoque de cuspe amarronzado parecia não se esgotar e, de onde ela estava, podia sentir o cheiro do tabaco, forte e nauseabundo.

Estranhíssimo. Mas, pelo menos, aquilo o mantinha distraído, sem prestar atenção nela. O que quer que tivesse planejado em relação a Eric Shaw não era boa coisa, embora não soubesse o que podia ser feito para impedi-lo ou mesmo se poderia tentar. Talvez fosse melhor esperar que chegasse. Ou talvez a onda de Josiah passasse e ele dormisse. Se isso acontecesse, ela poderia chegar até o R. L. Drake. Ele se sentira muito esperto por ter cortado os fios dos telefones, mas não sabia que ela tinha um aparelho de radioamador. Tudo o que ela precisava era de uma oportunidade, mas descer aqueles degraus e ir ao porão demoraria algum tempo. Ela podia descer sem fazer barulho, mas não rapidamente.

Pelo menos ela continuava livre para se movimentar. Ele tinha um rolo de fita adesiva e ela achou que iria usá-la para amarrar suas mãos e, que Deus não permitisse, manter sua boca fechada. Já tinha problemas suficientes para sustentar uma respiração calma naquele exato momento, e tremeu só em pensar o que seria dela se resolvesse calar sua boca com a fita. Mas ele não a usou, nem mesmo tentou amarrar suas mãos, como se tivesse constatado que ela era muito velha e franzina para lhe fazer qualquer mal.

Um louco que andava sem parar em sua sala deveria prender a atenção dela, mas, depois de algum tempo, ela se esqueceu um pouco de Josiah Bradford e voltou a olhar pela janela, para as nuvens turbulentas que vinham do oeste.

O dia de hoje seria especial. Não apenas por causa do homem com a espingarda que ocupava sua casa. Não, hoje o dia seria especial mesmo sem isso. A massa de ar que se aproximava era instável, e o solo estava molhado e quente. Isso significava que, na medida em que o dia passava e a temperatura subia, iria causar um fenômeno chamado de aquecimento diferencial. Um termo nada interessante, a menos que você entendesse o significado. O aquecimento diferencial provocava uma *elevação súbita* de temperatura, que permitia que aquela massa de ar ascendesse. E, quando isso começa, as tempestades dão seguimento aos acontecimentos.

Todas as coisas básicas estavam na atmosfera de hoje, mas as nuvens mostravam para Anne que outra variável parecia pronta a se juntar àquilo tudo: as tesouras de vento. Especificamente, as do tipo vertical. Quanto mais fortes eram, mais tempo a frente de tempestade teria acesso à corrente de ar ascendente, o que significava problemas. As margens das nuvens escuras do leste vinham se inclinando e pareciam estar caindo para a frente, de cima para baixo, o que indicava uma forte tesoura de vento. Poucos iriam prestar atenção naquela inclinação, mas ainda menos gente iria notar o movimento secundário — um leve deslocamento das camadas das nuvens no sentido horário. No início, não teve certeza, pois estivera distraída com a movimentação performática de Josiah, mas então apertou os olhos e percebeu que sua análise tinha fundamento. As nuvens no nível mais baixo da atmosfera continuavam a girar junto com as do nível superior, e a direção era no sentido horário. Aquilo era chamado de guinada. E não era nada bom.

A guinada era uma forma de rotação, que, por sua vez, era a confirmação da classe mais severa das tempestades, a qual Anne vinha esperando há anos. Gostaria de estar com a TV ou o rádio ligados na previsão do tempo. Ela não apenas teria as leituras daquela área, como também ficaria sabendo os dados de pressão e umidade. Agora, tudo que lhe restara eram as nuvens. Entretanto, isso era o suficiente — elas lhe davam muitas informações. Mostravam-lhe o desenvolvimento da tempestade, e as árvores no quintal lhe informavam a velocidade do vento, e apenas por meio desses dados poderia ter, melhor do que muita gente, uma boa percepção do que estava para acontecer. Agora mesmo, os galhos grandes das árvores se moviam bastante e um forte assobio podia ser ouvido quando o vento passava entre eles e os fios, o que significava que a velocidade deveria estar entre os 40 e os 50 quilômetros por hora, um pouco mais alta do que de manhã cedo. A maneira como aquela frente de nuvens se apresentava era a indicação de que não ia ficar só nisso.

Passaram por fazendas de gado e por um grupo de homens Amish que trabalhavam ao lado de um celeiro. A paisagem rural dali parecia um oceano invisível. Não havia campos planos como em Illinois e na parte norte de Indiana. O terreno era mais parecido com o que se vê ao sul do rio Ohio, até onde os campos gramados do Kentucky alcançavam para se transformarem em montanhas.

Kellen estava a quase 120 por hora naquela estrada do interior. Apontou com a cabeça para a esquerda e disse:

— Foi aqui que seu amigo foi assassinado.

— Nessa estrada?

— Na próxima, eu acho. Foi onde a van foi incendiada. Passei por ela ontem quando voltava da cidade. Fiquei... curioso.

Algo naquela declaração deixou Eric desconfortável. Não apenas considerando a morte do homem, mas também por ela ter ocorrido muito próxima do lugar onde deveriam ir. Agora, passavam por campos de vegetação baixa, com algumas casas e trailers espalhados pela paisagem, mas, ao longe, as montanhas estavam cobertas por florestas centenárias. Passaram por uma igreja branca com um cemitério ao lado, e Kellen freou com força. O Porsche derrapou na estrada um pouco molhada e eles saíram da curva, o que obrigou Kellen a dar uma marcha a ré.

— Se você sempre dirige assim, é ótimo que sua namorada esteja se formando em medicina — disse Eric. — Você vai acabar precisando dos cuidados dela.

Kellen sorriu, recuou até a igreja e manobrou para entrar à esquerda. Continuaram o suficiente para que ele voltasse à sua velocidade, quando surgiu uma placa e uma estrada de cascalho à esquerda, e ele teve que dar outra freada brusca. Dessa vez, pôde fazer a curva sem ter que manobrar e foram quicando sobre o cascalho até terminarem num retorno circular.

— Daqui em diante, teremos que continuar a pé.

— Onde é que estamos?

— Orangeville. Tem uma população de mais ou menos 11 pessoas, mas pode dobrá-la se você contar as vacas. Este lugar se chama Golfo de Wesley Chapel. Teremos que caminhar para chegar nele.

Saíram do carro e entraram no bosque. Pegaram uma trilha que saía da estrada de cascalho e seguiram em frente. Havia campos do lado esquerdo e, do lado direito, mais abaixo, a floresta era densa e aqui e ali viam-se pedras calcárias que brotavam da terra. Era evidente que a encosta caía abruptamente logo após a fileira de árvores, mas, através do bosque verde cerrado, Eric não podia ver o que estava além. Tentava buscar semelhanças que correspondessem ao lugar em que estivera em suas visões, mas não conseguira nada até agora.

Andaram durante uns cinco minutos até a trilha bifurcar, e Kellen, após um momento de indecisão, decidir pegar o caminho da direita, onde a trilha parecia virar para baixo. Saíram da parte alta e começaram a descer para um vale profundo, cheio de capim e junco.

— Parece que este lugar fica inundado de vez em quando — disse Eric.

— Quando o golfo está suficientemente cheio.

Foram seguindo a trilha até o fundo. Lá embaixo, entre as árvores, o sol quase não penetrava e, numa manhã como aquela, o lugar estava envolto num manto de sombras e mais parecia o crepúsculo, como se o dia estivesse acabando, ao invés de estar começando. Adiante, a trilha se abria para fora do mato e eles se viram numa encosta de terra, com uma fileira de árvores que dava para uma piscina de água, margeada na extremidade oposta, por um rochedo irregular que se elevava uns bons 25 ou 30 metros acima do nível da água. A piscina tinha uma cor que Eric jamais vira — era um tom de água-marinha misturado com um verde profundo com manchas azuis, uma água que parecia vir de um rio numa selva de algum lugar. Numa das extremidades da piscina, perto da margem, onde a água batia na rocha, havia uma agitação e, um pouco adiante, a água da piscina parecia girar como um rodamoinho. Por toda a volta podiam ouvir o som da água que corria, mas nada aflorava da piscina.

— Caramba — disse Eric. — Este lugar é muito estranho.

— É — disse Kellen. Ele dera uma parada e olhava para baixo, para a água, como se estivesse em transe. — A água deve estar subindo. Acho que começa a girar assim, depois de uma chuva forte. Exatamente como a que tivemos ontem, imagino.

Galhos compridos e brancos de árvores caídas podiam ser vistos mergulhados dentro da água e, na parte mais baixa da encosta, outras árvores arrancadas pelas raízes estavam tombadas, mas ainda pendentes, prestes a cair também na piscina.

— Deve ter tido uma ventania enorme aqui embaixo, não? — disse Eric.

Kellen negou sacudindo a cabeça.

— Não, isso foi a água. Ela sobe até alcançar as árvores e, depois, se transforma num rodamoinho tão forte que as arranca com raiz e tudo.

Algumas das árvores caídas estavam a uns bons 6 metros acima do espelho d'água naquele momento.

— Vê aquela encosta? — disse Kellen, apontando para a floresta a oeste deles. — Foi lá que encontraram o corpo de Shadrach.

Começaram a caminhar outra vez, dando a volta até o lado oposto da piscina, onde o acesso parecia mais fácil, e Eric apontou para os seus pés.

— Ela já subiu até aqui antes. Esta areia veio lá do fundo.

Ele estava certo. O solo ali era arenoso e fofo, feito de sedimentos indubitavelmente trazidos para cima durante uma cheia ou outra. Andaram sobre ele e começaram a descer, apoiados nos ramos das árvores e com os pés meio virados de lado para não escorregarem. Ao chegarem perto do fundo, Eric olhou para o rochedo acima e viu as raízes das árvores penduradas como as barbas de um velho. O vento espalhava as folhas que caíam em volta deles.

— Se não houver um fantasma aqui embaixo — disse Kellen —, deveria haver.

Ele riu, mas Eric achava que Kellen tinha razão. Havia algo estranho naquele lugar que ia além do que podia ser visto, uma vibração misteriosa que parecia subir da água e encontrar o vento. Era a carga da energia que o bisavô de Kellen e Anne McKinney falaram.

— Dá para ouvir a água se movendo embaixo da terra — disse Eric. — Está correndo por baixo de nós.

Havia uma encosta abrupta e enlameada entre eles e a água, e não havia nenhuma boa maneira de descer para alcançá-la. Mais adiante, os rochedos se elevavam de maneira irregular com pedras soltas espalhadas e fendas escuras, testemunhas da caverna que desabara ali. Algumas de suas passagens ainda existiam.

Kellen parou a uns 3 metros acima do espelho d'água, mas Eric continuou em frente, tentando pisar com cuidado, mas conseguindo, no máximo, controlar seus escorregões, os sapatos sendo usados como freios sobre a lama grossa e escorregadia que revestia o solo sobre a água. Na extremidade oposta, a água da piscina borbulhava e se agitava.

— Aquilo é uma fonte? — gritou Eric por sobre o ombro.

— Acho que sim. Mas é uma fonte conhecida. Meu palpite é que não é a que estamos procurando, certo?

— Tenho certeza de que não é — disse Eric, mas seguiu o caminho sobre as pedras cobertas de limo que iam dar na fonte. Quando se aproximou dela, um jato d'água veio em sua direção, molhou a pedra e encharcou suas calças. Ele ajoelhou e esticou o braço, enchendo a palma da mão com um pouco da água e levando-a aos lábios. Estava fresca, era turva e tinha um toque de enxofre. No topo do rochedo — que, de repente, pareceu longínquo — o vento soprou e mandou para baixo uma chuva de folhas que vieram descendo devagar, em espiral, e se espalharam sobre a superfície do rodamoinho.

— Então... o que eu devo fazer? — perguntou Kellen. Ele ainda estava de pé, na encosta acima de onde estava Eric. — Você precisa de mim para sair, ou para invocar algum fantasma, ou...

— Não — disse Eric, sua voz quase inaudível. — Você não precisa fazer nada. Esta não é a fonte certa.

— Como você sabe? — disse Kellen.

Ele não sabia. Entretanto, presumia que a água da fonte que procurava iria ter um gosto igual ao da água da garrafa de Bradford, com aquele leve vestígio de mel. E Kellen estava certo — a fonte de Granger não seria uma de que todos tinham conhecimento. De qualquer forma, havia algo naquele lugar que tinha poder. Era como se eles tivessem errado a fonte, mas não o local.

Foi aqui que Shadrach morreu. Você está chegando perto.

— Então, continuamos nossa busca? — disse Kellen.

Eric fez que sim com a cabeça, distraído, os olhos grudados na piscina. Um rio vindo da pedra. Vinha por baixo da terra por quilômetros, emergia naquele ponto, formava um rodamoinho estranho e desaparecia em seguida. O Lost River. Ele só lhe mostraria o que você queria ver, e nada mais. Vinha à tona e desaparecia. *Aqui estou; agora não estou mais. O resto é com você. É preciso cavar, meu amigo, procurar mais fundo, ver as partes em que me escondo, porque elas são as mais importantes; e dessa maneira eu me torno quase humano, não acha?*

— Se subirmos de novo e entrarmos na floresta, talvez você ache outro lugar — disse Kellen. — Nunca ouvi falar de outra fonte por aqui, mas há canais secos, lugares que o Lost River enche apenas durante parte da estação. Algumas fontes dependem da água do subsolo.

— Se pudermos achar o lugar do galpão velho, talvez possamos prosseguir a partir de lá — disse Eric.

— E você acha que consegue reconhecer o caminho?

Eric fez que sim. Tentava imaginar o galpão exatamente como o vira em sua mente, lembrar-se dele detrás da roda de um velho conversível com grandes faróis, mas sua memória não o ajudava, não o deixava ver a imagem. Sua dor de cabeça era uma ameaça constante e ele acabara de sentar com as mãos em volta das pernas para parar de tremer. A pálpebra de seu olho esquerdo começara a tremer de novo, como se tentasse expulsar um grão de areia, e sua boca estava seca.

A fonte sob ele borbulhou outra vez, cuspiu mais água para o alto, como se estivesse zangada, e Eric levantou a cabeça e olhou para a parte mais funda da piscina. Ao encarar a água girando devagar, sentiu que a imagem ia saindo de foco. Suas mãos começaram a tremer com violência e, dessa vez, Kellen percebeu.

— Ei, Eric, está tudo bem?

— Sim. — Eric se aprumou de repente, ao mesmo tempo que sentia uma tontura tomar conta dele e passar em seguida. — Estou só meio... ansioso.

Kellen deu mais alguns passos, com a testa franzida, preocupado, e disse:

— Talvez não seja bom entrarmos na floresta agora. Se acontecer alguma coisa, isto é, se você tiver outro desses ataques ou coisa parecida, será um péssimo lugar para isso.

— Eu estou bem. Vamos encontrar logo o local antes que a tempestade chegue.

Saíram do rochedo e subiram a montanha, de volta ao lugar de onde vieram. Logo que voltaram para a floresta, Eric deu uma longa olhada para trás, para o golfo, apertou com força as pálpebras e olhou de novo. Podia jurar que a água já subira um pouco.

51

O LUGAR E A HORA PREGAVAM peças na mente de Josiah, como acontecera algumas vezes no velho acampamento dos madeireiros. Ficara olhando, por um longo tempo, para as nuvens de tempestade que se aproximavam, antes da luz mudar o bastante para que pudesse ver sua própria sombra na janela e perceber que havia uma figura por trás dele. Girou rapidamente nos calcanhares e deu de cara com a velha Anne McKinney. É claro que era ela. Mas, por um momento, ele perdera a noção de onde e com quem estava. Por um momento, podia jurar que escutava música, uma canção antiga de um instrumento de cordas. Estava sentado num bar com um copo de uísque na mão, rindo com um gordo filho da puta vestindo um smoking que lhe explicava que as mudanças econômicas não iriam trazer nada para este país que não pudesse ser resolvido com um pouco de ambição...

Um sonho. Mas ele estava em pé. Estivera sonhando em pé? O que diabos estava acontecendo? Estava ali para esperar Eric Shaw. Ele acabaria indo até lá para buscar a água, e, quando chegasse, iria encontrar Josiah e a mulher, e então teria as respostas. Era nisso que precisava ficar atento. Estava ali para obter respostas. Por que era tão difícil de se lembrar disso?

Sacudiu a cabeça, piscou e encarou Anne McKinney durante alguns segundos, o suficiente para lhe mostrar que ainda estava no controle. Não poderia deixar sua mente vagar como acontecera ainda há pouco, não com tantas decisões para serem tomadas.

Virou de costas para Anne com a impressão de que deveria dar outra olhada naquela nuvem estranha, mas agora, ao olhar para a janela, ficou apavorado.

Era Campbell que estava sentado onde estivera somente Anne McKinney alguns segundos atrás. Estava com os olhos fixos na janela, com o rosto refletido, e seus olhos pretos brilhavam como as gotas de chuva salpicadas no vidro.

Josiah, você deveria ter escutado, disse ele. *Você disse que queria ir para casa e pegar o que era seu por direito, e quando uma carona lhe foi oferecida em troca de um trabalho, você aceitou. Mas não me escutou, rapaz. Vai chegar a hora de acertar as contas neste vale. Houve um tempo em que ele foi meu, e deveria ser seu agora, e eles o* tomaram *de nós. Tomaram-no de mim e de você. Você vai deixar isso ficar assim, rapaz? Vai deixar ficar por isso mesmo?*

Josiah não respondeu. Apenas encarava o vidro, encarava os olhos de Campbell refletidos nele.

Eu poderia ter escolhido qualquer pessoa para fazer este trabalho, disse Campbell. *Poderia ter escolhido Eric Shaw, ou seu amigo negro, ou até Danny Hastings. Você duvida de minha força, rapaz, duvida do poder de minha influência? Isso é tolice. Não precisava ser você. Mas você estava aqui, meu próprio sangue, e isso significava algo para mim. Entretanto, não significa droga nenhuma para você.*

— Significa sim — disse Josiah. — Significa sim.

Então, escute, seu desgraçado. Faça o que tem de ser feito.

Josiah voltou-se para ele, ansioso para lhe dizer que isso era o que mais queria, porém estava com dificuldade para entender o que *realmente* deveria ser feito. Entretanto, ao se virar, Campbell desaparecera e a velha senhora ocupara o seu lugar, e o encarava com medo nos olhos.

Voltou a olhar para o reflexo da janela. Campbell estava lá outra vez, mas em silêncio.

— Farei o trabalho — disse Josiah. — Vou fazê-lo. Apenas me mostre o que precisa ser feito.

Na medida em que o tempo passava, o medo de Anne ficava maior, e o delírio de Josiah se tornava mais forte e estranho. Aquelas frases resmungadas tinham se transformado em outra coisa, e ela percebia que

Josiah não criava mais um diálogo imaginário com alguém, mas *via* outra pessoa, falava com ela diretamente, como se estivesse ali na mesma sala que ele. Não havia outra pessoa senão Anne e, com certeza, não era com ela que Josiah estava conversando.

Quando chegou à ultima frase e disse *Farei o trabalho*, com uma voz que parecia sair da garganta de outra pessoa, ela apertou as mãos e desviou o olhar de onde ele estava. Josiah voltou a encará-la, e ela ficou com medo de que ele lhe fizesse alguma coisa, mas, então, ele se virou outra vez para a janela e continuou a conversa.

Ela não deveria mais colocar os olhos nele. Era melhor fingir que não estava vendo ou ouvindo nada daquilo, era melhor fingir que nem estava na sala.

Ele voltou a andar pelos cômodos e, a cada vez que voltava, olhava de Anne para a janela, desconfiado, como se tentasse surpreendê-la fazendo algo através do reflexo da janela. Então, desapareceu de vez na cozinha e começou a fazer barulho por lá. Quando voltou, ela o olhou de soslaio e sentiu o coração quase parar.

Ele vinha com uma faca na mão. Uma de suas facas, com uma lâmina de uns 12 centímetros, bem afiada. Ela recuou ao se sentir ameaçada, mas ele passou pela idosa como se ela nem estivesse ali e voltou para a janela.

Não olhe para ele, pensou ela, *não faça nenhum contato ocular. Ele está mais parecido com um cão raivoso do que com qualquer outra coisa agora, e o pior que se pode fazer com um cão nessas condições é encará-lo nos olhos.*

Ela, então, manteve a cabeça virada de lado e tentou não fazer qualquer ruído que lhe chamasse a atenção, nem mesmo respirar alto.

Permaneceu sem olhar para ele até ouvir um som estridente, como um guincho. Ainda assim hesitou, mas o ruído continuou, como se fosse o barulho de vidro sendo limpo com um pano úmido, e, por fim, ela se virou para ver do que se tratava.

Ele estava desenhando no vidro com o próprio sangue.

A faca estava na mesa ao lado dele e ela viu que cortara o dedo indicador para que sangrasse e, agora, o esfregava no vidro. Seu rosto estava todo contorcido — mas não era de dor, e sim de concentração — e ele movia o dedo devagar, e a cabeça ia de um lado para o outro de vez em quando, para mudar de ângulo. Parecia que desenhava alguma coisa. Uma vez, ele virou para olhar por cima do ombro e xingou a si mesmo, fez uma longa pausa, e começou novamente, como se tivesse estragado o desenho. De início, ela não conseguia ver o que ele desenhava até que Josiah se afastou e inclinou-se, então ela obteve um vislumbre.

Era o contorno da figura de um homem. A cabeça e os ombros de um homem, pelo menos, desenhados com sangue sobre o vidro de sua janela. O homem estava usando um chapéu, e Josiah Bradford parecia ter gastado a maior parte do tempo para desenhar o chapéu e os olhos. O contorno do rosto e dos ombros parecia um desenho de criança, mas o chapéu e os olhos estavam bem nítidos. Ele desenhara uns olhos amendoados, com uma forma suave e perfeita, como ela constatou. Ele tirou o dedo do vidro e o apertou para sair mais sangue. Ele era paciente, esperou sair uma gota grossa de sangue. Quando ficou satisfeito, foi até o vidro com extremo cuidado e tocou com o dedo o centro do olho, enchendo-o com o sangue.

Fez o mesmo com o outro olho. Anne quase não respirava, enquanto observava aquilo.

Ao terminar de encher o segundo olho com o sangue, afastou-se como um pintor que contempla sua tela, inclinou a cabeça para um lado e olhou para o vidro da janela com certa prudência.

— Consegue vê-lo agora? — disse.

Anne não disse uma palavra. Manteve o voto de silêncio que fizera a si mesma. Ele se virou para ela, olhou-a com dureza e falou:

— Consegue vê-lo agora? — E ela percebeu que tinha de responder.

— Sim — disse ela. — Consigo vê-lo.

Ele assentiu, satisfeito, e retornou à janela, mantendo uma distância suficiente para que o desenho feito com o sangue ficasse visível. Anne, sentada no sofá, estava trêmula ao ver aqueles olhos líquidos e rubros na janela, e mais além deles, a tempestade.

Encontraram o que parecia ser uma estrada velha a 800 metros do golfo, com talvez 2,5 metros de largura, coberta de capim, mas sem árvores. Ao longe, tanto para o leste quanto para o oeste, podiam ser vistas casas de fazendas, mas a velha trilha se desviava dos campos e voltava para dentro da floresta. Deram com uma velha cerca de arame farpado que delimitava a beirada do campo e, daquele ponto, podiam divisar a paisagem a quilômetros dali, nas três direções. Exceto aquela para a qual olhavam, a sudoeste, que se mantinha escondida dentro das árvores.

Eric tentou seguir adiante por baixo da cerca de arame farpado. Rasgou a camisa e se sentiu um idiota ao virar-se e ver Kellen subir com toda a facilidade sobre um pedaço de tronco e pular a cerca. Bem, ele também teria feito o mesmo, caso houvesse um pedaço de tronco defronte ao ponto em que estava. Um cara com o tamanho de Kellen não *conseguiria* passar por baixo do arame.

Do outro lado, a estrada abandonada ficou mais fechada pelo capim alto, e mais difícil de ser seguida, além de ser uma ladeira suave, mas contínua. Era uma daquelas montanhas que não parecia grande coisa, mas que depois que você começava a subir logo se ressentia, com a coxa e a batata da perna em brasas por causa do esforço. Passados uns dez minutos, a encosta caía abruptamente. Eles pegaram uma descida forte durante certo tempo, até chegarem a um fosso redondo, cheio de folhas velhas e com lajes de pedra calcária que brotavam aqui e ali. A água corria rapidamente por ele, que não tinha mais do que uns 30 centímetros de profundidade.

— Este é um dos canais secos? — disse Eric.

— Eu diria que sim.

Deslizaram até o fosso e usaram uma das pedras calcárias para cruzar a água e, posteriormente, voltaram a subir pelo outro lado. Cinco minutos depois, o chão ficou plano e era claro que haviam chegado ao topo. Àquela altura Eric estava ofegante — enquanto Kellen nem parecia respirar — e, se não fosse pela súbita mudança de nível, nem pareceria que tinham chegado. No topo da montanha, tudo parecia igual ao resto da região: muitas árvores ligadas entre si por cipós e ervas; escuridão e sombra. Os insetos zumbiam em volta deles, e dois corvos crocitaram descontentes. A umidade parecia duas vezes mais alta do que no início, e Eric levantou a barra da camisa para enxugar o suor do rosto. Quando a abaixou, sentiu um formigamento, como uma pequena descarga de eletricidade estática. Os corvos crocitaram outra vez e ele recuou ao ouvir o som.

— Acho que estamos vagando sem rumo — disse Kellen. — Não temos a menor ideia de onde deveríamos procurar.

— Eu tenho — disse Eric. Uma rajada de vento soprou e um galho fino de uma das árvores pequenas bateu em seu rosto. Quando levantou o braço para retirá-lo, sua mão passou por uma teia de aranha e ficou grudada nela. Ele xingou, limpou a mão na calça e continuou em frente, com Kellen logo atrás. Andaram pouco mais de 5 metros quando o celular de Kellen começou a tocar. Num primeiro momento, Eric não se virou para olhar, mas, quando seu amigo começou a falar, a voz dele pareceu ficar baixa e séria, de tal forma que fez com que Eric desse uma parada. Quando olhou para trás, viu que a expressão de Kellen era de completa incredulidade.

— Tem certeza? — falava com a voz abafada. Estava virado de lado, como se quisesse se esconder de Eric e ter alguma privacidade. — Obrigado. Sim, eu sei. Que loucura. Está bem, querida. Depois nos falamos... Olhe, sim, tenho que ir. Falo com você mais tarde. Muito obrigado, está bem? Obrigado.

Desligou e colocou o celular no bolso, com o olhar pensativo.

— Era a sua namorada? — disse Eric.

— Sim. — Ele olhava para Eric como se o examinasse com cuidado.

— Por que está me olhando como se eu fosse suspeito de alguma coisa?

— Danielle acabou de receber o resultado da análise da água.

— Verdade? — A pálpebra de Eric tremeu outra vez. — Estávamos certos? Há alguma coisa além de água mineral?

Kellen concordou com um movimento de cabeça.

— Álcool? — perguntou Eric. — Algum tipo de uísque?

Kellen sacudiu a cabeça num sinal de negação.

— Nenhum traço de álcool. Segundo Danielle, ela é uma mistura de água mineral e sangue.

— Sangue?

— Sim.

— Apenas... sangue. Ela tem alguma ideia de onde ele...

— Sangue humano — disse Kellen. — Sangue humano, do tipo A.

Eric pensou na garrafa e seus sentidos pareceram empurrá-lo com violência para trás no tempo, colocando-o em contato direto com ela — teve a lembrança instantânea do seu toque gelado na palma de sua mão, de seu odor mesclado de mel e seu gosto doce e nauseabundo...

— Tenho a impressão de que deveria ficar doente — falou.

— Meu irmão — disse Kellen —, você já está. E não há sequer um médico vivo que saberia como tratar disso.

— E quanto à outra garrafa, a garrafa de Anne?

— Água mineral comum. Nada de especial nela.

— Pelo menos nada que possa ser detectado num teste de laboratório — disse Eric.

Algumas gotas de chuva começaram a cair em torno deles enquanto estavam ali de pé, um com os olhos grudados no rosto do outro.

— De quem será que era o sangue? — disse Eric.

— Pois é — disse Kellen. — Também estou curioso para descobrir.

52

Josiah estava ali, parado, com o nariz quase encostado no vidro, fascinado pela tempestade, como uma criança. Ao afastar o corpo para olhar o vidro por outro ângulo, ainda podia ver Campbell sentado na sala com o olhar fixo nele, o rosto em perfeita correspondência com a silhueta que Josiah havia desenhado com seu sangue. Campbell não falava nada, mas Josiah esperava tê-lo deixado satisfeito com seu gesto que, na verdade, foi a única coisa que conseguiu fazer para demonstrar sua lealdade, para mostrar que, de fato, estava ali para ouvi-lo e que, por ele, faria o impossível se fosse necessário. Trouxera Campbell ao seu mundo, pelo menos, até o ponto em que a velha o pudesse ver, e fez isso com seu próprio sangue. Com certeza, Campbell viu nisso um sinal de respeito. De lealdade.

Entretanto, agora não podia ver Campbell, porque estava perto demais do vidro. Não conseguiu evitar — a tempestade estava demonstrando um comportamento muito estranho. Uma nuvem enorme estava tomando forma em frente deles, e essa forma era a de uma bigorna. Ela avançava morosamente, mas com persistência, e parecia carregada tanto de um perigo ameaçador quanto de tranquilidade. Era como se você tirasse cara ou coroa; se desse cara, a nuvem passaria ou talvez trouxesse uma chuva leve. Entretanto, se desse coroa, que Deus o ajudasse. Que Deus o ajudasse.

— Você está vendo a bolha?

Ele girou o corpo e olhou para a velha, confuso tanto por tê-la ouvido falar, quanto pelo que ela acabara de dizer.

— O topo daquela nuvem grande — disse ela, com o dedo apontado —, aquela para qual você olha sem parar e que se parece com uma bigorna? Está chata no topo exceto por uma parte. Está vendo? Não parece ter uma bolha no topo?

Ele não entendeu por que deveria se incomodar com aquela conversa, mas não conseguiu evitar respondê-la.

— Sim, estou vendo.

— Aquilo é chamado de topo que excede seu limite.

Ótimo, sentiu vontade de dizer, *mas, sinceramente, estou cagando para isso, velha senhora*, porém nenhuma palavra saiu de seus lábios. Olhava para a nuvem e achou que a mulher estava errada. Aquela aberração no topo não parecia uma bolha. Parecia mais uma cúpula.

— E o que isso significa? — disse ele.

— Vai demorar algum tempo para que eu saiba. Mas esta será a parte de algo que até hoje só ouvimos falar. Está vendo como o resto da nuvem está com a beirada bem definida? Isso significa que as coisas lá podem estar sérias. Porém, a bolha acabou de se formar. Se logo se dissipar, não haverá maiores problemas. Se permanecer por mais de dez minutos, então teremos um aguaceiro terrível vindo por aí.

— E quantos minutos já se passaram?

— Seis — disse ela. — Até agora, seis.

Anne queria que Josiah se afastasse da janela e parasse de bloquear sua visão. O que iria se desenrolar estava prestes a se tornar uma coisa especial e perigosa, e ela precisava observar aquilo com muita clareza. Entretanto, ele continuou ali, com o rosto grudado na janela enquanto os minutos se escoavam e a tempestade se aproximava.

Ela se inclinou para a esquerda e olhou por cima dele, estudou a nuvem e tentou rememorar todos os sinais de que precisava se lembrar. A bolha no topo da nuvem em forma de bigorna conseguia se manter inalterada. Isso significava que a corrente de ar ascendente era forte. A tempestade estava sendo alimentada. O corpo da nuvem tinha a aparência de uma couve-flor suave, mas suas bordas eram firmes e distintas, o que significava que...

O barulho do celular quebrou o silêncio que reinava na casa, e Josiah deu um pulo antes de enfiar a mão no bolso e pegá-lo.

— Pronto, pode falar — disse ele. — Fale mais alto, rapaz. Onde diabos você esteve? Não os perdeu de vista, não é?

Josiah se enfureceu com a resposta, e falou:

— Eles estão bisbilhotando minha propriedade? — A voz dele estava mais suave do que antes, o que fez com que Anne se arrepiasse. Teve vontade de ignorar as palavras e se concentrar outra vez na tempestade.

Josiah se afastou da janela, e, quando o fez, Anne viu o que não tinha conseguido ver, e percebeu que as beiradas da nuvem já não eram importantes. O corpo de Josiah bloqueara sua visão do desenvolvimento de uma nova característica naquela nuvem. Era uma formação mais baixa, e que deixava um rastro debaixo da bolha, como os longos fios da barba de um velho. Aquilo se chamava...

— O que eles pensam que estão fazendo? — disse Josiah. — O que foram fazer nas florestas?

... parede de nuvem, e estava empurrando a superfície do ar resfriada pela chuva, sugando a umidade e alimentando a nuvem através da corrente de ar ascendente. As extremidades estavam girando, como se mãos invisíveis estivessem enrolando a parte inferior da barba. Atrás da parede da nuvem...

— Você tem uma faca aí? Então, volte lá e dê um fim aos pneus do Porsche. Em seguida, fique onde está, que eu estou a caminho.

... no meio daquela parte roxa e cinzenta, há um sulco branco brilhante. É a corrente de ar descendente. Ela se desprendeu das nuvens escuras e caiu em direção à terra, um corte certo através da silhueta que Josiah Bradford desenhou com sangue no vidro da janela. A luz branca pareceu transformar o vermelho daqueles olhos num preto reluzente e brilhante.

Josiah Bradford desligou o telefone, abaixou-o devagar e o recolocou no bolso. Tirava a mão do bolso quando o ar entre eles fez o som de um gemido que ia aumentando de volume. Ao ouvir aquele barulho, ele pegou a arma.

— Não precisa fazer isso — disse Anne. — Não é a polícia. É a sirene de alerta de tornados.

Quinta Parte

O GOLFO

53

ERIC FICOU EM SILÊNCIO e olhou para Kellen enquanto o vento fazia com que as copas das árvores se dobrassem e girassem no ar.

— Se sua experiência tem mais a ver com sangue do que com a água — disse Kellen —, talvez estejamos perdendo nosso tempo aqui em cima.

Ele não respondeu. Kellen continuou:

— Talvez não valha a pena achar a tal fonte. Se não há nada com a água...

— Tem algo de especial naquela água — disse Eric. — Acho que ela foi o equilíbrio para o sangue dele. O contrapeso.

Uma chuva pesada começava a cair agora. Ele limpou a água da testa, afastou-se de Kellen e olhou para as árvores castigadas pelo vento. Sua cabeça latejava e suas mãos tremiam. A agonia estava próxima de novo, o fruto de uma água envenenada, da ira de um homem, e ele não tinha reserva alguma para lutar contra aquilo. O diabo é que aquele lamentável sentimento de derrota tinha muito pouco a ver com o medo do que estava por acontecer. Não, era o entendimento do que *não* podia acontecer: a continuação daquela história, o misterioso mergulho naquele mundo oculto e a glória que poderia ter trazido com ele. Agora, percebia como isso fora uma bobagem. O que pensava sobre a fama que teria graças a seus dons estranhos também era uma besteira; quando muito teria sido apenas uma estrela digna de um tabloide barato, um fracassado que bebeu sangue velho de uma garrafa e se apresenta como um vidente com poderes paranormais.

— Um contrapeso? — disse Kellen.

Eric assentiu.

— Tudo mudou com a água de Anne, aquela que não continha sangue. A história que me foi mostrada era uma advertência.

— De quê?

— Do que eu fiz — disse Eric. — Eu o trouxe de volta.

Campbell Bradford. Seu espírito, seu fantasma, seu mal ou qualquer outro termo. Eric Shaw o trouxe de volta para o vale, e foi a água que lhe permitiu que visse isso; apossou-se de seu corpo e o forçou a beber mais, para que visse ainda mais. Ele não conseguiu entender isso na ocasião. Em algum momento ao longo do caminho, ele deixou de perceber por completo o propósito daquilo, e começou a fantasiar sobre o que a água poderia fazer por ele, pensou nela como uma dádiva, em vez do que era na realidade: um alerta.

— Agora, elas pararam, não é? — disse Kellen. — As visões se foram.

— Sim. Elas pararam. — Eric pensava no sangue da garrafa e no jeito com que Campbell Bradford encarou-o na noite passada quando disse: *Estou ficando mais forte.*

Havia uma razão para o fim de suas visões. O passado não estava mais onde devia estar. O passado estava aqui.

Josiah precisava que aquele barulho de sirene parasse. Estava lhe dando nos nervos, e destruindo sua concentração, que deveria estar focada na mensagem de Danny.

Golfo de Wesley Chapel. Era onde Shaw estava agora. No lugar sagrado da infância de Josiah. Não fazia o menor sentido, mas, ainda assim, soava como a declaração mais lógica que já ouvira. Era óbvio que era lá que estavam. É claro. Alguma coisa estava em andamento, algo que sua cabeça não soube bem como explicar, mas que deveria parar de tentar. Devia deixar a ficha cair. Parar de tentar descobrir quais eram as regras — porque não havia nenhuma, ou, pelo menos, nenhuma que fosse capaz de entender. Não era sua responsabilidade traçar seus próprios planos agora, mas sim ouvir os planos que foram traçados para ele.

Tudo o que precisa fazer é ouvir...

Sim, isso era tudo. Fora avisado horas atrás, e ainda continuava a lutar contra aquilo, fazer seus próprios planos e achar que poderia resolver tudo sozinho. Apenas ouvir, era a única coisa que precisava fazer. Tinha um guia agora, uma mão na escuridão, e queria ouvir, mas aquela maldita sirene continuava a guinchar e a gritar...

— Pare com isso! — gritou, apertando a arma com a mão, como se pudesse para fazê-la parar com alguns tiros para o ar, silenciar todo este mundo maldito.

— Só vai parar depois que as nuvens passarem — disse Anne McKinney. — Aquela nuvem está rodando. Ele pode vir até o solo.

— Um tornado? — disse ele. — Um tornado está vindo *para cá*?

— Não está vindo para cá. Vai ser bem sobre as nossas cabeças se vier a descer. Mas pode atingir as cidades. Atingir os hotéis.

Ela falou aquilo como se fosse a própria definição do horror.

Josiah falou:

— Espero que este tornado filho da puta o faça. Espero que desça sobre aquela droga de cúpula e que a transforme numa pilha de vidros e pedras.

Aquela ideia o deixou eletrizado e o levou de volta à janela. Ficou olhando para o leste, como se fosse capaz de ver o local.

Sou eu que tenho de destruí-lo, pensou. *Não a maldita tempestade — eu.*

— Você não acredita que eu possa fazer isto, acredita? — disse ele. — Bem, minha caminhonete está cheia de dinamite e eu poderia fazer o serviço. Pode apostar que sim.

Anne não respondeu. Ele fechou os olhos e os abriu em seguida, sacudiu a cabeça e tentou pensar na tarefa que tinha pela frente. Toda hora tinha que forçar sua mente a voltar para o agora e para o depois do agora, como um homem que tenta atravessar o convés de um navio que balança e o joga sem parar de um lado para o outro. Aquela lenga-lenga com a vaca velha não importava mais, ele tinha mais o que fazer. Entretanto, precisava decidir o que faria com ela. Encarou-a enquanto fazia ponderações, e, ao seu lado, o vidro da janela chacoalhava no caixilho. Era melhor amarrá-la. O problema é que ela estava na frente da janela grande, e qualquer pessoa que passasse iria vê-la. Mas havia um porão na casa. Sem telefone, ela poderia gritar até arrebentar os pulmões, que ninguém a ouviria. Então, iria amarrá-la e levá-la lá para baixo.

Atravessou a sala e abriu uma porta. Viu que dava num banheiro. Tentou uma segunda porta e viu os degraus da escada que descia para a escuridão, e sentiu o cheiro de umidade. Sim, ali seria ótimo. Faria com que ela descesse antes de amarrá-la, para que ficasse mais fácil.

Ia justamente lhe dizer para se levantar quando ouviu uma porta de carro batendo.

Voltou rapidamente para a janela, olhou a chuva e viu o carro que parara ali. Não era a polícia, mas um Toyota sedã que ele nunca vira. A porta do lado do motorista se abriu e uma mulher alta, de cabelos escuros, saiu com as mãos sobre a cabeça para se proteger da chuva. Ela desapareceu de vista e se dirigiu para a varanda, para a porta da frente.

— Quem chegou? — perguntou Anne McKinney.

— Cale a boca, sua cadela — disse Josiah. — Nem um pio. Se falar alguma coisa, atiro em quem veio nos visitar. Você decide. — Levantou a espingarda, atravessou a sala e foi até a porta da frente. Nem tinha chegado até lá e a campainha tocou. Abriu uma fresta da porta com a mão esquerda, e manteve a arma escondida atrás da abertura.

A mulher não deu mostras de que esperava alguém diferente de Josiah. Disse apenas o seguinte:

— Espero não ter errado de endereço. Estou procurando a senhora McKinney.

Quando vista de perto, a moça era ainda mais bonita. O tipo de mulher da qual Josiah só se aproximaria depois de umas dez cervejas, porque as chances dela lhe dar um fora seriam muito grandes, e ele não tolerava ser rejeitado. O cabelo dela era preto e brilhante como as asas de um corvo, num rosto perfeito e um corpo que despertaria muitos olhares, apesar de ser um pouco magra. Enquanto Josiah a estudava, ela se virou para ver a tempestade que uivava, e disse:

— É uma sirene de tornado?

— Sim — disse Josiah. — É melhor você entrar logo.

— Você acha que dá tempo de eu voltar para o hotel antes que ele chegue? Parei aqui apenas para pegar algumas garrafas da água de Anne.

Algumas garrafas de água. Até agora, ele não avaliara a sua importância, mas isso trouxe um sorriso espontâneo ao seu rosto, um sorriso tão autêntico como há tempos não sorria, e disse:

— Entendo. Veio buscá-las para o Sr. Shaw, não?

— Isso mesmo.

— Vou buscá-las para você, mas entre e venha ver a Sra. McKinney até que esse barulho pare. É a única opção segura. Por favor.

Ela olhou hesitante para o carro uma última vez na mesma hora em que um galho grande de uma das árvores quebrou e caiu no chão. Ela se voltou para ele e disse:

— Acho que você tem razão. — E entrou.

Josiah fechou a porta antes que ela visse a arma.

54

De onde estava, Anne não conseguia ver a porta da frente, e o barulho do vento e da sirene a impediam de entender as palavras, mas o som gentil e educado da voz daquela desconhecida fez com que se sentisse tão mal que teve que apertar o estômago com as mãos. Foi um sentimento que ela só teve uma ou duas vezes na vida, a última vez quando abriram as portas da ambulância e ela viu Harold lá dentro, pensando que ele ainda não tinha partido, embora todo mundo soubesse que sim.

Um minuto depois, a estranha estava na sala. Era uma mulher linda, de cabelos escuros e olhar amedrontado. Anne tentou encontrar os olhos dela e passar para eles algum conforto, mas Josiah a empurrou para uma cadeira ao lado da janela e lhe disse que aquela espingarda tinha dois canos, prontos para dar cabo das duas.

Fez com que se sentasse numa velha cadeira de espaldar reto que Anne estofara e forrara há alguns anos. Em seguida, pegou a fita que trouxera e cortou um pedaço. Ela começou a resistir, mas o homem ergueu a arma, apontou-a para Anne e falou:

— Se resistir, eu mato esta puta velha. Experimente só. Quero ver.

A mulher encarou Anne por um longo tempo, um olhar que levou lágrimas aos olhos da idosa, e, então, deixou que Josiah passasse a fita em volta de seus pulsos, prendendo-os. Anne apenas olhava, sem poder fazer nada. O pânico que ela conseguiu controlar quando estava ali sozinha com Josiah voltara tão forte que ela o sentia em seu coração, estômago e nervos, com tudo passando depressa e de forma muito barulhenta, da mesma maneira que seus sinos de vento se agitavam durante uma tempestade forte como aquela.

— O velho Lucas vai atender minhas ligações agora — dizia Josiah, enquanto cortava mais um pedaço de fita e a enrolava em volta dos braços dela, juntando-os. — Desta vez, ele vai tomar cuidado com o tom de voz.

Lucas? Quem é esse Lucas?

— Eu não conheço nenhum Lucas — afirmou a mulher que acabara de chegar.

— Mentira! Você é a puta da mulher dele, que mandou gente para cá com a intenção de espreitar minha casa e fazer perguntas sobre a minha família...

— Essa não sou eu.

Ele bateu nela. Foi um tapa de mão aberta, que deixou uma marca branca em seu rosto, mas não sangrou, e o som da carne na carne deixou Anne sem fôlego e fez com que brotassem mais lágrimas em seus olhos. *Não na minha casa*, pensou ela. *Oh, não, não na minha casa...*

— Não quero mais saber de mentiras! — berrou Josiah. Anne implorava mentalmente para que a outra mulher ficasse em silêncio. Josiah ficava calmo quando alguém concordava com ele. Mas, em vez disso, ela ignorou o tapa e voltou a responder:

— Eu não sou quem você pensa que...

Veio um segundo tapa, e Anne deu um grito, mas a mulher não se calou.

— Sou a mulher de Eric, Eric Shaw. É isso que sou! Não sei de nada sobre Lucas Bradford. Nem ele. Estamos apenas tentando...

Desta vez, ele desistiu do tapa e resolveu pegá-la pelos cabelos e sacudi-la. Ela deu um grito de dor, a cadeira se desequilibrou e fez com que caísse no chão, ainda falando:

— Estamos tentando ir embora daqui enquanto a polícia procura descobrir o que aconteceu. *Não conheço nenhum Lucas Bradford!* Você entende? Eu não o conheço e ele não me conhece. Ele não tem nada a ver comigo. Não significo nada para ele.

Josiah se virou, pegou a faca de cozinha de Anne que estava em cima da mesa, segurou-a à altura da cintura com a lâmina apontada para ela.

— Não, Josiah! — gritou Anne. — Não na minha casa, não machuque ninguém na minha casa.

Ele parou. Ela ficou surpresa, pois não esperava aquela reação, mas ele parou no meio da investida e girou seu rosto para encará-la.

— Vou lhe pedir que não use mais esse nome — disse. — Se quiser minha atenção, pode me chamar de Campbell. Entendeu?

Anne não sabia o que dizer. A única coisa que conseguiu fazer foi encará-lo com o queixo caído. Ele a deixou de lado e voltou para a mulher, apoiou-se num dos joelhos e agarrou-a outra vez pelos cabelos, e, por eles, ergueu sua cabeça e aproximou a lâmina da faca de sua garganta. Continuar a ver uma cena daquelas foi demais para Anne; ela fechou e apertou os olhos enquanto lágrimas mornas escorriam por eles e tentavam alcançar os sulcos das rugas de suas bochechas.

— Procure na minha bolsa — disse a mulher, com a voz entrecortada, ainda caída no chão. — Se vai me matar, deve pelo menos saber quem eu sou.

Por um bom tempo, Anne ficou sem ouvir qualquer ruído, e estava morrendo de medo que ele tivesse feito um corte silencioso com a faca, deixando a vida da pobre mulher se esvair em sangue no chão de sua sala de estar. Em seguida, ao ouvir as tábuas do assoalho rangendo, abriu os olhos e viu que ele se levantava e se dirigia para o lado perto da porta onde a bolsa dela havia ficado caída, com o batom e o celular largados no chão. Josiah agarrou a bolsa e a virou de cabeça para baixo. Surgiu uma chuva de papéis, moedas e cosméticos, que se espalharam pelo chão. No meio deles, fazendo um barulho mais firme, caiu uma carteira. Josiah atirou a bolsa contra a parede, abriu o fecho da carteira e começou a remexer o conteúdo. Ficou bastante tempo em silêncio, encarando o objeto. Então, fechou a carteira e olhou para a mulher na cadeira virada.

— Claire Shaw — falou.

— Como eu lhe disse.

Ele parecia quase calmo encarando-a, mas, de alguma forma, Anne agora estava com mais medo do que antes.

— Você é a esposa dele — falou ele. — A esposa de Eric Shaw.

— Isso mesmo. E nenhum de nós conhece Lucas Bradford. Não temos nada a ver com os Bradford. Se o que você quer é dinheiro, posso lhe arranjar, mas você tem que acreditar que não temos nada a ver com os Bradford! Posso lhe arranjar dinheiro — repetiu ela. — Minha família... meu pai... posso arranjar...

Sua voz foi diminuindo à medida que ele se aproximava dela. Ainda estava com a faca na mão, mas agora se ajoelhou e pegou mais um pouco da fita. Cortou, com a faca, um pedaço pequeno. Ela ia dizer mais alguma coisa, quando ele se inclinou e colou a fita sobre sua boca. Depois, pressionou o punho por cima dela para ter certeza de que estava bem colada.

— Não a machuque — falou Anne, baixinho. — Por favor, Josiah, não há motivo para machucar ninguém. Você ouviu o que ela disse, eles não têm nem ideia...

— O quê? — falou ele. — O que foi que acabou de dizer?

Demorou um segundo para que ela percebesse que ficara aborrecido por ter usado aquele nome. Queria que ela tivesse se referido a ele como Campbell. E agora, estava ali, de pé, defronte ao desenho feito com sangue que deixara na janela, pedindo para ser identificado como um homem morto. Ela jamais ouvira tamanha loucura.

— Não a machuque — repetiu num sussurro. — Por favor, Campbell, não a machuque.

Ele riu. Mostrou os dentes num largo sorriso, como se o uso do nome Campbell fosse algo delicioso de se ouvir, e Anne sentiu uma gota de suor descendo por sua espinha.

Com o sorriso ainda nos lábios, andou até a janela. Um momento depois, Anne percebeu que ele não olhava para fora, mas sim para *ela*, para a figura de sangue que desenhara e que agora estava seca sobre o vidro.

— Bem — disse ele —, e agora? Você me falou para ouvir. Eu tentei. E esta cadela não vale nada para mim. Não é nada. Estou aqui, de pé, com as mãos vazias, como sempre estive. Mas estou pronto para ouvir. Estou tentando ouvir.

O vento fazia o vidro bater contra o velho caixilho, enquanto ele continuava em pé, e o olhava como se houvesse algo ali para lhe oferecer alguma ajuda. Claire Shaw ainda estava no chão, imóvel, assistindo a tudo aquilo impressionada e horrorizada.

— Você está certo — disse Josiah para a janela. — Você está certo. É claro que ela não vale nada para mim, ninguém jamais valeu. Mas não é disso que se trata. Eu não preciso dos dólares. Eu preciso de sangue.

A boca de Anne ficou seca e seu coração disparou de novo.

— Vou cuidar delas primeiro — disse Josiah, com a voz mais suave, pensativo. — Finalizar o que precisa ser finalizado e depois voltar para o hotel. Eles irão se lembrar de mim quando isto for feito, não? Eles se lembrarão de *nós* quando tivermos acabado.

Virou a cabeça e olhou para Anne.

— Levante-se.

— O quê? Eu não...

— Levante-se e desça para o porão. *Agora.*

— Não a machuque — disse Anne. — Não machuque esta mulher dentro da minha casa.

Josiah deixou a faca cair no chão, pisou nela e pegou a espingarda. Levantou-a e apontou o cano para o rosto de Anne.

— Desça para o maldito porão. Não vou perder meu tempo amarrando-a, sua puta velha.

Foi somente aí, quando ele falou pela segunda vez, que ela percebeu o que lhe estava sendo oferecido — o aparelho de radioamador, o velho e querido R. L. Drake. Uma linha com a vida.

Levantou-se. Suas pernas estavam bambas depois de ter ficado sentada por tanto tempo, e se apoiou na parede com uma das mãos para recuperar o equilíbrio e andar em direção à porta que levava ao porão. Abriu-a e começou a descer. Ao lado da porta havia um interruptor, mas ela não o ligou. Preferiu descer no escuro para que ele não pudesse ver a antiga mesa onde estava o rádio.

Ele nem esperou que ela chegasse lá embaixo. Assim que passou pela porta, a fechou com toda força. Anne ficou numa escuridão *total*, e se segurou no corrimão. Ela ouviu algumas batidas e percebeu que algo fora colocado contra a porta, travando a maçaneta. Bloqueara a porta e a trancara lá embaixo.

Escorregou a mão pelo corrimão e deu um passo com cuidado em meio à escuridão, e depois outro. Uma farpa se descolou da madeira e beliscou a palma de sua mão. Ela respirou fundo e parou. Lá em cima, ouviu Josiah falando algo que não conseguiu entender. Depois ouviu passos, passos demais para serem apenas dele. A porta da frente se abriu e se fechou com um estrondo. Ela ficou em silêncio e, quando ouviu o barulho do motor da caminhonete dele, pensou: *Ah, não.*

Eles estavam indo embora. Ele se fora e levara a mulher consigo.

Anne não tinha tempo a perder.

Deu mais um passo e desceu para a escuridão.

55

Kellen e Eric ainda estavam no mesmo lugar da floresta quando avistaram a nuvem. A chuva caía com uma fúria absurda e o vento estava uivando alto agora, como algo ferido e zangado, e foi Kellen quem apontou para um grupo de nuvens roxas que se separavam e se juntavam para, depois, se separar de novo, como se fizessem par numa sinistra e turbulenta dança.

— Não estou gostando disso — disse Kellen. — Temos que ir embora daqui, cara.

— Preciso encontrar a fonte — retrucou Eric, paralisado diante do espetáculo das nuvens. — Vou precisar daquela água, Kellen. Talvez seja a única coisa que funcione.

— Então, teremos que voltar outra hora para procurá-la — falou Kellen. — Temos de ir embora daqui, agora.

Eric olhou para as nuvens, mas não se moveu ou respondeu.

— Vamos — disse Kellen, e, ao puxar Eric pelo braço, era como se um adulto tentasse mover uma criança, à força. Só quando percebeu que, por fim, Eric resolvera andar a seu lado, foi que afrouxou a mão.

— O caminho vai estar escorregadio! — gritou no ouvido de Eric. — Olhe para onde anda. Se formos rápidos o suficiente, estaremos dentro do carro em alguns minutos.

Desceram a montanha numa corrida desabalada, encontraram um canal seco e entraram nele. Já não estava mais seco — a laje em cima da qual tinha pisado quando passaram na ida tinha agora mais de um palmo de água. O Lost River o enchera por baixo, enquanto a chuva tentava fazer o mesmo por cima.

Eric não tinha firmeza nas pernas, e seus músculos pareciam se movimentar independentes de seu controle, mas continuou a descer da melhor maneira que pôde, junto a Kellen. Por fim, avistaram a beirada da fileira de árvores e, de lá, talvez tivessem que correr mais uns 800 metros através de um campo de vegetação baixa até chegar ao carro.

Saíram das árvores e ficaram expostos ao vento e à chuva junto à cerca de arame farpado. Eric resolveu se abaixar para se apoiar nas mãos e nos joelhos, pouco se importando com a pose ridícula. Ele só queria passar para o outro lado, mas Kellen se curvou para pegar a barra de sua camisa e dizer, em meio a um grande espanto:

— Olhe só aquilo. *Olhe.*

Eric se ergueu, seguiu os olhos do outro e perdeu a fala.

Dali onde estavam tinham uma vista panorâmica do campo todo, e para o lado oeste, perto o suficiente para que ficassem preocupados, viram uma nuvem em forma de funil descendo para o solo. A massa sobre ela era preta e roxa, e a parte que parecia um funil era completamente branca. Vinha descendo para o chão, bem devagar, como se descesse para descansar, e, de súbito, sua cor começou a mudar, o branco foi tornando-se cinza enquanto o vento soprava no campo e levantava poeira, sugava a terra e restos de várias coisas em seu vórtice. O ar em volta deles vibrou com o rugido distante.

— Será que vem para cá?

— Acho que sim.

Por um momento, ficaram paralisados, sem dizer palavra alguma, ao mesmo tempo em que mantinham a atenção presa na nuvem que se deslocava sobre o campo. O funil estreito transformou-se em algo menos definido enquanto girava e levantava poeira e detritos em sua base. Atravessou o campo aparentando preguiça. Havia uma rede de transmissão de energia elétrica bem em cima da estrada e, quando o tornado a atingiu, os postes saíram do chão e as linhas estalaram num curto-circuito. Quando cruzou a estrada e sua força se dirigiu ao campo seguinte, alguma coisa o elevou no ar, quase como se quicasse. Por instantes, a base da nuvem pareceu hesitar como se fosse recuar, mas caiu outra vez e houve uma nova explosão cinzenta escura ao atingir a terra.

— Definitivamente, está vindo nesta direção — gritou Kellen. — Temos que *correr*!

— Dá para chegar ao carro?

— Diabos, não. Não se pode correr mais que um tornado, cara! Temos que nos esconder no golfo. É o único lugar baixo o bastante.

Ele se inclinou, agarrou o arame farpado enferrujado, levantou-o e acenou para que Eric viesse. Eric se abaixou e passou por baixo dele. Então, fez o mesmo com o arame para que Kellen passasse, mas viu que ele já atravessara a cerca. Ele realmente *conseguia* pular a maldita cerca.

O golfo estava próximo e ficava morro abaixo, mas o rugido em volta deles aumentava cada vez mais. Acima das árvores, o vento era uma força poderosa, e Eric percebeu, com um misto de assombro e medo, que era ele que o arrastava pelo caminho. Os dois corriam numa corrida desenfreada e, por um momento, Eric nem percebeu que Kellen o puxava pela camisa. Quando chegaram à beirada do golfo, a linha do horizonte do outro lado era um paredão de céu negro.

— Temos que *descer*! — gritou Kellen, empurrando Eric com a mão em suas costas.

A descida era cheia de zigue-zagues e de árvores, um lugar para se andar com cuidado, mesmo num dia claro. Agora, Kellen empurrava Eric de qualquer jeito enquanto ia saltando atrás dele.

Por instantes, Eric ficou no ar. Então, seus pés tocaram a encosta dando um impulso e ele começou a girar, descendo e batendo contra os galhos. Pensou que ia cair direto na água, quando acabou se chocando com o tronco de uma árvore. O impacto fez com que sua visão explodisse numa luz branca, mas também o fez parar. Ele arfava e seus olhos buscavam foco. Depois de certo tempo, conseguiu se localizar: estava a dois terços do caminho encosta abaixo, a quase 20 metros do topo.

Procurou Kellen e o viu a uns 5 metros mais para baixo, coberto de lama e folhas. Rastejava em direção aos rochedos de pedra, para longe das árvores, tentando chegar ao ponto mais baixo possível. Eric o seguiu, sem ao menos se preocupar em tentar ficar de pé, apenas escorregando sentado, usando as mãos e os calcanhares para se locomover.

Já tinham descido quase toda a encosta e estavam a 1,5 metro da linha da água quando se colocaram contra uma parede de pedra solta, onde havia um recuo que permitia que ficassem em total segurança.

Não dava para falar nada agora; o rugido se transformara num estrondo. Parecia exatamente com o trem que passara por Eric em seu primeiro dia naquele lugar.

Não tiveram que esperar muito. Trinta segundos, talvez um minuto. Entretanto, *pareceu* uma eternidade, uma eternidade maldita, da mesma maneira que o tempo passa quando estamos num hospital e vemos o cirurgião saindo da sala de emergência e se aproximando de nós para dar notícias sobre o estado de um ente querido. Então, finalmente, a tempestade os alcançou e o mundo explodiu.

Uma árvore grande com uma copa de, pelo menos, 15 metros foi arrancada da terra e levada para o ar. Não caiu direto, seguindo a lei da gravidade, mas foi para a frente até alcançar outra árvore e cair no rodamoinho da piscina. Molhou os dois quando bateu na água. Logo depois, outra árvore veio deslizando encosta abaixo, deslocando as pedras soltas que estavam em seu rastro. A floresta toda estalava com os galhos grossos e troncos sendo partidos ao meio, e a força do vento era tal que Eric não conseguia mais manter os olhos abertos. Protegeu o rosto com os braços e ficou colado no recuo que Kellen encontrara na parede de pedra calcária, enquanto, acima deles, o mundo gritava em fúria.

E então, foi embora.

Que uma coisa tão terrível pudesse passar assim tão depressa, parecia impossível. Ainda havia barulho na floresta, onde algumas árvores arrancadas pela raiz e pedaços de galhos desciam pelas encostas, para acabar escorados por algum obstáculo natural. Mas o vento raivoso passara, e seu barulho agora era quase imperceptível. Eric tirou os braços do rosto e olhou para o golfo. A água girava, e nela, agora, havia uma meia dúzia de árvores. Ao olhar para cima, pôde ver uma fileira de árvores sem as copas do lado leste do topo, como se tivessem sido aparadas e seus galhos cortados estavam jogados de qualquer maneira por ali. No nível do chão, os danos foram devastadores. Teriam sido mortais. Mas eles estavam lá embaixo, na verdade, num buraco a 25 ou 30 metros da superfície, e o tornado não os encontrara.

— Aquilo teria nos matado — disse ele. — Se ainda estivéssemos no nível do campo, teríamos morrido.

Kellen assentiu.

— Sim, talvez ainda estivéssemos no ar. Aos pedaços.

Sua voz estava apertada, como se estivesse engasgado, e Eric virou-se para encará-lo. O rosto de Kellen, assim como seu pescoço e seus braços, estavam cobertos de pequenos cortes, e havia também um ferimento de bom tamanho sobre seu olho esquerdo do qual saía um sangue grosso que escorria até o queixo, como se fosse uma costeleta. Eric percebeu que seu estado não deveria estar muito diferente do de seu amigo. O rosto de Kellen estava fechado e carrancudo, e ele balançava para a frente e para trás com as mãos apertadas em volta dos pulsos.

— Você está bem? — falou Eric e, então, seguiu o olhar de Kellen, indo da perna até o pé, e sussurrou: — *Ah, merda.*

O pé direito de Kellen estava pendurado de um jeito antinatural, virado quase que todo para trás, e havia um calombo sobre o sapato que empurrava sua pele para cima. Seu tornozelo estava claramente quebrado. Não apenas quebrado, como percebeu depois de olhar com atenção — estava destruído. O osso estava quebrado, sim, mas era evidente que alguns ligamentos também haviam se rompido para deixar o pé daquela maneira.

O rosto de Kellen estava com uma palidez cinzenta e ele continuava se balançando, sem gemer, arfar ou gritar de dor.

— Você se machucou muito — disse Eric. — Temos que tirá-lo daqui.

— Tire meu sapato — falou Kellen, entre dentes.

— O quê?

— Tire meu sapato. Meu pé está inchando muito depressa... e, daqui a pouco, não vai caber no sapato.

Eric deslizou pela pedra escorregadia, abaixou-se e chegou ao cadarço do sapato de Kellen. Apesar de desamarrá-lo com todo o cuidado, deslocou o pé dele. Desta vez, o rapaz gritou de dor. Eric largou o cadarço e se afastou, mas Kellen sacudiu a cabeça e falou:

— Tire-o.

Eric voltou a desamarrar o sapato. Fez isso o mais depressa e cuidadosamente possível, e, quando o tirou do pé de Kellen, viu o osso surgir sob a pele. Nesse instante, sentiu uma náusea se abater sobre ele, deixando-o tonto. Largou o sapato, que deslizou pela pedra e caiu na água. Kellen nem se incomodou.

Esperaram por um momento, com Kellen respirando fundo e olhando para as copas das árvores. Meteu a mão no bolso, tirou seu celular e o entregou a Eric.

— Veja se um deles funciona.

O de Kellen não funcionou. O vidro estava quebrado e estava cheio de água, não iria nem mesmo ligar. O celular de Eric ainda funcionava, mas não encontrava sinal. Não era surpresa que isso acontecesse ali embaixo, e talvez lá em cima não fosse diferente, pois o tornado poderia ter derrubado uma ou duas torres.

O braço esquerdo de Eric tremia, e a dor que queimava sua cabeça dificultava uma visão clara. Sua visão começava a oscilar. Ele apertou os olhos e encarou o golfo.

— Acho que a água ainda está subindo.

— Está vindo depressa — disse Kellen, mesmo sem olhar. — Você vai precisar me levar para o outro lado.

— Você não pode andar, de jeito nenhum — disse Eric, olhando para o corpanzil de Kellen, suspeitando que não teria forças para carregá-lo.

— Não, mas, se você me ajudar, eu posso ir mancando.

Depois de três tentativas e muita dor, conseguiu erguê-lo. Eric entrou sob o braço dele e tentou arrastá-lo, mas Kellen era grande e pesado, e a caminhada era desajeitada. A cada passo, Kellen arfava. Seu pé direito balançava do tornozelo para baixo. Conseguiram chegar até a borda do golfo, até o capim alto e, de lá, até perto da trilha. Então, Kellen falou para Eric parar um pouco.

— Será que você consegue chegar até o carro?

— Talvez. Mas duvido que tenha sobrado muita coisa dele.

Merda. Provavelmente, ele tinha razão. As mãos de Eric tremiam. Atrás deles, a água do golfo borbulhava em volta das árvores caídas.

— Você precisa chegar até a estrada — disse Kellen. — A polícia e os bombeiros devem estar por aí, para verificar os estragos das fazendas. Diga a alguém que estou aqui.

Abaixou-se na grama e ficou meio deitado, apoiado sobre os ombros com o pescoço virado, tentando tomar conhecimento do que tinha acontecido com seu pé direito, que já não lhe respondia mais. Eric viu que ele cavava a lama com as mãos. A dor devia estar sendo brutal.

— Se a água subir mais, você acabará afogado — disse.

— Posso ir mais para cima, se for preciso. Mas não vou conseguir chegar até a estrada.

— Está bem — disse Eric. — Vou buscar ajuda.

E começou a subir o monte, sozinho

56

Josiah achou as ruas da cidade quase desertas, todo mundo tinha voltado a atenção para a sirene da tempestade e foi buscar abrigo. Avançou um sinal vermelho sem se incomodar, pois não havia ninguém para anotar, e acelerou mais ainda ao sair do centro. Passou pelo hotel West Baden sem olhá-lo uma segunda vez. Iria voltar a ele.

As instruções de Campbell que haviam sido dadas na casa de Anne McKinney finalmente ficaram óbvias, e a realidade daquela confusão toda se tornou clara como o cristal: Josiah não queria o dinheiro de ninguém. Também não queria explicações, não queria nada de ninguém do vale, nem de qualquer lugar no mundo.

O que ele precisava fazer era ouvir. E agora, finalmente, estava começando a fazer isso. Ouviu o que tinha a fazer, quente como um sussurro em seu ouvido. *Derrube este lugar e observe ele arder em chamas. Todos irão saber seu nome quando o que tiver de ser feito terminar, pode acreditar. Irão saber e irão se lembrar.*

A mulher de Eric Shaw estava na caçamba da caminhonete, amarrada com a fita e coberta por uma lona, junto com a caixa de dinamite. Do jeito que a chuva caía, a cadela devia estar um tanto desconfortável. O vento soprava com tanta força que era difícil manter a caminhonete na pista e ele achou ótimo que as ruas estivessem desertas. Aquela era uma tempestade dos diabos. Ele ligou o rádio.

... Mais uma vez, temos um tornado confirmado a oeste de Orleans e há informações de grandes danos. Também estão chegando informações

ainda não confirmadas de outro tornado ao sul de Paoli. Um alerta importante: esta é apenas a borda dianteira desta massa de ar em movimento, que já produziu tornados no Missouri e no sul de Illinois. Ela continuará ativa e o Serviço Nacional de Meteorologia declarou que o alerta de tornados continuará por, pelo menos, mais uma hora. Estamos sendo informados de que há uma forte possibilidade de uma série de tornados resultante desta frente. Por favor, busquem abrigo imediatamente.

Apertou o botão de desligar e deixou o aparelho silencioso outra vez. Para o inferno com essa merda. Depois daquela noite, a tempestade seria a última coisa que eles iriam comentar.

O caminho mais rápido para chegar ao golfo era pela rodovia 50, mas começou a ouvir as sirenes da polícia antes de chegar a ela. Entrou numa das estradas secundárias assim que dois carros da polícia surgiram com suas luzes acesas, a pelo menos 130 quilômetros por hora. Com certeza, estavam a caminho de algum chamado relacionado com a tempestade, e nem ligariam para a sua caminhonete, mas era melhor evitar riscos com uma mulher raptada e uma caixa de dinamite escondidas debaixo da lona na caçamba.

Este retorno ao norte o levava para mais longe do hotel, mas ele sabia que aquilo era necessário, sentia isso nos ossos. Eric Shaw fizera parte daquilo tudo desde o começo e tinha que fazer parte, também, do final. Campbell colocara a mulher dele nas mãos de Josiah, assim como o fizera com a dinamite, e ambas teriam um papel a desempenhar no fim daquele dia. O curso já estava traçado, e agora se tratava apenas de ouvir as instruções que lhe seriam dadas.

A mudança de rota que fizera por causa dos carros da polícia faria com que chegasse ao golfo pelo sul, pelo lado em que sua casa ficava. Fez uma nova curva com a caminhonete e passou pelo Pipher Hollow. A tempestade pareceu enfraquecer, pelo menos por ali. Para o nordeste, o céu ainda continuava feroz, mas, por essas bandas, as coisas voltavam, aos poucos, ao normal.

Estava na estrada a uns 800 metros de sua casa, quando começou a perceber os danos. A primeira coisa que chamou sua atenção foi uma grande fenda cinzenta aberta na terra, no campo à sua frente. Depois, viu as linhas de transmissão de energia elétrica soltando faíscas e caídas ao lado da estrada, e uma porteira de ferro solta e dobrada, como se fosse feita de papel de alumínio.

Tirou o pé do acelerador e olhou em torno, enquanto encostava a caminhonete. A coluna de árvores que havia ali desaparecera, fora completamente destruída, os troncos cortados ao meio e o resto tirado do chão. Suas raízes sujas de lama apontavam para o céu. Olhou além da fenda, em direção à sua casa, e retirou todo o pé do acelerador para colocá-lo no freio.

A casa desaparecera. Não restava nenhum vestígio dela. Viam-se apenas as fundações e partes de duas paredes, mas o resto estava espalhado aos pedaços pelo quintal e pelo campo mais adiante. No quintal, viu várias partes do telhado. Seu sofá estava de cabeça para baixo, a 25 metros da fundação, encharcado pela chuva que caía. A velha antena, que já não funcionava, mas nunca fora retirada, estava alojada nos galhos mais altos de uma árvore do quintal. O resto da árvore estava enfeitado por pedaços cor-de-rosa do isolamento. E, em meio ao lixo e aos escombros espalhados pelo quintal, viu retalhos de alguma coisa branca e brilhante. Eram pedaços do corrimão da varanda que ele pintara recentemente.

Ficou parado ali, no meio da estrada, olhando para aquilo. Não conseguia encontrar um pensamento, não conseguia fazer nada a não ser olhar. O lugar não deveria mais ter importância alguma — ele já sabia que jamais poderia voltar a viver ali — mas, ainda assim, tinha sido seu lar. Seu lar.

Por fim, as sirenes o trouxeram de volta à realidade. Estavam soando atrás dele, para o sul, na direção para a qual se dirigia. Alguém vindo para ver se outra pessoa precisava de ajuda.

Apertou o acelerador e a caminhonete saiu deslizando pelo pavimento molhado até ganhar velocidade, e foi embora. Desviou de um galho de árvore quebrado e passou por cima de outro, indo em direção ao golfo. Pelo retrovisor, deu uma última olhada no que restara da casa. Ela era a única coisa física por ali, a única estrutura num raio de quase 2 quilômetros, e fora destruída. Ao longe, a fazenda dos Amish parecia inteira, com tudo ainda de pé. Uma coisa como aquela parecia quase pessoal. Parecia que a desgraçada da tempestade estivera ali só para *persegui-lo*.

— Bem, mas e daí? — falou ele, em voz alta. — Eu não estava em casa. E sabe o que mais? Eu *sou* a tempestade.

É isso mesmo, rapaz. Isso mesmo.

A voz flutuava no ar em volta dele, e Josiah virou a cabeça para a direita e viu Campbell Bradford sentado no assento do carona, do mesmo jeito que o vira no acampamento dos lenhadores. Campbell sorriu com a boca fechada e levantou seu chapéu. As roupas pareciam molhadas, coladas nos ombros, como se acabasse de sair de uma piscina.

Aquilo não é uma casa, disse. *Aquele lugar não era uma casa digna de você, Josiah, nunca foi. Você merece algo melhor, rapaz, merece o que reservei para você. Eu estava construindo um reino aqui, e você é meu herdeiro por direito. E ele foi tirado de suas mãos. É hora de pegá-lo de volta. Eles irão saber quem você é, rapaz. Irão saber.*

— O trabalho será feito — respondeu Josiah. — Pode contar com isso.

Eu sei. Agora, estou mais forte do que nunca, rapaz, graças a você. Pelo menos, mais forte do que há muito tempo não me sentia. E isso é tudo o que eu precisava — que você me ouvisse e me deixasse recuperar minhas forças. Agora, elas estão voltando, filho. Sim, estão voltando.

— Eu devia ter começado pelo hotel — disse Josiah.

Não. Iremos voltar a ele depois, mas temos que começar por Shaw. Você entende, não? Foi ele quem me trouxe de volta, e pensou que podia me controlar e ter poder sobre mim. Com a água, acredita? Com a água. Chegou a hora de ele ver quem é o vencedor. Neste vale não há uma força como eu, e ele saberá disso. Ele é quem vai dizer isso aos outros.

Havia outro galho enorme atravessado na estrada, suficiente para causar um grande estrago, e Josiah o viu com o rabo do olho no último momento e virou o volante para o lado. A caminhonete derrapou, galhos bateram contra ela, amassando o retrovisor lateral e a lataria, e arranhando a pintura, mas ela continuou em frente. Quando Josiah conseguiu colocá-la de volta na estrada, Campbell desaparecera outra vez. Respirou fundo, expirou e viu sair de sua boca uma névoa fria. Aquilo fez com que sorrisse. Campbell não fora embora. Fazia tempo que não ia embora. Na verdade, estava constantemente com Josiah agora.

De certo modo, ele se sentiu satisfeito por sua casa ter sido destruída e que o acaso o tivesse feito passar por ela. Diabos, não fora o *acaso*. Fora Campbell quem o guiara até lá, e a mensagem que queria passar era clara: não há mais nada de Josiah Bradford. Pelo menos, não do velho

Josiah Bradford, o que todos conheciam. O que restara dele pertencia a Campbell agora, e era assim que deveria ser. O Josiah que ficara conhecido neste vale desapareceria por completo até o fim do dia, desapareceria tão rápido quanto a nuvem que destruiu sua casa. E deixaria um rastro semelhante.

O velho R. L. Drake ligou sem problemas. A casa ainda estava com luz, portanto não seria preciso usar o gerador de emergência, e, segundos depois de Anne encontrar a mesa, já estava com o microfone nos lábios. A maioria das faixas de onda com as quais lidava eram as frequências de previsão de tempo, mas, como qualquer radioamadora, ela tinha programadas as faixas dos serviços de emergência locais. Nos dias de hoje, a comunicação com esses serviços era feita através de códigos, mas ainda havia a possibilidade de transmitir pedidos de socorro. Ela explicou a situação para quem a atendeu da maneira mais calma que pôde. Seus nervos estavam em frangalhos, seu corpo em completo desequilíbrio, mas conseguiu falar tudo devagar e com clareza. Durante a vida toda, ela se preparara para isso: uma emergência real. Sempre soube que podia conservar a calma se fosse necessário e, embora achasse que isso fosse acontecer devido a um tornado e não a um sequestro, seu treinamento não a deixara na mão.

A mulher que a atendeu parecia irritada no início, sem dúvida por estar envolvida por muitas chamadas relacionadas com a tempestade, mas, em seguida, se mostrou assombrada.

— Madame, preciso entender a situação: a senhora está sozinha na casa?

Anne dissera isso logo que começou a falar. Suspirou fundo e fez força para encontrar paciência em face do pânico.

— Sim, exatamente.

— Mas foi feita refém durante muitas horas desta manhã por um homem armado?

— Não por um homem qualquer. O nome dele é Josiah Bradford. Ele é daqui mesmo. Acho que trabalha no hotel West Baden.

— Perfeito, e a senhora acredita que, no presente momento, ele tem outra mulher sob seu controle, e que ele saiu de sua casa com ela e a arma, correto?

Anne sentiu crescer uma frustração súbita, uma vontade de dar um tapa na mesa e gritar: *É claro que ele ainda está armado! Agora, por favor, pare de me pedir que repita o que eu disse e faça alguma coisa!* Mas uma situação como aquela exigia equilíbrio e calma. A mulher que estava agora com Josiah precisava da ajuda de Anne.

— Está tudo certo — respondeu com a voz controlada. — O nome da mulher é Claire Shaw. Ela é de Chicago. O marido dela veio até aqui para fazer um filme e, de algum modo, cruzou-se com Josiah. Eu diria que o tempo é vital. Ele está armado, e, se acreditarmos no que disse, há dinamite dentro de sua caminhonete. É preciso encontrar essa tal caminhonete.

— Já há um pedido de busca para essa caminhonete. Saiu ontem. Foi feito por um detetive da polícia. Vou entrar em contato com ele agora.

— Ótimo — disse Anne, perguntando-se o que Josiah teria aprontado para atrair a atenção da polícia. — Ele está na caminhonete agora, assim como ela. Ele a está levando a algum lugar. Não sei onde, mas sei que é próximo da casa dele.

— Certo — falou a mulher —, mas, nesse momento, tenho que arranjar alguém para ir aí tirar a senhora do porão. As coisas estão fora de controle... Tivemos um tornado que atingiu Orleans, outro que cruzou Paoli há menos de cinco minutos e todas as nossas unidades saíram para prestar socorro. Vou encontrar alguém que possa ir até aí.

— Não, não mande ninguém até aqui ainda. Eu estou bem. Mande primeiro alguém para *encontrar aquela caminhonete.*

— É claro que essa é a prioridade. Entretanto, entenda que estamos no meio de um verdadeiro caos. Vários trechos de estradas estão fechados, e há muitos estragos causados pela tempestade. Temos um incêndio...

— Sei que estão no meio de um caos — disse Anne. — Mas lhe asseguro que ele pode fazer a tempestade parecer um acontecimento suave, se alguma providência não for imediatamente tomada.

O vento aumentava na medida em que Josiah se aproximava do golfo, e por lá havia tantas árvores caídas que a estrada estava quase intransitável. Se Josiah se importasse minimamente com sua caminhonete, não seguiria adiante, mas, naquele momento, o Ranger significava para ele o mesmo que a pilha de destroços que fora sua casa, e, por isso, ele seguiu em frente, passando por cima de troncos e moirões de cerca com restos de arame farpado. Tudo aquilo que estava no meio da estrada tinha sido colocado ali por uma *nuvem*, aquela porcaria toda. Era difícil de acreditar.

Lá em cima, a velha capela branca ainda estava de pé e parecia intacta; a tempestade devia ter passado ao sul dela. Viu as luzes da sirene de uma caminhonete de socorro do outro lado do campo, uma unidade dos bombeiros voluntários, mas estava estacionada numa das vias de acesso a uma fazenda e não reparou nele. A estrada de cascalho que levava ao golfo estava vazia, ele seguiu por ela e atravessou o bosque. Viu dois carros parados no final. Um deles era o Oldsmobile de Danny e o outro era o Porsche Cayenne, que estava de cabeça para baixo. O teto estava amassado e havia cacos de vidro espalhados por toda a parte, e os quatro pneus, que tinham sido furados, apontavam para o céu. Josiah começou a rir e parou a caminhonete ao ver Danny sair de dentro do mato atrás dos carros com seu rosto, que quando normal era vermelho e cheio de sardas, mas que agora estava completamente pálido e com o cabelo todo molhado.

— Você viu? — disse ele, indo em encontro a Josiah. — Você viu? *Merda*, eu nunca vi nada igual. Puta que pariu, nunca imaginei ver nada como isso.

Josiah apontou para o Porsche virado.

— Acho que você nem precisou se preocupar com os pneus.

Danny o olhou sem entender.

— Como você se livrou do tornado? — perguntou Josiah.

— Dirigi *para longe*, foi assim que me livrei dele. Estava esperando os dois, conforme você mandou, e ouvi o barulho. Parecia *mesmo* o barulho de um trem, como as pessoas costumam dizer. Então, ouvi o barulho e vi o céu ficar preto que nem petróleo e pensei que tinha que me mandar *depressa*. Então, liguei o carro e nem tinha chegado à estrada quando a vi. A velha nuvem em forma de funil, toda branca na base e ficando cada vez mais preta no topo. Acelerei o velho carro como nunca antes em toda a minha vida. Cheguei até a igreja quando o tornado veio, estacionei atrás dela e fiquei ali, rezando. Vou lhe contar, fiquei ali rezando e chorando feito criança, e acho que foi a igreja que me salvou, porque aquela coisa passou a menos de 90 metros de onde eu estava, mas estava seguro e...

— Onde eles *estão*?

— Quem?

— Aqueles que vim encontrar aqui, porra! Onde estão?

Danny piscou e enxugou o rosto com um lenço, deixando sua face ainda mais suja.

— Não sei. Estavam na floresta. Bem aqui, por onde o tornado passou, Josiah. Até onde sei, estão em algum lugar *para lá*. — Apontou para o leste com o braço, na direção de onde a tempestade teria se dispersado.

— Acha que podem ter morrido? — disse Josiah, sentindo uma raiva fria borbulhar por dentro. Era melhor que a tempestade não tivesse dado cabo deles. Ele fora até lá para resolver uma questão, não para recolher cadáveres.

— Não tenho a menor ideia, Josiah. Só quero ir embora daqui. Para mim já chega, certo? Eu já...

— Cale a boca — disse Josiah. — Ainda tenho que fazer uma coisa, e não acabou nada para ninguém enquanto ela não for feita. Você não compreende o peso dessa tarefa, Danny, você não entende a importância. Por isso, *nada* acabou.

— Josiah...

— Pare de me chamar por esse nome.

— *O quê?*

— De agora em diante, me chame de Campbell. Entendeu? Me chame de Campbell.

Danny falou:

— Acho que você ficou maluco.

Ele encarava Josiah quando falou aquilo e não estava brincando.

— Não sei mais no que diabos você está pensando — disse Danny. — Nem parece mais a mesma pessoa, e agora vem me dizer que se chama Campbell... parece até que está possuído.

— O que estou — disse Josiah — é concentrado.

Afastou-se de Danny, de volta à caminhonete, e pegou a espingarda dentro da boleia. Em seguida, foi para o lado da caçamba e levantou a lona para expor a mulher de Eric Shaw.

— Josiah! O que... ah, diabos. Você está louco! Perdeu completamente a...

— Vou lhe pedir mais uma vez para ficar quieto — disse Josiah, e os olhos de Danny viram que a espingarda estava apontada para ele.

— Você vai atirar em mim? Em *mim*?

— Não é minha intenção. Mas vim aqui para terminar um trabalho, e ninguém irá me interromper. Muito menos você.

Danny ficou perplexo. Não disse uma palavra. O vento soprava outra vez com força, anunciando uma nova rodada de tempestades que sucederiam àquela que acabara há poucos minutos.

— Vamos ter que encontrar aqueles dois — falou Josiah —, estejam eles na floresta ou pendurados em alguma árvore com os pescoços quebrados. Vamos ter que encontrá-los.

— Quem é ela? — perguntou Danny com os olhos pousados na mulher da caçamba da caminhonete.

— É a mulher de Shaw. Agora, me diga para onde eles foram.

Danny apontou o dedo para a floresta destroçada pelo vento.

— Foram para o golfo. Na última vez que os vi, desciam a encosta na direção do golfo.

— Ótimo — disse Josiah. — Então, vamos para lá também. Incomoda-se de ajudar nossa amiga aqui a sair da caminhonete? Quero que ela fique ao meu lado.

Danny hesitou por um instante, porém, quando se mexeu, parecia mais que trocava um olhar com a mulher do que obedecia à ordem de Josiah. Inclinou-se sobre a lateral da caçamba e tentou agarrá-la, mas fazia isso com cuidado, sem pressa para terminar o trabalho.

— Vamos logo, tire-a daí! — gritou Josiah. — Ela não é assim tão frágil, meu rapaz.

Danny ignorou o comentário. Foi para a traseira da caminhonete e subiu na caçamba para ajudá-la a ficar de pé. Ao fazer isso, esbarrou na lona e viu o que ficara escondido debaixo dela. Parou com os braços estendidos na direção da mulher.

— Isto é... dinamite?

— Sim — disse Josiah. — E basta um tiro para eu mandar a traseira dessa caminhonete pelos ares até Martin County. Agora, quer andar mais depressa?

Danny colocou-a de pé e reclinou no chão. Em seguida, usou seu canivete para cortar a fita que a prendia pelos pés, segundo instruções de

Josiah, e começou a descer a trilha. A mulher ainda estava desequilibrada, com as mãos atadas pela fita, e ele a segurava para ajudar. Entraram na floresta e, em poucos minutos, já não viam mais os carros, e agora cruzavam um território conhecido, um lugar onde Josiah conhecia todas as raízes e pedras. Havia árvores caídas por todos os lados, algumas cortadas ao meio, outras arrancadas pela raiz, inclinadas umas contra as outras, mas, de alguma forma, algumas conseguiram se conservar de pé e intactas. Mesmo naquele momento, elas continuavam a ser vergadas pelo vento mais forte. Josiah ficou maravilhado ao olhá-las. As desgraçadas não pareciam tão flexíveis num dia normal, tinham uma aparência dura como as tábuas que produziam, mas agora via como eram capazes de se curvar com elegância. Algumas quebrariam, outras se vergariam... Tudo dependia da árvore e da força da tempestade. Algumas quebrariam, e outras apenas se curvariam...

Seu pensamento se perdeu nas árvores e não viu o que Danny e a mulher viram. Não entendeu o que estava acontecendo até a mulher cair de joelhos no meio da trilha. Quando ele se virou para colocá-la de pé outra vez, viu que Danny apontava para a frente. Observou a trilha.

Eric Shaw estava vindo por ela.

57

CLAIRE.

Eric a viu antes de qualquer outra coisa. Estava com o olhar tão concentrado nela que, por instantes, foi incapaz de ver o que se passava em volta. A primeira coisa que viu foi o pedaço da fita: um X prateado que brilhava em seu rosto. Logo depois, ela caiu de joelhos na trilha e o resto das peças se arrumou em seu cérebro — Danny Hastings estava ao lado dela e Josiah Bradford, atrás dos dois com uma espingarda nas mãos. Num primeiro momento, ao primeiro relance, eles não eram nada senão peças sem significado que estavam ao redor de sua mulher. Agora, elas se juntavam e seu significado se tornava muito claro. Principalmente a arma.

Ele deixara Kellen ao lado do golfo há cinco minutos, e começara a escalada de volta pela encosta com a esperança de encontrar ajuda em pouco tempo. Estava com as mãos tremendo e a cabeça latejando, mas dissera a si mesmo que tinha que pensar em Kellen, pois ele precisava de um tipo de ajuda que se podia conseguir — ajuda normal, ajuda humanitária, diferente daquela que Eric necessitava. Por isso decidira subir a encosta devastada pela tempestade: para buscar socorro para Kellen; e agora estava vendo sua mulher amarrada e amordaçada.

Por um momento, ninguém se mexeu ou falou. Todos ficaram parados onde estavam, encarando uns aos outros, e, então, Eric começou a correr para adiante. O rosto de Josiah se abriu num sorriso e ele levantou a espingarda, apoiando o cano sobre a cabeça de Claire.

Eric parou.

— O que você está fazendo? — gritou. — O que você *quer*?

— Apenas o que é meu por direito — disse Josiah. Sua voz não era nada parecida com a que tinha há dois dias. Parecia ter ganhado um timbre mais grave, ganhado poder. Era a voz semelhante à de um pastor dos velhos tempos, destinada a incitar as multidões.

— Tire essa arma da...

— Venha até aqui. Ande devagar, mas se aproxime. Não quero ter que gritar.

Não, pensou Eric, *acho que* temos *de gritar. Porque Kellen está lá embaixo e não vai nos ouvir a menos que gritemos. Não sei o que ele pode fazer com o tornozelo quebrado, mas quem sabe? Eu o deixei para ir procurar ajuda. Agora, sou eu que preciso de ajuda.*

E se moveu na direção deles.

Devastação. Aquela era a palavra que circulava pelas ondas do aparelho de radioamador — informações vindas de todos os lugares, enquanto Anne esperava no porão a chegada da polícia. O tornado que passara por lá enquanto Josiah ainda estava ern sua casa atingira a região a oeste de Orangeville e foi para o nordeste em direção a Orleans. Destruiu várias casas, virou muitos carros e arrancou postes. Pelo menos dois incêndios irromperam como resultado de sua passagem. A autoestrada 37 estava interditada entre Orleans e Mitchell, o que impedia o acesso de muitas equipes de resgate.

Um segundo tornado descera minutos após o primeiro, mais para o sudeste. Achatou um conjunto de trailers e se moveu para as fazendas, onde destruiu uma torre de celular pelo caminho. As primeiras informações estimavam que este percorrera, pelo menos, uns 10 quilômetros.

Trancada no porão como estava, não conseguia ver o céu, mas os observadores no oeste ainda transmitiam o alerta de que as coisas não tinham terminado. A tempestade acabara de mudar de direção e se realinhara, e, como eles avisavam, provavelmente preparava-se para cuspir outra nuvem em forma de funil.

Em geral, os tornados se estendiam por uma área imensa e, às vezes, chegavam a um total de quarenta, cinquenta ou mesmo cem deles atravessando uma região enorme, atingindo muitos estados. O surgimento de um conjunto deles, como estava previsto, num mesmo lugar, era algo raro, porém já ocorrera outras vezes. Ela mesma se lembrava de ter estudado um evento semelhante que ocorrera em Houston no início dos anos 1990, quando seis tornados se formaram de quatro tempestades distintas e atingiram uma única área no espaço de duas horas. Num determinado momento, três deles estavam no chão ao mesmo tempo. Coisas como aquela podiam acontecer. Não se podia prever nunca o comportamento de uma tempestade furiosa. Tudo o que se podia fazer era prestar atenção aos alertas.

Aquele era o papel dela: ficar atenta aos alertas e esperar que as pessoas fizessem o mesmo. Ela tinha frequências que podia usar para se comunicar com as unidades de segurança dos hotéis French Lick e West Baden, e as contatou logo após ter terminado a conversa inicial com a polícia, falou sobre as ameaças que ouvira, e sugeriu que fossem colocados guardas nas entradas. Não tinha certeza se acreditariam nela, mas fez o que pôde. Emitiu um sinal de alarme.

Quinze minutos depois de ter feito o contato inicial, a plantonista do Departamento de Polícia de Orange County chamou Anne para informar que um detetive chamado Roger Brewer, da Polícia Estadual de Indiana, chegara à casa de Josiah Bradford.

E vira que a casa fora destruída pelo tornado.

Parece, conforme disse a plantonista, que o tornado tocou o solo justamente em cima da casa dele, antes de iniciar seu caminho de devastação sobre Orleans.

— Nenhum sinal da caminhonete?

— Nenhum. A polícia estadual acabou de entrar em contato com o FBI para pedir ajuda, pois, com todas as unidades locais ocupadas atendendo às ocorrências causadas pela tempestade, o sequestro exige uma atenção que o pessoal daqui não pode dar. Mas o contato do FBI mais próximo fica em Bloomington, a 45 minutos de carro, com as estradas em condições normais, o que, infelizmente, não é o caso. Portanto, havia um detetive na busca.

Um.

A plantonista falava com Anne com extrema calma, o que com certeza fazia parte de seu treinamento, mas o que também era extremamente frustrante para alguém que tentava demonstrar a necessidade de providências urgentes. Ela disse que o detetive estava "fazendo uma varredura". Depois, emendou numa justificativa de que havia muitos outros chamados de emergência e que não podia prolongar mais a conversa com ela.

— Ele tomou a direção da casa dele — disse Anne. — Uma área perto da floresta. Continuem procurando. E lembre-se que ele falou que a caminhonete estava cheia de...

— Eu lembro. Já alertei os policiais. Eles estão cientes da ameaça.

Não, pensou Anne, *não estão. Tenho certeza de que ninguém está.*

Ela não podia dizer o que tinha certeza ser verdade: a tempestade e Josiah tinham uma ligação forte, o mal chegara naquele dia à cidade e não iria embora de lá tão cedo.

— O que você quer? — repetiu Eric Shaw, avançando pela trilha em direção a Josiah. — Isso não tem nada a ver conosco. Nem com ela, nem comigo.

— Acho que você errou essa — disse Josiah. — Tem muito a ver com você.

— Como?

— Você deu meu nome a outra pessoa — disse Josiah. — Àquele que me levou embora do meu lar, que derramou meu sangue e você o honrou com o meu nome. Nem se deu conta que foi você quem me trouxe *de volta* para cá, seu filho da puta idiota. Você me trouxe de volta, e temos contas a acertar.

Aquelas palavras saíram de sua boca sem um pingo de hesitação, e, embora não fossem suas, as tomava como verdade.

— Trouxe-me de volta a meu lar e achou que podia me controlar — disse. — Me controlar com a água. Uma ideia tola, Shaw. Nada neste vale é mais forte do que eu.

Shaw inclinou a cabeça e encarou Josiah:

— Ele está em você, não é?

Josiah não respondeu.

— Do que você está falando? — falou Danny, e Josiah não deu a menor bola pelo interesse claro em sua fala.

— Campbell. — Shaw disse para Josiah. — Sua voz está muito semelhante à de Campbell.

Sobre eles, o céu escurecera completamente e o vento uivava, embora a chuva tivesse parado. A próxima onda da tempestade chegara.

— Como você sabe qual era a voz dele? — perguntou Danny.

— Acredite em mim, eu sei. Faz alguns dias que o tenho escutado. Que o tenho visto e ouvido. — Voltou-se para Josiah. — Você não se parece com ele ainda, mas tem o mesmo tom de voz. Ele está em você agora.

— Sempre esteve — disse Josiah. — Você não ouviu o que falei? Nós temos o mesmo sangue, seu filho da puta ignorante. Os anos não importam. Estamos ligados, sempre estivemos.

— Não — disse Shaw —, não dessa maneira. Ele está em sua mente, e o transformou em algo...

Josiah avançou na direção dele com a espingarda erguida, bateu com o cano na têmpora de Shaw e o derrubou na grama molhada. Danny grunhiu e deu um passo à frente. Josiah virou-se para encará-lo.

— O que acha que está fazendo?

— Nada, não estou...

— Se der outro passo na minha direção, atiro em você mais rápido do que nesses dois aqui.

— Droga, Josiah, ele só falou a verdade.

— Da boca deste homem não saiu nenhuma verdade desde que ele pôs os pés no meu vale.

— Bobagem. Campbell contagiou seu maldito cérebro, exatamente como ele disse.

Shaw falou outra vez, a voz tomada pela dor.

— Pelo menos liberte Claire e a deixe ir. E, seja lá qual for o problema que você tem comigo, vamos resolver. Mas ela não é parte disso.

Josiah olhou para ele e viu o sangue escorrendo de um ferimento em sua testa, descendo pelo seu rosto e pingando na grama. Na sombra, o sangue parecia negro, mas um raio riscou o céu e o iluminou, e, naquele instante, ele viu o vermelho vivo do sangue de Shaw em contraste com seu rosto branco.

— Pense por um minuto — disse Shaw, com muita dificuldade em movimentar a língua para falar. — Pense no que quer e no que pode conseguir. Quer dinheiro? Está bem, posso lhe conseguir dinheiro. Mas o que mais espera conseguir com isso? Por que você a amarrou desse jeito? O que acha que vai conseguir de bom com isso?

— Vai me trazer de volta — falou Josiah — o que é meu por direito.

— E o que é isso?

— Este vale — disse ele.

— Não sei o que quer dizer com isso. E não sei como machucar minha mulher irá ajudá-lo a conseguir o que quer.

— É tudo uma questão de poder — disse Josiah. — Não espero que uma mente estúpida como a sua possa entender o que isso significa. Houve um tempo em que eu mandava neste vale, e o tinha na palma da mão. Vou fazer isso outra vez.

O sangue ainda pingava na lateral da cabeça de Shaw. A pancada que Josiah lhe dera fora certeira, seu braço esquerdo tremia como se estivesse paralisado.

— Pare de deixar que ele fale por você! — gritou Shaw. — Apenas *pense* por um minuto, pense sobre o que é real. A polícia está atrás de você. Se ficar aqui, será preso. Mas eu posso lhe conseguir algum dinheiro e você poderá ir...

— Cale a merda dessa boca, seu desgraçado — disse Josiah. — Se eu precisasse de alguma sugestão sua, você saberia através da minha arma.

Mas as palavras de Shaw fizeram algum efeito nele. Entraram em sua cabeça e modificaram suas intenções. O que ele queria dizer? Por que ele estava lá? Afastou-se dos outros, virou-se para a floresta e deixou o vento bater forte em seu rosto. Sentia nele o cheiro da tempestade e podia perceber sua força. Quis ficar sozinho com aquele vento por um momento. Só por um grande momento.

Shaw se aproximou dele enquanto ainda estava parado, de olhos fechados. Josiah descuidara-se da espingarda, ela estava desprotegida ao seu lado, apoiada na perna dele E, por pouco, Shaw não a pegou. Chegou a colocar a mão nela, pegou no cabo e quase a tirou de Josiah.

Quase.

Josiah arrancou-a da mão dele e lhe deu um soco com o punho esquerdo, que o atingiu como um martelo, bem na testa de Shaw. Apesar disso, ele aguentou firme, agarrando Josiah pela cintura com um dos braços e distribuindo socos com o outro. Josiah se afastou meio cambaleante, agarrou o cinto de Shaw e o empurrou. Com isso conseguiu espaço para levantar a espingarda, enquanto Shaw vinha para cima dele outra vez. Josiah virou a arma de tal modo que a coronha ficou para baixo e tentou dar com ela na cara de Shaw, mas, errou, acertando seu ombro. Ouviu-se um estalo e um grito de dor, e Shaw caiu de costas na grama enlameada. Josiah levantou a arma novamente, desta vez elevou-a o mais alto que pode, e, na mesma hora, a mulher deu um grito, abafado pela fita que lhe cobria a boca. Naquele instante, teve um vislumbre de memória e se viu dentro da vala, com o bloco de concreto na mão pronto para dar um golpe na cabeça do detetive. Desta vez, abrandou a ação. Bateu com a coronha da arma com força suficiente para machucar, mas não para matar. Acertou o alto da cabeça, e Shaw caiu e não se levantou. Porém permaneceu consciente e saiu tateando na lama como se pretendesse se erguer. Não teve forças. Josiah quis lhe dar mais uma coronhada, com força total, mas parou. Pensou no homem que matara com tanta facilidade da última vez.

Não iria cometer o mesmo erro agora. Os mortos não se lembrariam dele, e Josiah queria que esse filho da puta se lembrasse bem dele. Que ele vivesse bastante e sempre se lembrasse. Era o que Campbell tinha falado. Shaw não queria contar histórias sobre a família? Não queria explorar o nome Bradford? Então, que contasse *esta* história.

Josiah se ajoelhou ao lado de Shaw e meteu a mão nos bolsos dele. Não encontrou nenhuma arma, mas achou um celular. Dois celulares na verdade; um parecia ter se estragado com a água. Colocou os dois no chão e os esmagou com a coronha da arma, enquanto Shaw gemia de dor ao seu lado. Josiah ajoelhou-se de novo, pegou-o por uma das orelhas, puxou sua cabeça para trás e encarou seus olhos vacilantes.

— Já ouviu uma explosão de dinamite? De perto, pessoalmente?

Os lábios de Shaw se moveram, mas não saiu qualquer palavra de sua boca. Suas pálpebras tremiam e se abriram outra vez quando Josiah lhe puxou a orelha.

— Imagine uma caixa cheia de dinamite explodindo com a ajuda de 55 litros de gasolina. Imaginou qual seria o barulho disso? Espero que sim, porque você não vai estar lá para ouvir. Não vai ouvir o barulho, mas vai ouvir falar muito dele. Irá até ouvi-lo em seus sonhos. Imagino que irá. Quando tirarem os ossos dela do fogo, você não conseguirá parar de imaginar o que foi que aconteceu. Ficará com a imaginação grudada nessa cena por muito tempo, espero. Faça bom proveito.

Deu outra pancada na cabeça de Shaw e levantou-se. Foi até onde estava a mulher, passou a mão nos cabelos longos dela e lhe deu um tranco para que ficasse de pé. Danny fez mais um ruído de desaprovação, e Josiah apontou a espingarda para ele.

— Volte para a trilha, Danny. Vamos todos voltar para a trilha. Você irá na frente. Sinto que não posso mais confiar em você andando atrás de mim.

— Droga, Josiah, deixe-a aqui. Deixe-a com ele. Não há motivo para levar isto adiante. Vamos pegar meu carro e sair da cidade. Vamos para onde você quiser. Eu levo você.

— É aí que você se engana — disse Josiah. — Pensa que quero ir para outro lugar. Não é nada disso. Meu lugar é aqui.

Colocou o dedo no gatilho e apontou com o queixo para a trilha adiante entre uma cusparada e outra de tabaco.

— Comece a andar. Ainda temos um trabalho a fazer.

58

NÃO OUVIU NENHUMA NOTÍCIA sobre Josiah ou a caminhonete. Anne ainda ouvia as ondas curtas, ali, no porão frio que tinha cheiro de umidade e poeira. Tentava manter a esperança, tentava esquecer o som da palma da mão dele ao bater no rosto daquela pobre mulher.

Não ouviu nada que pudesse lhe trazer esperança.

Havia muitos informes — ela não se lembrava de que passara algum dia de sua vida com tal nível de atividade —, mas todos eram relacionados com a tempestade. Os danos em Orleans foram severos. Ao norte, em Mitchell, os ventos derrubaram árvores e quebraram vidros das janelas dos prédios, e, na pequena cidade de Leipsic, foi noticiado um incêndio iniciado por uma linha de alta tensão que caíra sobre um celeiro. O segundo tornado, em Paoli, arrasou uma porção de trailers, alguns até com pessoas dentro.

Eram problemas urgentes, mas o que tomava a atenção de Anne agora não eram as informações sobre os danos causados do norte ao leste, mas sim sobre aquelas nuvens ao sul e ao oeste. Elas vinham acompanhadas por fortes raios, o que não acontecera da primeira vez — uma escola a 16 quilômetros foi atingida por um — e a área abaixo da tempestade estava sendo varrida por uma chuva de granizo. Dois observadores que Anne conhecia e em quem confiava relataram uma formação chamada de rabo de castor, que indica uma rotação nas nuvens de tempestade.

Entretanto, ainda mais alarmante, eram as informações de observadores que estavam na periferia dessa nova tempestade. Nas regiões vizinhas, as tempestades que haviam se formado estavam dissipando. Isso talvez agradasse a alguém que não conhecesse meteorologia, mas não era, de forma alguma, um bom sinal, pois indicava que a energia dessas tempestades mais afastadas iria ser absorvida pela frente maior, alimentando-a.

A tempestade movia-se rapidamente para o nordeste. De volta ao vale de Anne.

Ela chamou a plantonista da polícia mais uma vez, e foi informada que o detetive Brewer ainda não tivera notícias da caminhonete.

— Diga-lhe que procure mais uma vez naquela área. Ele está por lá.

A plantonista respondeu que iria dizer para o detetive fazer uma nova incursão por aquela região.

O mundo ainda não parara de girar. Eric piscou, apertou os olhos e tentou focalizar o que via, mas tudo continuava a se mover, as árvores, a terra e o céu oscilavam à sua volta. De vez em quando, a floresta escura era iluminada pelo clarão de um raio, e o trovão ribombava de um modo que o chão parecia tremer, mas não havia chuva.

Passou a língua sobre os lábios e sentiu gosto de sangue. Tentou sentar-se e sentiu uma dor profunda na clavícula. Procurou com os dedos o ferimento em sua cabeça, mas sua mão tremia tanto que não conseguiu achá-lo, e seus dedos passeavam pelo rosto como se ele fosse um cego fazendo um reconhecimento através do tato.

Estava sozinho.

Aquilo significava que Claire já não estava mais ali.

Deu um grunhido, ficou de quatro e, em seguida, conseguiu engatinhar até uma árvore, na qual se apoiou para poder ficar de pé. O mundo à sua volta inclinou-se outra vez, mas ele a agarrou com firmeza.

Para onde a teriam levado? Tinham acabado de sair; não podiam estar longe. Tinha de ir atrás deles. E rápido, pois Josiah tinha uma arma e dissera alguma coisa sobre...

Dinamite. Cinquenta litros de gasolina para ajudar...

Ele ouvira aquelas palavras, não? Seria verdade? Será que Josiah Bradford tinha mesmo dinamite na caçamba da caminhonete?

Quando tirarem os ossos dela do fogo...

Não havia ninguém ali que pudesse ajudar. Kellen estava lá atrás, no golfo, seu carro devia estar destruído e Claire estava com aquele homem, que já nem era mais ele mesmo. Ele estava tomado por Campbell, Eric tinha certeza agora, ouvira isso em sua voz e vira em seus olhos.

Tinha que alcançá-los.

Tinha que alcançá-los *depressa*.

Finalmente, Josiah tinha uma intenção, sabia qual era e como executá-la. Sentia-se como um homem que sempre procurara por algo no escuro e subitamente percebera que tinha uma caixa de fósforos em seu bolso.

Seu retorno àquele lugar, que o desviara de seu caminho do hotel e de seu objetivo principal, tinha sido misterioso, porém necessário, por razões que não compreendera muito bem no início. No entanto, depois de ter visto Shaw, entendia perfeitamente — Shaw e Campbell tinham uma ligação, um era parte do outro, uma ligação diferente da que havia entre Josiah e Campbell. Shaw fez com que o espírito de Campbell retornasse a este lugar e, de algum modo, ele conseguira entender isso. Percebeu seu significado. Campbell precisava que ele permanecesse vivo para contar a história, ninguém mais seria capaz de dar crédito a este momento quando fosse preciso recontá-lo. Eric Shaw era a exceção. Na questão do legado de Campbell Bradford, Eric Shaw era vital.

Tentavam subir a trilha o mais depressa possível. Josiah arrastava a mulher e mantinha a espingarda apontada para a frente, para Danny. Josiah encarou os olhos daquele que sempre fora seu amigo mais leal, viu o logro que seu olhar ocultava, e percebeu que Danny Hastings não era mais seu aliado.

Tudo bem. Josiah não estava sozinho naquela luta. Campbell estava com ele, e o vale não conhecia aliado mais cruel. Terminariam juntos aquele trabalho, e os obstáculos que se danassem.

Chegaram até o início da trilha e continuaram pelos campos, até o lugar em que havia deixado a caminhonete. Agora que não estavam mais na floresta, ele podia ver tanto as fazendas quanto a estrada, e percebeu que as luzes de emergência, que estavam ali piscando quando ele chegara já tinham desaparecido. Foram atender outras chamadas e resolver problemas em algum outro lugar. Calculou que, para onde quer que tivessem ido, foram para o lado errado.

A caminhonete estava no mesmo lugar, amassada e arranhada, mas pronta para tirá-los dali. Só precisava dela para uma última corrida, de poucos quilômetros.

— É aqui que vamos nos separar — falou para Danny ao passarem pelo Porsche virado para cima. — Você vai ouvir o resto da história logo, logo, espero.

— O que quer dizer?

— Não tenho tempo e nem desejo lhe dar explicações. — Ele empurrou a mulher para a traseira da caminhonete, mas, pela primeira vez, ela resistiu e tentou se livrar dele. As mãos dela ainda estavam amarradas, mas as pernas não, e ela deu um chute em seu joelho. Ele bateu nela com força, apertou seu braço e a jogou contra a lateral do carro. Essa pequena demonstração de luta fez com que achasse que a caçamba da caminhonete talvez não fosse um bom lugar para deixá-la. Em vez disso, iria colocá-la no banco do carona, para que ficasse perto dele.

Pegou o rolo de fita na caçamba e segurou-a enquanto prendia as pernas dela. Deu a volta no carro e a arrastou até o lado do carona, sem se importar com Danny, e abriu a porta. Ela ainda lutava e se debatia tanto que lhe deu uma cabeçada no rosto, o que fez com ele sentisse o gosto de sangue na boca. Então, ele a agarrou pelo pescoço e a empurrou para frente, com o joelho em seu traseiro, até colocá-la dentro da caminhonete. Acabara de fechar a porta quando Danny falou:

— Basta, Josiah.

Josiah se virou para encará-lo e viu a faca em sua mão.

Era um canivete dobrável, com uma lâmina de, no máximo, 10 centímetros, um desses que tem um botão para que se possa abri-lo depressa e parecer um cara mau. Josiah olhou para ele e deu uma gargalhada.

— Vai me cortar?

— Vou fazer o que precisa ser feito. Você decide o que vai ser.

Josiah riu outra vez, levantou a espingarda e colocou o dedo no gatilho.

— Faca contra arma de fogo — disse. — Se isso não descreve quão patética é a sua vida inteira, não sei o que mais poderia fazê-lo, Danny.

— O que quer que pretenda fazer, irá fazer sem ela.

— É?

— É.

— Danny, eu aperto esse gatilho e acabo com sua vida. Você entende? Esta puta não tem nada a ver com você.

— Isso não está certo, e não vou concordar com isso.

— Caramba, você está sendo um babaca nobre.

— O que o marido dela lhe disse lá atrás era verdade — falou Danny. — Este não é mais você. Não entendo o que está acontecendo, mas este não é mais você mesmo, Josiah. Nem chega perto.

— O que foi que lhe disse sobre usar esse nome?

— É isso que estou dizendo. O fantasma de Campbell entrou na sua cabeça, como ele falou. Você está falando de um jeito estranho, falando sobre Campbell como se ele estivesse sentado do seu lado. O homem está morto, Josiah, e não sei o que diabo aconteceu com você, mas o homem está morto.

— Este é um engano que vem sido cometido por muito tempo — disse Josiah. — Campbell não morreu.

Danny arrastou os pés para chegar mais perto. Não havia mais que 1,5 metro entre eles. Josiah parecia estar gostando dessa conversa e se divertia com a demonstração de heroísmo de Danny, mas não tinha tempo a perder.

— Abaixe-se e saia da frente — disse. — Eu e essa mulher temos que ir embora.

— Ela não irá com você.

— Danny...

— Estou lhe falando como amigo, Josiah, como o melhor amigo que teve nesta vida, você perdeu a merda da sua cabeça.

— Pode ser — disse Josiah —, mas vou lhe dizer uma coisa: não vou entrar sozinho no fogo. Essa puta vai comigo

— Do que você está falando?

— Estamos indo. Vá pegar o seu carro.

Danny fez uma pausa bem longa. Olhou, em seguida, para a mulher dentro da caminhonete, botou sua língua grossa e rosada para fora e lambeu os lábios.

— Se tem alguém que vai fazer essa viagem com você, esse alguém sou eu.

— Você quer trocar de lugar com ela?

Danny assentiu.

— E *eu* é que sou maluco? Ela não significa nada para você, rapaz.

— Nem para você.

Josiah se sentiu inseguro de novo, a mente voltando a vagar sem rumo como fizera o dia todo, e isso o deixou zangado. Não tinha tempo para isso, e sabia muito bem o que tinha que fazer, e estivera preparado para isso até que o bundão sardento do Danny o atrasou com essa conversa fiada.

— Vá para seu carro — repetiu, com mais ênfase desta vez.

— Está bem — disse Danny —, mas ela vai comigo.

Por instantes, manteve o olhar firme em Josiah como se estivesse à procura de um blefe nele, em seguida, lambeu os lábios mais uma vez. Deu um passo em direção à mulher e Josiah apertou o gatilho.

Fazia muito tempo que ele não usava aquela espingarda e esquecera a força que tinha. Ela deu um coice em seus braços, fez seu peito tremer e quase cortou o maldito do Danny Hastings ao meio.

A mulher de Eric Shaw deixou escapar um gemido baixo e angustiado abafado pela fita, e se jogou no chão da caminhonete, encolhida debaixo do painel, como se esperasse que ele fosse atirar mais uma vez pela janela. Danny estava tão perto que o estrago em seu corpo fora catastrófico. A caminhonete, a camisa e o rosto de Josiah ficaram sujos de sangue, que mais parecia com lágrimas quentes em sua pele.

Limpou o rosto com a manga da camisa e olhou para o cadáver no chão.

O melhor amigo que você teve nesta vida...

Algo tremeu dentro dele, um enfraquecimento da determinação que tivera enquanto subia a trilha. Engoliu em seco e trincou os dentes enquanto o sangue de Danny escorria pela grama e formava poças ao lado de seus pés.

Não queria ter feito aquilo. Danny o forçara, sim, ele não queria ter atirado. Não nele. Em qualquer outro ele atiraria, mas não nele.

— Seu desgraçado — disse Josiah, ajoelhando ao seu lado e olhando para o lado esquerdo do corpo de Danny, onde o tronco estava quase separado das pernas. Teria sido diferente se tivesse um revólver, poderia ter atirado nas pernas ou em algum outro lugar para que ele não o atrapalhasse, mas que não iria matá-lo. Porém, com aquela espingarda não tinha outra opção, um tiro como aquele, àquela distância, não apenas matava, destruía.

Tocou a grama perto de seu pé e molhou os dedos com o sangue de Danny.

Não é o seu sangue, sussurrou a voz de Campbell para ele. *E não é problema seu.*

Entretanto, era mais difícil se concentrar, mais difícil de ouvi-lo. O toque no sangue quente de seu velho amigo o imobilizou de tal forma que era como se estivesse com blocos de concreto presos aos pés. Não conseguia se mover.

Ele não é seu parente, rapaz, e você ainda tem um trabalho a fazer.

A voz de Campbell, firme e forte durante a maior parte daquele dia — tanto que tomou conta da voz de Josiah em algumas situações —, agora parecia mais fraca. Era difícil ouvi-la, era difícil ouvir qualquer outra coisa que não fosse o eco do barulho da espingarda.

Josiah não tinha lembrança de quando conhecera Danny. Fora há muito tempo. Sempre estiveram juntos neste mundo horrível, desde o início, mais como parentes do que como amigos. Aquele estúpido filho da puta nunca parara de andar com ele. Nem mesmo naquele momento. Merda, ele foi até aquele acampamento dos madeireiros para levar coisas, mesmo depois de saber que Josiah matara um homem; veio até aqui seguindo Eric Shaw por orientações de Josiah; ficou à espera dele debaixo daquele tornado maldito.

Ainda há pouco se ofereceu para trocar de lugar com a mulher na caminhonete.

Quem mais faria tudo isso? E por quê?

Porra, rapaz, tire as mãos do sangue e afaste-se daí! Você tinha que ter ouvido. Só isso. A única coisa que você tem de fazer é ouvir. E agora você não está ouvindo.

Entretanto, ele não queria ouvir. Campbell iria lhe dizer para que fosse embora, que saísse dali, mas não lhe parecia certo ir embora e largar Danny ali. Não, não podia deixá-lo ali sozinho...

Foi a mulher quem o livrou daquelas conjecturas. Ele tinha amarrado os pulsos dela para trás com a fita, mas os dedos estavam livres, e, de algum modo, isso fez com que conseguisse alcançar a maçaneta da porta. Ele ouviu o clique da porta se abrindo, e seu pensamento abandonou Danny. Virou-se e viu os pés dela saírem da cabine e, no momento seguinte, seu corpo cair de costas no chão ao lado da caminhonete.

Ele se levantou depressa e deu a volta na caçamba para encontrá-la ali, do outro lado, caída na terra. Não tinha como sair do lugar, estava apenas fazendo confusão, como um peixe debatendo-se na areia, mas ele deu-lhe o crédito por ter tentado. Josiah se abaixou e a agarrou pela parte de trás do jeans e levantou seu corpo. Largou a espingarda e usou as duas mãos para jogá-la de volta dentro do carro. Não tinha nem mesmo fechado a porta quando ouviu um grito estranho ao longe.

Bateu a porta, agarrou a espingarda com as duas mãos, virou-se e olhou ao seu redor, para a floresta. Ouviu o mesmo grito outra vez, e agora entendeu o que ele dizia: *não*. Eric Shaw encontrara o fim da trilha e estava ali, em frente a eles, do outro lado do campo. Josiah colocou o dedo no gatilho e, por um momento, pensou em atirar na direção de Shaw. Entretanto, se conteve.

— Preste atenção! — gritou. — Preste atenção e escute! Você não pode fazer nada para me deter!

Deu a volta até a porta do lado do motorista, abriu-a e entrou, colocando a espingarda entre as pernas, com o cano apontado para baixo. Ligou o motor enquanto Shaw continuava a atravessar o campo, oscilando de um lado para o outro. Josiah engrenou e arrancou. Pelo retrovisor, viu o homem começar a gritar.

No final da estrada de cascalho, virou para a esquerda e enfiou fundo o pé no acelerador, fazendo os pneus carecas cantarem no pavimento molhado. Foi para o sul, com a intenção de voltar para a cidade pelo mesmo caminho em que veio. Teria que passar outra vez pelos escombros do que restara de sua casa, mas estava determinado a passar por ali como um raio, sem parar ou mesmo dar uma olhada de esguelha.

Era o que pensava, pelo menos durante os primeiros 2 quilômetros, até que a casa apareceu e ele viu que havia um carro parado em frente a ela. Era um carro da polícia. Josiah hesitou, mas não pisou no freio. Eles olhavam para os escombros, não estavam à sua procura.

Foi o que pensou, até que o carro de polícia parou atravessado, bloqueou a estrada e acendeu suas luzes.

59

Eric tentava andar o mais depressa possível, mas suas pernas estavam sem forças. Caiu duas vezes e se levantou meio zonzo, mas seguiu em frente. Mais ou menos na metade do caminho, sua mente começou a clarear e suas pernas ficaram mais firmes. Sentia uma terrível ardência em seu ombro e um calor no couro cabeludo que latejava e continuava a sangrar — ferimentos deixados pela coronha da espingarda de Josiah. A dor no crânio ficava entre a dor de cabeça que sentira durante toda a manhã e o golpe dado com a espingarda.

Estava a uns 90 metros da caminhonete de Josiah quando viu os pneus patinarem e ele arrancar pela estrada de cascalho em direção à autoestrada, com Claire lá dentro. Eric parou e gritou para que parassem, mas o veículo voava entre as árvores e logo desapareceu. Reapareceu adiante, com um guinchar de pneus, quando Josiah fez uma curva para a esquerda, entrou na rodovia e saiu em disparada para o sul. Eric ficou parado no campo, aos berros, até ver a caminhonete sumir de vez.

O vento soprava em rajadas e o empurrava de lado, e foi isso que fez com que voltasse a andar. A temperatura do ar parecia ter caído mais de dez graus, e ali no campo estava tão escuro quanto entre as árvores.

À sua frente, podia ver dois veículos: um sedã branco e outro carro preto todo amassado, o que restara do Porsche de Kellen, completamente destruído. Mas o carro branco estava inteiro e parecia funcionar. Correu na direção dele. Não tinha avançado nem 10 metros quando seus olhos divisaram as manchas vermelhas espalhadas sobre o capô e sobre a grama. O que viu fez suas pernas bambearem. Tropeçou e caiu de quatro na lama.

Havia um corpo na frente do carro. Era, na verdade, uma massa de sangue.

Levantou-se e continuou em frente, incapaz de respirar o ar ao seu redor, o mundo parecia ter parado e ficado em silêncio, a despeito da forte ventania. Tinha muito sangue. Muito sangue...

Era o parceiro de Josiah. O neto de Edgar Hastings. Levara um tiro do lado esquerdo do tronco que, ao atingi-lo, fizera um buraco tão grande que quase cortara seu corpo ao meio. Nem parecia um tiro de espingarda. Parecia mais ter sido golpeado por um machado. Ao chegar mais perto para ter certeza de quem se tratava, Eric resvalou, trôpego, como se o corpo pudesse se erguer e atacá-lo.

Não era Claire. Não era ela. E você só ouviu um tiro... Você viu quando ele a colocou na caminhonete, e ela ainda estava viva. Tinha que estar, porque só um tiro foi disparado...

Só um tiro fora disparado. Não é? Tinha certeza disso, e agora vira o resultado daquele tiro. Mas Claire não estava lá, o que significava que estava na caminhonete com Josiah Bradford — um homem que acabara de matar seu melhor amigo.

Dinamite. Cinquenta litros de gasolina para ajudar. Quando tirarem os ossos dela do fogo...

— Não — falou alto. — Droga. Não!

Deu a volta no corpo, foi para o carro branco, abriu a porta e olhou dentro. A chave não estava na ignição. Quem o conduzira até lá? Josiah tinha se mandado na caminhonete, então devia ser o carro de Danny.

Não tinha tempo para hesitações. Tinha de agir rápido, sem pensar muito.

Foi até onde estava o corpo, ajoelhou-se ao seu lado, sentiu a bile subindo por sua garganta, fechou os olhos e, com uma das mãos, trêmula, foi até a calça ensopada de sangue e procurou o bolso, e com um grito contido de horror, seus dedos tocaram naquele sangue quente e viscoso e enfiou a mão dentro dele.

As chaves estavam lá.

* * *

Quarenta minutos depois que o primeiro tornado tocou o solo perto de Orangeville, o terceiro atingiu Martin County, no ponto onde o Lost River desaguava no braço leste do White River. A nuvem em forma de funil rasgou o barranco do rio e rumou para o nordeste, tomando uma reta pelo curso sinuoso do Lost River, como se pretendesse ir rio acima dali em diante. Em seguida, a tempestade rumou para o vale da Hoosier National Forest, duas maravilhas da natureza se chocando, e foram perder sua força num terreno irregular de floresta. Como disse um observador, era como se a floresta tivesse engolido a tormenta.

Anne estava concentrada em ouvir as informações sobre a tempestade. Ela tinha certeza de que esse terceiro tornado não seria o último, e que o vale estava no meio da fúria de um conjunto de fenômenos correlatos, quando a plantonista de Orange County entrou no ar.

— Senhora? Senhora McKinney? O detetive Brewer acha que encontrou a caminhonete.

— É mesmo?

— É uma caminhonete Ford Ranger branca? Certo? Uma caminhonete pequena?

— Sim.

— Bem, ela passou pela casa de Josiah Bradford e, então, fez um retorno. O carro da polícia está em seu encalço no momento. Apesar de ter as luzes e a sirene ligadas, o motorista não parece disposto a parar.

— É essa mesmo — falou Anne, excitada. — É ele. Diga ao detetive para ter cuidado. A caminhonete está cheia de dinamite.

— Ele já foi avisado.

— Há mais alguém no carro?

— Ele não sabe dizer.

— Ela deve estar com ele. Deve estar lá dentro.

— Entendido. Já o avisei para ter cuidado.

— Acho que essa não é a palavra correta — disse Anne. — Vai ser difícil fazer aquela caminhonete parar sem que...

Sua voz foi morrendo. Não queria expor aquela possibilidade.

— Eu entendo — disse a plantonista.

Josiah quase não conseguiu fazer o retorno na estrada. As rodas do lado direito derraparam no pavimento e foram parar na grama, mas a tração nas quatro rodas o tirou dali e ele conseguiu controlar a direção e escapar da polícia.

Talvez o policial só quisesse fazê-lo parar para lhe perguntar se sabia alguma coisa sobre a casa. Talvez quisesse apenas alertá-lo sobre a tempestade...

Mas, então, eles ligaram a sirene, o que fez com que todos esses pensamentos fossem descartados. A polícia estava realmente o perseguindo, o fizera assim que avistara o carro, o que significava que reagira conforme essa visão, e não por causa do comportamento de Josiah.

Agora tinha que pensar depressa, merda, porque sua pequena Ranger não seria mais rápida do que o Crown Vic da polícia. Se o estúpido filho da puta começasse a atirar ou forçasse uma colisão, iria ter uma bela surpresa quando a caminhonete fosse pelos ares. O único problema era que a carga que Josiah levava estava destinada a outro alvo, e ele estava determinado a chegar até ele. Era a última tarefa que tinha a fazer e não podia falhar.

Entretanto, aquilo demandaria certo tempo, tempo este que ele não tinha, não enquanto aquele maldito carro de polícia teimasse em persegui-lo. Segurou a espingarda, pensando nas opções que tinha. Não poderia atirar com precisão com a caminhonete em movimento, e não tinha certeza de que isso seria seguro com toda aquela dinamite atrás dele. Pelo que sabia, era preciso uma descarga elétrica para detoná-la com segurança, mas ele achou que fogo pudesse fazer o mesmo. Não se coloca a dinamite no fogo e se espera que ela simplesmente queime. Talvez um tiro também pudesse fazê-la explodir, e Josiah não achava que chegara a hora de explodir a caminhonete. Ainda faltavam alguns quilômetros para que isso acontecesse.

Precisava de tempo. Era tudo o que precisava — um pouco de tempo.

Acelerou e o ponteiro do velocímetro foi a 120 quilômetros por hora quando percebeu que o policial estava tentando falar com ele pelo alto-falante da viatura. O idiota nem desligou a sirene para ser ouvido com mais clareza, porém, mesmo que o fizesse, o vento teria levado embora suas palavras. A ventania era *ameaçadora* agora. O céu estava preto como carvão e raios esporádicos brilhavam faiscantes, mostrando que o mundo embaixo se tornara todo verde, com uma tonalidade esquisita e fantasmagórica.

O carro da polícia continuava na sua cola sem querer encurtar a distância que o separava da caminhonete, o que era surpreendente. O policial devia estar se comunicando pelo rádio, explicando a situação e perguntando o que devia fazer. O quanto será que ele sabia? As probabilidades eram que tivessem uma descrição da caminhonete logo que o detetive particular foi assassinado naquela mesma estrada. Mas havia também a chance — embora mínima — de que aquela maldita velha tivesse descoberto um jeito de pedir ajuda do porão de sua casa. E, se fosse o caso, esse cara sabia que Josiah tinha uma refém.

Lá vamos nós, sussurrou Campbell, e Josiah vislumbrou o rosto dele outra vez no espelho, sombreado, porém com os olhos bem vivos. *Ele vai parar se você ameaçá-la. É o que precisa fazer.*

Sim, ele iria. Proteger e servir, esse era o lema da polícia, era o que prometia, e o imbecil teria que lhe obedecer, não? Teria que tentar proteger e servir a cadela morta que Josiah já estava a ponto de atirar para fora da caminhonete.

Levantou a espingarda enquanto segurava o volante com a mão esquerda, e colocou-a sobre as pernas, com o cano apontado para o rosto aterrorizado de Claire Shaw. Ele ria enquanto se inclinava sobre o corpo dela, tateando para encontrar a maçaneta da porta.

— Em alguma hora hoje, você teria que morrer — disse. — Pena que teve de ser tão cedo.

A plantonista de Orange County ligou Anne diretamente com o policial que avistara a caminhonete de Josiah Bradford. Seu nome era Roger Brewer. Ele lhe disse que queria confirmar se aquele era o veículo certo e entender toda a situação, para que pudesse agir da melhor forma possível.

Ela ouviu a descrição que ele fez do veículo e respondeu:

— Sim, sim, é ele mesmo. — E então começou a alertá-lo, como já tinha feito com a plantonista, sobre a dinamite. Não chegara a falar dez palavras quando ele cortou e disse:

— Merda, alguma coisa está acontecendo! — E houve uma pausa de meio segundo antes dele gritar: — Merda! — de novo. Deu para Anne ouvir o cantar de pneus acelerando, seguido pelo som abafado de uma batida e de vidro quebrado.

— O que aconteceu? O que aconteceu?

— Ele atirou alguma coisa na estrada — disse o policial. — Plantonista, nós vamos precisar de mais carros. Ele atirou... acho que atirou um corpo na estrada.

60

O CARRO DO HOMEM morto pegou na terceira tentativa e voltou a funcionar com a energia de uma bateria quase sem carga. Eric engrenou e, na mesma hora, pensou uma coisa idiota: *Este é o mesmo carro do filme* Fargo. *Um Cutlass Ciera branco. Você viu o filme com Claire e disse que ele iria ganhar uma porção de Oscars...*

Teve que dar marcha a ré para se desviar do corpo. Fez uma curva grande para não atingi-lo e não olhou para baixo. O sangue sobre o capô tremia com as vibrações do motor.

A estrada de cascalho era margeada em ambos os lados por fileiras de árvores, e só quando chegou à rodovia teve uma visão clara do céu. As nuvens negras pareciam se deslocar do centro para todas as direções, formando um círculo pálido. O vento que soprara com tanta violência apenas alguns minutos parara por completo, e à sua frente os campos pareciam estranhamente tranquilos.

Não pode acontecer outra vez, pensou, ao olhar as nuvens e perceber que se separavam. *Não dá para acontecer duas vezes no mesmo lugar.*

Virou para a esquerda na rodovia, na direção em que a caminhonete de Josiah foi, e enfiou o pé no acelerador. Se outro tornado viesse a se formar, seria bom que Kellen ainda estivesse lá embaixo, no golfo. O golfo os salvara da primeira vez.

Ele ia em frente, à máxima velocidade que podia, enquanto tentava achar o botão do limpador de para-brisa para tirar o sangue seco do vidro, quando outro veículo apareceu lá embaixo na estrada. Não tirou o pé do acelerador na hora, mas a distância diminuiu o suficiente para que pudesse vê-lo com clareza: uma caminhonete Ford Ranger com o capô amassado e um pedaço de arame farpado preso na grade do radiador e sendo arrastado por baixo do carro.

Josiah.

Estava voltando.

Impeça-o, pensou, *você tem de fazê-lo parar*. Mas a Ranger vinha voando, devia estar a mais de 120, e Claire estava lá dentro. Se Eric atravessasse o carro na estrada para bloquear a caminhonete e houvesse uma colisão, provavelmente todos iriam morrer. Sem contar com a possibilidade de explosão.

A indecisão deixou-o petrificado. Diminuiu a marcha para menos de 40, depois para menos de 20, com as mãos coladas no volante, pensando em centenas de manobras possíveis, todas descartadas em seguida devido aos riscos. A caminhonete estava em movimento, e a única maneira de parar um objeto em movimento era através do impacto. Uma regra simples da física que seria também uma regra simples de desastre.

E, então, ficou ali, indefeso, impotente, enquanto a Ranger veio e passou por ele. Eric olhou para dentro da boleia na tentativa de ver Claire, mas o que viu, quando a caminhonete passou por ele, fez com que desse um grito de medo e pisasse no freio o que fez com que o Oldsmobile estancasse no centro da estrada.

Era Campbell Bradford que dirigia a caminhonete. Não era Josiah, mas *Campbell*, encurvado ao volante com sua roupa marrom escura e seu chapéu-coco, com a boca torcida num riso, no átimo de segundo em que os olhos de Eric se cruzaram com os dele.

Josiah viu o Oldsmobile parar na estrada e ficou tão surpreso, tão esperançoso momentaneamente que quase pisou no freio. *Danny?* Mas então entendeu tudo, entendeu o que devia ter acontecido, e apertou as mãos no volante e acelerou ainda mais.

Ele não pode nos fazer parar, rapaz, sussurrou Campbell. *Vamos voltar para casa e esse filho da puta não é forte o suficiente para nos fazer parar. Ele não tem força para isso.*

E, na verdade, não teve mesmo. Josiah continuou em alta velocidade, agarrado ao volante, com o carro centrado na estrada sem desviar, de dentes trincados e preparado para uma colisão, mas Shaw ficou no mesmo lugar e deixou o Ranger passar pela sua lateral como uma flecha. Nem ao menos *tentou* fazer qualquer coisa. Ficou apenas ali, parado, com a mão no volante do Olds de Danny observando Josiah passar.

Eu lhe disse rapaz. Eu lhe disse. Ele não tem força, nem ele e nem qualquer outra pessoa. Você acha que a polícia pode nos fazer parar? Sem chance. Eles não têm a força para isso. Ninguém neste vale tem.

E, com certeza, não tinha. Josiah agora voava pela estrada livre à sua frente, com o mundo submisso a ele, do jeito que sempre soube que estaria um dia.

Jogar a mulher na estrada livrou-o do primeiro carro que o perseguia, e evitou que outros se juntassem àquele na caçada. Ele iria para o oeste, pegaria estradas secundárias, pois era óbvio que encontraria mais carros de polícia perto de Orleans, e, se fosse ao encontro deles, seria muito mais fácil pegá-lo. Fugir deles os obrigava a caçá-lo.

Agora, voltava pela estrada que ia dar no golfo. Wesley Chapel era uma mancha branca no horizonte, debaixo daquele céu negro. Iria descer até a igreja, fazer uma curva para a esquerda e continuar rumo ao oeste com a maior velocidade possível. Era tudo o que tinha a fazer.

Um raio reluziu e, à sua volta, os campos brilharam sob aquela luz verde exuberante, que só podia ser vista numa tempestade. Ele nem conseguia acreditar como tudo podia ficar tão *verde*. Acima dele, pareceu uma brecha entre as nuvens pretas. Talvez fosse a tempestade acabando. Provavelmente, pois até o vento parara. Tudo à sua volta estava quieto. Aquela tempestade furiosa que estava esperando não iria cair, afinal.

Mas algo estava acontecendo no céu. De início, ele apenas sentiu algo diferente, somente um rodopio de luz, então apertou e abriu os olhos para melhorar a visão. Olhou para a esquerda e viu que uma coisa estranha acontecia dentro do círculo que se formava no centro das nuvens. Algo estava... baixando. Sim, uma nuvem muito branca vinha descendo do centro do anel negro da parte de cima do rodamoinho.

Era como uma corda branca e fina que descia quase reta na direção do campo à frente, e que, de repente, parou. Como se hesitasse. A parte de cima rodou um pouco e a de baixo se ergueu, e Josiah teve certeza de que a coisa estava se retraindo quando baixou com inesperada força e espalhou no ar uma nuvem de poeira marrom. Os vidros da caminhonete vibraram, e as árvores se vergaram todas sob a potência do vento outra vez. Só que foram impulsionadas para o lado errado, ele percebeu, estavam inclinadas na direção da nuvem e não ao contrário.

Por um instante, tirou o pé do acelerador. Estava ao lado da Wesley Chapel agora, no lugar em que Danny parara para esperar que o tornado passasse, e agora era ele quem assistia à descida de outro. Já ouvira falar muito sobre aquelas tempestades — não eram incomuns ao sul de Indiana —, mas nunca vira uma. Aquela coisa não se parecia nada com a forma de um funil que sempre escutara falar. Não, aquilo era como uma corda. Uma corda branca que conectava a terra ao céu e se movia para a frente. Para o leste. Para cima dele.

Olhou pelo retrovisor e viu o carro de Danny vindo pela estrada. Shaw devia ter dado meia-volta e partido em sua perseguição. O que diabos *ele* pensava que podia fazer?

Ainda assim, estava cada vez mais perto. O tornado estava a menos de 1 quilômetro na direção oeste, para onde Josiah precisava ir. Seu movimento, embora constante, era lento. Parecia quase tranquilo. Mas, mesmo assim, vinha rasgando a terra. Viu-o atingir uma árvore solitária e seu topo se rendeu à sua força; quando a nuvem passou, a árvore desapareceu. Um instante depois, clareou, e lá estava só o cotoco da árvore, sem a maioria dos galhos, que foram levados juntos com a copa. A nuvem voltou para o terreno da fazenda.

Parece com o jato de uma mangueira de alta pressão, pensou Josiah, *é exatamente como o jato dessa mangueira. Uma corda branca fina, com uma lâmina invisível e incrível na ponta, atingindo o campo como se este fosse uma plataforma coberta por sujeira.*

Deu mais uma olhada no retrovisor e viu o carro de Danny se aproximando com muita rapidez.

Você não pode ficar aí parado, rapaz. Há um trabalho a ser feito, não? Você tem coragem de fazê-lo? Tem a força e a vontade para isso?

Claro que tinha. Claro. Josiah virou para a esquerda, para longe da capela, e pisou fundo no acelerador do Ranger. À sua frente, o tornado se aproximava da estrada. A base da corda branca se tornara marrom, e Josiah viu um anel de escombros girando em círculos a sua volta. Havia uma quantidade imensa de objetos enormes neste anel. Ao seu redor, o ar carregava um zumbido intenso, semelhante ao estrondo produzido por uma locomotiva.

Danny tinha razão, pensou, *essas coisas desgraçadas fazem um barulho parecido com o de um trem.*

Viu o lugar em que provavelmente a nuvem cruzaria a estrada e achou que, se chegasse lá antes dela, ficaria tudo bem. Já Shaw, que vinha logo atrás, provavelmente seria morto. Era como uma brincadeira de adolescentes, nada mais do que isso, como uma brincadeira de pique-esconde. Não havia ninguém que tivesse o controle de Josiah nos jogos quando ele era criança, e não seria agora que alguém iria ter. Olhou para o que parecia ser o local de intercessão da tempestade com a estrada, colocou todo o peso de sua perna direita sobre o pedal do acelerador e ouviu o ronco alto do motor de seis cilindros da caminhonete.

Atravesse-a, rapaz, e chegará livre em casa. Aquela tempestade irá bloquear todos que tentarem vir do leste para pegá-lo, não percebe? A estrada será sua. Vá e a atravesse, só para mostrar sua força e determinação, mantenha as mãos firmes na direção e o pé no fundo no acelerador...

Agora ele estava bem ao lado dela e, ao dar uma última olhada pelo retrovisor, viu que Eric Shaw tinha ficado para trás. Diminuíra, com medo de atravessar a estrada.

— Nós sabíamos que isso iria acontecer — disse ele. — Ele não tem a força de vontade, não é, Campbell? Ele não tem o que temos.

A caminhonete ia a 135 quilômetros por hora e não estava a mais do que 60 metros do olho da tempestade. A janela do lado do motorista ficou obscurecida pela poeira marrom e, então, o para-brisa se cobriu de terra também, fazendo com que Josiah não pudesse ver mais nada, mas isso não importava, porque ele sabia que a estrada estaria vazia. Deixou escapar um uivo de puro prazer e se debruçou sobre o volante, com a certeza de que conseguiria escapar. Não havia outro homem vivo que tivesse tentado fazer algo como isso, mas ele não só tentaria, como conseguiria.

O gosto da mais pura vitória foi a última coisa que sentiu antes da caminhonete deslizar para a esquerda, e ele só teve tempo de mais um pensamento, uma pergunta final que não verbalizou: *Por que estou indo para este lado? Não é para aí que quero ir...*

* * *

Este tornado não tinha a forma de funil do anterior, e mais parecia um chicote branco. Eric não acreditou quando viu a caminhonete virar para a esquerda e prosseguir diretamente na direção dele.

— O que você está fazendo? — gritou Eric. — O que você está fazendo, seu maluco filho da mãe?

O Ranger estava a toda velocidade, entrando fundo no temporal, que estava quase na estrada. Eric atravessou o cruzamento e também virou para a esquerda, deu uma acelerada, mas logo percebeu o que poderia acontecer se continuasse, e tirou o pé do acelerador, pensando: *"Não deixe isso acontecer, não, não deixe..."*

A nuvem cruzou o campo, encontrou a estrada e envolveu a caminhonete de Josiah Bradford. Por um instante, não havia outra coisa senão a nuvem, mas Eric ainda teve tempo de pensar *Eles podem sobreviver*, e, em seguida, a caminhonete explodiu.

O barulho da explosão foi abafado pelo ruído da tempestade, mas, mesmo assim, Eric a ouviu e a sentiu. O carro de Danny sacudiu, o solo vibrou sob as rodas e uma chama laranja surgiu no centro da nuvem. O vento absorveu o calor e o levou até o alto, o que fez com que a chama subisse pelo centro da corda branca em direção ao céu, como um fio embebido em pólvora que pendia lá de cima. Então, a nuvem passou, levou a chama junto e Eric avistou a caminhonete outra vez.

Ela estava de cabeça para baixo, do outro lado da estrada, a pelo menos 12 metros de onde havia tido o seu encontro com a nuvem. Os suportes do teto estavam amassados e ela estava achatada, com a pintura branca coberta de bolhas descascadas que deixavam o metal carbonizado à mostra. As chamas estalavam por baixo do chassi e saíam para fora da cabine.

Eric não conseguia nem gritar. Ficou com os olhos paralisados sobre os escombros querendo gritar, mas não conseguia. Sua mandíbula se movimentava e sua respiração vinha quase contra a vontade de seu corpo, mas ele permanecia em silêncio. Só percebeu que seu carro também estava sendo arrastado quando sentiu que suas rodas direitas deslizaram para fora da estrada e que a tempestade o estava sugando. Mas ela já estava longe, seu poder de sucção perdera muito de sua força, e, por isso, ficou com o carro parado ali mesmo, metade na estrada, metade fora dela.

Abriu a porta e saiu correndo em direção à caminhonete. Uma chuva leve começou a cair de novo, mas era fraca demais para apagar o fogo. Por causa do calor, não conseguiu chegar a menos de uns 4 metros de distância, mas ouviu os próprios soluços quando olhou para os metais deformados que ardiam em chamas.

Ninguém poderia ter sobrevivido àquilo.

Ficou ali por um longo tempo, com as mãos sobre o rosto para se proteger do calor. As chamas gemiam e estalavam, e foram se apagando aos poucos. Por fim, não havia mais nada da cabine. Ele se aproximou, e viu uma coisa branca entre o carvão negro e percebeu que era um osso. Caiu de joelhos e vomitou na grama.

Estava ali, com as mãos e os joelhos no chão, quando ouviu a voz. Não eram os gritos de Claire que tanto temia, mas sim um sussurro que agora lhe parecia familiar.

Você me trouxe de volta para casa. Demorou um longo tempo para este retorno. Muitos anos de espera. Mas você me trouxe de volta.

Ele se levantou e olhou para a caminhonete incandescente, mas não viu nada dentro dela que não fosse cinza, calor e uma fumaça negra. Mas, então, seus olhos se ergueram e ele viu Campbell Bradford de pé à sua frente, tão perto da caminhonete que podia tocá-la sem ser afetado pelas chamas.

Você achou que isso iria me matar? Você não entende nada sobre minha essência, sobre quem eu sou. Sou forte aqui, mais forte do que você é capaz de imaginar, tão forte que você não pode me deter. Eu não morro. Não como sua esposa.

Eric recuou atônito. Campbell sorriu, abaixou a cabeça e, então, atravessou por dentro do carro queimado e saiu do outro lado. Eric virou-se e correu.

Agora havia outro carro parado ao lado do Oldsmobile. Era uma caminhonete Chevy, imensa. De dentro dela, saiu um cara enorme com um boné do time de beisebol dos Colts, de Indianápolis.

— Amigo, você está bem? Merda, foi o tornado que fez esse estrago? Cara, não sobrou nada do carro. Você viu como aconteceu? Tinha alguém dentro?

Eric passou por ele tropeçando, e entrou no Oldsmobile de Danny Hastings pela porta que deixara aberta do lado do motorista. O homem foi atrás dele, e, às suas costas, Eric viu Campbell Bradford caminhando sem pressa alguma.

— Amigo... você precisa esperar ajuda. Eu já liguei para os bombeiros. Você não pode dirigir nesse estado, cara. Não depois de uma coisa dessas.

Eric bateu a porta, engrenou a marcha a ré e arrancou, sentindo o baque nas rodas do lado direito, quando tocaram a estrada. Continuou dirigindo para trás, enquanto o grandalhão tentava chegar mais perto e Campbell Bradford se aproximava dos dois pelo meio da estrada. O estranho continuava a falar a poucos metros dele, mas Eric já não ouvia mais sua voz. Só a de Campbell.

Ela está morta e eu ainda estou aqui. Para sempre. Pensou que pudesse me controlar, me prender ou me derrotar? Ela está morta e eu ainda estou aqui.

Ainda voltou até o entroncamento da Wesley Chapel. A velha igreja branca ainda estava de pé, firme, poupada pelos dois tornados que serpentearam à sua volta. Manobrou e virou o carro de frente para o sul. Olhou pelo retrovisor enquanto começava a aumentar a velocidade, e viu Campbell logo atrás, a pé, mas, inexplicavelmente, mantendo-se próximo do carro. Eric baixou os olhos e enfiou o pé no acelerador para ganhar distância. À frente, viu as luzes dos carros da polícia, talvez a uns 500 metros. Ignorou-os e, girando o volante para a esquerda, entrou pela estrada de cascalho e foi até o fim, estacionando o carro ao lado do corpo de seu dono. Saiu e foi até ele. Abaixou e recolocou as chaves na mão do homem. Dessa vez, não se horrorizou com o toque ou com a visão do ferimento.

Você deixou gente morta por todo o lugar hoje, não?, disse Campbell. Não estava nem a 1,5 metro de distância dele agora. *Quantos morreram hoje? Não consigo nem contar. Temos este aqui, Josiah, sua mulher...*

Havia luzes piscando por entre as árvores, lá na estrada, e um carro de polícia passou voando em direção aos destroços do Ford Ranger. Eric o viu passar e as luzes do carro desencadearam uma dor em seu crânio que o cegou e que pareceu juntar, numa única explosão, todas as dores de cabeça que tinham lhe atormentado, causando-lhe uma tremenda agonia. Com dificuldade para respirar, caiu de joelhos sobre a grama molhada e cheia de sangue.

Tanta gente morta, disse Campbell. *Muitas. Mas veja só: você ainda está aqui e eu também. Eu também.*

Eric olhou para ele, para aquele rosto horrível escondido nas sombras debaixo do chapéu-coco, e pensou: *Ele tem razão. O sangue é de responsabilidade minha. Pelo menos, o de Claire é. Ela veio para cá por mim, para me ajudar, para me salvar, e eu a abandonei. Enfrentei a tempestade em busca da fonte e a deixei para trás.*

Agora, tudo estava acabado, tudo o que ele sempre desejou e amou estava perdido, porque ele fora egoísta e estúpido demais para descobrir o que era preciso para aprender a amar.

Agora só Campbell permanecia com ele.

Os tremores musculares de suas mãos se espalharam por seus braços, e sua pálpebra esquerda começou a tremer sem parar. Seu crânio ardia como se alguém estivesse bombeando ar comprimido dentro dele, teve dificuldade de andar em linha reta depois que se equilibrou de pé e rumou para a trilha, com Campbell atrás dele com aquele sorriso estranho sussurrante.

Para o inferno com isso — ele que me siga. Tudo o que importava estava perdido, e o que sobrara não interessava mais.

Eric foi em direção ao golfo.

61

NO PRIMEIRO ENTRONCAMENTO DA trilha, Eric escolheu virar para a esquerda e não para a direita ignorando o caminho que o levaria de volta a Kellen e, em vez disso, continuou a seguir adiante, contornando o topo da montanha. Logo, abandonou a trilha por completo, embrenhou-se na floresta, saiu na beira do precipício e olhou para baixo.

O golfo continuava com o rodamoinho. Estava mais cheio do que antes, com a água subindo as paredes de seu rochedo. Ele ouvia o barulho encachoeirado da água agitada, e viu que na extremidade mais baixa ela chegara ao topo e transbordava num canal seco. Não conseguiu ver Kellen, mas isso era bom. Ele provavelmente subira para algum lugar seguro, para longe dali.

As nuvens escuras tinham ido embora, para o nordeste, e o céu agora tinha a cor cinzenta de um dia de chuva constante e fina comum de inverno. Eric caminhou ao longo da borda rochosa, usando as árvores para se equilibrar, enquanto se dirigia à extremidade mais afastada do golfo, onde as paredes do rochedo eram altas.

Contornou a parte de trás e agora podia ver Kellen. Ele não estava muito longe do lugar onde Eric o deixara, talvez a apenas 1,5 metro mais para o fundo. A água ainda não chegara perto dele. Estava apoiado nas costas e suas mãos cobriam os olhos. Não viu Eric chegar.

De onde Eric estava agora, no topo da beirada do rochedo sobre o golfo, não havia nada senão árvores e terrenos de fazenda às suas costas e nada à frente senão o espaço deixado por um gigantesco precipício. Pendurou-se no tronco de uma árvore fina que sobrevivera à fúria dos ventos que levara a maioria de suas companheiras maiores e mais fortes, e olhou para baixo, para o rodamoinho na água. Ela tinha uma cor estranha... aquela água pertencia a algum lugar das profundezas da América do Sul, e não parecia jorrar dali, de um buraco de Indiana.

Você desistiu, disse Campbell. *Não tem força para continuar. Não tem força suficiente nem para me encarar. Eu posso lhe dar força. Posso expurgar tudo o que você perdeu e substituir pela força que você não tem. Tudo o que tem de fazer é ouvir.*

Alguém chamava pelo seu nome, o som era quase inaudível acima das promessas sussurradas de Campbell. Eric ouviu e percebeu que Kellen devia tê-lo avistado, o que não era bom, pois não queria se atrasar ou perder a concentração. Não queria, com certeza, ser interrompido. Não se permitiu olhar na direção de Kellen, manteve o olhar fixo no rodamoinho de água azul-esverdeada e nos galhos brancos e fantasmagóricos que vinham à tona por todos os lados de sua superfície.

Últimas palavras. Aquele era o momento propício para isso, e elas precisavam ser importantes — era o fim da última cena, e as palavras que a arrematariam tinham de ser importantes. Eram as que ficavam com a plateia. E ele não as tinha.

Posso transformar sua dor em força, sua perda em poder. Você não quer isso? Tudo o que precisa fazer é aceitar minhas instruções.

Ouviu seu nome de novo, mais alto dessa vez, e deu um passo à frente para poder olhar para baixo, por cima da beirada, para a parede rochosa. Ao se deslocar, uma pedra solta caiu. Foi batendo contra o rochedo, atingiu a parede de pedra, partiu-se em dois pedaços e mergulhou na água. Era melhor se lembrar disso, e ter certeza de que tinha força suficiente para dar um impulso e não bater em nenhum lugar.

Últimas palavras. Diga alguma coisa, companheiro.

— Sinto muito — falou ele, com uma voz tão baixa que ninguém teria como escutá-lo. Chegou, então, bem na beirada, abriu os braços, dobrou os joelhos, fechou os olhos e deu um impulso para frente. Um impulso *forte*, um salto poderoso que o lançou no ar acima do rochedo e caiu em direção à água, lá embaixo. Virou-se ao sentir que o mundo girava à sua volta. Ele ainda conseguiu ver Campbell Bradford de pé, no topo do rochedo. Sob o chapéu-coco, seu rosto parecia triste.

Durante a queda, ouviu seu nome ser chamado de novo e, desta vez, teve quase certeza de que era a voz de Claire. Que coisa maravilhosa, pensou, poder ouvir a voz dela uma última vez. Ela estava à sua espera.

A última coisa que sentiu foi o choque com a água fria.

Anne estava quase chorando depois que a plantonista cortou sua ligação com Roger Brewer da Polícia Estadual de Indiana.

Um corpo na estrada. Ele atirou um corpo na estrada.

Aquilo não era justo, não era direito. Anne estivera empenhada em ajudar, tentando desempenhar um papel que sempre acreditou que poderia exercer. E eles tinham quase conseguido. Chegaram tão perto...

Passaram-se pelo menos cinco minutos antes da plantonista voltar a fazer contato com Anne para dizer que Brewer resgatara a refém, que, embora ferida, estava viva e, ao que parece, fraturara um braço ou uma clavícula ou algo assim. Anne quase não conseguia acompanhar as palavras que lhe eram transmitidas. A mulher estava viva. Estava fora da caminhonete e viva. As coisas teriam ficado horríveis caso tivesse morrido. O dia teria se tornado uma verdadeira tragédia.

— Entretanto, parece que outra pessoa foi morta — disse a plantonista. — A coisa por lá está uma confusão. Estamos mandando mais policiais para o local. A senhora fez muito bem, Sra. McKinney. Muito obrigada.

— E quanto a Josiah?

— O detetive Brewer teve que abandonar a perseguição quando a mulher foi lançada para fora da caminhonete, mas há informações de que seu carro fora destruído por um tornado um pouco mais ao norte daquele ponto. A informação parece correta. Agora, Sra. McKinney, preciso voltar a falar com os policiais. Peço desculpas.

— Tudo bem — disse Anne. E estava mesmo tudo bem. Ela estivera desesperada em busca das últimas informações, mas a plantonista estava sobrecarregada e ela sabia que teria de ficar algum tempo em silêncio. Silêncio e paciência. Eles lhe dariam as notícias de vez em quando, assim como se lembrariam de alguém para vir libertá-la do porão. Não estava com pressa. Fizera o que estava a seu alcance.

Olhou o velho aparelho de radioamador, sentiu lágrimas comovidas em seus olhos. Como desejava que Harold pudesse ter acompanhado a batalha que havia sido desempenhada hoje. E o papel que *ela* assumira.

Sua única frustração foi não ter tido condições de ver as tormentas. Esperara muito tempo para ver um tornado. Tinha medo de tornados, é claro, mas sempre os admirara. Era fascinada pelo que eram e pelo que podiam fazer. Lera muito sobre eles, estudara-os com dedicada atenção, mas nunca os vira. Agora, quatro deles tinham passado pelo vale em menos de uma hora e tudo o que ela conseguiu ver foi o paredão de nuvens.

Mas estava tudo bem. As pessoas foram salvas. Parecia que Josiah Bradford estava morto e isso era, de certa forma, um desfecho trágico, porque sabia que alguma coisa errada dominara a cabeça daquele rapaz. Mas ele morrera sozinho, sem levar vidas inocentes com ele, sem destruir o hotel que ela tanto amava, como havia ameaçado. Aquele hotel foi a beleza que resistiu à escuridão e ao infortúnio, e ela sempre esteve determinada a fazer tudo o que pudesse para defendê-lo e protegê-lo.

Uma observadora de tempestades, era isso o que ela era. Sempre vigilante e determinada a descobrir seus sinais e alertar as pessoas do vale o mais depressa possível. Bem, com certeza, ela fizera isso hoje. Não a tempestade que estava acostumada a prever, mas teve a chance de ajudar, como sempre achou que poderia fazer. Por tantos anos esteve observando o céu, esperando que, algum dia, seu trabalho pudesse ser útil.

Hoje fora esse dia.

Sentia-se bem com isso.

Ainda chegavam informações das redondezas e, aparentemente, o tornado que atingira a região perto de Wesley Chapel foi o último da série. Foram quatro, ao todo, o que não era um número assim tão incrível para uma tempestade como aquela, mas também não era insignificante. Seus estragos levariam um bom tempo para serem consertados. Ela não tivera notícia de nenhuma morte além da de Josiah, o que era bom. Os prédios sempre podiam ser reconstruídos. As vidas não.

Deve ter cochilado um pouco sobre a mesa. Talvez por apenas um minuto. Foi o barulho que a acordou — um zumbido que parecia aumentar e se aproximar.

Virou-se na cadeira e olhou para as pequenas janelas no alto da parede do lado oeste e ficou pasma ao perceber que podia ver através delas. Sempre achou que não serviam para nada, exceto para deixar passar uma réstia da luz do sol. Tinham pouco mais de 25 centímetros de altura, colocadas quase ao nível do solo, e eram feitas de um vidro muito grosso. De alguma forma, olhadas por este ângulo, ofereciam uma vista perfeita do oeste. Ela podia ver os campos na encosta da montanha, e um bando de nuvens escuras no horizonte.

O zumbido aumentou e virou um estrondo. Alguma coisa branca veio descendo das nuvens escuras e Anne percebeu, com assombro, que estava diante de um tornado.

Em primeiro lugar, o rádio. Faça seu trabalho, Annabelle. Faça seu trabalho.

Fez uma transmissão, curta e precisa — deu as coordenadas e falou que uma nuvem em forma de funil se dirigia para o norte-nordeste. Muitos outros observadores responderam à sua transmissão, perguntando se ela estava em segurança e dizendo que ela se afastasse o máximo possível de paredes externas. Ela agradeceu, desligou o rádio e levantou-se da cadeira.

A nuvem parece ter ficado parada enquanto ela completava a transmissão. Agora que se virara para ela, voltara a se deslocar, como se estivesse à sua espera.

Anne ficou de pé e pensou em chegar o mais próximo possível do vidro, para ver de mais perto. As paredes da casa tremiam, e ao passar pelo degrau da escada, viu um facho de luz entre seus pés. Olhou para cima e viu que a porta da sala para o porão se abrira. O tremor das paredes da casa tirara do lugar o que Josiah tinha colocado para trancar a porta.

É claro que o lugar mais seguro era lá mesmo, no porão, mas, subitamente, aquilo não pareceu importar. Ela queria *ver* a tempestade. Fazia muito tempo que esperara esse momento, a oportunidade de desempenhar o papel que sempre soubera que seria seu. Parecia quase um presente, um presente destinado apenas a ela.

Começou a subir a escada, devagar, agarrada ao corrimão, mas, na metade do caminho, percebeu como seus passos estavam fortes e firmes. Há anos não sentia suas pernas assim. Largou o corrimão.

Na sala, foi até a janela grande para olhar para fora. A nuvem estava mais próxima, e Anne pôde ver como ela se deslocava e suas camadas se moviam num turbilhão. Sua parte inferior era de um branco tão puro que doía na vista, como o reflexo da luz do sol sobre um campo coberto de neve.

Ela achou que seria mais fácil ver a tempestade do lado de fora. Sentia que a chegada daquela nuvem era uma espécie de celebração, e queria lhe fazer um brinde. Sua memória devia estar falhando, e, embora não se lembrasse de ter bebido em sua casa há anos, havia uma garrafa de gim no aparador. Tanqueray, o seu predileto. Uma taça com gelo e uma rodela de lima enfiada na beirada.

Ela colocou o gim e a água tônica na taça, sabendo que não havia pressa, e que a tempestade iria esperar por ela. Espremeu a lima no drinque, levou a taça aos lábios e bebeu alguns goles.

Uma delícia. Você nunca estará velho demais para experimentar um sabor igual a este.

Colocou a taça na mesa, lambeu os lábios e foi até a porta da frente. Sentia apenas uma pequena pontada nos joelhos e na cintura, mas sentia as costas fortes e flexíveis, prontas para sustentá-la. Na verdade, ia *andando* com flexibilidade, como na juventude, quando fazia as pessoas virarem a cabeça para vê-la. Não se esquecera de como era andar elegantemente.

Tinha deixado um par de sapatos altos ao lado da porta, lindos sapatos pretos, de salto alto, como há anos não via. O que estavam fazendo ali, ela não sabia, mas dada a firmeza de suas pernas naquela tarde, achou que era melhor calçá-los, em vez daqueles tênis brancos ridículos.

Tirou seus tênis, calçou os sapatos de salto alto, abriu a porta e foi para a varanda. Desceu os degraus, foi para o quintal, virou-se para o lado esquerdo e afastou-se da casa, indo para o campo vazio adiante. À sua volta, as nuvens estavam escuras, mas o funil permanecia branco. Era estranho, porque ele agora deveria estar sugando muitos detritos, absorvendo a terra para se tornar cinzento, como se via nas fotografias.

A tempestade rugia, exatamente como ela sabia que iria fazer — o som de um trem. Era um som assustador. Familiar. Levou sua mente a outros lugares. Soava como o velho Monon, o trem de sua juventude.

Ela foi até o limite do quintal e ficou ali à espera dele, sem tirar o sorriso do rosto e as lágrimas das bochechas. Que bobagem ficar ali parada, chorando, enquanto admirava a tempestade, mas a nuvem era tão bonita. Aquele era um momento mágico e ela teve a chance de experimentá-lo.

O que mais podia querer?

62

Campbell segurava uma lanterna e tinha Shadrach Hunter ao seu lado, enquanto a chuva caía em volta deles. Os dois estavam perto da vala rasa onde o rapaz trabalhava afastando pedaços quebrados de pedras calcárias.

— Veja ali! — gritou Campbell. — Ali está ela, Shadrach. A fonte, conforme prometi.

A luz da lanterna iluminou a poça de água borbulhante, exposta pelas pedras retiradas pelo rapaz. Quando Campbell colocou a lanterna diretamente sobre ela, a poça d'água pareceu absorver e guardar toda a luz que incidia.

— Rapaz, encha uma garrafa para ele.

O rapaz pegou uma garrafa verde que trazia no bolso de seu casaco. Retirou a tampa e a virou de cabeça para baixo, para que Shadrach visse que estava vazia. Em seguida, ajoelhou-se e mergulhou a garrafa na poça d'água. Quando acabou de enchê-la, estendeu a mão e entregou-a a Shadrach, que tomou logo um gole.

— Agora, fale a sua opinião. — disse Campbell.

— Tem gosto de mel — disse Shadrach Hunter. Sua voz grave pareceu perturbadora. — Como açúcar líquido.

— Eu sei. Era isso que o tio do rapaz colocava na bebida, e nunca mais houve outra como aquela. Você sabe disso, Shadrach. Você sabe disso.

— Sim — disse Shadrach, e devolveu a garrafa ao rapaz.

Campbell riu e, com a mão que estava livre, deu um empurrão no rapaz.

— Cubra-a.

O rapaz desceu outra vez para dentro da vala e recolocou as pedras no lugar. Quando acabou, a água não podia mais ser vista e quase não se ouvia mais o barulho dela correndo.

— Pronto, aí está — disse Campbell, enquanto passava a lanterna de uma mão para outra. Quando a chuva batia no vidro dela, ouvia-se um barulho como um assobio. — Você disse que não me daria nenhum centavo enquanto não visse o lugar e soubesse que ele era real. Você viu, não viu? É real o bastante, não?

— Sim, é.

Campbell inclinou a cabeça para trás, com o rosto perdido nas sombras.

— Então, muito bem. Minha parte do trato está cumprida. Mas a sua não.

Shadrach se afastou, tirou a mão do bolso do casaco e passou-a sobre o rosto para tirar um pouco da água da chuva.

— Vamos tratar disso enquanto andamos — disse. — Quero sair desta chuva.

Distanciou-se da fonte sem nem mesmo ter dado a Campbell a chance de discutir. Ao lado da fonte, havia uma trilha que levava à colina e, enquanto ele subia, Campbell e o rapaz ficaram mais para trás. Então, entraram na floresta.

— Qual é o seu plano? — perguntou Shadrach.

— Meu plano? Você sabe! Há uma fortuna aqui, uma fortuna debaixo dessas pedras. Aquele velho não fazia mais do que uma dúzia de garrafões de uísque de cada vez. Era um idiota. Não tinha ambição para perceber o que podia ganhar com isso, para ver a fortuna que estava à sua espera. Bem, o rapaz também sabe como fazer a bebida.

— Então, você tem a intenção de... expandir. — Shadrach andava rápido pela floresta, de costas para Campbell.

— Expandir? — Campbell olhou para ele como se tivesse falado grego. — Mas que diabo, essa palavra é muito fraca. Quero ganhar mais dinheiro do que qualquer pessoa neste vale jamais sonhou ganhar. Tenho contatos em Chicago, Capone e todo o resto. A rede de contatos está lá. Tudo o que temos que fazer é providenciar o suprimento.

— E você quer que eu seja um investidor.

— É só o que você precisa ser. Você vai receber sua parte multiplicada por dez no fim do ano. Pode acreditar.

— Por que eu? — Chegaram até o topo da montanha e andavam ao longo da crista cheia de árvores. Campbell estava à esquerda, mais perto da beirada.

— Porra, Shadrach, todo o mundo foi preso! Você ainda não percebeu? Você é o último homem que tem dinheiro neste vale.

Shadrach Hunter sorriu.

— Quer ver os meus dólares?

— Quero usá-los.

Hunter parou de andar. Meteu a mão no bolso e tirou uma presilha de prata com dinheiro. Folheou as notas e contou-as. Catorze notas — todas de um.

— Pronto, aí está — disse após recolocar o dinheiro na presilha e oferecê-lo a Campbell. — É tudo o que tenho, Bradford.

Campbell o encarou sem acreditar.

— Qual é a merda do seu problema? Sempre ouvi dizer que você era esperto para um preto. Implacável. Acha que eu estou brincando? Há uma fortuna aqui para ser feita!

— Acredito em você — falou Shadrach Hunter. — Mas não tenho mais dinheiro. Isto é tudo o que me resta: 14 dólares.

— Mentira.

Hunter sacudiu os ombros e recolocou o dinheiro no bolso.

— Não é mentira, Bradford.

— Todo mundo sabe que você vem enterrando dinheiro há anos. Escondendo-o em algum lugar. Um miserável, é isso o que você é.

— Não, esse é o boato que os velhos idiotas deste vale *espalharam* a meu respeito. A verdade é outra.

— Não acredito em você.

— Você não precisa acreditar, mas o fato de duvidar de mim não irá encher seus bolsos com os dólares que acredita que tenho.

Depois de um minuto de silêncio, Campbell falou:

— Você podia ter me dito isso há alguns dias, seu filho da puta.

— Se tivesse lhe dito, você não iria me mostrar a fonte, iria? Eu queria ver se o que você falou era verdade. Agora, veja só: podemos trabalhar nisso. Vou descobrir uma maneira de levantar a grana. Provei a bebida, e acredito quando você diz que podemos fazer uma fortuna. Apenas não tenho o dinheiro necessário. Mas vou trabalhar com você para ver se...

— Agora você sabe onde ela está — disse Campbell. Falava mais baixo e de modo mais grave. Virou-se para encarar Hunter, que estava de costas a poucos passos da beirada do topo do rochedo. — Você me fez de idiota, conseguiu que eu lhe mostrasse o local.

— Sim, mas agora que sei que ela existe, podemos encontrar uma maneira de levantar...

Campbell teve que trocar a lanterna de mão para poder pegar sua arma. Segurava a lanterna com a mão direita, e não gostava de atirar com a esquerda, por isso trocou a lanterna de mão antes de sacar a arma. Aquilo deu a Shadrach tempo suficiente para perceber o que estava acontecendo e atirar primeiro.

Atirou através do bolso do casaco, com a arma apontada para baixo. O primeiro tiro pegou no joelho de Campbell e o segundo entrou na lateral de seu corpo. Por fim, Campbell conseguiu sacar a arma e, mesmo caído, devolveu os tiros. Um deles acertou Shadrach na testa.

Hunter estava morto antes mesmo de alcançar o chão. O erro de Campbell foi tentar se levantar. Afastou-se para se levantar, mas sua perna direita se dobrou. Soltou um grito de dor e caiu de costas, bateu no chão e rolou. Soltou a arma e deslizou sobre a beirada da encosta e houve um longo farfalhar de folhas e um gemido de dor.

— Que desgraça, rapaz, me ajude!

O rapaz andou até onde estava Shadrach Hunter e olhou para ele. Então, abaixou-se, pegou a arma de Campbell e foi até a crista do morro.

— Rapaz, venha até aqui e me ajude!

O rapaz agarrou um galho fino e debruçou-se sobre a beirada. Campbell deslizara pela encosta até a beirada de uma piscina larga cheia d'água e já estava com a água até a altura do peito. Segurava uma raiz com uma das mãos, e rosnava e tentava se levantar para sair da piscina. Não conseguiu. Deslizou para baixo d'água, e somente a mão que segurava a raiz o impediu de afundar completamente. O esforço fez com que mergulhasse ainda mais na piscina.

— Você só tem mais uma chance de descer até aqui e me ajudar, rapaz. Se demorar mais um segundo, eles o farão em pedaços durante as próximas semanas. Está me ouvindo?

O rapaz não respondeu. Ficou sentado no topo da encosta e o olhava em silêncio. A chuva continuava a cair, e a água da piscina continuava a subir e girar. Campbell soltou a mão da raiz que segurava, enquanto a água tentava levá-lo para longe, mas ele se segurou outra vez e se debateu, lutando pela sua vida.

— Desça até aqui, rapaz. Desça até aqui, seu inútil, se não quiser terminar como seu tio.

A voz de Campbell se tornara mais fraca. Seu rosto ficara branco. O rapaz permanecia onde estava.

— Você não sabe com quem está lidando — disse Campbell. — Já deveria saber a essa altura. Já vem me acompanhando há algum tempo para ter uma ideia. Você acha que eu sou um homem comum? É o que pensa? Eu tenho um poder que você não pode nem avaliar, rapaz. Este vale foi dado a mim. Você pensa que estará a salvo de mim se eu me afogar aqui? Você é um idiota. Não pode se esconder de mim.

O rapaz puxou a lanterna para mais perto de si. Segurou a pistola com as duas mãos.

Campbell soltou um urro e se esforçou mais uma vez para sair da água. Dessa vez, a raiz rachou e quase se desprendeu por completo, e Campbell afundou por um momento antes de conseguir voltar à superfície o suficiente para que seu o rosto ficasse à mostra.

— Você vai deixar eu me afogar — gritou. — Vai me deixar *morrer*!

O rapaz não respondeu.

— No fim, você ainda será meu — falou Campbell, agora com uma voz tão fraca que o barulho da chuva quase abafou por completo suas palavras. — Você sentirá minha fúria, rapaz, assim como todos neste vale maldito. Você acha que vai ficar a salvo se eu morrer? Rapaz, eu lhe prometo uma coisa: ninguém estará a salvo de mim a não ser que carregue meu nome e meu sangue. Você é capaz de entender isso? Apenas minha família será poupada, seu idiotinha de merda. E você não é da família. Vou voltar para pegá-lo. Juro. Vou voltar para pegar você e todos os que não carregam meu sangue e meu nome.

A raiz se desgarrou da margem. Campbell soltou um grito pungente, misto de surpresa e dor, deslizou de costas e foi tragado pela água. Quando reapareceu na superfície, estava com o rosto mergulhado na água, imóvel. O rapaz permaneceu sentado, observando-o. Depois de certo tempo, pegou alguns galhos e os atirou sobre o corpo. Não houve resposta.

Levantou-se, foi até a descida da encosta e começou a deslizar pelo sulco até a beira da piscina. Colocou a lanterna no chão, tirou o casaco e os sapatos, arregaçou a calça até a altura dos joelhos, pegou a garrafa verde do bolso e entrou na água com ela em suas mãos.

Campbell continuava a flutuar com o rosto para baixo, batendo nas pedras que margeavam a piscina. O rapaz o alcançou e o virou de costas, expondo seu rosto branco. Os olhos ainda estavam abertos.

Encarou o rosto do homem morto por alguns instantes. Deslocou o corpo de Campbell e encontrou o ferimento em seu lado esquerdo. Encostou a garrafa na ferida e viu o sangue entrar nela e se misturar com um pouco da água da fonte. Apertou a ferida até que a garrafa ficasse cheia daquela mistura. Em seguida, tirou-a dali e apertou bem a tampa.

Quando a garrafa estava de volta no seu bolso, o rapaz pegou Campbell pelos ombros e começou a puxá-lo pela água. Arrastou-se com dificuldade até a parede de rocha ao sul, movendo-se com cuidado, a água pela cintura. Nesse ponto, a luz da lanterna estava fraca. Parou num lugar em que a água borbulhava entre as pedras, respingava no mato e caía de volta para entrar na terra. Tentou empurrar o corpo de Campbell para dentro daquela abertura, mas seus ombros esbarraram e impediram a entrada. Então, virou o corpo devagar, girou-o na água e tentou empurrá-lo pelos pés. Ele entrou com mais facilidade dessa vez, até a cintura. O rapaz, então, pressionou os ombros do cadáver e o empurrou com força, soltando um gemido. O corpo ficou preso por alguns instantes, mas, em seguida, a água se elevou, molhou a pedra e o empurrou, levando-o para dentro da terra.

Voltou pela correnteza da água, calçou os sapatos e vestiu o casaco. Verificou se a garrafa ainda estava no bolso, olhou-a e guardou-a de novo, cuidadosamente. Pegou, então, a lanterna e a pistola, subiu outra vez a encosta e voltou até onde estava o corpo de Shadrach. Ajoelhou-se, pegou os 14 dólares e colocou-os no bolso.

Levantou-se com a lanterna numa das mãos e a pistola na outra, e foi andando pela escuridão da floresta. Ouviu o apito estridente de um trem lá de cima da montanha. Começou a andar na direção dele.

A luz da lanterna foi enfraquecendo até se tornar quase invisível nas sombras. Depois, não restou nada além da escuridão e o som da água corrente. Então, a luz da lanterna voltou a ficar maior e mais brilhante, como se o rapaz tivesse ido para algum lugar fora da floresta e decidido voltar para o caminho. A luz aumentou cada vez mais e fez com que a floresta fosse se misturando às sombras e desaparecesse inteiramente, e só restasse uma única coisa, aquela luz brilhante e resplandecente, e...

O céu.

O céu cinzento.

E uma voz.

A voz de Claire.

EPÍLOGO

Essas são as coisas das quais ele se lembrava. A lanterna fraca na floresta escura, a luz tremeluzente, o céu cinzento, a voz de Claire.

Disseram-lhe que ele não seria capaz de se lembrar de nada. Que estivera debaixo d'água durante 15 minutos antes de ser resgatado.

No hospital, ele aprendeu alguns termos novos: apneia, que significa ficar sem respirar; cianose, que é quando a pele apresenta uma coloração arroxeada; AESP, ou atividade elétrica sem pulso, que é quando o eletrocardiograma indica a presença de atividade elétrica no coração sem pulsação palpável. Em outras palavras, indica que o coração ainda está vivo, mas é incapaz de executar suas funções.

Esses foram os termos aplicados a ele durante os primeiros socorros que lhe foram prestados ainda na ambulância.

Kellen foi o primeiro a mergulhar na água. Viu quando Eric saltou e o lugar exato onde caiu: no espaço entre duas árvores derrubadas e que podiam tê-lo empalado. Marcou o lugar onde ele mergulhou, mas, com o tornozelo quebrado em dois lugares, não pôde chegar até lá rápido o bastante para evitar que o corpo desaparecesse.

Uma coisa que Eric *não* imaginara: a voz de Claire durante seu mergulho. Ela vinha com o detetive logo atrás. Ela o forçara a ir ao lugar onde vira Eric pela última vez e, quando percebeu que ele não estava mais lá, começou a gritar seu nome. Kellen ouviu os gritos. E gritou de volta.

Brewer entrou na água enquanto Claire — que estava com o ombro deslocado e a clavícula quebrada em virtude da queda na estrada depois que Josiah a atirou da caminhonete — ficou na margem gritando a cada marola e sombra que via na água, pensando que pudessem ser Eric.

Pela maneira com que todos contavam, Eric veio à superfície diretc do fundo, e surgiu no meio do rodamoinho, com o rosto virado para baixo. Como se o Lost River o tivesse recebido e depois decidido man dá-lo de volta.

Brewer e Kellen o tiraram de lá. O detetive iniciou os procedimentos de ressuscitação de parada cardiorrespiratória, mas passou essa tarefa a Claire para ir chamar socorro pelo rádio. Claire teve mais sucesso, e ele tossiu um pouco da água que engolira.

Só não conseguiram fazer com que ele recuperasse o pulso de forma espontânea.

Na ambulância, o eletrocardiograma registrou uma baixa atividade cardíaca. Apenas 37 batimentos por minuto. Ainda não havia um pulso palpável. O sistema cardíaco elétrico funcionava, mas o bombeamento mecânico, não. Os paramédicos aplicaram um respirador artificial para ajudá-lo e lhe administraram um estimulante cardíaco. Um minuto depois, o coração de Eric voltou a bater a um ritmo de cem pulsações por minuto, e o pulso surgiu na artéria carótida.

Ele foi levado para o hospital de Bloomington a 150 quilômetros por hora. Uma vez lá, foi colocado num respirador artificial mais adequado e foram tomadas medidas para elevar sua temperatura. Claire ficou junto dele durante o transporte na ambulância e achou que seria declarado morto assim que chegassem ao hospital, e que os batimentos induzidos pela medicação não fossem mais do que uma vã tentativa de ressuscitá-lo.

Mas não foi assim. Uma hora depois de ter dado entrada no hospital, seu coração já funcionava normalmente e, três horas mais tarde, seus pulmões já não precisavam mais do respirador.

Ficaria no hospital somente o tempo necessário para se recuperar. Teria de ser monitorado, como disseram, e passaria também por outros procedimentos, tais como a sutura que teve que fazer no couro cabeludo por causa das coronhadas dadas por Josiah. Claire também submeteu-se à imobilização da clavícula e dos curativos nas escoriações que tivera na queda, e Kellen foi operado para reparar a fratura que tivera no tornozelo.

Eric não conseguiu se lembrar de nada que aconteceu durante a viagem até o hospital, nem de suas primeiras horas no lugar. A partir de certo ponto, sua cabeça clareou e logo a polícia veio vê-lo, para tomar seu depoimento. A polícia já tinha tomado os depoimentos de Claire e Kellen. Agora, ela estava no quarto com ele. Eric não conseguia tirar os olhos dela. Olhava para ela e a imagem da caminhonete toda amassada e fumegando voltava à sua mente, bem como a visão torturante e aterradora de um osso entre as cinzas.

Pensei que você estivesse morta, disse ele a ela.

Eu também, respondeu a mulher.

Ela acreditava que Josiah tinha a intenção de matá-la quando a empurrou para fora da caminhonete. Ele estava com a espingarda no colo, mas não atirou, talvez porque não conseguisse puxar o gatilho e dirigir ao mesmo tempo ou estivesse com medo de que o tiro pudesse detonar a dinamite na caçamba da caminhonete. Qualquer que tenha sido o motivo, ele decidiu empurrá-la para fora, para a estrada, e Brewer, que vinha atrás, bateu com o seu carro contra uma cerca para evitar atropelá-la.

No que você estava pensando quando pulou na água?, perguntou ela. Por que fez isso?

Você tinha ido embora para sempre, respondeu ele. A resposta não pareceu ser suficiente para ela, mas o era para ele. Ela se fora, e Campbell permanecera. Agora, era ela que estava de volta e Campbell se fora.

Ele mal podia acreditar. Ele mal podia confiar naquela nova realidade.

Somente à noite souberam o que acontecera a Anne McKinney. Quando o detetive Brewer contou-lhes, numa voz baixa e respeitosa, Claire soluçou e Eric inclinou a cabeça para trás e fechou os olhos.

Parece que foi tudo muito rápido e indolor, disse Brewer. Isso era bom. Idosa como era, o estresse era demais para suportar. Não foi surpresa que tenha tido um ataque cardíaco. O que surpreende é o fato dela ter resolvido tudo com muita clareza e coragem, e só depois sofrer aquele infarto fulminante.

Ela me salvou, disse Claire. Salvou a nós.

Sim, madame.

E nem chegou a ser retirada do porão? Ela deve ter ficado aterrorizada. Deve ter ficado com muito medo.

Brewer não tinha aquela informação. Disse que Anne estava no rádio com a plantonista e parecia bem. Então, ela ouviu alguma coisa estranha antes de terminar a comunicação.

Uma coisa estranha?

Ela informou que Anne reportou um novo tornado. Foi a última coisa que falou. Parece que pensou que houvesse um ali mesmo, do lado de fora de sua casa. Mas, obviamente ela ainda estava no porão, e não podia ver nada.

Dever ter ficado tão amedrontada que não aguentou a pressão e morreu, disse Claire.

Brewer abriu as mãos e disse que não podia garantir nada. Tudo o que sabia é que ela disse que estava bem quando reportou o tornado. Parecia em total controle. Até mesmo relaxada. Quando a polícia chegou, ela ainda estava sentada em frente ao rádio.

Eric escutou tudo isso entristecido, de olhos fechados, mas achou que a preocupação de Claire era infundada. A velha senhora estava preparada para qualquer tempestade, real ou imaginária. Não teria ficado aterrorizada por uma delas. Estava pronta para enfrentá-la.

Naquela mesma noite, com a confirmação da morte de Josiah Bradford, Lucas Bradford deu uma declaração oficial à polícia, na qual explicou o motivo de ter contratado Gavin Murray. Parece que o pai dele, o recém-falecido Campbell Bradford, deixara escrita uma carta estranha pouco antes de morrer. Na mensagem, ele assumia a responsabilidade pela morte de um homem com o mesmo nome que ele, em 1929. Não o assassinou, pelo menos não exatamente, mas também não fez nada para ajudá-lo a sobreviver. Deixou que o homem se afogasse, pois achou que era a coisa certa a fazer. Estava salvando não apenas a si próprio, mas também a outros. Aquele homem, escreveu ele, era maligno.

Disse que sua fortuna fora construída a partir de 14 dólares, que tirou do bolso de outro homem morto. Era tudo o que levava consigo quando pulou para dentro de um trem de carga Monon que seguia em direção a Chicago. Embora não sentisse culpa pelo afogamento de Campbell, sentia-se culpado pela viúva e pelo filho órfão que o homem deixara para trás, em extrema pobreza, por causa de sua ganância e fama. Mas ele tinha medo. Durante muitos anos, teve medo de diversas coisas.

Junto com a carta havia um testamento atualizado — Campbell destinara metade de sua fortuna para ser dividida entre os descendentes diretos do homem que ele deixou que se afogasse. Sabia que havia apenas um filho dele. Os outros teriam que ser descobertos. Era importante, escreveu, que ele cuidasse da família. Era muito importante.

Josiah Bradford, o único descendente direto de Campbell Bradford, que morrera afogado no Lost River, morreu 15 horas depois que isso foi revelado.

A carta não fazia qualquer menção à estranha garrafa de vidro verde ou ao motivo pelo qual o velho tomara para si o nome de Campbell.

Eric deixou que as pessoas pensassem sobre isso. Não contou a ninguém a visão final que tivera de Campbell prestes a morrer afogado, quando rogou uma praga e ameaçou aqueles que não partilhavam seu sangue ou seu nome, pois esses iriam sentir a força de sua ira.

Claire insistiu que Eric contasse aos médicos sobre seu vício pela água mineral e os efeitos devastadores que ela causara em seu corpo. Ele disse que não era necessário. Já passou, falou. Já acabou.

Ela perguntou como ele sabia disso, mas é difícil de responder.

Acredite em mim, disse ele. Tenho certeza.

E realmente tinha. Porque a água o trouxera de volta. Seu coração tinha parado e sua respiração também. E depois recomeçaram. Ele começara de novo. As velhas pragas não voltariam a atormentá-lo.

Ele voltou a Chicago com Claire por duas semanas antes de convencê-la a retornar com ele ao vale. Ele tem uma razão para estar lá, explica, e, pela primeira vez, a compreende. Há uma história que precisa ser contada — na verdade, muitas — e ele pode ser parte dela. Um documentário, pensou, um retrato histórico deste lugar numa época diferente. Não seria o tipo de coisa que passa nos cinemas, mas é uma história importante, e ele acredita que o filme terá um sucesso modesto.

Ela pergunta se ele vai escrever o roteiro e ele responde que não. Esta não é a sua função. Ele é um homem visual, explica, ele vê coisas que necessitam ser incluídas na história, mas não sabe contá-las por inteiro. Pergunta se o pai dela não estaria interessado em escrever o roteiro. O nome dele poderia provocar algum interesse maior. Ela acha que ele aceitaria.

Kellen os encontra no hotel, com o pé imobilizado num aparelho ortopédico e apoiado numa muleta. Diz que está com uma garrafa verde para devolver a Eric, mas que a deixou em Bloomington. Achava que ela não deveria ser trazida de volta àquele lugar. Eric concorda.

Jantam para comemorar o reencontro, no salão de jantar decorado daquele velho hotel, e Eric explica o documentário e pergunta a Kellen se ele gostaria de fazer parte dele. Kellen se mostra entusiasmado, mas é claro que tem algo a mais em mente. Não diz nada até Claire se levantar para ir ao toalete e deixar os dois sozinhos. Então, ele menciona a fonte, a das visões de Eric, e pergunta se ele acredita que ela exista.

Sim, Eric lhe responde. Eu sei onde está.

Kellen pergunta se ele irá procurá-la.

Ele não irá.

Você acha que Campbell se foi para sempre?, pergunta Kellen.

Eric pensa por alguns instantes e cita uma frase de Anne McKinney — *Não se pode ter certeza do que está escondido por trás do vento.*

Claire e Eric passam a noite no hotel, fazem amor no mesmo quarto em que se encontraram depois da separação. Depois, ela adormece e ele permanece acordado, com os olhos abertos no escuro, à espera das vozes. Mas não há nenhuma. Abaixo dele, o hotel está em paz. Do lado de fora, sopra uma brisa leve.

NOTA DO AUTOR

A ideia dessa história foi inteiramente tirada do próprio lugar. As cidades de French Lick e West Baden são reais, assim como o impressionante hotel West Baden Springs e o Lost River — que consegue ser mais impressionante ainda.

Fui criado em uma região não muito longe desses lugares e, quando criança, o hotel West Baden não passava de um monte de ruínas. Foi um momento especial e uma lembrança marcante que ficaram gravados em minha memória e, durante muitos anos, continuei a descobrir coisas sobre o lugar e sua história extraordinária. Em 2007, ao ver a restauração do hotel West Baden Springs quase terminada, senti aquela compulsão de escritor aflorar de forma arrebatadora. Este livro é o resultado disso, e, como os lugares e as histórias são importantes para mim, tentei representá-los o mais fielmente possível. Ainda assim, esta é uma obra de ficção, na qual tomei certas liberdades e, sem dúvida, devo ter cometido alguns enganos.

Dois amigos muito queridos me ajudaram em minhas pesquisas e me incentivaram na tarefa de construir a história a partir do material que me serviu de base. São Laura Lane e Bob Hammel. Outras pessoas, com as quais nunca me encontrei, também merecem crédito. Chris Bundy compôs a cronologia do lugar melhor do que ninguém, e os seus livros foram fontes de dados de suma importância. Bob Armstrong, o falecido Dee Slater e os membros da Associação de Proteção do Lost River sempre foram protetores e defensores de uma maravilha natural pouco conhecida e apreciada, e instigaram o meu interesse pelo rio há muitos anos, quando trabalhava como repórter. A Bill e Gayle Cook, que trouxeram os hotéis de volta à vida quando estavam à beira da extinção, devo expressar, de coração, meus mais profundos agradecimentos em nome de toda a população de Indiana.

AGRADECIMENTOS

É um enorme prazer trabalhar com as pessoas de Little, Brown. Meus mais profundos agradecimentos a Michael Pietsch, redator e editor imbatível, por seus esforços e, sobretudo, por sua fé. Agradeço também a David Young, Geoff Shandler, Tracy Williams, Nancy Weise, Heather Rizzo, Heather Fain, Vanessa Kehren, Eve Rabinovits, Sabrina Callahan, Pamela Marshall e a todos os outros executivos da equipe da Hachette.

Meu agente e amigo, David Hale Smith, que ouviu com paciência minha ideia de um romance sobre uma água mineral assombrada, e que depois, com impressionante calma, acompanhou sua transformação num manuscrito de 500 páginas. O que posso dizer a você, DHS? Ops! Devo também agradecer ao extraordinário Joshua Bell. O trabalho deste violinista de Bloomington sobre uma canção melancólica chamada "Short Trip Home" (escrita por outro filho de Indiana, o baixista e compositor Edgar Meyer) me conduziu em direção a um lugar inesperado e gratificante. Era uma melodia que precisava de uma história, pensei, e dela nasceu grande parte deste livro.

Temo ter dependido demais de dados e conselhos de escritores que admiro há tanto tempo, e eles, sem dúvida, foram muito tolerantes comigo. É ótimo estar envolvido num trabalho onde um resultado incrível surge pela presença de pessoas incríveis, e nenhuma delas é melhor do que Michael Connely, Dennis Lehane, Laura Lippman, e George Pelecanos. Agradeço a todos vocês, por muitas razões.

Este livro foi composto na tipologia Minion Pro,
em corpo 11,5/14,7, e impresso em papel off-white,
no Sistema Cameron da Divisão Gráfica
da Distribuidora Record.